Zuflucht

Mona Lida & Marcel Porta

WIDMUNG

Gewidmet allen, denen die Zukunft unseres Planeten wichtig ist, auf einer Welt, in der Menschen noch eine Rolle spielen.

INHALT:

DANKSAGUNG

Am Anfang dieses Buches standen viele Ideen von Marcel und Mona, die zuammengewürfelt einen Plot ergaben, der in einen Band nicht gepasst hätte. Deswegen haben wir es als Trilogie angelegt, bei der die Helden schon während des Erstellens eine Art Eigenleben entfalteten und uns selbst immer wieder überraschten.

Den Inhalt der weiteren Bände haben wir skizziert und Band zwei geht bereits einer baldigen Vollendung entgegen.

Zum Gelingen dieses Buches haben außer uns beiden viele weitere Personen einen wichtigen Beitrag geleistet:

Wir bedanken uns bei Egon, der seit Jahren unser treuer Korrektor ist und ohne dessen Placet wir keinen Text aus der Hand geben. Bezüglich Rechtschreibung hat er die kritischsten Augen, die wir kennen. Wenn dennoch einige Fehlerchen sich eingeschlichen haben, dann sind sie selbstverschuldet, da wir (wie alle Autoren) immer noch allerletzte Änderungen vornehmen.

Inspirationen, stilistische Verbesserungen und das Vermeiden logischer Fallen verdanken wir zudem unseren Betalesern Angela, Birgit, Brigitte, Claudia, Eva, Gloria, Johannes, Patricia, Ruby und Wolf.

Das Cover dieses Buchs hat Sascha Pikkemaat entworfen. Wir bedanken uns ganz herzlich bei ihm für die in unseren Augen geniale Gestaltung.

Refugium - Zuflucht

Kapitel 1: Der Clanchef und das Mädchen

„Ich sehe, du hast neue Pfeile geschnitzt."

Das Mädchen hob mit freudig leuchtenden Augen bestätigend ihre Hand.

Anerkennend nickte Pinko, ihr Ziehvater. „Mir scheint, dass wir heute Abend einen guten Braten über dem Feuer rösten werden."

Das Mädchen hob erneut leicht die Hand und lächelte.

Sie waren auf dem Weg zu einem kleinen Tal, in dem erst am Vortag ein Wildwechsel gesichtet worden war. Ein Tag der großen Jagd. Das Mädchen hatte darauf hingefiebert, das erste Mal an vorderster Stelle mit Pinko auf die Jagd zu gehen. Ihre Haare waren streng nach hinten gebunden, sodass sie ihr nicht die Sicht nehmen konnten. Vorausschauend hatte sie eine dünne Moosschicht in ihre Schuhe gelegt, damit sie sich lautlos wie eine Eule bewegen konnte.

Sie betrachtete Pinko bewundernd. Er fügte sich in die Umgebung wie der Geist, der in manchen Märchen erschien. Er verschmolz mit dem Hintergrund, seine Schritte waren sowohl kräftig und schnell als auch federnd leise. Wer mit Pinko jagen ging, brachte immer Beute nach Hause. Seine Arme waren stark, sein Bogen lang und treffsicher. Unvermittelt blieb er stehen.

„Hier ist ein guter Platz für dich, Kind. Sei gelassen. Ich weiß, dass du im richtigen Moment treffen wirst."

Pinko zeigte auf einen Busch, der eine kleine Kuhle verdeckte. Mitten im Busch gab es dennoch freie Stellen, von denen aus man gut geschützt schießen konnte.

Pinko legte ihr die Hand auf die Schulter.

„Ich wünsche dir eine gute Jagd."

Sie verneigte sich leicht vor ihm und wünschte ihm ohne Worte das Gleiche.

Pinko ging noch gut hundert Schritt weiter, bis sie beide in einem Busch halb verdeckt lauerten, weit auseinander, jedoch in Sichtweite. Die anderen aus ihrer Gruppe würden versuchen, Jagdbeute zwischen ihnen hindurchzutreiben. Eine Herde von Huftieren vielleicht, aber auch wilde Schweine waren in der Gegend gesichtet worden. Es würde sicher nicht mehr lange dauern, die Treiber hatten bereits über einen Raubvogelruf Signal gegeben, sie hatten Wild gesichtet.

Pinko und das Mädchen waren die besten Schützen im Jagdclan, doch heute war es das erste Mal, dass sie beide zusammen die Jagd anführten. Das Mädchen hatte erst dreizehn Sommer gesehen und doch verfehlte sie ihr Ziel nur äußerst selten. Sie war aufgeregt. Die Ungewissheit war das Schlimmste. Ob ein wilder Eber dabei wäre, der ihnen gefährlich werden konnte, ob sie ein oder sogar zwei Tiere treffen würde. Leicht angespannt kniete sie mit einem Bein auf dem Boden, mehrere Pfeile lagen direkt neben ihr griffbereit und der Köcher war gefüllt mit frisch geschnitzten Pfeilen. Sie brauchten das Fleisch, der Winter war noch lange nicht zu Ende, Reif lag auf den Gräsern.

Das Mädchen atmete ruhig, horchte und beobachtete ihre Umgebung. Alles war still, ungewöhnlich still, das Treiben hatte noch nicht begonnen. Sie durfte die Aufmerksamkeit nicht sinken lassen, eine Sekunde Ablenkung reichte aus, die Jagd scheitern zu lassen. Ihr Blick schweifte umher, ohne dass sie ihren Kopf bewegte. Da sah sie ihn. Weit entfernt, vielleicht gerade noch in ihrer Schussweite. Er war farblich mit dem Baum verschmolzen, in dem er saß, deshalb hatte sie ihn nicht sofort bemerkt. Weißbraune Lederkleidung, die Haare eng gebunden. Sie hatte ihn nur entdeckt, weil er sich gerührt hatte. Eine Bewegung, die durch ihre Geschmeidigkeit kaum wahrzunehmen war: Er hatte einen Pfeil eingelegt. Langsam und gelassen. Gerade hob er den Bogen in Pinkos Richtung.

9

Dem Mädchen war sofort klar, was er vorhatte. Der Halunke Tratino: Ein exzellenter Schütze, aber er hatte sich an keine Clanregeln halten können und dadurch das Überleben der Gruppe gefährdet. Vor sechs Mondwechseln war er aus dem Jagdclan ausgestoßen worden, von Pinko, dem vom Clan gewählten Chef. Nun wollte er sich rächen, weil dieser ihn nach Beratung mit den Ältesten des Clans vor den Augen aller verstoßen hatte. In die Wildnis hatte er ihn gejagt und seinen Bogen zerbrochen.

Eigentlich hätte Tratino längst tot sein müssen. Ohne den Schutz des Clans überlebte niemand lange in der Wildnis. Und doch war er hier. Mit einem neuen Bogen. Er war auf Rache aus!

Gedankenschnell jagten Pläne durch ihren Kopf. Sie musste Pinko warnen - sie konnte Tratino vielleicht mit einem Pfeil erreichen und töten - sie musste die Aufmerksamkeit auf sich lenken. Das Mädchen schrie. Sie schrie, so laut sie konnte, den Todesschrei eines wilden Schweins. Es war der Warnruf des Clans, Pinko würde es verstehen.

Noch während sie schrie, zog sie den Pfeil in der Sehne auf Spannung und zielte auf Tratino. Er war weit entfernt, zu weit, doch sie musste trotzdem versuchen, ihn zu treffen. Aus dem Augenwinkel sah sie, dass Pinko sich auf ihren Schrei hin leicht aufgerichtet hatte. Doch er brachte sich nicht in Sicherheit, wechselte nicht hinter den Stamm, neben dem er gekauert hatte. Das Mädchen war verzweifelt, verstand nicht, warum er nicht wie erforderlich reagierte!

Ihr Schrei hatte auch Tratino nicht ansatzweise von seinem Vorhaben abgelenkt, er spannte, ohne sich aus der Ruhe bringen zu lassen, die Sehne seines Bogens, als ihr Schrei gerade verebbte. Sie jagte mit dem Verstummen ihren Pfeil los und rannte, ohne auf den Untergrund zu achten, schnell wie ein angreifender Wulf in Richtung Pinko.

Wieder schrie sie, der Schrei kam heiser aus ihrer Kehle, schon der erste war zu laut gewesen für eine Stimme, die höchstens alle paar Tage den

Clanjüngsten ein Märchen erzählte und sonst nie erklang. Pinko war ihr viel näher als Tratino, keine hundert Schritt entfernt, sie würde ihn schnell erreicht haben. Sie sah beim Rennen, dass ihr Pfeil nur den Stamm unterhalb des Asts aufriss, auf dem der Angreifer kauerte. Tratino lachte mit höhnisch verzerrter Fratze, sie sah seine weißen Zähne blitzen, während sie an Baumstämmen entlang raste. Einen Wimpernschlag später musste sie zusehen, wie sich mit einem dumpfen Schlag Tratinos Pfeil in Pinkos Seite bohrte.

Noch einmal schrie sie, doch dieser Schrei war kaum noch zu hören, ihre Stimme versagte nun vollkommen. Sie hätte beim ersten Blick auf den Ausgestoßenen: „Tratino, neben dir!" rufen sollen, um Pinko eindeutig zu warnen, aber kein Wort davon war ihr möglich gewesen, selbst in diesem Augenblick höchster Gefahr hatte sich kein menschlicher Laut bilden lassen. Doch warum hatte Pinko den Warnschrei des wilden Schweins nicht verstanden? Er verstand alles, er wusste um jede Gefahr!

Tratinos Lachen war nach dem erfolgreichen Schuss laut geworden, ein Triumphschrei, der sogar bis zu ihr zu hören war. Vernehmbar auch sein Sprung vom Baum, als er auf dem hart gefrorenen Boden auftraf. Sein Lachen wurde leiser, als er zwischen den Büschen und Bäumen verschwand. Das Mädchen überlegte kurz, ihm nachzujagen, um ihm einen weiteren Pfeil hinterher zu schicken. Doch sie blieb stehen, den Blick auf Pinko gerichtet, der zusammengesunken am Baumstamm lehnte, die linke Hand um den Pfeil gelegt, der sich quer durch seine Brust gebohrt hatte. Er atmete noch. Zuerst musste sie Pinko helfen, seine Wunde sofort versorgen.

Sie warf sich neben ihm auf die Knie, ihre Augen fragend auf sein schmerzgepeinigtes Gesicht gerichtet. Warum, fragten ihre Augen, warum hast du dich nicht in Sicherheit gebracht? Sie beugte sich über ihn, sah, dass der Pfeil das Herz erreicht haben musste. Sie brachte ihr Ohr an seinen

Mund, doch sie erhielt keine Antwort, Pinkos Augen wurden starr, ohne dass er ein Wort verloren hatte.

Im nächsten Moment jagte eine Wildschweinrotte neben ihnen entlang, dicht gefolgt von den Treibern. Jetzt erst wurde dem Mädchen die Tragweite des Geschehenen richtig bewusst. Der Clanchef war tot, Tratino am Leben, die wichtige Jagdbeute entkommen.

Es war ihre Schuld! Wenn sie Pinko mit einem eindeutigen Ruf hätte warnen können, würde er noch leben. Sie hätten zusammen Tratino verfolgen und töten können. Alles wäre gut ausgegangen, sie hätten die Jagd noch zu Ende bringen können und der Clan hätte genügend Fleisch für den Rest des Winters gehabt.

Die Schreie der Treiber kamen näher, sie erinnerten das Mädchen an den Tag, an dem ihre Eltern gestorben waren. Diese hatten sie vergeblich beschützen wollen, als die Fremden sie gefangen nahmen. Die näherkommenden Schreie jagten wie vor zwei Sommern durch ihren Kopf. Pinko lag tot vor ihr, wie damals ihr Vater und ihre Mutter …

„Ich weiß, dass du im richtigen Moment treffen wirst", das hatte Pinko zu ihr gesagt. Sie hatte nicht getroffen. Zitternd richtete sie sich auf. Für Pinko konnte sie nichts mehr tun. Er war ihr Ziehvater gewesen, hatte ihr alles beigebracht, was sie wusste und konnte. Er hatte ihr das Jagen gezeigt, ihr erklärt, wie sie sich gegen einen Feind verteidigen konnte, sodass sie ihre panische Angst mit der Zeit verlor. Mit Pinkos Tod war ihre Bindung an den Clan gekappt. Sie fühlte sich ausgestoßen wie Tratino.

Gerade kamen die ersten Treiber bei ihr an, der erst zehnjährige Millo, der Bruder Pinkos: Klipp, der alte Grav, ihre Ziehschwester Tira, nur einen Sommer jünger als sie. Alle erfassten die Situation mit einem Blick, Tira warf sich neben ihrem Vater auf den Boden und schluchzte wehklagend. Das Mädchen stand wie verloren da, die Treiber blickten sie fragend an, erwarteten jedoch keine Antwort. Sie wussten, dass das Mädchen außer bei den selten erzählten Märchen nie sprach. Klipp kniete sich neben Tira und zog den Pfeil aus Pinkos Seite. Sein älterer Bruder war gestorben, feige ermordet. Klipp war der Zweite des Clans und trug nun die Verantwortung, bis ein neuer Chef bestimmt würde. Er untersuchte den Pfeil.

„Drei kurze Marken. Tratino!"

Grav nahm den Pfeil aus Klipps Hand.

„Ja, Tratino. Wir hätten ihn töten sollen, nicht ausstoßen."

Das Mädchen zeigte mit ihrem lang ausgestreckten Arm in die Richtung des Stammes, der die Risse ihres Pfeils trug.

„Von dort aus hat er geschossen?"

Das Mädchen nickte, ihr Gesicht erstarrt in einer Maske des Schmerzes.

„Er hat überlebt. Ohne den Clan. Und er ist der gleiche Meisterschütze wie zuvor", knurrte Grav.

Er und Klipp liefen zu dem Stamm, von dem aus Tratino den tödlichen Schuss abgegeben hatte. Sie fanden nur wenige Meter entfernt den Pfeil des Mädchens, es steckte etwas von der Rinde des Stammes in seiner Spitze.

„Ebenfalls ein guter Schuss, aber leider daneben", murmelte Klipp und gab Grav ein Zeichen, mit ihm zurück zur Gruppe zu laufen. Alleine überlebte man nicht lange außerhalb des Clans. Gemeinsam schützte man sich am besten.

Neben der Trauer um seinen Bruder, der er jedoch außerhalb des Lagers keinen Raum geben wollte, blitzte Klipp widerwillig ein Funken Anerkennung für Tratino durch seine Gedanken. Tratino hatte gut ein halbes Jahr ohne den Clanschutz überlebt, obwohl seit zwei Monaten Winter herrschte. Doch gleich richtete Klipp seine Aufmerksamkeit wieder auf das momentane Geschehen. Gedanken durften nicht wandern. Nicht außerhalb des schützenden Lagers.

„Grav und Tira! Ihr tragt Pinko. Du sicherst mit mir zusammen auf dem Weg zum Lager!", wandte er sich an das Mädchen. Diese war wie einge-

13

froren gewesen, nun nickte sie und legte einen Pfeil auf die Sehne, ließ ihre Blicke umherschweifen. Der Zug kam langsam voran, es war ein stilles Geleit.

Am Abend würden sie Pinko verbrennen. Seiner Heldentaten gedenken. Gut ein Viertel des Tages war nötig, um das Lager in diesem Tempo zu erreichen. Die Sinne des Mädchens waren stets wachsam auf die Außenwelt gerichtet, jetzt noch mehr als sonst. Sie würde helfen, die Gruppe heil ins Lager zu bringen.

Es war bereits Abend, als sie dort anlangten, Schnee begann zu fallen, dicke, schwere Flocken. Sie verdeckten ihre Spuren schon nach kurzer Zeit. Der Schnee schluckte auch die wenigen Geräusche des Waldes und ihrer Schritte. Dennoch wurden sie schnell wahrgenommen, die Kinder rannten auf sie zu, in freudiger Erwartung der Beute. Das Lachen verebbte rasch, erste Klagerufe ertönten.

Das Mädchen blickte auf die vertraute Gruppe, saugte die Gesichter und Gestalten ein letztes Mal in sich auf, eine Erinnerung, die sie begleiten würde. Der Clan war jetzt wieder vereint, alle waren sicher. Lautlos drehte das Mädchen sich um und rannte mit leisen, langen Schritten davon. Sie würde nicht wiederkehren.

Kapitel 2: Das Mädchen und der Wulf

Die Dunkelheit wich langsam dem ersten Dämmerlicht, es war die kühlste Stunde am Morgen, doch der Tag war bereits warm und würde heiß werden. Schon surrten und brummten die ersten Insekten des Tages, sie eroberten den Raum zwischen den Büschen und Bäumen. Das Mädchen war eine halbe Stunde lang schnell gelaufen und dennoch schlug ihr Puls langsam und ruhig, als sie auf ihren Jagdsitz kletterte, hoch oben im alten Baum mit den gezackten Blättern. Hier saß sie geschützt vor tierischen Jägern und hatte einen klaren Blick auf die Lichtung, die vor ihr lag. Sie suchte eine bequeme und sichere Position auf dem breiten Ast und nahm ihren Bogen vom Rücken. Behutsam legte sie einen Pfeil locker an die Sehne.

Es würde nicht lange dauern, bis Beute vorbeikam. Ein kleiner Bach und eine saftige Wiese lockte unwiderstehlich, das lehrte die Erfahrung. Wirbelnde Insekten verteilten sich über die Lichtung und schwebten über dem Wasser des Bachs. Die Insekten hielten meist Abstand vom Mädchen, setzte sich einmal ein Käfer oder eine wilde Hornisse auf ihre Haut, so blieb sie ruhig. Das Mädchen fühlte sich einen kurzen Moment lang wohl und sicher in ihrem Ausguck, aber sofort kam ihr Pinkos Warnung in den Sinn: „Seid immerzu wachsam, der tödliche Feind kommt unerwartet". Ihre Sinne öffneten sich weit, sie wurde eins mit der Umgebung.

Sie wartete. Bewegungslos.

Die Sonne begann zu steigen, erste Sonnenstrahlen erhellten die Lichtung, als ein paar wilde Kaninchen vorsichtig auf die Lichtung hoppelten. Sie begannen zu mümmeln, aufmerksam die Ohren gespitzt. Eine kleine Beute. Würde sie eines treffen, wären die anderen sofort verschwunden. Sie beobachtete die Tiere. Ein paar der kleineren begannen zu spielen und wilde Haken zu schlagen. Sie wären schwierig zu treffen. Ein hoher, durchdringender Schrei des Wächters warnte die anderen: Von jetzt auf nachher verschwanden sie blitzartig, ein neuer Akteur würde auftreten.

Wenige Sekunden später näherte sich ein wildes Schwein, es sah krank aus, war allein, seine Rotte hatte es wohl ausgestoßen. Es trank vom Bach und trollte sich wieder. Kranke Tiere waren keine Jagdbeute, zu leicht konnte man sich eine Krankheit einfangen. Pinko hatte sie gewarnt: „Unser größter Feind sind nicht die anderen Jäger, es sind die Krankheiten".

Die Sonne begann ihren Höhepunkt zu erreichen, als eine Herde Wild bedächtig und vorsichtig auf die Wiese trat. Das Fell des Leittieres schimmerte in der Sonne, sein Geweih war mächtig. Es sicherte seine Herde, drei Muttertiere, zwei Jungtiere und ein fast ausgewachsenes Kitz. Die Jägerin traf gelassen ihre Wahl und spannte langsam und leise den Bogen. Als ihr Pfeil die Sehne verließ, war ein leises Surren zu hören, das Leittier spitzte seine Ohren, doch es war bereits zu spät. Das Kitz zuckte zusammen, der Pfeil steckte in seinem zitternden Körper, es stakte noch ein paar unsichere Schritte und sackte zusammen. Der Rest der Herde war bereits verschwunden, in Panik davongestiebt, bevor es ganz auf den Boden sank.

Jetzt musste es schnell gehen. Die Jägerin sprang vom Baum, landete sicher auf den Beinen und rannte zum Kitz. Es war bereits tot, seine Augen gebrochen. Sie zog den Pfeil aus dem leblosen Körper und säuberte ihn kurz in der Erde. Sie strich ein wenig Erde auf die leicht blutende Wunde, band zügig jeweils ein Seil an die Vorder- und Hinterläufe und schwang sich das Tier auf den Rücken. Es wog schwer, sie hatte eine gute Entscheidung getroffen, die Jungtiere hätte sie nicht tragen können. Sie war alleine unterwegs, ein Zerteilen der Beute wäre durch den verstärkten Blutgeruch zu gefährlich gewesen, der Weg zurück zu weit.

Nur wenig später lief die Jägerin in langsamem Trab zurück in die Zuflucht. Sie hielt ihr Messer in der Hand, bereit das Trageseil zu kappen und die Beute zurückzulassen, sollte ein Jäger kommen, der stärker war als sie.

* * * * * * * * * * * *

Das Mädchen wartete.

Ohne sich zu bewegen.

Dafür wuselten die Zwillinge umso ungestümer durch das Bett. Sie zogen die geflickten Decken über sich, schoben sie wieder herunter, schmissen die Kissen mehrere Male an eine andere Stelle, boxten sich gegenseitig, brüllten als Antwort drauf los und zappelten wild in ihrem Bett herum, das

16

sie sich mit Mara teilten. Das war nichts Besonderes, so begann praktisch jeder Abend mit den beiden Brüdern.

Mara war erst sieben Jahre alt, gut zwei Jahre jünger als die Zwillinge, aber sie hatte die Jungs gut im Griff.

„Schluss, Tonn und Kar! Das Mädchen erzählt sonst nichts!"

Vorwurfsvoll warf Mara aus zusammengekniffenen Augen den Zwillingen einen strengen Blick zu, der sogleich Wirkung zeigte. Wenn Mara so schaute, war es höchste Zeit, zur Ruhe zu kommen.

Nicht, dass die beiden Jungs jetzt komplett bewegungslos dagelegen hätten, das gab ihr Naturell nicht her, aber sie waren zumindest still und richteten ihre Blicke erwartungsvoll auf das Mädchen, das im Schneidersitz auf dem Lager neben dem Bett der drei Kleinen saß und nun lächelnd nickte.

„Rotkäppchen", sagte sie und dieses eine Wort fand Zustimmung bei allen drei Kindern.

„Ja, Rotkäppchen! Bitte fang an!"

Das Mädchen wartete noch ein oder zwei Minuten, bis es wirklich still geworden war und begann zu erzählen.

Es war einmal ein kleines, kräftiges Mädchen, das schätzten alle sehr, weil es mit jedem Pfeil sein Ziel traf und niemals mehr aß, als ihm zustand. Eines Tages nähte die Großmutter dem Mädchen ein schützendes Käppchen aus rotem Samt, an dem hing ein ebenfalls rotes Mundtuch aus reinster Seide, das gegen jede Art von Insekten schützte. Dieses Käppchen setzte sich das Mädchen auf den Kopf und nahm es niemals mehr ab. Deswegen nannten es alle Rotkäppchen.

Es kam der Tag, da sprach seine Mutter zu ihm: „Komm, Rotkäppchen, hier sind ein Stück Fladen und eine Flasche Holundersaft. Binde dein Mundtuch gut um, nimm den Korb und bring ihn der kranken Großmutter hinaus. Mach dich auf, bevor es heiß wird und die blutgierigen Insekten die

Herrschaft übernehmen. Lauf im Wald nicht vom Wege ab und wenn du die Großmutter siehst, sag ihr gute Gesundheit."

„Ich will alles richtig machen", versprach das Rotkäppchen der Mutter, und gab ihr die Hand drauf. Sie machte sich auf den Weg zur Großmutter, die alleine in einer Hütte mitten im finsteren Wald wohnte, gut eine halbe Stunde Fußweg entfernt. Dort im dunklen, tiefen Wald begegnete dem Mädchen mit einem Male der Wulf, dessen Fell glänzend anlag und dem die scharfen Zähne sichtbar aus dem Maul ragten. Doch Rotkäppchen wusste nicht, was das für ein böses Tier war, und fürchtete sich nicht vor ihm.

Vikor, der auf seinem Lager nebenan saß, lauschte dem Mädchen ebenso aufmerksam wie die drei Kleinen. Nach außen zeigte er eine ablehnende Haltung, die Arme vor dem Körper verschränkt, die Stirn gerunzelt und die Mundwinkel gespannt. Und dennoch hatte er das Buch, in dem er gerade noch gelesen hatte – „Schnelle Hilfe bei Infektionen" – auf den Tisch gelegt und hörte zu, wie jeden Abend, wenn das Mädchen erzählte.

Es waren immer Märchen, nicht vorgelesen, sondern aus der Erinnerung heraus erzählt. Dutzende von verschiedenen Märchen, wunderbar vorgetragen, spannend und wortgewandt.

Es war gegen die Regeln!

Regel 8 lautete: Es dürfen keine erfundenen Geschichten gelesen oder erzählt werden, nur Geschichten, aus denen man etwas lernen und Wissen sammeln kann.

Es gab insgesamt zwölf Regeln. Vikor hatte sie auf den Überrest einer großen Tafel geschrieben und las jeden Morgen eine davon zum Frühstück vor. Alle, die anwesend waren, sprachen die Regel mit. Jeder aus der Gruppe kannte die Regeln auswendig. Sie waren Gesetz und ließen eigentlich keine Ausnahme zu. Doch das Mädchen hatte Ausnahmen in die Zuflucht gebracht, als sie am Ende des letzten Winters zu ihnen gestoßen war, der Schnee lag damals gut einen halben Meter hoch.

Das Mädchen sprach die Regeln nie mit, wenngleich sie bei manchen zustimmend nickte.

Sie sprach niemals, nicht ein einziges Wort. Nur die Märchen erzählte sie abends, sonst hätte man glauben können, sie wäre gar nicht in der Lage zu sprechen. Es war ein Mysterium, eines der Rätsel, derer es so viele in ihrer Gruppe gab und die sie klaglos annahmen und mit denen sie lebten.

Des Mädchens Stimme war klar, wohlklingend, langsam schwingend und melodiös. Es war angenehm und beruhigend, ihr zuzuhören. Doch so oft Vikor schon versucht hatte, sie zu einer Äußerung auch während des Tages zu bewegen, es war ihm nicht gelungen. Selbst in gefährlichen Situationen blieb das Mädchen sprachlos, rang erfolglos mit Worten, die ihr nicht über die Lippen kommen wollten. Vikor wusste den Grund dafür nicht, und es gefiel ihm keineswegs, dass die verbindlichen Regeln durch sie einen Riss bekommen hatten. Doch er schätzte den Beitrag des Mädchens für die Gruppe als Jägerin sehr und die Märchen verzauberten auch ihn.

Kapitel 3: Sindalon

Das Sindalon lauerte unbeweglich, seine Aufmerksamkeit war vollkommen auf die Beute gerichtet. Mikan hielt den Atem an und beobachtete es fasziniert. Ah, da bist du ja wieder, begrüßte er das Raubtier, das ihm wohl selbst in Lauerstellung bis zur Hüfte reichte. Dem Tier bei der Jagd zuzuschauen, war ihm schon lange nicht mehr gelungen. Vorsichtig und lautlos hob er das Fernglas an die Augen und holte so den Räuber in sein nahes Blickfeld.

Die Anspannung des Sindalons war in jeder Faser seines eleganten und kraftvollen Körpers zu erkennen. Langsam schob es seinen Oberkörper nach vorne, näher an seine Beute heran, optisch getarnt durch die es umgebende üppige Bepflanzung. Seine Gestalt ähnelte der eines Hundes oder Wolfs vergangener Zeiten, war jedoch deutlich größer und kompakter. Sein dichtes Fell glänzte vollkommen schwarz im Licht der Quadrantensonne. Erstaunlicherweise waren seine Vorderbeine ein wenig länger als die Hinterbeine, was es jedoch eine beachtliche Geschwindigkeit erreichen ließ, wie Mikan aus zahlreichen Beobachtungen wusste. Auch die langen, aus dem Maul stehenden, leicht gekrümmten Reißzähne hatten ihn von Anfang an fasziniert. Sie sahen extrem gefährlich aus, dolchartig, weiß schimmernd und messerscharf. Wen es damit gepackt hatte, war verloren, aus diesen Zähnen gab es kein Entkommen, auch dies hatte Mikan bereits beobachtet.

Ganz sicher handelte es sich bei dem Tier um eine Mutation, denn Wölfe und ähnliches Getier waren seines Wissens längst ausgestorben. Dieser tierische Räuber jedoch hatte sich an die neuen Gegebenheiten bestens angepasst, war zum perfekten Überlebenskünstler geworden; anders konnte man, nach Mikans Verständnis, in der gefährlichen Außenwelt sicherlich nicht überleben. Kaum zwei Meter trennten das Sindalon noch von seiner Beute. Mikan atmete so leise aus, wie er es nur vermochte.

Sindalon, so hatte er das Tier benannt. Seinen wirklichen wissenschaftlichen Namen, wenn es denn überhaupt einen gab, wusste er nicht. All sein Wissen über die Fauna außerhalb des geschützten Refugiums, in dem er lebte, kannte er nur aus Dokumentationsmaterial älteren Datums. Eigentlich durfte es dieses Sindalon im Grüngürtel gar nicht geben und Mikan wäre unbedingt verpflichtet gewesen, dessen Anwesenheit sofort den Behörden zu melden. Das hätte jedoch das Ende des Tieres und seiner Beobachtungen bedeutet. Das konnte er nicht akzeptieren!

Mikan zog seine Stirn in grüblerische Falten. Irgendwie musste es das Sindalon geschafft haben, die Sperre zwischen Außenwelt und Grüngürtel zu überwinden. Eigentlich ein Ding der Unmöglichkeit, wenn er den offiziellen Verlautbarungen der Regierung glauben würde. Nun, er nahm sich fest vor, dieses Rätsel baldmöglichst zu lösen.

Denn tatsächlich: In den langen Jahren seiner Tätigkeit im Grüngürtel war dieses Sindalon das erste und einzige Tier, das von draußen gekommen sein musste. Nun, das Sindalon war klug, musste Mikan anerkennend feststellen; immerhin unternahm es keinen Versuch, vom Grüngürtel weiter in den Kern des Refugiums zu gelangen, was sein unvermeidliches Ende bedeuten würde.

Ja, es ist mein absolutes Privatvergnügen, das fantastische Tier zu beobachten, das muss ja keiner wissen! Mein Nichtstun schützt es! Es hält sich nur in diesem Quadranten auf, stellte er zum wiederholten Mal fest. Ein Wechsel in einen der beiden angrenzenden Grüngürtel-Quadranten war ihm offensichtlich nicht möglich. Er nickte innerlich: Sonst wäre das ohnehin unbegreifliche Rätsel noch um einiges größer gewesen.

Wer sollte das Geheimnis auch aufdecken! Er war ja der einzige Mensch, der regelmäßig in den Grüngürtel kam. Der Schutzschirm zwischen Außenwelt und Grüngürtel war in der Anfangszeit des Refugiums regelmäßig kontrolliert worden, mehrmals im Jahr. Doch da seines Wissens über Hunderte von Jahren nie eine Fehlfunktion festgestellt wurde, hatte man die Kontrollen aus Kostengründen reduziert. Mittlerweile kam der Kontroll- und Wartungsroboter sogar nur noch alle zwei Jahre zum Einsatz. Dann wäre es natürlich so weit: Die Lücke im Schutzschirm, die das Sindalon benutzte, würde unweigerlich entdeckt werden. Doch bis dahin wollte er, Mikan, das Geheimnis des Sindalons sicher bewahren. Sein Forscherherz, das reale, lebendige Tiere dieser Größenordnung zum rasenden Klopfen brachte, ließ nichts anderes zu.

Mikan schob die stetig wiederkehrenden Gedanken an die Herkunft des Räubers beiseite und beobachtete weiter aufmerksam die unnachahmliche Jagdstrategie des Tieres. Seine Beute, ein kleiner, hilfloser Hase, hoppelte weiterhin sorglos umher, denn in seinem Weltbild gab es keine Fressfeinde. Die Ausdünnung der Kleintiere im Grüngürtel erfolgte normalerweise maschinell gesteuert auf so unauffällige Art und Weise, dass keinerlei Argwohn bei den zurückbleibenden Tieren entstand. Doch Mikan nahm diese Tiere kaum wahr: Sie dienten wie das geerntete pflanzliche Material als Nahrungsgrundlage für die Refugiumbewohner.

Bei diesem Gedanken verzog er angewidert sein Gesicht: Tiere, die größer als exakt vierzig Zentimeter waren, durften sich im Grüngürtel nicht aufhalten! Vorschriften! Immer wieder diese lächerlichen, kleinkarierten Refugiums-Vorschriften! Seltsam fand Mikan nur, dass dies außer ihm niemanden zu stören schien.

Niemand außer ihm beobachtete Tiere! Niemand, den er kannte, würde freiwillig seine eigene sterile Welt verlassen, in der sich alles nur ums eigene Vergnügen drehte! Auf Drogenbasis natürlich, schnaubte er innerlich. Doch im gleichen Moment fiel ihm Valea ein. Es gab Ausnahmen. Es hatte Ausnahmen gegeben.

Weiter und weiter verlagerte das für sein Opfer unsichtbare Sindalon das Gewicht nach vorne. Sobald ein Sturz unvermeidlich schien, würde es lospreschen und schnell wie ein Blitz seine prächtigen Fangzähne in den Nacken des bereits jetzt verlorenen Hasen graben, das wusste Mikan aus früheren Beobachtungen. Los, pack ihn!, spornte er in Gedanken das Raubtier an. Pack ihn!

Dazu wäre es ohne Zweifel gekommen, wenn Mikan in seiner kaum zu ertragenden Anspannung nicht deutlich vernehmlich gestöhnt hätte. Hase und Sindalon erstarrten abrupt in ihren Bewegungen. Einen kurzen Augenblick später raste das anvisierte Beutetier Haken schlagend von dannen:

Unbekannte Geräusche dieser Art lösten immer noch angeborene Fluchtre-
flexe aus. Die Anspannung des Sindalons fiel in sich zusammen, es kauerte
sich dicht über den Boden und wandte langsam den Kopf in Richtung des
wahrgenommenen Geräuschs.

Nur einen Moment später hatte der Jäger eine neue, Erfolg versprechen-
de Beute im Visier. Noch nie hatte Mikan in solch kalte Augen gesehen.
Einen Augenblick lang hatte er den Eindruck, einem intelligenten Wesen
von abgrundtiefer Bosheit gegenüberzustehen, doch dann drängten sich
Tod verheißende Gedanken in den Vordergrund. Wie Ameisen kribbelte es
durch seinen ganzen Körper und ihm blieb der Atem im Hals stecken. Unter strikter Vermeidung hastiger Bewegungen ließ er das nun überflüssige
Fernglas sinken. Vielleicht hätte er doch nicht so sorglos …

Kapitel 4: Feind im eigenen Haus

Vikor wusste nicht, warum er das Mädchen jeden Abend die 8. Regel
brechen ließ. Nicht, dass er noch nie darüber nachgedacht hätte. Schließlich
war er sonst gnadenlos, sobald eine Regel verletzt wurde, wie alle Mitglieder der Gruppe schon einmal erfahren hatten. Die strikte Einhaltung der
Regeln half, Leben zu bewahren, sicherte ihre Gemeinschaft. Alle außer
dem Mädchen hatten die Vorschriften sehr schnell nach ihrer Ankunft in
der Zuflucht akzeptieren gelernt.

War er nachsichtig, weil er sonst die Stimme des Mädchens nie hören
würde?

Vielleicht aber auch, weil ihn die Märchen selbst in ihren Bann zogen.
Enthielten Märchen nicht sogar brauchbares, grundlegendes Wissen und
bekamen so ihre Berechtigung? Manchmal hatte er tatsächlich den Eindruck – trotz der so völlig anderen Zeit, in der sie entstanden waren.

23

Oder ließ er es nur deshalb zu, weil die drei Kleinen mit diesen Geschichten gut zur Ruhe fanden?

Bevor das Mädchen, das noch immer keinen Namen hatte, vor einigen Monaten zu ihnen gestoßen war, waren die Zwillinge trotz aller Ermahnungen spät abends über die Tische getanzt, und derart überdreht nur schwer zu lenken gewesen. Jetzt lagen sie jeden Abend, kaum war die Sonne untergegangen, in ihrem Bett und warteten sehnsüchtig, und so ruhig sie es eben vermochten, auf das Mädchen und ihre Geschichte.

Und der Wulf dachte bei sich: Das junge, zarte Ding ist ein leckerer Bissen, der wird mir besser munden als die alte Großmutter. Du musst es listig anfangen, so wirst du sogar beide schnappen.

Er sprach zum Rotkäppchen: „Sieh einmal die Blumen und die bunten Schmetterlinge, die über die Lichtung dort tanzen. Ich glaube, du hörst gar nicht, wie die Bienen so lieblich summen? Der Wald ist ein lustiges, erbauliches Haus, schau dich um!"

Rotkäppchen sah mit einem Male, wie nicht nur Hunderte von stechenden und beißenden Insekten, sondern auch Sonnenstrahlen durch die Bäume hin und her blitzten. Und es sah die bunten Blumen auf der Lichtung im Wald, über die riesige, farbenfrohe Schmetterlinge flatterten. Es dachte sich: Der kranken Großmutter werden die Blumen auch Freude bereiten. Ich bringe ihr einen Strauß davon mit. Es ist so früh am Tag, dass ich dennoch zur rechten Zeit bei ihr ankommen werde. Rotkäppchen lief in den Wald, pflückte die schönsten Blumen und lief herrlichen Schmetterlingen hinterher. Dabei geriet es tiefer und tiefer in den dunklen Wald hinein.

Vikor stand auf und ging zu Lunaros Lager. Im Zimmer standen zwei große Betten und auf dem Boden waren zwei Lager aus Decken und Stroh gerichtet. Auf einem von ihnen lag Lunaro. Sein Gesicht schien blass und rund wie der Mond an vollen Tagen, aber sein Körper war dünn wie ein Strich. Seine Schwäche ließ ihn in den letzten Tagen nur noch für ein bis höchstens zwei Stunden das Lager verlassen, trotzdem war er nie untätig. Seine dünnen, langen Finger arbeiteten pausenlos. Er schraubte, drehte, verband Kabel oder Schnüre und untersuchte alle Gegenstände, die ihm das Mädchen von ihren Streifzügen mitbrachte.

Vikor setzte sich zu Lunaro, der zwar genauso aufmerksam den Abenteuern des kleinen Rotkäppchens lauschte wie die drei Kleinen, aber nebenher Draht um eine Klinge wickelte.

Vikor sah Lunaro fragend an.

Dieser zuckte mit resigniertem Blick die Schultern.

Er zeigte dem nur wenig älteren Vikor seine rechte Hand. Hier hatte sich an einer kleinen Schnittwunde ein rötlicher Streifen gebildet. Eine winzige, leicht bläulich schimmernde rote Ader, die stündlich ein wenig länger wurde. Sie reichte schon einen kleinen Teil des Unterarms hinauf.

Blutvergiftung. Das hatte Vikor gleich erkannt. Auch alle anderen Symptome, die hinzugekommen waren, passten: marmorierte, leicht unterkühlte Haut, die Schwächeanfälle, das gelblich verfärbte Gesicht … Vikor hatte sein Wissen aus medizinischen Büchern. Diese waren ihm die liebsten, sie waren so nützlich. Vikor besaß eine ganze Sammlung, die meisten davon bereits mehrfach gelesen, er hatte das Wissen daraus in sich aufgesogen.

Blutvergiftung konnte behandelt werden: mit einem Antibiotikum.

Wenn man welches hatte.

Die Gruppe besaß keine Antibiotika.

Vikor hatte gehofft, dass die Wunde von alleine verheilte. Immerhin war es anfangs nur ein winziger blauroter Fleck gewesen. Aber Lunaro war schon schwach gewesen, als sie sich vor einem Jahr das erste Mal trafen, auf der Suche nach einer Zuflucht. Ein starker, erfindungsreicher Geist in

25

einem schwachen, kranken Körper. Die einzige andere Behandlung für Blutvergiftung, die Vikor kannte, war eine Amputation des Arms, doch mit ihren primitiven Mitteln würde sein wertgeschätzter Freund das erst recht nicht überleben. Es sah nicht gut für ihn aus.

Neben Lunaros Lager stand eine Öllampe. In ihrem flackernden Schein arbeitete er jeden Abend, bis ihm vor Erschöpfung das Werkzeug aus der Hand fiel.

Das Mädchen war währenddessen zum Ende der Geschichte gelangt.

Als der starke Jäger ein paar Schnitte getan hatte, da sah er ein rotes Käppchen leuchten und das Mädchen sprang heraus und rief: „Ach, wie war's so dunkel in dem Wulf seinem Leib!" Die Großmutter kam auch lebendig heraus und atmete tief ein, leider auch gleich ein paar Insekten. Davon musste sie schrecklich husten und Rotkäppchen klopfte ihr kräftig auf den Rücken. Geschwind holten sie große Steine heran, damit füllten sie dem Wulf den Bauch und nähten ihn mit ihrer Knochennadel fest zu. Als der Wulf aufwachte, wollte er fortspringen, aber die Steine waren so schwer, dass er tot umfiel.

Da waren alle vergnügt. Der Jäger zog dem Wulf den Pelz ab, das Rotkäppchen brach ihm die kostbaren Zähne heraus und schnitt das Fleisch in handliche Stücke, es würde ihnen allen munden. Die Großmutter trank den Holundersaft und Rotkäppchen dachte: Du wirst dein Lebtag nicht wieder vom Weg abweichen, wenn es dir verboten ist.

Nur kurze Zeit später waren die drei Kleinen eingeschlafen und Stille kehrte im Zimmer ein.

Vikor brachte Lunaro einen Rest Suppe ans Lager.

„Iss, du brauchst deine Kraft."

Lunaro wehrte schwach ab. „Ich habe genug gegessen. Gib den Rest dem Mädchen. Sie ist zu dünn. Und sie leistet einen wichtigen Beitrag zur Gemeinschaft. Ich dagegen werde von Tag zu Tag nutzloser."

Vikor schüttelte energisch den Kopf. „Im Moment brauchst du alle Energie, die du bekommen kannst, Lunaro. Du bist krank. Und red keinen Quatsch: Wir brauchen dich! Wer sonst könnte das Wasserrad reparieren? Iss!"

Lunaro beugte sich der Strenge Vikors und setzte sich schwerfällig im Bett auf. Alle gehorchten Vikor. Wer es zum wiederholten Mal nicht tat, musste die Gruppe verlassen. Es war die erste und grundlegendste der zwölf Regeln: Vikors Wort ist Gesetz.

Es hatte der Gruppe bisher gut getan, Vikors Vorschriften einzuhalten. Vikor hielt die Gruppe zusammen und beschützte sie.

Lunaro löffelte dankbar die Suppe. Immer wieder musste er innehalten, weil ihm sogar dafür die Kraft fehlte. Er wurde schwächer, er war eine Last geworden, egal, was Vikor sagte.

Vikor ging zu seinem eigenen Lager zurück, setzte sich darauf und nahm ein weiteres Buch vom winzigen Tisch, der daneben stand: „Selbstversorger für Anfänger." Ein ganzer Stapel Bücher lag auf dem Tischchen, „Psychologie für Idioten", „Medizinisches Wissen für Notfälle", „Logische Denkrätsel für Mathe-Genies" und viele mehr. Vikor konnte sehr gut lesen, als Einziger der Gruppe flüssig und unheimlich schnell. Er liebte Wissen und war froh über jedes Buch, das ihm das Mädchen von ihren Streifzügen mitbrachte; auch wenn er erfundene Geschichten direkt aussortierte und zum Anzündpapier erklärte. Rund um sein Strohlager bildete sich eine kleine Mauer aus Büchern, sie trennte sein Lager am Kopfende vom Bett der drei Kleinen.

27

Vor allem medizinische Bücher interessierten ihn, denn Krankheiten waren der größte Feind, den es zu besiegen galt. Seine Mutter war an einer Blinddarmentzündung gestorben, die sein Vater zwar erkennen, doch nicht heilen konnte. Seine kleine Schwester starb nach langem, qualvollem Kampf am Fieber, das durch eine unbekannte Krankheit hervorgerufen wurde, sie war keine fünf Jahre alt geworden.

Auch Kilawa berichtete von Seuchen in ihrer alten Gruppe, durch die letztlich alle zu Tode gekommen waren und sie allein mit Mara zurück ließen. Vikor löschte die kleine Öllampe, als es draußen schon lange dunkel war. Zum Glück brauchte er nicht viel Schlaf und konnte so Nacht für Nacht sein Wissen vermehren. Der Tag gehörte der Arbeit, dem Sammeln und Verwerten von Nahrung, dem Entwickeln von Schutzmaßnahmen und dem schlichten Überleben; die Nacht gab ihm Ausblick auf die Zukunft, auf Hoffnung und Entwicklung.

Kapitel 5: Im Grüngürtel

Ein intelligentes Wesen von abgrundtiefer Bosheit? Mikan wusste nicht wirklich, ob dieser Gedanke der Wahrheit nahekam oder nicht. Die Außenwelt, aus der das Tier stammen musste, barg eigentlich nur Geheimnisse für ihn. Faszinierende und auch gefährliche, wie er gerade mit flatternden Nerven feststellte.

Das Sindalon wandte sich ihm nun frontal zu und näherte sich auf geschmeidigen Füßen der Stelle, an der Mikan erstarrt sein Schicksal erwartete. Fast konnte er die Reißzähne schon spüren, die in sein weiches Fleisch drangen und sein Magen zog sich schmerzhaft zusammen. Schnöde Angst um sein Leben hatte ihn im Griff, die Beine fühlten sich an wie Gummi, beinahe knickte er ein. Eine Situation, so surreal wie ein Spaziergang in den Weltraum.

Mikan war unbewaffnet, denn Waffen gab es im Refugium nur im Museum. Wozu auch Waffen? Es gab keinerlei Feinde im Inneren ihres Schutzraums. Deswegen existierten eben keine Verhaltensregeln für eine solche Situation, sie war einfach nicht vorgesehen und eigentlich unmöglich.

Gut, es war dumm von mir, das nicht vorherzusehen. Aber ich will trotzdem nicht feige sterben, sagte sich Mikan und tat das Einzige, das ihm sinnvoll erschien.

„Hiahiahia!", schrie er, so laut er konnte, breitete die Arme aus, um größer zu wirken und sprang dem Sindalon ein paar Schritte entgegen. Die einer Eingebung entsprungene Strategie schien wirkungsvoll, denn das Sindalon blieb abrupt stehen. Hatte er doch noch eine Chance? Hoffnungsvoll machte Mikan mit seinem ohrenbetäubenden Lärm weiter, bewegte sich jetzt jedoch langsam, aber stetig rückwärts statt in Richtung des Tieres.

Trotz der brenzligen Situation war sich ein Teil seines Gehirns bewusst, welch groteske Figur er gerade abgab, und wie schadenfroh seine Kollegen reagiert hätten, wenn sie ihn so hätten sehen können. Das hätte seinen Ruf eines Verrückten mit Sicherheit gefestigt.

„Hia Hia! Verdammtes Biest, bleib, wo du bist!", wiederholte er schreiend in aller Lautstärke, die ihm zur Verfügung stand. Und tatsächlich: Das Tier blieb weiterhin stehen und schaute ihm geduckt bei seinem lautstarken Rückzug mit aufgestellten Ohren und aggressiv verkleinerten Augenschlitzen nach. Vorerst jedenfalls. Vielleicht spielte es ja auch nur mit ihm wie die sprichwörtliche Katze mit der Maus. Zwar gab es im gesamten Refugium keine Katzen mehr, doch Mäuse innerhalb des Grüngürtels in Hülle und Fülle. Mikan war erstaunt, was alles unkontrolliert durch seinen Kopf schoss, während seine Sinne hellwach auf die Situation gerichtet blieben.

Gut einhundert Meter trennten ihn von dem Ernteroboter, dessen Programmierung er eben noch auf den neuesten Stand gebracht hatte. Ich hätte mich nicht so weit von ihm entfernen sollen, ich wusste doch von der Gefahr durch das Sindalon, schimpfte er innerlich mit sich und schrie trotz einer beginnenden Heiserkeit in voller Lautstärke weiter.

Mehr als die Hälfte der Strecke hatte er bereits hinter sich gebracht und das Sindalon wirkte aus der Entfernung nicht mehr ganz so bedrohlich, als der Verfolger plötzlich durch den niedrigen Bewuchs losjagte. Er hatte den Räuber also keineswegs durch sein Geschrei ausreichend erschreckt, wie hatte er das auch nur eine Sekunde glauben können. Das gefährliche Tier spielte tatsächlich mit ihm, denn in seiner Weltsicht gab es aus Erfahrung kein Entkommen für die Beute. Es handelte sich um ein einseitiges Spiel, eines auf Leben und Tod. Zumindest für ihn, Mikan. Denn dass er, einmal eingeholt, sterben musste, war so sicher wie der Regen um siebzehn Uhr.

All seine Kraft legte Mikan jetzt in den Sprint. Den universalen Autodongel, der unter anderem auch als Fernbedienung für die automatische Tür diente, umklammerte er bereits auslösebereit mit der Hand.

Noch nie zuvor war Mikan um sein Leben gerannt. Noch nie war er auch nur halb so schnell gesprintet wie jetzt. Wie sehr bedauerte er in diesem Moment, dass Sport ihn bisher nicht ansatzweise interessiert hatte. Sein Faible für geistige Betätigung half ihm in dieser Lage kein bisschen. Die Lunge drohte ihm aus der Brust zu springen, die eben noch kühle Luft brannte wie glühende Kohlen. Das Adrenalin setzte Kraftreserven frei, von deren Existenz er bisher keine Ahnung gehabt hatte und er flog regelrecht über den Boden.

Noch etwa drei Meter trennten ihn von der rettenden Tür, als er die Gegenwart des Raubtieres körperlich als bedrohliches Kribbeln in seinem Nacken spüren konnte. In größter Verzweiflung versuchte er einen gewaltigen Sprung, um so vielleicht dem finalen Angriff des Sindalons zu entkommen.

Noch während er durch die Luft flog, drückte er den Auslöser für die Tür und hoffte inständig, das richtige Timing erwischt zu haben. Sollte er gegen die geschlossene Tür prallen oder das Sindalon mit ihm hinein witschen, dann gab es einen Festschmaus, der für ihn kein Genuss wäre. Noch ehe die Tür ganz offen war, betätigte er bereits den Schließmechanismus an dem Dongel.

Sein Aufprall auf dem metallenen Boden im Inneren des Ernteroboters fiel mit dem Krachen des Sindalons gegen die inzwischen wieder fast ganz geschlossene Tür zusammen. Das hässliche Geräusch klang wie Musik in Mikans Ohren.

Die Umgebung verschwamm vor seinen Augen, minutenlang kämpfte er mit einer Atemnot, die ihm fast die Besinnung raubte, sein Herz hämmerte wie ein Pressluft-Roboter. Erst als er wieder einigermaßen Luft bekam, konnte er einen klaren Gedanken fassen.

„Oh Mann, offensichtlich muss es doch etwas im Leben geben, für das es wert ist, nicht sterben zu wollen." Er schnaufte durch und stand auf.

„Jetzt muss ich nur noch herausfinden, was es ist." Selbstgespräche waren ihm längst zur lieben Gewohnheit geworden.

Die Erleichterung hatte ihn sogar richtig gesprächig gemacht.

„Verdammte Mikrobenscheiße! Ein wirklich beeindruckendes Tier! Diese Kraft und Schnelligkeit! Dabei so zielstrebig! Ich muss unbedingt mehr über dieses Wesen herausfinden. Mit ihm könnte man den Ältestenrat mal ganz gehörig aufscheuchen", amüsierte er sich aufgekratzt und rieb sich den schmerzhaft geprellten Arm.

Trotz des gerade überwundenen Schreckens ließ ihn der Gedanke grinsen. Was für ein erhebender Anblick das wäre, wenn die alten ehrwürdigen Männer in Panik auseinander stieben würden! Wie würde er ihnen das nach all den Auseinandersetzungen gönnen, die er mit den sturen und uneinsichtigen senilen Dummköpfen schon gehabt hatte.

Vom Sindalon war nichts mehr zu hören, die Außenhaut des Ernteroboters war zu solide abgedichtet. Er begab sich daher zur Schaltzentrale, um nach dem Tier Ausschau zu halten. Der Roboter war mit einer ausgezeichneten Rundum-Optik ausgestattet und Mikan entdeckte das Tier direkt vor der Tür lauernd. Wahrscheinlich dachte es: Wenn die Beute dort verschwunden ist, muss sie von dort aus auch wieder auftauchen. Mikan bemerkte keine sichtbare Verletzung, keine Irritation des Sindalons. Das Tier musste wirklich was aushalten können, wenn es den Aufprall bei dieser hohen Geschwindigkeit so einfach weggesteckt hatte.

„Na warte, du Missgeburt!", schimpfte Mikan und betätigte die alles durchdringende Hupe der Maschine.

Der grandiose Erfolg der Aktion entlockte Mikan ein schadenfrohes Lachen: Das Sindalon stob mit Höchstgeschwindigkeit davon. Dennoch wagte er nicht, wieder auszusteigen, sondern brachte den Ernteroboter auf Kurs. An keiner Stelle des Grüngürtels war die nächste Schleuse zum Inneren des Refugiums weiter als zwölf Kilometer entfernt, vom Platz des jetzigen Standorts waren es sogar nur acht. Sicher war das Sindalon klug genug, sich von der Schleuse fernzuhalten und so würde Mikan ohne Probleme in ihrer Nähe aussteigen können, um Zutritt zum Kern zu erlangen. Sein Herz schlug ihm immer noch bis zum Hals.

Der Ernteroboter glitt nun fast geräuschlos durch die üppige Vegetation des Grüngürtels und ging seiner Arbeit nach. Nur ab und zu ertönte ein Warnsignal für die Kleintiere, die sich darin heimisch fühlten, Hasen vor allem, aber auch Meerschweinchen und andere kleine Nager, Hauptsache sie vermehrten sich schnell genug für den Fleischbedarf der Bevölkerung. Mit Freude drückte Mikan auf seinen zahlreichen Reisen mit dem Ernteroboter zwischendurch den Extra-Laut-Knopf: Er liebte es, die Tiere davonstieben zu sehen. Zumindest hatte sein kleiner Spaß eine Rechtfertigung: Von diesem Gefährt sollte ja nur die nichtfleischliche Biomasse geerntet werden.

Wie liebte Mikan diese grüne Einsamkeit. Er atmete tief durch und kam langsam zur Ruhe. So weit das Auge blickte: nur Pflanzen in allen Grüntönen, ab und zu ein Tupfer rot, gelb und blau, Blüten von Mohn und Löwenzahn, große, bunte Schmetterlinge, die nicht nur der Bestäubung dienten, sondern zudem seinem Auge ein zauberhaftes, farbenfrohes Bild boten. Ja, die Natur war schön! Die Blumen und Sträucher, die Gräser und Halme, die der Ernteroboter in sich hineinfraß, erfreuten auch die Sinne und Mikan verstand seine ignoranten Mitmenschen absolut nicht. „Dummköpfe, allesamt!"

Mikan spürte beim Betrachten des bunten Farbenspiels vor sich wie immer eine innere Ausgeglichenheit und Ruhe, die er sonst nur in der Musik fand. Dies war sein ganz privates Glück, seins ganz allein, weil seine nur auf schnellen Lustgewinn ausgerichteten Mitmenschen keine Antenne für derlei Dinge mehr besaßen.

Auch deswegen schätzte er die Arbeit mit der Flora und ihrer Entwicklung, widmete ihr seine Energie und sein Leben: Weil sie ihm immer wieder einsame Stunden bescherte, eine Kostbarkeit, die sonst im dicht besiedelten Refugium nicht zu erhalten war. Nun, scheint ja auch niemand zu brauchen, schnaufte er grimmig.

Der Ernteroboter näherte sich Schleuse Nummer drei und Mikan schwang sich aus dem Gefährt. Er schaute sich vorsichtig um, aber das Sindalon hatte sich tatsächlich längst aus dem Staub gemacht.

Der Roboter drehte ab und begab sich zur Entladestation. Mikan schaute kurz zu, wie die hoch konzentrierte Biomasse in Sekundenschnelle in ein Silo transferiert wurde. Bald würde der Ernteroboter sich für weitere fünf Stunden seiner unermüdlichen Erntetätigkeit widmen. Ein ewiger Kreislauf, dessen reibungsloses Funktionieren eine der Voraussetzungen für das Leben im Refugium war, obwohl die Mehrheit seiner Bewohner davon keine Ahnung hatte.

Ja, es ist perfekt ausgeklügelt, dachte Mikan, während er auf die Schleuse zuging. Ein ausgewogenes Gleichgewicht tierischer und pflanzlicher Lebewesen im Grüngürtel sorgte seit Jahrhunderten für einen reich gedeckten Tisch für alle Bewohner des Refugiums.

An der Schleuse saßen die zwei Schleusenwächter auf ihren Tech-Sesseln und blickten dem Ankommenden ohne Überraschung entgegen. Jeder Schleusenmitarbeiter kannte Mikan, der für die Programmierung der Ernteroboter und ganz allgemein für die Ernährung zuständig war.

„So, heute also mal wieder den Robbi als Ausflugsvehikel missbraucht", begrüßte ihn einer der beiden Schleusenwächter, auf dessen digitalem Namensschild Hauer stand, und grinste hämisch.

„Kannst ja gerne mal mitkommen", entgegnete Mikan und verkniff sich den Schimpfnamen, den er schon auf der Zunge gehabt hatte. Diese Schnarchzapfen und ihr ständiges dummes Geschwätz waren nicht mal einen Fluch wert.

Als ob die Wächter jemals freiwillig den Grüngürtel betreten würden! Selbst die abgezäunten, kleinen Freizeitflächen, die sich direkt neben den Schleusen befanden, erfreuten sich keiner hohen Besucherzahl und standen schon lange auf der wirtschaftlichen Abschussliste.

Die meisten hielten ihn, Mikan, für verrückt, weil er jede Gelegenheit nutzte, draußen zu sein. Doch das war ihm egal! Sein Leben war überhaupt nur durch diese Arbeit zu ertragen, er wäre sonst endgültig vor Langeweile eingegangen. Sollten sich die verblödeten Ober im Refugium doch ihr Hirn mit Drogen wegpusten, ihm stand der Sinn ganz gewiss nicht danach. Eine sinnvolle Arbeit war das viel bessere Aufputschmittel.

Während der Arbeitszeit waren alle Drogen außer der für Konzentration verboten: Wächter Nummer zwei sah man bereits nach wenigen Stunden Entzugserscheinungen an. Die blutunterlaufenen Augen, die Mikan leidend anblickten, sprachen Bände.

„Na, fehlt dir dein Betthäschen?", fragte Mikan ihn hämisch grinsend; er spielte auf die meist konsumierte Droge ‚Sexrausch' an.

Mit Schaudern dachte er an sein aus Dummheit und wissenschaftlichen Forscherdrang erfolgtes Experiment damit. Tief in ihm schlummernde Begierden hatten sich in seinem Hirn eingenistet, und in seinem durch die Droge hervorgerufenen Traum hatte er Handlungen begangen, derer er sich lieber nicht erinnerte. Hemmungslos, pornografisch, unkontrolliert, alles Attribute, die er nie wieder auf sich anwenden wollte. Einmal und nie wieder! Nein, Drogen zu konsumieren hatte bei ihm einen Stellenwert im Unterirdischen und deswegen hatte er auch keinerlei Verständnis für diejenigen, die es regelmäßig taten. Ha, praktisch alle.

„Du weißt ja nicht, was du verpasst, du Freak", höhnte der Wächter und Mikans wissendes Grinsen brachte ihn noch mehr in Rage. Nur weil ihm Mikans Bedeutung als Wissenschaftler für das Refugium hinlänglich bekannt war, wagte er es nicht, ihm weitere Beschimpfungen hinterher zu rufen. Er begnügte sich damit, heimlich hinter seinem Rücken das Gesicht zu verziehen und sich gegen die Stirn zu tippen.

Man hielt Mikan, gelinde gesagt, für einen Sonderling, einen Verrückten. Die Ernährung hatte sich zwar seit seinen erfolgreichen Versuchen im Grüngürtel in puncto Vielseitigkeit erheblich verbessert, doch was sollte man von jemandem halten, der die Einsamkeit suchte und Drogen ablehnte? Zudem wurde er im persönlichen Kontakt meist derart beleidigend, dass es eigentlich nur zwei ziemlich gleichstark vertretene Meinungen im Refugium über ihn gab: Verrückt sagten die einen, unausstehlich die anderen.

Es waren Urteile, die Mikan freilich kannte und über deren hartnäckiges Fortbestehen er sich immer wieder amüsierte. Denn nichts war ihm lieber, als Außenseiter in dieser ihm verhassten Gesellschaft zu sein. Dieses Etikett sah er als Auszeichnung, und er tat alles, um ihm weiterhin gerecht zu werden.

Kapitel 6: Drain

Idioten, allesamt! Mikan hielt mit seiner Meinung über seine Zeitgenossen keineswegs hinter dem Berg. So ließ er sich auch von den Faxen des Schleusenwächters hinter seinem Rücken, die ihm selbstverständlich aufgefallen waren, nicht beeindrucken. Er war schon fast durch die Tür, als er sich doch noch einmal umdrehte.

„Wisst ihr", er musste es einfach loswerden, „auf der nach oben offenen Skala für Hirnlosigkeit könnte man euch beide selbst mit dem Fernglas nicht mehr entdecken." Zwar schauten ihn die Wächter böse an, aber es war offensichtlich, dass sie den vollständigen Sinn des Gesagten nicht erfasst hatten.

Das zauberte Mikan ein süffisantes Grinsen aufs Gesicht, bestätigte es doch fabelhaft seine Theorie allgegenwärtiger grenzenloser Dummheit im Refugium. Einfachste Zusammenhänge wurden nicht mehr verstanden, und selbst bösartige, beleidigende Bemerkungen konnten nur noch über ihren Ton verletzen, da komplizierte Zusammenhänge, die über ein direktes Ursache-Wirkungs-Prinzip hinausgingen, die intellektuellen Fähigkeiten der meisten Refugiumbewohner überforderten. Sancta simplicitas!, hatte man das in früheren Jahrhunderten kommentiert.

Immer noch belustigt verließ er das Gebäude und bekam plötzlich Sehnsucht nach seiner ganz persönlichen Vergnügungsstätte. Wie den Grüngürtel musste er auch diese praktisch mit niemandem sonst teilen. „Ha. Geschenk! Es ist ja nicht so, als ob ich jemanden vom Museum fernhalten müsste! Die Refugiums-Banausen können wahrscheinlich nicht mal Asservaten-Kammer oder Präerefugienzeit richtig aussprechen!"

Mikan liebte Selbstgespräche. „Der einzige Mensch, mit dem ich intelligente Gespräche führen kann: C'est moi!", war eine seiner bevorzugten Devisen.

Mikan ließ eines der seltenen Lächeln über sein Gesicht wandern. Ja, bald würde er seinen Tempel sehen, sein ganz persönliches Refugium. Doch gleich wich das Lächeln wieder einem verächtlichen Auflachen. „Ha, ein Paradies für mich, ein Ort der Langeweile für alle anderen. Ein Museum über eine Zeit, in der es keine maßgeschneiderten Drogen gab: für die so langweilig wie die Endlosschleife eines Holofilms über das Wachstum von Pflanzen im Dunkeln. Primitivlinge!"

Zu seinem Leidwesen konnte er sich nicht direkt dorthin begeben, da er seine heutige Tätigkeit abschließend im Arbeitsministerium dokumentieren musste und gleich im Anschluss die allmonatliche Nachbarschafts-Versammlung seiner Wohneinheit anstand. Oh, wie er sie hasste, diese Versammlungen! Doch nicht daran teilzunehmen, war keine Alternative, denn allzu leicht konnten Beschlüsse gefasst werden, die für Mikans Seelenfrieden unerträgliche Konsequenzen nach sich ziehen würden.

Mit Schrecken dachte er an das folgenschwere Versäumen eines dieser Nachbarschaftstreffen zurück: In jener lang zurückliegenden Zeit hatte er sich von dem Rebellionsgeist seiner damaligen Geliebten Valea anstecken lassen und war zum ersten Mal ferngeblieben. Ihm lief es allein bei der Erinnerung kalt den Rücken hinunter: Prompt hatte man beschlossen, in ihrer Wohneinheit eine Drogenabrufstelle zu installieren!

Und an diesem unsäglichen Drogomaten musste er bei jedem Verlassen seiner Wohnung vorbeilaufen und viel zu oft mit ansehen, wie ein Drogensüchtiger sich gerade die nächste Rate seiner körperlichen und vor allem geistigen Selbstzerstörung ausliefern ließ. Niemals wäre das zustande gekommen, wenn er damals mit abgestimmt hätte! Nein, niemals, denn solche schwerwiegenden Entscheidungen mussten einstimmig gefällt werden. Eine sehr vernünftige und sinnvolle Regelung, eine der wenigen dieser Art, doch leider in der Bevölkerung sehr umstritten: Es bestand die Gefahr, dass dieser letzte Rettungsanker der Intelligenz auch noch eliminiert wurde …

Auf der Fahrt zum Arbeitsministerium stieg seine Kollegin Drain direkt nach ihm in den Rapid-Trail, ihr Arbeitsplatz lag unmittelbar neben der Schleuse, im Verwaltungs- und Versorgungszentrum für diesen Quadranten. So sehr es Mikan sonst vermied, ihr oder überhaupt irgendeinem Bekannten zu begegnen, heute war er abgelenkt und unachtsam gewesen und ihr in die Arme gelaufen.

Ihre geringe Körpergröße und das unscheinbare Äußere ließen sie leicht in der Masse der Leute verschwinden, und so hatte er sie erst gesehen, als sie dicht neben ihm stand. Er trat sofort einen halben Schritt zur Seite. Oh elender Milbendreck, fluchte er halblaut vor sich hin, selbst auf die Gefahr hin, dass seine Kollegin ihn hören konnte. Das gefährliche Erlebnis mit dem Sindalon hatte offensichtlich mehr Spuren bei ihm hinterlassen, als er gedacht hatte: Er war nachlässig geworden.

Im Rapid-Trail gab es nur Einzel- und Zweierabteile, doch alle Einzelabteile waren bereits besetzt und so musste er notgedrungen hinnehmen, dass Drain sich direkt neben ihn stellte. Der Trail beschleunigte rasant und raste ohne Halt auf das Zentrum des Refugiums zu. Mikan drehte sich demonstrativ von Drain weg und musterte die strukturlose Metallwand, als sei darauf ein interessantes Muster zu erkennen.

„Hallo Mikan", sprach sie ihn trotzdem an, „warst du draußen im Sektor drei unterwegs?"

Drain redete normalerweise nicht viel. Mikan hielt sie für eine Einzelgängerin, ihm wahrscheinlich ziemlich ähnlich. Nur bei ihm machte sie ärgerlicherweise immer wieder eine Ausnahme. Sie sprach dabei nicht nur ein paar Worte mit ihm, sondern versuchte seltsamerweise sogar, sich ausgiebig mit ihm zu unterhalten.

Von allen Mitarbeitern der Abteilung Ernährung verabscheute Mikan sie am wenigsten, weil sie Intelligenz zeigte und auf dem Gebiet der Insektenforschung ähnlich bewandert war wie er selbst, auch wenn das nicht ihr Spezialgebiet darstellte. Doch all dies bedeutete keineswegs, dass er in irgendeiner Weise Wert auf ein privates Gespräch mit ihr gelegt hätte.

„Hm", bestätigte er deshalb kurz angebunden ihre Vermutung.

„Ich habe den Eindruck, dass dort draußen am Rand zur Außenwelt etwas Seltsames vorgeht. Es gibt dort einen Bereich, in dem die Zahl der Kleintiere stark zurückgegangen ist. Hast du etwas bemerkt?"

Glücklicherweise redete Drain über Berufliches, was Mikans Bereitschaft zu einer Antwort deutlich erhöhte. Tatsächlich wusste er die Antwort auf ihre Frage. Doch obwohl das Sindalon ihn gerade fast das Leben gekostet hatte, erwähnte er es mit keinem Wort.

„Keine Ahnung, Giftpflanzen habe ich jedenfalls keine dort entdeckt." Zumindest der zweite Teil des Satzes entsprach der Wahrheit.

„Also, wenn selbst du nichts bemerkt hast, brauche ich niemanden da raus zu schicken."

Ja, wen hättest du schon schicken können, dachte Mikan, der wusste, dass selbst Drain niemals ohne einen wirklich triftigen Grund in den Grüngürtel ging. Ole etwa, ihren Assistenten? Diesen spindeldürren Kerl, dem man die schwere Drogensucht auf die Entfernung von einem Quadranten zum nächsten ansah? Ohne intelligenzsteigernde Drogen, die den Verfall des Gehirns gerade noch ausgleichen konnten, würde er nicht mal seinen Hintern in der Unterhose finden.

Ole im Grüngürtel, allein die Vorstellung: lächerlich! Selbst mit geschlossenen Augen und verbundenen Händen würde ich in fünf Minuten im Grüngürtel mehr herausfinden als Ole in einem Jahr. Obwohl Ole ein gutes Sindalonfutter abgeben würde, schoss ihm durch den Kopf und er konnte sich ein Grinsen gerade noch verkneifen bei diesem Gedanken.

Er nickte und schüttelte dann den Kopf. „Niemanden raus schicken."

Drain war etwa in seinem Alter, knapp über vierzig, und spezialisiert auf die Kleintiere im Grüngürtel. Wobei sie sich lieber im Labor aufhielt, ganz im Gegensatz zu Mikan. Nur alle paar Monate ging sie mal draußen im Grüngürtel vorschriftsmäßig die Lage kontrollieren. Doch er musste anerkennen, dass auch sie einige Erfolge auf ihrem Gebiet vorweisen konnte und ihre Forschungsergebnisse ebenfalls zur deutlichen Verbesserung der Ernährung beigetragen hatten.

Manchmal hatte Mikan der Eindruck beschlichen, dass sie mehr von ihm wollte als einen wissenschaftlichen Austausch, was ihn aber eher abschreckte. Die letzten Monate schien sie, wohl dank seiner unwirschen Art, Bemühungen in dieser Richtung aufgegeben zu haben. Sie redete nur noch mit ihm über Dinge, die ihre Arbeit betrafen. Leider startete sie heute einen neuen Plauderversuch, obwohl er sich immer noch deutlich von ihr abwandte, und seine Körpersprache eigentlich keinen Zweifel zuließ.

„Hör mal, Mikan, ich habe kürzlich in der Zeitschrift Novidade gelesen, dass es uns besser geht als allen Generationen vor uns seit Gründung des Refugiums. Was hältst du denn von dieser Aussage?"

„Kompletter Schwachsinn!", ereiferte sich Mikan spontan und sprach wütend die Metallwand vor sich an. „Einen Dreck geht es uns gut!" Ein Sprühregen seines Speichels benetzte die Wand und erzeugte wirre Muster auf ihr.

„Mikan, warum kommst du nicht mal zu einem unserer Wissenschaftlertreffen? Ich weiß ja, dass du eigentlich nichts von Gesellschaft hältst, aber deine Erfahrungen wären sehr nützlich für uns. Mittwoch in einer Woche treffen wir uns zum nächsten Mal."

Schon wieder!, ärgerte sich Mikan. Warum fing sie jetzt wieder mit diesem Austauschquatsch an, nachdem sie ihn wochenlang damit verschont hatte? Diese Treffen mochten ihr vielleicht wichtig sein, er aber sah keinerlei Sinn darin. Erstens kamen zu diesen Treffen garantiert überwiegend Dummköpfe, denn es gab ja fast nur noch Idioten im Refugium, und zweitens mochte er seine kostbare Zeit nicht damit verbringen, anderen Dinge zu erklären, die ihm selber vollkommen klar waren.

„Verschon mich endlich mit diesem Firlefanz! Lass mich einfach in Ruhe! Auf wissenschaftliche Nabelschau kann ich verzichten." Drains Blicke, die Mikan nur aus den Augenwinkeln wahrnahm, waren nicht ganz einfach zu interpretieren, doch freundlich und erfreut waren sie nicht. Es war ihm egal! Demonstrativ quetschte sich Mikan noch dichter in die Ecke der Kabine und kniff die Lippen zusammen.

Weitere Worte wurden nicht mehr gewechselt.

Zum Glück dauerte die Fahrt nur noch wenige Minuten und so konnte sich Mikan an der Zentralhaltestelle, die nahe des Eingangs zum Arbeitsministerium lag, von Drain verabschieden. Er hob kurz wortlos die Hand.

„Dann viel Erfolg bei der Arbeit", wünschte ihm Drain mit gepresster Stimme und wandte sich nach links, als Mikan sich nach rechts orientierte, um seinen Bericht abzuliefern.

„Ebenso", blieb Mikan wortkarg. Wie hätte er zu diesem Zeitpunkt ahnen können, dass er Drain so bald nicht wiedersehen würde. Und dass sie dennoch in seinem weiteren Leben eine wichtige Rolle spielen würde.

Kapitel 7: Morgenkreislauf

Wie immer schlief Vikor als Letzter ein und wachte als Erster auf. Schlaf war ein Luxus, den er sich wenig gönnte und zum Glück auch nur in geringem Maß brauchte.

Er zündete das Öllämpchen mit einem der kleinen, wunderbaren Hölzchen an, die das Mädchen vor ein paar Wochen in großen Mengen von einer ihrer Exkursionen mitgebracht hatte und schaute auf die Uhr, die neben dem Bücherstapel auf dem kleinen Tisch nahe seines Schlafplatzes lag. Es war kurz vor sechs Uhr, wie jeden Morgen. Er bräuchte keine Uhr, sein Leben war rhythmisch und strukturiert. Aber er war neugierig auf die Zeit. Sie war interessant und faszinierend, eine Konstante in einem Leben voller Ungewissheit. Die Uhr war zudem ein Erbe seines Vaters, der ihm beigebracht hatte, sie zu lesen.

Vikor lächelte bei dieser Erinnerung. Immer wieder war sein Vater gekommen und hatte ihn den Sonnenstand mit der Uhrzeit vergleichen lassen, manchmal sogar den Stand der Sterne. Es war eines der Dinge gewesen, die ihn mit seinem Vater eng verbunden hatten … So schmerzhaft die Erinnerungen an den Vater auch waren, er dachte gerade in den frühen Morgenstunden oft an ihn. So viel hatte er von ihm gelernt. Und wie viel hätte er noch von ihm über das Leben erfahren können …

Er wischte die Erinnerung bewusst zur Seite. Erinnerungen hatten ihren fest zugewiesenen Platz im Leben der Gruppe, im Alltag durften sie nicht viel Zeit kosten, es gab sowieso schon zu wenig Stunden für alles Nötige. Er freute sich jedoch schon auf den nächsten Erinnerungstag zum vollen Mond. An ihm tauschten die Kinder untereinander ihre Erinnerungen aus, schenkten sie sich gegenseitig wie einen kostbar gehüteten Schatz.

Er schlug die Decke zurück und ging in den Nachbarraum, den einzigen weiteren Raum in ihrer Zuflucht. Hier befand sich ein großer Tisch, an dem sieben verschiedene Stühle standen. Vikor streckte sich in die Länge und dehnte sich, dann öffnete er die Fenster, indem er die Holzabdeckungen entfernte. Sie schützten zusätzlich gegen die kalte Nachtluft und auch gegen mögliche Fressfeinde und lästige Insekten. Während der Schlafraum fensterlos war, hatte der Raum mit dem Tisch zwei Fenster, eines davon mit Glas bestückt, eines mit dünner, fein gegerbter Lederhaut bespannt. Das hereinfallende erste Morgenlicht erhellte den kleinen Raum, der Tag hatte begonnen.

Wenig später kam Kilawa herein, ihre braunen Haare in wilden, verknoteten Locken vom Kopf abstehend von der Nacht; sie grüßte Vikor fröhlich.

„Guten Morgen. Es wird ein guter Tag."

Das sagte sie jeden Morgen und wie immer lächelte Vikor dankbar zurück.

„Guten Morgen. Ja, heute wird ein guter Tag."

Kilawa wirkte wie ein Sonnenschein, jetzt schien der Raum größer und heller als zuvor. Ihre morgendliche Aufgabe war es, das Feuer im Herd zu entfachen und das Frühstück zu richten. Nur wenig später betrat nahezu lautlos das Mädchen den Raum, an ihren Füßen trug sie bereits die Schuhe aus Ziegenleder, die ihr Kilawa in einigen späten Abendstunden genäht hatte. Sie half wortlos beim Decken des Tischs.

Sieben Becher und sieben Teller teilte sie aus. Viel mehr Geschirr hatten sie nicht. Sie achteten gut darauf, hüteten es wie einen Schatz, denn wer wusste, wann das Mädchen wieder etwas davon auf ihren Streifzügen finden würde. Bevor sie die letzten Teller und Tassen mitgebracht hatte, war das Geschirr in der Gruppe geteilt worden. Die vorher benutzten geschnitzten Holzteller und -becher hatten nie lange gehalten und waren vor allem schwer zu reinigen gewesen.

„Lassen wir die Kleinen heute noch etwas schlafen?", wollte Kilawa wissen, und Vikor nickte dazu, wie eigentlich immer in letzter Zeit. Sie

43

ließen die drei Kleinen ausschlafen, das brachte den großen Kindern den Moment Ruhe, der ihnen sonst fehlte.

Meist verschwand das Mädchen gleich nach einem knappen Frühstück; sie fand keine Ruhe, bevor sie auf Wanderung gehen konnte. Die Fundstücke, die sie zurückbrachte, waren wertvoll, daher ließ Vikor sie gewähren. Allein wenn er an die Bücher dachte, die sie in ihrem Rückenbeutel anschleppte, sie waren ihm ihre Streifzüge wert. Er selbst hatte nie so viele gefunden auf seinen Ausflügen in die Welt außerhalb ihrer Zuflucht.

Doch nicht nur in diesem Punkt war das Mädchen unersetzlich für ihre Gruppe geworden: Als Jägerin war sie unübertrefflich. Die Ernährung der Gruppe war seit ihrem Erscheinen deutlich abwechslungsreicher und nahrhafter geworden; gut, dass sie im letzten Winter zu uns gestoßen ist, dachte Vikor zum wiederholten Mal, als er sie auch an diesem Morgen ihren Rückenbeutel packen sah.

Vikor löste den schweren Holzbalken, der die Tür zum Haus von innen verbarrikadierte, und öffnete sie langsam. Er schaute vorsichtig durch den dichten Fliegenvorhang in den Hof hinaus, alles schien ruhig und friedlich. Nur die Hühner jagten bereits den Schwärmen von Insekten hinterher, die den Weg über den hohen Holzzaun, der den Hof umgab, gefunden hatten. Sie legten, wohlgenährt von der Jagd nach den Insekten, Schnecken und Käfern, jeden Tag zahlreiche Eier, welche einen wertvollen Bestandteil ihrer Ernährung bildeten.

Kilawa sang leise vor sich hin. Sie schlug gut zwölf Eier in einer Schale auf und mischte Kräuter, Beeren und Reste von Getreidegrütze darunter. In einer großen, schweren Pfanne briet sie mit etwas Öl das leckere Rührei, dessen Duft die Kleinen sicher bald wecken würde. Bevor Lunaro die Ölpresse erfunden und gebaut hatte, war es schwierig gewesen, in der eisernen Pfanne zu backen und zu braten, doch jetzt klebte das Essen nicht mehr so leicht an und war noch schmackhafter und sättigender.

Die Jägerin füllte Kräuter in eine große Kanne und gab Wasser in einen rundlichen Topf, den sie auf einen großen Steinabsatz stellte, der halb ins Feuer des großen Kamins hing. Es dauerte nicht lange und sie konnte kochend heißes Wasser über die von ihr selbst gesammelten Kräuter schütten und so den morgendlichen Tee zubereiten. Sie holte aus einem kleinen Schrank, der neben dem Kamin in einem Wandregal eingebaut war, ein Gefäß, das mit Stoff umwickelt und zusätzlich mit einem Deckel versehen war. Es enthielt den golden schimmernden Schatz der Bienen, eine Kostbarkeit, die besonderen Gelegenheiten vorbehalten war.

Das Mädchen gab mit einem kleinen geschnitzten Holzlöffel Honig in eine der Tassen, goss heißen Tee darüber und stellte ihn zum Abkühlen ans Fensterbrett. Seit ein paar Tagen brachte sie jeden Morgen Lunaro eine Tasse gesüßten Tee ans Bett. Er hatte kaum mehr die Kraft aufzustehen und schlief sehr lange. An ein gemeinsames Frühstück mit ihm war nicht mehr zu denken.

Vikor kam lächelnd wieder von draußen herein und schloss die Tür hinter sich. Er brachte weiteres Wasser in zwei großen Eimern von dem kleinen Bach, der hinter dem Haus entlang floss. Er legte auf beide Eimer ein Tuch, sodass das Wasser vor den Insekten geschützt war. Ins Haus verirrten sich zwar nicht mehr so viele der kleinen Biester, weil Lunaro an alle Türen und Fenster Fliegenvorhänge angebracht hatte, aber die zusätzliche Vorsorge war ihnen in Fleisch und Blut übergegangen.

Vikor trat zum Tisch und setzte sich. „Draußen ist ein herrlicher Tag, nur wenige Wolken am Himmel. Lasst uns das Frühstück beginnen. Kilawa, du weckst danach die Kleinen und isst mit ihnen gemeinsam."

Kilawa lachte. „Meistens werden sie vom Geklapper und vom Duft selbst wach. Warte es ab."

Die Jägerin verneigte sich vor dem Essen auf dem Tisch.

Sie begannen, schweigend zu essen.

Jeder Morgen und jeder Abend kam mit eigenem Wellenschlag, wechselte sanft im Rhythmus der Jahreszeiten.

Rituale gaben der Gruppe Halt.

Kapitel 8: Revolution im Kleinen

Die Forschungsarbeit für das Ministerium für Ernährung war Mikans Lebensinhalt. Er genoss jede Minute, die er mit seinen Experimenten zubrachte. Diese waren wichtig für das Refugium, doch das war nicht der Hauptgrund für seinen unermüdlichen Einsatz. Er liebte es, sich für Pflanzen neuartige Fortpflanzungsstrategien durch Insekten auszudenken und gezielte Züchtungen durchzuführen, um die Bestäubung zu gewährleisten.

Dabei ging es ihm keineswegs um die verbesserte Ernährung der Menschen im Refugium, denn Menschen bedeuteten ihm überhaupt nichts. Letztlich war es eine intellektuelle Herausforderung, im Grunde genommen ein Spiel, bei dem er seine Grenzen ausloten und sein liebstes Organ gewinnbringend einsetzen konnte: sein Gehirn.

Was sollte die lächerliche Anerkennung seiner Vorgesetzten für seine Leistung, hah! Auf die konnte er kaltlächelnd verzichten. Die Genugtuung, die er empfand, wenn er den landwirtschaftlichen Ertrag mittels einer neu geschaffenen Spezies erhöhen oder die Qualität verbessern konnte, war die pure Freude über den Sieg des Geistes über die Natur. Und zwar seines Geistes, das war das Einzige, worauf er wirklich Wert legte. Er betrachtete sich als Naturforscher, ganz in der Tradition der Wissenschaftler von vor mehr als dreihundert Jahren. Doch Mikan war sich sicher: Mit diesem Selbstverständnis stand er auf ziemlich einsamer Flur!

So sehr er seine Arbeit liebte, die jetzt anstehende Tages-Dokumentation hasste er von ganzem Herzen. Und dennoch, es hätte schlimmer sein können und das war es tatsächlich auch schon gewesen. Anfangs hatte er nämlich, wie jeder andere Arbeitende, permanent ein persönliches Aufzeichnungsgerät am Handgelenk bei sich tragen müssen. Es dokumentierte jeden Schritt und jede Bewegung, selbst die der Augen. So konnte lückenlos nachverfolgt werden, was der Träger getan, gesagt und gesehen hatte.

Oh, wie Mikan dies gehasst hatte, obwohl die Aufzeichnungen wahrscheinlich infolge der weit verbreiteten Ineffizienz längst nicht mehr ausgewertet wurden. Sein Tag war gekommen als seine ersten Erfolge große Anerkennung und Aufsehen erregt hatten. Er hatte die Gunst der Stunde genutzt und sich geweigert, dieses Spionagegerät weiter zu tragen. Die Wogen schlugen hoch: Noch nie hatte jemand solch ein Ansinnen geäußert. Bis zum Ältestenrat ging die Angelegenheit. Doch die Bedeutung und Tragweite seiner Forschungen war so offensichtlich, dass man schlussendlich einen Kompromiss mit dem Rebell ausgehandelt hatte.

Unter Zähneknirschen hatte Mikan zugestimmt: Es wurde ihm erlaubt, seine Arbeit selbst zu dokumentieren. Daher wurde extra für ihn ein Aufzeichnungsgerät im Ministerium für Arbeit eingerichtet, das er nach dem täglichen Pensum zu benutzen hatte. Erträglicher, jedoch immer noch lästig und unnötig!

Wie immer empfing ihn auch heute die seelenlose Stimme des Automaten: „Bitte, Herr Throop, beginnen Sie mit der Aufzeichnung."

Und wie immer dachte Mikan mit ironisch verzogenem Mund: Dieser liebreizenden Stimme kann ich doch nichts abschlagen.

Eine Viertelstunde später verließ ein aufgekratzter Mikan das Studio. Nichts von dem, was er hatte aufzeichnen lassen, entsprach der Realität. Dem Automaten völlig falsche, jedoch wahr klingende Tatsachen zu unterbreiten, war zu einem ganz speziellen Hobby Mikans geworden. Er konnte dabei seinen Einfallsreichtum unter Beweis stellen, auch wenn dies niemand außer ihm selbst würdigen konnte.

Dieses Mal hatte er von einer ungeheuren Ausbreitung von Giftbeeren berichtet, die er erfolgreich bekämpft hatte. Immerhin untergrub er so im Stillen die Autorität des Ältestenrats und das bereitete ihm ungeheures Vergnügen. Stolz nahm er die Schultern zurück und reckte das Kinn vor: Und nie im Leben hätte ich denen vom Sindalon erzählt. Es ist mir doch irgendwie seelenverwandt, ein Einzelgänger in einer fremden Welt.

Die nächste Aufgabe hasste er ebenfalls und leider gab es dabei nicht einmal eine kleine Vergnügungsentschädigung: Die Nachbarschafts-Versammlung seiner Wohneinheit stand heute an. Es war eine vollkommen trostlose Veranstaltung, der er sich aber nicht entziehen konnte, ohne sich Gefahren auszusetzen, die ihm fast schlimmer erschienen als die eben ausgestandenen mit dem Sindalon.

Mit jedem Schritt durch die endlos wirkenden Straßen, der ihn seinem Zuhause näher brachte, wuchs die Wut auf das System in Mikan. Er grummelte vor sich hin. „Warum muss ich in einer normalen Wohneinheit wohnen? In einer winzigen Wohnbox, wie eine Arbeitsbiene neben tausend anderen! Meine Intelligenz verdient ein Haus für mich alleine. Schmeißt die nichtsnutzigen Mitglieder des Ältestenrats raus aus ihren großkotzigen Häusern im Zentrum und gebt sie denen, die sie verdienen. Ha, ich bin mit Abstand der intelligenteste Mensch im Refugium, ja: der wichtigste! Und wie werde ich behandelt?"

Er gefiel sich in solchen Äußerungen, obwohl er natürlich wusste, dass sie überheblich waren. Doch solange niemand ihm dabei zuhörte, bereiteten ihm solche Aussagen Freude – und ein Körnchen Wahrheit war ja immerhin darin verborgen. Er kam an das Haus seiner Wohneinheit: Niemand war zu sehen, zum Glück, so konnte er sich über das meist ungenutzte

Treppenhaus in den zweiten Stock begeben, ohne jemanden ignorieren oder gar grüßen zu müssen.

„Ohne meine Erfolge würden immer noch alle das geschmacklose Zeug von früher in sich hinein stopfen!" Er dachte an die Ernährung im Kinderhort und schüttelte sich.

„Ich hab ihnen damals schon gesagt, was sie tun müssen, aber was haben sie damit angefangen? Sie haben mich nicht ernst genommen! Sie haben mich ausgelacht!" Wie oft hatte sich Mikan im Kinderhort gewünscht, gar nichts essen zu müssen, wie die Robot-Erzieher. Die kamen vollkommen ohne Nahrung aus, was dem kleinen Mikan extrem imponiert hatte. Zudem brauchten sie keine Freunde, was sehr praktisch war. Seine Versuche, Freunde zu gewinnen, waren immer kläglich gescheitert. Am besten kam er zurecht, wenn niemand etwas von ihm wollte.

Mikan betrat die Wohnung. Sein persönlicher Diener Septas war sofort zur Stelle. Er hatte nur darauf gewartet, dass sein Herr erschien, und verneigte sich demütig vor ihm. Wie immer vermochte Septas' unterwürfige Geste Mikan nicht zu besänftigen, sondern stachelte seine Wut sogar noch an.

Die Unterteilung in Unter und Ober, die es schon seit der Gründung der Refugien gab, erinnerte ihn zu sehr an seine ehemalige Freundin Valea. Hah, sie fristete nun irgendwo im Refugium ebenfalls als Unter ihr Leben, obwohl sie als Ober geboren worden war! Mit Drogen hatte man sie degradiert, nur weil sie eine angeblich unverzeihliche Dummheit begangen hatte! Die schlimmste aller Strafen hatte sie ereilt, und Mikan fühlte sich immer noch schuldig, denn er hatte es nicht nur nicht verhindert …

Er hasste diese Erinnerung und wischte sie energisch zur Seite. Allein wegen dieser Heimsuchung hätte er gerne ganz auf Diener verzichtet, doch damit hätte er sich noch weiter zum Außenseiter gemacht. Nicht, dass ihn diese Tatsache besonders stören würde, aber wahrscheinlich hätte er damit riskiert, einige seiner mühsam erkämpften Privilegien zu verlieren, und diese waren ihm unverzichtbar geworden. Nein, in dieser Angelegenheit kam er nicht um Kompromisse herum. Ein Ober hatte nun einmal bedient zu werden, sonst war er kein Ober. Eine der unzähligen lächerlichen Regeln!

Ihm standen sogar zwei Unter als Bedienung zu und Mikan kannte sonst niemanden, der sich mit weniger begnügte. Mit eisernen Diskussionen hatte er das zuständige Ministerium in wochenlangem Kampf auf einen herunter-gehandelt, was es seit Menschengedenken nicht mehr gegeben hatte. Mit der Gegenwart von Septas musste er sich also abfinden und an einem weni-ger emotionsgeladenen Tag hätte Mikan seinen langjährigen Diener auch nicht so angefahren:

„Kannst du dich nicht mal wie ein Mensch benehmen? Dieses ewige Herumschleichen und Verneigen macht mich wahnsinnig!"

Der sowieso schon nicht allzu große Septas machte sich noch kleiner, bückte sich noch tiefer und verharrte in dieser Stellung. Es war die traditio-nelle Haltung, die Diener einnahmen, wenn eine ihrer Handlungen missbil-ligt wurde. Es war bei hohen Strafen verboten, Diener zu schlagen oder zu misshandeln. Doch verbale Demütigungen und Beschimpfungen fielen nicht unter dieses Gesetz und sie hatten eine sofortige überdemütige Hal-tung zur Folge. Die Unterwürfigkeits-Drogen waren außerordentlich wirk-sam und viele sadistisch veranlagte Ober nutzten das im Umgang mit ihren Dienern gnadenlos aus, indem sie ihre rechtlosen Sklaven mit Freude er-niedrigten.

Sofort überfiel Mikan ein schlechtes Gewissen. Konnte er auch sonst grob und beleidigend gegen seine Mitmenschen sein, ohne einen Funken Mitleid oder ein Mindestmaß an Rücksicht; einem wehrlosen Wesen wie Septas gegenüber kam es ihm falsch vor. Und wehrlos war Septas auf jeden Fall, eine Auflehnung gegen seine Behandlung ließen die Drogen einfach nicht zu. Mikan gestand sich selbst ein, dass sein Gefühlsausbruch nur durch die bevorstehende verhasste Versammlung zu erklären war, und er fuhr etwas weniger heftig fort:

„Du kannst mir etwas zu essen zubereiten, egal was, ich muss gleich wieder fort."

„Sofort, mein Herr!" Ohne Verzug machte Septas sich mit einem freudigen Lächeln auf seinem Gesicht daran, der Aufforderung Folge zu leisten.

Mein Herr! Hah! Auch diese Anrede war Mikan verhasst, aber es war ihm nicht gelungen, sie Septas auszutreiben. Die entsprechenden Drogen leisteten ganze Arbeit und führten eine unumkehrbare Bewusstseinsveränderung herbei. Einmal Unter, immer Unter.

Für Ober galt das leider nicht, wie er an Valeas Beispiel tragisch erlebt hatte. Aus einer lebhaften, rebellischen Frau mit herausragender Intelligenz war nach wenigen Tagen eine willenlose Dienerin geworden, die ohne Murren in der Wäscherei Sklavendienste verrichtete. „Idiotische Drogen! Hirnloser Ober- und Unterscheiß! Degenerierter Ältestenrat! Verfluchte Nachbarschafts-Versammlung!", stieß Mikan immer lauter werdend hervor. Seine Laune befand sich erneut im Sinkflug.

Während er sich umzog und die geliebte, praktische Arbeitskleidung gegen die traditionelle Robe für offizielle Anlässe tauschte, deckte Septas den Tisch und bediente den Nahromaten. In Sekundenschnelle materialisierte sich auf einer Platte etwas, das Kartoffelpüree und Rindersteak mit Sauerkraut ähnelte. Es schmeckte sogar danach, soweit Mikan das beurteilen konnte, seine Basis hatte jedoch überhaupt nichts mit diesen Dingen zu tun. Niemand wusste das besser als Mikan.

Mit mäßigem Appetit stopfte er das Essen lustlos in sich hinein, denn obwohl er Hunger verspürte, schlug ihm die bevorstehende Aufgabe auf den Magen.

„Du kannst jetzt nach Hause gehen, ich werde erst sehr spät zurückkommen. Es reicht, wenn du morgen früh wiederkommst", verabschiedete er sich von Septas und genoss die Aussicht auf einen dienerlosen Abend nach seiner Rückkehr.

Der Versammlungsraum des Quadranten war nur einige Hundert Meter entfernt und Mikan begab sich zu Fuß dorthin. Die allgegenwärtigen Rollbänder benutzte er sowieso äußerst selten, auch wenn er für leibliche Ertüchtigung sonst nichts übrig hatte.

„Wer hat sich nur diese Roben ausgedacht?! Diese lächerlichen spitzen Dinger, die in die Kniekehlen hängen? Was soll der Quatsch überhaupt …?" Er unterbrach sein Selbstgespräch, als er der alten Xyla über den Weg lief, mit über 180 Jahren eine der ältesten Mitbewohnerinnen. Sie hatte ihn noch nie verärgert. Er sah sie zudem selten am Drogomaten und auch sie benutzte die Rollbänder nicht. Er verspürte eine gewisse Toleranz gegenüber ihrer Person, die ihn nicht vorbei hasten ließ.

„Tradition, mein lieber Herr Throop. Tradition." Sie lächelte und strich sich den langen Rock glatt, der über ihre schlanken Hüften fiel. „Aber Sie haben recht, die Farbe ist grauenhaft. Schwarz ist so trist."

„Schwarz ist so ziemlich das Gegenteil von Farbe, Frau Xyla." Er verneigte sich kurz und hielt ihr die Tür zum Versammlungsraum auf. Ohne dieses altertümliche Kleidungsstück wurde man leider nicht eingelassen.

Hinter ihnen wurde die Tür von einem Diener geschlossen, sie beide waren die letzten der Wohneinheit gewesen. Der Vorsitzende eröffnete sofort das Treffen, als sie Platz genommen hatten. Der Mummenschanz konnte beginnen.

„Mitbürger", begann er seine Begrüßung, die erfahrungsgemäß einige Minuten dauern würde. Sofort schaltete Mikan auf Durchzug und beobachtete lieber die Leute um sich herum. Die wenigsten kannte er mit Namen, da er sich von Menschen im Allgemeinen fernhielt und von den Mitbewohnern seiner Wohneinheit sowieso.

Worüber sollte er sich etwa mit dem dicken, unförmigen Kerl unterhalten, dessen Augen glasig in die Umgebung stierten. Mikan tippte auf „Volare", eine Droge, deren typische Nebenwirkung der abwesende Blick und die wässrigen Augen waren. Selbstredend hatte Mikan sie nie ausprobiert, aber dem Hörensagen nach bescherte sie den Konsumenten einen Dauerorgasmus, der das Gefühl vermittelte, ständig knapp über der Erde zu schweben. Wenn man sie allerdings über einen längeren Zeitraum einnahm, gab es unvermeidlich starke Nebenwirkungen. Alle Drogen hatten sie, von der Regierung stets verharmlost!

Mikans Blick schwenkte nach links und fokussierte die engelsgleiche Frau neben dem Dicken. Natürlich war die Schönheit nicht echt. Es gab nicht nur Drogen, die den Geist veränderten, sondern ebenso welche, die den Körper modifizierten. Vor allem die Jüngeren im Refugium konnten oft genug der Versuchung nicht widerstehen, ihren Körper mittels modernem Bodyshaping nach den eigenen Vorstellungen zu modellieren. Genveränderten Monstern ähnlicher als Menschen, zog Mikan einen von ihm oft benutzten Vergleich.

Pillen für Haar- und Bartwuchs, Brustverkleinerung und -vergrößerung, für Augenvergrößerung und Muskelmasse an bestimmten Stellen des Körpers, es gab kaum etwas, das es nicht gab. Die Kombinationsmöglichkeiten gingen in die Millionen, wusste Mikan. Drogen zur Vermeidung von Falten nahmen praktisch alle, die älter als fünfzig Jahre waren. Paradiesische Zustände nannten die Befürworter der Drogen das, also praktisch alle, während Mikan das altertümliche Wort Drogenhölle dafür benutzte.

„Kommen wir nun zur Abstimmung ..." Irgendwie waren die Worte trotz der Ablenkung zu Mikan durchgedrungen. Panik überflutete ihn: Er hatte alles verpasst und keine Ahnung, worüber gerade abgestimmt werden sollte. Oh Mann, soll ich jetzt mit Ja oder Nein stimmen? Fragen, worum es ging, wollte er auf keinen Fall, das hätte ihn heillos blamiert und der Lächerlichkeit preisgegeben. Da gab es eigentlich nur eine vernünftige Lösung: Anders abstimmen als die Mehrheit.

„Wer ist dafür?"

Alle Hände schnellten nach oben. Alle außer Mikans Hand.

„Wer ist dagegen?" Mikan streckte den Arm.

„Herr Throop", wandte sich die Vorsitzende mit hochrot werdendem Kopf an ihn, „Sie wollen also wirklich mit ihrer Gegenstimme verhindern, dass eine Überwachungsfunktion für medizinische Drogenprobleme in jeder Wohnung angeschafft wird? Wollen Sie denn, dass jemand von uns dauerhafte Hirnschäden davonträgt? Sie wissen doch, dass so eine Anschaffung einstimmig beschlossen werden muss."

Innerlich strahlte Mikan und er hatte Schwierigkeiten, diese Fröhlichkeit nicht auf seinem Gesicht erkennen zu lassen. Wie richtig hatte er damit gelegen, anders als alle anderen abzustimmen! Auch wenn ihm nun Hass von allen Seiten entgegenschlug, damit konnte er umgehen, das war er gewohnt. Die ersten Leute waren aufgesprungen, buhten ihn aus und schüttelten die Fäuste in seine Richtung: für Mikan ein Fest der Freude.

Jetzt stand er ebenfalls auf und meldete sich zu Wort „Haben Sie gerade Hirnschäden gesagt, da muss ich ja lachen!"

Mikan betonte das Wort Hirn so, dass niemand daran zweifeln konnte, welche Meinung er damit zum Ausdruck bringen wollte. Der Tumult nahm infolgedessen noch einmal zu, sodass Mikan nun seine Stimme erheben musste.

„Drogen sind Hirnkiller, eindeutig stinkende bakterienkackende Hirnkiller, und ich bin strikt dagegen, dass eine solche Überwachungseinrichtung installiert wird. Dann wird nur noch mehr von dem Krötendreck konsumiert, weil es ja angeblich gefahrloser wird. Gefahrlos! Von wegen! Meine Meinung dazu kennt ihr und sie steht fest: Ihr könnt euch jede Diskussion sparen! Wenn ihr dieses Zeug nehmen wollt, dann tragt auch die

Konsequenzen und steht dazu, dass eure Gehirne zu Spurenelementen verkommen!"

Selbstverständlich gab es trotzdem eine heiße Diskussion, an der sich Mikan jedoch nicht beteiligte. Er setzte sich wieder und ließ stoisch mit verschränkten Armen und geschlossenen Augen alle Überredungsversuche, Drohungen und Beschimpfungen an sich abgleiten.

„Warum muss dieser unerträgliche Ignorant ausgerechnet in unserer Wohneinheit leben?!" Einer hatte es formuliert, aber alle hätten diesen Satz unterschrieben.

„Können wir nun zum nächsten Tagespunkt kommen?", drängte Mikan schließlich genervt, denn er wollte unbedingt noch zum Museum für Frühgeschichte, seiner Leidenschaft frönen. Er brauchte dringend einen Ausgleich für diese Veranstaltung, so sehr er auch ausnahmsweise seinen Spaß damit hatte.

Es dauerte noch gut 30 Minuten, obwohl es gar keinen weiteren Tagesordnungspunkt mehr gab, bevor sich die Empörung über Mikan gelegt hatte und die Sitzung geschlossen werden konnte.

Sofort sprang Mikan auf und ließ die kochende Meute hinter sich. Die Auseinandersetzung hatte ihn belebt und eine Hochstimmung in ihm erzeugt. Er lächelte zum zweiten Mal an diesem Tag, was einem persönlichen Rekord gleichkam. „Diese Momente machen das Leben lebenswert", summte er halblaut vor sich hin, als er den direkten Weg zum Museum einschlug.

Kapitel 9: Die Hütte

„Stopp! Ihr geht zu weit weg von der Hütte!"

Der barsche Tonfall von Mara ließ die Zwillinge nur kurz innehalten. Ihre Gesichter waren kaum zu erkennen, da sie zu einem großen Teil mit Tüchern umwickelt waren, um sie vor der schlimmsten Insektenflut draußen zu schützen.

„Mara, stell dich nicht so an! Wir sind nur ein paar Schritte weg! Wir brauchen mehr lange, große Holzstämme! Die in der Nähe der Hütte sind viel zu klein."

„Viel großes Holz!", echote Kar, der seinem Bruder wie ein Schatten folgte.

Mara schaute missmutig drein und bekam ein wenig Bauchgrimmen. Sie wusste, dass Vikor ihre Aktion kaum gutheißen würde. Warum hatte sie sich nur auf dieses Abenteuer eingelassen! Für sie alle war es strengstens verboten, sich ohne Begleitung der Großen außerhalb des Palisadenzauns aufzuhalten. Ohne Frage, es war gefährlich. Aber andererseits ... wann hatte etwas zuletzt so viel Spaß gemacht?

Die Zwillinge schleppten gerade mühsam einen gewaltigen abgestorbenen Baumstamm zur gemeinsamen Baustelle. Diese befand sich in der Nähe der Zuflucht, doch durch ein kleines, dicht bewachsenes Buschfeld ein wenig versteckt vor den allzu wachsamen Augen des Mädchens. Aber die Jägerin war heute wieder unterwegs, es bestand also im Moment keine Gefahr.

Man sah, dass hier bereits einige Stunden gebaut worden war: Die Form einer Hütte aus schmalen Stämmen und zahlreichen Ästen nahm Gestalt an. Angelehnt an einen riesigen, leicht überhängenden Stein lehnten die Hölzer in einem breiten Winkel, sodass dazwischen eine Höhle entstanden war.

Mara schimpfte weiter: „Ihr seid zu weit weg, so kann ich euch nicht sichern!"

Sie hielt in der Hand ihren Langbogen, der größer war als sie selbst. Mara war sogar für ihre sieben Jahre noch zierlich, doch das Mädchen hatte ihr bereits das Jagen mit Pfeil und Bogen beigebracht. Einen Hasen und zwei ältere Hühner hatte sie neulich erst geschossen. Der Hase hatte traumhaft geschmeckt! Ja, Kilawa wusste, wie man Hasen lecker zubereitet.

„Tonn! Kar! Wie soll ich euch sichern, wenn ihr so weit weg geht. Bis zu euch reicht mein Pfeil nicht. Bleibt hier!", wiederholte sie vehement ihre Bedenken.

Tonn legte die Stirn in zornige Furchen, dabei rutschte ihm das Tuch vom Gesicht. Er hasste es wie Rechnen, wenn die kleine Mara ihn herumkommandierte. Sie ging ihm grad mal bis zum Kinn!

„Dann hol du doch Holz und ich sichere! Oder du nimmst Zündelholz und wir bauen eine Hütte für nen Käfer. Na los, komm her und schlepp den Stamm hier, wenn du kannst. Ich nehm so lang den Bogen."

„Oder ich sichere", überlegte Kar nachdenklich. Er ließ seine Seite des Baumstamms zu Boden fallen und holte bereits seine Schleuder aus der Tasche.

„Spinnst du!", fluchte Tonn, der nun seinerseits auch den Stamm fallen lassen musste. Er zerrte, immer noch fluchend, seine Gesichtsumwickelung wieder zurecht und schlug ein paar stechende Insekten tot, die sich auf ihn gesetzt hatten.

„Warum lässt du den Stamm einfach fallen? Wenn wir sichern, dann nicht mit deiner Schleuder, sondern mit dem Bogen. Ich sichere jetzt mit dem Bogen, ihr beide schleppt! Ich hab auf jeden Fall mehr Kraft als dieser Strich von Mara, ich kann viel weiter schießen."

„Halt den Mund, Tonn! Meinen Bogen kriegst du nicht! Keine Chance!", fauchte Mara und erinnerte dabei an eine Wildkatze, die ihr Territorium und ihre Jungen verteidigt. „Wenn ihr nicht näher heran wollt, dann komme ich eben zu euch zum Sichern!"

Sie rannte auf die Zwillinge zu, den Pfeil noch immer im Bogen angelegt.

Ein ausgewachsener Streit bahnte sich an, als sie die Jungs erreichte und sie wortreich beschimpfte. Tonn bellte ebenso wüst zurück und auch Kar war ungewöhnlich wütend. Am Ende fehlte nicht viel, und alle drei wären wild übereinander hergefallen. Jeder kämpfte nun um den Bogen, der dabei beinahe zerbrach, als Tonn ihn Mara entreißen wollte. Doch sie klammerte sich an ihm fest, als hinge ihr Leben davon ab. Niemals würde sie sich die Aufgabe des Sicherns nehmen lassen. Dies war ihre perfekte Ausrede vor sich selber; nach außen hin der Grund, warum sie bei dem gefährlichen Spiel überhaupt mitmachte.

Wer sollte denn die beiden Heißsporne beschützen, wenn sie es nicht tat? Die Jungs würden am Ende ohne sie raus aus der Zuflucht gehen, vollkommen ungeschützt. Vernunft hatten die beiden keine, auch wenn sie oft wunderbare Ideen aus dem schieren Nichts zauberten. Sie, Mara war die Vernünftige! Bei dem Gedanken wuchs sie gleich ein paar Zentimeter und sammelte alle Kraft, die sie hatte. Sie schubste Tonn mit ihrem energischen Angriff zu Boden und der löste dabei unfreiwillig den Griff um die umkämpfte Waffe.

Siegesgewiss hielt Mara den Bogen hoch erhoben. „Du lässt meinen Bogen in Ruhe! Ich kann am besten damit umgehen und sichern, und das bleibt auch so."

Vernunft, ja, das hatte sie. Das war der Grund, warum Vikor sich auf sie, Mara, verließ und sie zum Chef der drei Kleinen gemacht hatte. Es war jetzt ihre Aufgabe, die Zwillinge zu beschützen.

Ein Knistern lag in der Luft, ein Sturm braute sich bereits seit dem Morgen zusammen, die dunklen Wolken hingen wie Rauch über ihnen in der

Luft. In der Ferne war ein bedrohliches Grummeln zu hören, wenn man wache Sinne dafür hatte. Doch daran mangelte es im Moment erheblich.

Tonn fing an, Mara vom Boden aus mit Erde und kleinen Steinen zu bewerfen, Kar brachte sich schnell außer Reichweite, um nicht ebenfalls getroffen zu werden. Mara hieb gerade aus Rache für diesen fiesen Angriff den Bogen über Tonns Kopf, als dieser die Chance nutzte, die Waffe fest packte und sich damit wieder auf die Beine schnellte.

„Du spinnst, Mara. Hör doch auf!"

„Erst wenn du den Bogen loslässt. Du nimmst meinen Bogen nicht!"

Das Donnergrummeln nahm zu und die ersten großen Tropfen trafen auf den weichen Waldboden. Ein starker Wind begann durch die Bäume zu ziehen, doch die Kinder nahmen es immer noch nicht wahr, sie waren in ihre eigene Welt abgetaucht.

Kar hatte sich längst vom Kampf zurückgezogen, als sein verträumter Blick auf einen grün schimmernden Stein fiel.

„Schaut mal: Hier ist ein großer Stein, den können wir zum Absichern der Stämme nehmen, damit sie nicht wegrutschen."

Tonn und Mara stoppten ihren erneut aufgenommenen Ringkampf um die begehrte Waffe und blickten den moosbewachsenen Stein an, auf den Kar gerade gedankenverloren zuging. Er versuchte ihn anzuheben, scheiterte jedoch, er war viel zu schwer.

„Tonn, hilfst du mir?" Mit einem resignierten Knurren ließ Tonn den Bogen los und kam seinem Bruder zur Hilfe.

Gemeinsam schafften sie es gerade so, ihn anzuheben und mit vielen Pausen zur Hütte zu schleppen. Vergessen war der Bogen. Mara folgte ihnen und sicherte wieder wachsam.

„Schau, Tonn, wenn wir ihn genau dorthin legen, dann rutschen die Stämme nicht fort."

Zufrieden schaute Kar das Ergebnis an.

„Wir brauchen noch mindestens zehn Steine. Es sind so viele Stämme, die wir befestigen müssen. Gut, dass der eine große Stamm schon dort stand. Den hätten wir nicht selber aufstellen können."

Sie schleppten weitere Steine heran, schafften und mühten sich im beginnenden Regen ab, in ihr Spiel versunken, wie es nur Kinder können.

Mara wies die zwei Jungs gerade an, etwas weiches Moos in die Hütte zu tragen, da legte der Sturm an Kraft zu. Halb vermoderte Blätter vom Vorjahr wirbelten ihnen plötzlich um die Ohren und der Wind pfiff und heulte jetzt ohrenbetäubend durch die schlanken Baumstämme. Es knackte unheimlich und knarrte im Wald, erste Blitze zuckten furchtgebietend über den Himmel, gefolgt von immer lauter werdendem donnerndem Krachen. Wenige Wimpernschläge später flogen die mühsam aufgestellten Baumstämme wie dünne Stöckchen umher. Mara riss es den Köcher mit Pfeilen vom Rücken, er wurde vom Wind fortgetragen, bevor sie ihn packen konnte. Sie selbst hielt sich an einem starken Ast fest, um nicht davongeweht zu werden.

„Nein!", heulte Tonn, lauter als der Sturm. Er stemmte sich gegen den Wind und schrie seinen Bruder mit wutverzerrtem Gesicht an „Los, Kar! Wieder aufstellen!"

Maras große braune Augen hatten sich so stark geweitet, dass man das Weiße in ihnen sah. Sie ahnte die lebensbedrohliche Gefahr, wollte die Zwillinge warnen und die Aktion abbrechen. Sie mussten zurück in die Zuflucht, und zwar sofort. Doch der Sturm riss ihr die mahnenden Worte vom Mund. So schnell es der wilde Wind zuließ, rannte sie auf die beiden zu, hielt sich an den Ästen auf ihrem Weg fest und stützte sich mit dem Bogen auf dem Boden ab.

„Tonn! Kar! Wir müssen sofort zurück in die Zuflucht!"

Das Heulen des Sturms hatte jedoch Ausmaße angenommen, gegen die Maras zartes Stimmchen nicht im Mindesten ankam. Zudem waren die

Zwillinge zu sehr damit beschäftigt, ein paar der Stämme wieder aufzurichten, um auf ihre Verzweiflung und Worte zu achten.

Gerade, als der Wind eine Atempause machte, während gleichzeitig ein zunehmend prasselnder Regen einsetzte, erreichte Mara die Jungs und zerrte wild an Kars Hemd. Er drehte sich zu ihr um und sah, wie hinter ihr der größte der Baumstämme wankte und umfiel. Während er instinktiv schnell zur Seite sprang, krachte der Stamm direkt auf das zarte Mädchen. Sofort rannte Tonn durch den rasant entstehenden Matsch zu ihr und versuchte, sie zu befreien, während der langsamere Kar noch darüber nachdachte, was gerade geschehen war.

„Kar, komm! Hilf!"

Mara lag still unter dem Stamm, bewegungslos. Als Tonn bei ihr anlangte, röchelte sie nur und sah ihn mit ihren großen Rehaugen panisch an.

Zu zweit versuchten die Zwillinge mit aller Kraft, den Baumstamm anzuheben, doch obwohl ihnen die Augen schier aus dem Kopf traten, rutschten ihre Hände immer wieder an dem nassen Stamm ab, bevor sie ihn aufrichten konnten. Langsam versank Mara im Schlamm, wurde vom schweren Stamm immer tiefer gedrückt. Wieder und wieder versuchten die Kinder, das Gewicht anzuheben, doch vergebens.

Tonn schrie seine Verzweiflung heraus, das regennasse Gesicht zum Himmel gerichtet. Kar begann verzweifelt den Matsch neben Mara zur Seite zu schaufeln.

Da ragten plötzlich hinter den drei Kleinen Vikor und Kilawa wie zwei Racheengel auf. Vikor beugte sich zu Mara hinab. Sie atmete! Ein Glück, sie lebte noch.

Kilawa und Vikor packten den Stamm an beiden Enden und wuchteten ihn von Mara. Vorsichtig untersuchte Vikor das von Matsch bedeckte Mädchen, hob sie behutsam auf, und trug sie, so schnell es ihr Zustand zuließ, zum Tor der Zuflucht. Er hoffte, dass sie sich keine inneren Verletzungen zugezogen hatte, einen Bruch hatte er auf die Schnelle nicht feststellen können. Tonn und Kar dagegen fingen sich zwei heftige Ohrfeigen von der zornentbrannten Kilawa ein, bevor sie die beiden mit festem Griff energisch hinter sich her zum Lager zerrte.

Das richtige Unwetter würde sie im Haus erwarten, die ungewohnten Schläge waren nur die Vorspeise.

Kapitel 10: Artefakte

Endlich hatte er freie Zeit! Seit einigen Wochen war es Mikan nicht mehr gelungen, ins Museum zu gehen. Dabei ist mir das neben dem Grüngürtel der liebste Ort im Refugium, stellte er wieder mal fest, und das nicht nur, weil ich dort seit Jahren niemandem begegnet bin.

Außer ihm interessierte sich so gut wie kein Mensch im gesamten Refugium für die Jahre vor dem Großen Chaos. In der Anfangs-Refugiumzeit, als die Menschheit außerhalb der Refugien fast nicht mehr existierte, hatte man mit großem Aufwand und unter extremen Sicherheitsvorkehrungen herausragende Kunstschätze gerettet. Wenig später gerieten sie jedoch schon in Vergessenheit und verstaubten letztendlich im Museum.

Nun, es stimmte nicht ganz, dass er im Museum nie jemandem begegnete. Denn der einzige Mensch, den Mikan als eine Art Freund bezeichnet hätte, wenn dieses Wort im Refugium überhaupt noch eine Bedeutung gehabt hätte, wäre Alfo Sesoto gewesen, der Leiter des Museums.

Mikan erinnerte sich gerne an den ersten Pflichtbesuch seiner Hortgruppe dort. Der jugendliche Mikan war Herrn Sesoto gleich aufgefallen, weil er in all den Jahren der Einzige gewesen war, der ihm mit vollem Interesse zuhörte. Ja, noch erstaunlicher, der intelligente Fragen zu den ausgestellten

Objekten stellte. Sehr zum Leidwesen des Hortleiters, der am liebsten auf dem schnellsten Weg mit seiner Gruppe wieder verschwunden wäre.

„Das sind doch alles Gammeldinger, mehr als 300 Jahre alt, was willst du denn darüber groß wissen!? Die braucht kein vernünftiger Mensch!", hatte er den kleinen Mikan abwürgen wollen. Doch der hatte in Herrn Sesoto endlich jemanden gefunden, der seine Wissbegier teilte und ausführliche Antworten den nichtssagenden kurzen vorzog.

Er genoss das Gespräch mit dem Museumsleiter, mehr als jedes andere zuvor. Erstmals empfand er den Kontakt mit einem anderen Menschen als sinnvoll und bereichernd und blendete deshalb alle Interventionsversuche des Lehrers und die wütenden Blicke seiner Mitschüler tapfer aus. Natürlich wusste Mikan, dass er dies später im Hort würde büßen müssen, doch von solchen zu erwartenden Konsequenzen hatte er sich noch nie abhalten lassen. Wie oft hatte er den Satz gehört: „Refugium an Mikan: Hier ist die Welt!" Ha, schöne Welt! So unlogisch und seltsam wie der Käsekuchen jeden Mittwoch! Wenn ihn doch alle einfach in Ruhe ließen!

Nach Abschluss seiner tapfer ertragenen Hortzeit hatte Mikan den Weg zum Museum bald selbst gefunden und sich nach und nach mit Herrn Sesoto so weit angefreundet, dass sie sich trotz des großen Altersunterschieds mit Mikan und Alfo begrüßten. Sie streiften gemeinsam stundenlang durch das menschenleere Museum und unterhielten sich über alles, was ihren Geist berührte.

„Warum kommt niemand hierher?", wollte Mikan damals von Alfo wissen, denn er konnte das Desinteresse an der Vergangenheit und ihren Zeugnissen nicht verstehen. Und Alfos Antwort verwandelte Mikans Aversion gegen Drogen zu einem regelrechten Hass auf sie.

„Weil fast alle heutigen Menschen in großen Mengen Drogen konsumieren. Sie bauen sich damit eine künstliche Wirklichkeit auf und haben dadurch das reale Leben selbst verlernt. Und wer nicht wirklich lebt, interessiert sich auch nicht für die Vergangenheit, für den ist sie nur eine belanglose Angelegenheit. Einige wenige finden den Weg hierher allerdings doch. Nur triffst du sie nie, weil du immer außerhalb der Öffnungszeiten kommst. Schade eigentlich, denn das sind zum Teil interessante Leute."

Doch Mikan legte keinen Wert darauf, Menschen egal welcher Art kennenzulernen, und legte seine Besuche weiter auf nachtschlafende Stunden.

Je näher Mikan dem Museum kam, desto einsamer wurde es um ihn. Er ging zu Fuß, denn auch das Museum lag nicht weit entfernt von seiner Wohneinheit. Die allenthalben vorhandenen Gleitbänder mied er wie meist; heute lief er jedoch deutlich schneller als sonst, wozu er seine Robe hochgebunden hatte, um freier schreiten zu können.

„Wenn ich schon keinen Sport treibe, so will ich doch wenigstens meine Beinmuskeln ein wenig trainieren. Obwohl ich ja hoffe, dass ich nicht so schnell wieder vor einem Sindalon davonlaufen muss." Mikan beendete seine Selbstgespräche, da ihn tatsächlich bereits das schnelle Gehen atemlos machte.

Die Wohneinheiten, an denen er vorbei kam, sahen alle identisch aus. Sie glichen sich im gesamten Refugium, mit Ausnahme des Regierungsbezirks im innersten Kreis, wie ein Ei dem anderen. Fünf übereinander getürmte Stockwerke, jedes vom anderen leicht nach hinten versetzt, mit gläserner Front. Das Glas konnte abgedunkelt werden, sodass man hinaus-, aber nicht hineinsehen konnte. „Diese Eintönigkeit ist ätzend!", fluchte er leise vor sich hin.

Das Museum tauchte endlich vor ihm auf. Ein riesiger Bau, dessen Ausmaße darauf hinwiesen, dass seine Bedeutung einstmals eine andere gewesen war. So gut wie niemand würde heutzutage für den Bau eines derart riesigen Museums votieren, wenn das zur Abstimmung stünde, dachte Mikan. Wie gut, dass es infolge der konstant gehaltenen Einwohnerzahl im Refugium keine Platznot gab, sonst wäre das seit Jahrhunderten bestehende

Museum längst geopfert worden und weiteren tristen Wohneinheiten gewichen.

Alfo hatte Mikan gleich zu Beginn ihrer Freundschaft auf seinem Autodongel unbeschränkte Zutrittsberechtigung für alle Räume erteilt, sodass er jederzeit eigenständig das Museum besuchen konnte. Nach dem Betreten der geheiligten Hallen zog es ihn heute wie ein Magnet hin zu einem bestimmten Raum. An dessen Eingang blieb er stehen und holte tief Atem, um sich von seinem schnellen Marsch zu erholen.

„Dort bin ich wirklich Mensch." Er nickte, ließ seine Robe wieder herabsinken und atmete ein weiteres Mal tief durch. „Dort bin ich nicht das Mitglied einer verachtenswerten Gesellschaft, dort muss ich keine Kompromisse eingehen." Er seufzte wohlig vor Vorfreude.

Mikan betrat den Raum und betrachtete ehrfürchtig das hölzerne Ding, das ihn hergezogen hatte und dessen Bestimmung nahezu jedem heutigen Menschen unbekannt war. „Garantiert kann niemand außer mir damit umgehen, obwohl ich keine Ahnung habe, wie gut ich selbst darin bin. Es gibt ja keinen Vergleich", konstatierte er, während er sich dem Instrument näherte.

Behutsam öffnete er den Deckel und schaute auf die Tastatur. Die weißen und schwarzen Tasten hatten ihn schon beim allerersten Anblick fasziniert. Unglaublich viele Stunden hatte er damit zugebracht, die Funktion des Geräts zu verstehen und es so weit instand zu setzen, dass es benutzbar wurde. Eine Anleitung dazu fand er keine. Auch die Musik von den Blättern zu spielen, die früher Noten genannt wurden, hatte er sich selbst beigebracht. „Zum Glück habe ich einen ausgeprägten Sinn für Ästhetik", pflegte er zu sagen, denn diese war der Schlüssel zum Verständnis gewesen.

Seine Lieblingskomponisten – Komponisten hießen die Schöpfer dieser musikalischen Kunstwerke, hatte ihm Alfo erklärt – waren Bach und Mozart. Zu gerne hätte Mikan gewusst, ob die Musik, die er dem Instrument entlockte, wirklich der von den Komponisten gedachten nahekam. Doch leider war es ihm nicht gelungen, die Musikaufzeichnungen, die im Museum vorhanden waren, zum Klingen zu bringen. Das Wissen darüber war verloren gegangen und die Geräte zum Abspielen seit Jahrzehnten nicht mehr gewartet worden.

„Heute spiele ich Domenico Scarlatti. Der neue Komponist sagt mir zwar nichts, aber sein Name ist wohlklingend, vielleicht auch seine Musik. Italienisch scheint er zu sein, der Name."

Eine Sprache, die längst nicht mehr in irgendeinem Refugium verwendet wurde, nur gewisse Fachausdrücke waren erhalten geblieben. Die Noten hatte er erst bei seinem letzten Besuch in einem verdeckten Stapel Noten entdeckt, völlig verschieden jedenfalls vom Notenbild eines Komponisten John Cage, an dessen unmöglichen Sonaten er gescheitert war. Er bezweifelte, dass dieser Klang wirklich in früheren Zeiten jemandem gefallen hatte.

„Egal, Cage ist vorbei, heute ist Scarlatti dran. Lass mal sehen, ein Stück mit 4 Strichbäuchen in jeder Zeile. Na, das wird nicht einfach, aber probieren werde ich es ..." Schon die ersten Melodien bewiesen ihm, dass er einer Sensation auf der Spur war.

„Wundervoll, wundervoll ..."

Fast wäre er dennoch gescheitert, bis er verstand, dass beide Hände an manchen Stellen übereinander kriechen mussten. Dann spielte die linke Hand die hohen Töne und die rechte die tiefen. Dieser Wechsel faszinierte ihn ebenso wie der Klang der Sonate.

Er legte eine kurze Pause ein und überflog die Noten. „Wahnsinn, diese Musik! Dieser Klang! Das kann einfach nur das Clavier!"

Das Clavier hatte es Mikan angetan. Einige andere Instrumente, in die man hineinpusten musste, hatte er zwar ausprobiert, doch war er mit dem Ergebnis nie wirklich zufrieden gewesen.

Wieder und wieder begann er mit dem Musikstück von vorne und von Mal zu Mal klang es besser.

„Scarlatti hat durchaus das Potenzial, zu meinem neuen Lieblingskomponisten zu werden!" Die Zeit beim Spielen verging wie immer im Flug, und als er nach dem vierten Stück dieses Komponisten den Deckel des Claviers schloss, war Mikan in einer Hochstimmung, die er mit keiner Droge hätte erreichen können. Fast hätte sich das dritte Lächeln des Tages in sein Gesicht gestohlen, doch das hätte ihn selbst zu sehr erschreckt, sodass er es lieber bleiben ließ.

Es war schon spät geworden, doch er hatte das dringende Bedürfnis, Alfo nach langer Zeit wieder einmal einen Besuch abzustatten.

Mikan ging durch labyrinthartige Korridore und andere Museumsräume, in denen das Licht beim Betreten aufflammte und beim Verlassen wieder erlosch, und stand schließlich vor Alfos Büro.

„Na, es ist zwar schon nach Mitternacht, aber er wird noch wach sein. Er braucht ja erfahrungsgemäß nicht viel Schlaf", murmelte Mikan vor sich hin, als er anklopfte.

„Komm rein, Mikan", ertönte die Stimme des Museumsdirektors von drinnen. Freilich brauchte Alfo nicht zu rätseln, wer um diese Uhrzeit zu ihm wollte.

„Guten Abend, Alfo", begrüßte Mikan nach dem Eintreten sein Gegenüber: Eisgraue Haare, schwarze Haut, ein Gestell auf der Nase, das man sonst im gesamten Refugium nicht finden konnte, und ein herzliches Lächeln auf den vollen Lippen.

„Ah, Mikan, schön, dass du kommst. Warst du wieder am Clavier?"

Alfo saß wie meist an seinem mit Intarsien verzierten Schreibtisch, ein aufgeschlagenes Buch vor sich. Er liebte die Literatur der prärefugianischen Zeit mindestens so sehr wie Mikan die Musik auf dem Clavier. Hinter ihm erstreckten sich Regale an der Wand entlang über die ganze Breite und Höhe, gefüllt mit literarischen Zeitzeugen vieler Jahrhunderte und Sprachen.

„Ja, und stell dir vor, ich habe einen neuen Komponisten entdeckt. Domenico Scarlatti. Ein Italiener, vermute ich."

„Genau, er stammte aus Neapel. Wenn du wieder etwas von ihm spielst, will ich zuhören. Bach hielt sehr viel von ihm, und das will etwas heißen."

„Er ist fantastisch. Ich sage dir Bescheid, sobald ich wieder spiele."

„Danke", schmunzelte Alfo. „Übrigens gut, dass du gekommen bist, ich habe eine Entdeckung gemacht, die ich dir gerne zeigen möchte."

„Oh, hast du neue Noten fürs Clavier gefunden?"

„Nein, mein Lieber, diesmal keine Noten, dieses Mal etwas anderes. Ich wusste nicht einmal, dass es davon ein Exemplar hier in diesem Refugium gibt."

„Nun spann mich nicht auf die Folter, was ist es?"

Herr Sesoto ging zu einem der raumhohen Bücherregale, ergriff einen Folianten, der recht schwer zu sein schien, und kam zu seinem Schreibtisch zurück.

„Schau: Es ist ein Buch, von einem Schriftsteller, der lange vor Scarlatti gelebt hat. In Spanien. Ich habe schon so viel über dieses Buch gelesen, hätte aber nie erwartet, es hier im Museum zu finden. Und dann taucht es plötzlich in einem Raum mit deutscher Literatur auf, direkt neben Goethe. Irgend so ein Ignorant hat es damals falsch einsortiert. Jetzt halt dich fest: Es ist Don Quijote! Übersetzt ins Portugiesische."

Mikans verständnisloser Blick ließ seinen Freund und Mentor zuerst die Augen rollen, dann grinste er.

„Ich dachte, du kennst dich in der Weltliteratur wenigstens ein bisschen aus."

Mikan zuckte nur mit den Schultern.

„Ich kann doch nicht alles kennen, vermaledeite Mikrobe!" Mikan bremste sich. „Tut mir leid, aber ich habe neben Saramago und den anderen Autoren aus unser Gegend vor allem Shakespeare, Dostojewski und Tolstoi gelesen. Und seit ich die Musik für mich entdeckt habe, lese ich kaum noch. Für beides reicht die Zeit nicht."

„Verständlich, aber bedauerlich." Trotz dieser Worte schaute der alte Alfo seinen Schützling wohlwollend an.

„Ich bin ja froh, dass überhaupt noch jemand die alten Dichter kennt und liest. Außer dir interessiert sich leider kaum jemand für eines der literarischen Genies aus der vorrefugischen Zeit. Frag mal hundert beliebige Leute, wer Shakespeare war. Wenn du einen findest, der ihn kennt, hast du verdammtes Glück gehabt. Und der weiß dann auch nur, dass er Schauspiele geschrieben hat, kennt aber nicht eines davon."

„Ist mir klar, Othello", bestätigte Mikan grinsend und winkte mit seiner Rechten ab. „Allerdings bin ich froh, dass niemand von meinen Vorlieben eine Ahnung hat. Es gibt auch so schon genug, was mich von den anderen unterscheidet. Jemand der seine Arbeit liebt, keine Drogen nimmt, alte Musik spielt und Gedichte rezitiert – da gibt es nur ein Urteil: ein Volltrottel."

„Ach Mikan, lass die Leute denken, was sie wollen. Als ich dich damals zum ersten Mal sah, wusste ich gleich, dass du erfrischend anders bist. Du warst noch ein Kind und trotzdem haben dich die Zeugnisse der Vergangenheit berührt."

Mikan nickte und der Anflug eines Lächelns ging über sein Gesicht.

„Ja, es war lustig. Als der Pflichtbesuch zu Ende war und alle aus der Horde wieder gegangen waren, hat man mich vermisst und stundenlang nach mir gesucht."

„Wie sollte dein Lehrer, der sich für das Museum keinen Deut interessierte, auch darauf kommen, dass du absichtlich zurückgeblieben warst?

Als ich dich gefunden hatte und sah, wie du die Pietà von Michelangelo bewundernd und entrückt angesehen hast, wusste ich sofort Bescheid: ein neuer Liebhaber der Künste." Auch Alfo schwelgte in den Erinnerungen, schlug seine rechte Faust in die linke Handfläche und strahlte über das ganze Gesicht.

Mikan stand von seinem Stuhl auf, die Emotionen überwältigten ihn.

„Die Pietà! Solche Schönheit, solche in Stein gehauenen Gefühle! Ja, schon beim ersten Mal hat mich die Statue in ihren Bann gezogen. Kein heute lebender Mensch könnte so etwas erschaffen. Es gibt ja nur noch drogensüchtige, geistig eingeschränkte Kretins! "

„Du bist ein wenig zu streng, aber ja, die Pietá ist einzigartig. Es ist das einzige Originalwerk von Michelangelo, das sich in einem Refugium befindet, wie du weißt. Keine Ahnung, wie die zu uns nach Portugal gekommen ist. Aber es gibt einen Bildband, in dem viele Werke von ihm dargestellt sind." Alfo holte ein Buch aus den Tiefen seiner Schreibtischschubladen. „Ich habe das Buch aus den Verzeichnissen der Artefakte des Museums gelöscht."

„Was? Warum das denn?" Mikans Überraschung war ihm ins Gesicht geschrieben.

„Weil ..." Alfo streckte ihm das Buch entgegen, „ich es dir schenken möchte."

Mikan hob abwehrend die Hände. „Das geht doch nicht!"

„Und ob das geht. Behalte es als Erinnerung. An das Museum, an die alte Zeit und an mich. Denn ich werde nicht mehr lange hier sein, meine Zeit ist abgelaufen."

„Was soll das heißen? Stirbst du? So alt bist du doch gar nicht!" Mikans erschrockenes Gesicht spiegelte seine Verwirrung wieder.

Alfo lachte laut auf und schüttelte vehement den Kopf.

„Nein, ans Sterben denke ich noch lange nicht, aber ich werde die Leitung des Museums abgeben. Natürlich werde ich mich weiterhin ständig hier aufhalten, aber Verantwortung werde ich keine mehr tragen."

„Nein Alfo, das kannst du nicht tun! Das verbiete ich dir! Es gibt niemanden im Refugium, der diese Stelle so ausfüllen könnte wie du." Mikan hatte irritiert seine Stimme erhoben.

Alfo legte die Fingerspitzen aufeinander und schaute ihn verschmitzt an.

„Doch, einen gibt es. Du wärst der richtige Mann dafür."

Mikan schaute sein Gegenüber kritisch an. Meinte Alfo das wirklich ernst?

„Reizvoll, diese Idee. Aber das würden diese senilen Greise des Ältestenrats niemals genehmigen. Meine Erfolge als Biologe sind für sie zu wichtig, ich darf ganz sicher keine andere Arbeitsstelle annehmen."

Alfo seufzte. „Ich weiß, mein Lieber, und dennoch wärst du der Richtige. Und keine Sorge, egal, wer Nachfolger wird, ich sorge dafür, dass du weiter freien Zutritt haben wirst."

„Heiliger Skarabäus … Überleg es dir noch mal. Das Museum wird nicht mehr das gleiche sein, wenn du nicht mehr da bist."

„Das hoffe ich doch sehr!" Alfo reichte Mikan den Kunstband von Michelangelos Werken und erfreute sich an den feuchten Augen seines Zöglings.

Sorgsam umfasste Mikan den gewichtigen Band.

„Beim nächsten Gang in den Grüngürtel werde ich das Buch mitnehmen. Dort habe ich Muße, es mir in aller Ruhe anzuschauen. Ich werde es studieren, das verspreche ich dir, Alfo. Nun muss ich aber gehen, es ist spät geworden."

„Dann gute Nacht, mein Lieber. Und bis bald."

Die beiden schauten sich noch einmal warmherzig an. Dann umarmten sie sich, zum ersten Mal, seit sie sich kannten. Mikan brach gedankenverloren auf. Es sollte viel Zeit vergehen, ehe er Alfo wieder sehen würde, doch davon ahnte er in diesem Moment nichts. Wie hätte er auch wissen sollen, was ihm bevorstand.

Kapitel 11: Augenbrauengewitter oder Don Quijote

Noch ganz beseelt von der herrlichen Musik, die er eben dem uralten Instrument entlockt hatte, schlief Mikan ungewohnt schnell und entspannt ein. Vor allem blieben seine regelmäßig wiederkehrenden Albträume aus, einer der häufigsten war ein rasender, unaufhaltsamer Sturz in die Unendlichkeit. In dieser Nacht wanderten durch seinen Geist Bilder der Auseinandersetzung mit einem Sindalon, das er, tapfer und nur mit einem Messer bewaffnet, nach hartem und gefährlichem Kampf souverän überwältigte.

Gerade stieß er dem Untier die scharfe Klinge zum wiederholten Mal in den dicht behaarten Hals und spürte dessen heißen, stinkigen Atem durch messerscharfe Zahnreihen, da schrillte die Alarmglocke direkt neben seinem Bett. Mikan war augenblicklich wach, denn diesem hässlichen Geräusch konnte er sich keinen Augenblick entziehen.

„Vergilbte Bazillenpfeife", schrie er die in der Wand verankerte, altertümlich anmutende Glocke an und zog die Decke wieder über den Kopf. Nicht schon wieder! Es war bereits der vierte Alarm in diesem Monat, der ihm eine Störung im Grüngürtel meldete. Die ersten drei waren Fehlalarme gewesen und Mikans Instinkt sagte ihm, dass es sich auch diesmal so verhielt. Dennoch schälte er sich aus purem Pflichtbewusstsein nach einigen Minuten aus den Federn.

Dabei spürte er einen ihm bis dato unbekannten Muskelkater in seinen Beinen. „Autsch! Man kann wirklich zu viel laufen an einem Tag! Und jetzt auch noch das! Höchste Alarmstufe!" Nur dieser wurde von den Nanosonden direkt an ihn weitergeleitet, alles andere hätten sie an seine Untergebenen delegiert.

„Bestimmt hat Ole wieder was verbockt!", klagte Mikan in die Leere des Schlafzimmers und warf sich unter heftigem Fluchen wegen der ungewohnten Muskelschmerzen in seine stabile Arbeitskluft.

„Dürrer Blödbock!" Ole war bezogen auf die Arbeit längst nicht so fit wie Drain, der er heute begegnet war. Beziehungsweise gestern, denn ein Blick auf sein Chrono zeigte ihm, dass es bereits hart auf den Morgen zuging.

„Verfluchte leptosomische Drogen-Bakterie! Produziert nur eines: ständige Fehler! Wenn ich was nicht leiden kann, ist es Pfusch bei der Arbeit! Warum der nicht längst wegen meiner Beschwerden über ihn suspendiert wurde, und zwar auf Dauer, werde ich nie verstehen."

Als Mikan die Daten abrief und sie im Display erschienen, wurde er doch ein wenig nachdenklich. Der Alarm stammte aus genau der Gegend, die er erst einige Stunden zuvor verlassen hatte.

„Heiliger Mikroorganismus, genau dort, wo mein Sindalon lebt, unerlaubterweise. Irgendetwas ist in dem Sektor wirklich faul und ich Idiot zahle jetzt den Preis dafür, dass ich mich nicht darum gekümmert habe." Wie so oft sprach er laut mit sich selbst, vor allem in den eigenen vier Wänden war ihm das zur Gewohnheit geworden.

Die faszinierende Existenz des Sindalons hatte ihn von seiner eigentlichen Verantwortlichkeit abgelenkt, das war ihm durchaus bewusst.

„Aber wie hätte ich widerstehen können! Ich bin der einzige wirkliche Biologe hier im Refugium", seufzte er und betrachtete sich im Spiegel. Blonde lange Haare, nur kaum erkennbare, winzige Falten, dunkelblaue Augen und überaus ebenmäßige Gesichtszüge. Makellos. Es gab im Refugium auch nichts anderes als Makellosigkeit der Körper, über hunderte von Jahren genetisch optimiert. Mikan erinnerte sich daran, dass in früheren Zeiten Männer sogar Bärte getragen haben sollten! Eine gruselige Vorstellung, selbst für einen Revoluzzer wie ihn.

Doch Mikans Gedanken kreisten nicht um sein Aussehen, es war ihm fast, als sähe ihm das Sindalon aus dem Spiegel entgegen. „Jede Maßnahme außer Schweigen hätte letztlich die Vernichtung dieses prachtvollen Tieres bedeutet!" Mikan schüttelte den Kopf und verscheuchte die Bilder aus seinem Kopf.

„Ach was, alles richtig! Ich habe mich so entschieden, wie ich es für korrekt halte! Regeln sind etwas für Schwachköpfe!" Er streckte sich selbst die Zunge heraus, wie er das jeden Morgen tat, bevor er seinen Mund auf die Hygienestation presste. Ein leises Piepsen wenige Sekunden später vermeldete ihm sauber geputzte Zähne und perfekte Mundhygiene.

Er wollte schon die Wohnung verlassen, da fiel ihm etwas ein: Ich habe Alfo versprochen, sein Geschenk mit in den Grüngürtel zu nehmen! Sobald die Störung beseitigt ist, werde ich inmitten der Natur ausspannen und mich im Licht der ersten Morgensonne mit den Wundern von Michelangelo belohnen. Voller Vorfreude griff Mikan nach dem Bildband, riss die Wohnungstür auf und machte sich auf den Weg in den Grüngürtel.

So früh am Morgen war er allein unterwegs, somit gab es kein Problem, ein superschnelles, autonomes Nacht-Taxi zu finden. Per Tastendruck gab er die entsprechende Schleuse als Ziel ein und das Taxi brachte ihn binnen weniger Minuten dorthin.

Das breite Grinsen der beiden Schleusenwächter, die immer noch Dienst hatten, ignorierte er geflissentlich. Sie freuten sich sichtlich, dass ausgerechnet er in dieser Nacht ausrücken musste.

„Pissnelken!", genehmigte Mikan sich, nahezu unhörbar zwischen den Zähnen gemurmelt. Was die beiden taten, wurde Arbeit genannt, doch war diese längst völlig überflüssig. Ihr Dienst war ein Relikt aus der Zeit, als im Grüngürtel noch größere Tiere wie Wildschweine und Kühe gelebt hatten, die eventuell eine Gefahr für das Innere des Refugiums hätten darstellen können.

Dabei gibt es schon seit mindestens hundert Jahren nur noch Kleintiere dort! Das wusste er seit seiner Studienzeit. Weil sich nur diese schnell genug vermehrten und genügend Biomasse abwarfen. Die Arbeitsplätze der Wächter existierten aber immer noch an allen vier Schleusen zum Innenraum, ein Beweis für die Ineffizienz der verkrusteten Bürokratie im Refugium. Selbst an unsinnigen Abläufen wurde keine Änderungen vorgenommen, es war viel einfacher, alles laufen zu lassen wie bisher. Symptomatisch, befand Mikan.

Ein Blick auf den Monitor im Übergangsbereich, auf dem alle Ernteroboter mit ihren Standorten verzeichnet waren, zeigte ihm, dass keiner in der Nähe war. Er hätte zu lange warten müssen, bis der nächstgelegene andocken würde. Mit einem Schulterzucken begab er sich zum Hangar, in dem die mobilen Einsatzfahrzeuge standen. Sie waren wesentlich kleiner als die Ernteroboter, doch dafür deutlich schneller, zudem mit einer bordeigenen Reparaturwerkstatt ausgestattet sowie einer Notversorgung, die Mikan aber noch nie benötigt hatte. Die MoFas waren so zuverlässig, dass es fast schon wieder langweilig war, mit ihnen herumzudüsen.

Mit seinem Autodongel öffnete Mikan die Flügeltür und setzte sich hinter das Steuer des ovalen Fahrzeugs. Sitz und Steuer ließen sich um 360 Grad drehen und ringsum gewährten Fenster freie Sicht nach allen Seiten. Als sich die Tür zur Schleuse geschlossen hatte, öffnete sich automatisch das breite Tor zum Grüngürtel und der Motor des MoFas sprang leise schnurrend an. Die Rundumbeleuchtung, bestehend aus zweiunddreißig kleinen, leistungsstarken Lichtquellen, beleuchtete seinen Weg.

„Na, dann wollen wir mal", ermunterte Mikan sich selbst und gab die Zielkoordinaten des Notfallsektors ein. Sofort schoss das kleine Fahrzeug mit so hohem Anschub durch das Tor hindurch, dass Mikan kurz in den Sitz gedrückt wurde. Dann hob es einen Meter vom Boden ab und glitt auf einem Luftteppich, einer schwimmenden Lichtinsel ähnlich, über den niederen Bewuchs hinweg.

Entspannt lehnte sich Mikan zurück, er genoss die Rundumsicht und fühlte sich trotz der fortgeschrittenen Stunde und seiner Müdigkeit glücklich. Die Automatik würde ihn zum Ziel bringen, selbst steuern müsste er erst nach Erreichen der eingegebenen Koordinaten.

„Der Grüngürtel, meine Welt! Und zum Glück ist im Störungssektor gerade Frühling, das ist selbst im Halbdunkel vom Besten das Allerbeste!" In jedem der vier Sektoren erzeugte die Wettermaschine abwechselnd eine andere Jahreszeit und in jeder fühlte er sich wohler als im monotonen vegetationslosen Refugium. Aber doch, der Frühling hatte es ihm besonders angetan.

Je näher Mikan der Störungsstelle kam, desto angespannter wurde er. Leise grummelte er vor sich hin, denn es war ihm bewusst, dass es im MoFa Aufzeichnungsgeräte gab: „Ob das wirklich was mit dem Sindalon zu tun hat? Genau hier habe ich es angetroffen. Ist das tatsächlich ein Zufall? Oder doch ein Fehlalarm?"

An den programmierten Koordinaten angekommen, übernahm er die Handsteuerung, denn die Automatik hielt gebührenden Abstand zum Schutzschirm. Langsam zog er Kreise um die Zielkoordinaten und hielt Ausschau nach dem Sindalon, dem wahrscheinlichen Verursacher, doch alles sah friedlich und ruhig aus. Im Gegensatz zu Mikans Innerem: Er wurde immer unruhiger und ein seltsames Kribbeln in seiner Bauchgegend machte ihn nervös. Und doch war da einfach so gar nichts Außergewöhnliches zu sehen, nicht einmal der Hauch einer Bewegung!

Mikans Alarmglocken schrillten zunehmend, aber er ignorierte sie. „Das Gefühl ist absolut unnötig! Das hier ist meine Heimat, der Grüngürtel!" Weiterhin ließ er seine Augen aufmerksam über die Umgebung schweifen.

Doch plötzlich veranlasste ihn ein von den Außenmikrofonen übertragenes Geräusch in seinem Rücken, den Sitz in diese Richtung zu drehen, und nun verstand er, dass die Alarmglocken in seinem Kopf tatsächlich etwas bedeutet hatten. Er sah direkt auf den Grüngürtel, aber nicht von innen! Es war eine Außenansicht! Er befand sich außerhalb des Refugiums!

Er hatte gerade eben die eigentlich undurchdringliche Barriere zwischen Grüngürtel und Außenwelt passiert.

„Unmöglich! Das geht nicht! Ich hätte mir die Seele aus dem Leib kotzen müssen, mein Nervensystem hätte verrückt spielen müssen!"

Was Mikan gerade abhielt, war kein Selbstgespräch, es war ein Selbstgeschrei. Das MoFa ruckelte zuckend auf und ab, weil er das Steuer dabei leicht an sich riss.

„Jawohl, ich hätte nicht einmal in die Nähe des Schutzschirmes fahren können, die Sicherheitseinrichtungen hätten es verhindern müssen!"

Das MoFa wäre immer langsamer geworden und noch deutlich vor der Grenze zum Stillstand gekommen, so gewährleisteten es seit jeher die eingebauten Sicherheitsmechanismen der MoFas und der Ernteroboter. Die Absicherung sowohl gegen das Eindringen unerwünschter Organismen von außen als auch gegen ein versehentliches Überschreiten der Grenze von innen her funktionierte hundertprozentig. Es gab also nur eine einzige plausible Erklärung für das, was gerade passiert war.

Abrupt hielt Mikan das MoFa an, die Bremswirkung presste ihn in den Gurt und ließ ihn unsanft in den Sitz zurückschnellen. Wut stieg unkontrolliert in ihm hoch und übernahm die Steuerung seines Gehirns, ohne die Möglichkeit, Reflexion oder reifliche Überlegung zuzulassen.

„Milbendreck, verkeimter, man hat mich reingelegt! Reingelegt!" Er wusste sofort den Schuldigen.

„Ole!" Den hatte er erst vorgestern wegen der Versäumnisse infolge seiner Drogensucht zusammengestaucht.

„Ole! Zweifellos, auf jeden Fall! Der Versager! Ja, das ist er, ein rachsüchtiger Versager! Der minderbemittelte Wurmfortsatz eines Maulwurfs!"

Mikan zitterte vor Wut. „Ha, ich weiß, was er will! Ich soll an den Außenschleusen um Einlass betteln! Ich! Das hätte er gern!"

Ja, so musste es sein. Irgendjemand, wahrscheinlich Ole, hatte genau zu diesem Zweck, nämlich seiner ultimativen Demütigung, die Koordinaten eines fingierten Notfalls manipuliert und die Schutzschirme im Notfall-Sektor lokal begrenzt und zeitweise ausgeschaltet.

Ein unverantwortliches Risiko, das Mikan bewies, wie gewaltig der Hass Oles gegen ihn sein musste. Oder war es am Ende eine gemeinsame Aktion von mehreren gewesen? Denn dass niemand im ganzen Refugium außer Alfo ihn mochte, war ihm zwar seit Langem bekannt, jedoch bisher völlig egal gewesen. Insbesondere seine Kollegen, außer Drain vielleicht, wünschten ihn sicher so weit weg wie möglich.

Langsam fuhr er näher an den Grüngürtel heran, um zu testen, ob der Schutzschirm noch ausgeschaltet war. Doch wer auch immer diese unverantwortliche Ungeheuerlichkeit verbrochen hatte, musste ihn mittels der MoFa-Kontrollfunktion beobachtet und schnell reagiert haben. Je näher

Mikan der Grenze kam, desto langsamer wurde das MoFa und blieb schließlich vorschriftsmäßig stehen. Der Schutzschirm war wieder eingeschaltet. Ja, genau, er erinnerte sich an das Geräusch von vorhin: Das musste das Aktivieren des Abwehrmechanismus' gewesen sein, das er über die Außenmikrofone gehört hatte. Er blieb erst einmal still sitzen. In ihm brodelte es.

Es gab eine Abschaltvorrichtung für kleine Segmente des Schutzschirms, doch diese wurde äußerst selten benutzt, eigentlich nur um einen temporären kontrollierten Austausch von Genmaterial zwischen dem Grüngürtel und der Außenwelt zu gewährleisten. Er war notwendig, um die Evolution in Gang zu halten, musste aber streng reglementiert werden, um keine ungewollten Folgen zu erzielen. Meist war es Mikans Aufgabe, diese Abschaltung einzuleiten und zu überwachen und schnell auf die Ergebnisse der Computer zu reagieren. Nur sehr wenige hatten überhaupt Zugriff auf diesen sensiblen Vorgang, weil eine ungewollte Kontamination mit refugiumfeindlichem Leben unbedingt ausgeschlossen werden musste ...

Ole hatte Zugriff ... Er musste verdammt skrupellos sein, dass er diese Aktion im Dunkeln inszeniert hatte. Skrupellos und dumm! Wer weiß, was jetzt alles in den Grüngürtel eingedrungen war und nun ungeprüft blieb, denn Oles Hirn reichte für diese Aktion auf keinen Fall aus! Mikan spielte in Gedanken durch, wie der böse und gefährliche Streich abgelaufen sein musste.

In der Überwachungszentrale des Grüngürtels gab es eine Anzeige, auf der die Lokalisation sämtlicher Fahrzeuge im Grüngürtel metergenau angezeigt wurde. So war es kein Hexenwerk, die richtige Sektion des Schutzschirms im exakt passenden Moment auszuschalten. Ja, es war so einfach, dass sogar ein drogensüchtiger Schwachkopf mit der entsprechenden Berechtigung das durchführen konnte. Ole! Tatsächlich Ole!

Mikan hielt es nicht mehr in dem MoFa. Er schnallte sich ab, sprang den halben Meter vom MoFa auf die Erde und ging ein paar schnelle Schritte auf und ab. Doch seine Wut bekam er damit nicht in den Griff, im Gegenteil, sie steigerte sich noch.

„Hah! Ich weiß, was ihr wollt! Bittsteller an der Außenschleuse soll ich sein! Ich! Bettelnd vor den Toren des Refugiums! Aber nein, nicht mit mir! Nicht mit Mikan Throop! Nie und nimmer!", explodierte Mikan lautstark und drohte mit der Faust Richtung Refugium.

„Ich werde niemandem den Gefallen tun, um Einlass zu betteln!" Seine Augenbrauen zuckten wild und unkontrolliert, wie immer, wenn er besonders zornig war. Augenbrauengewitter hatte das Valea genannt und sich oft darüber lustig gemacht.

Mikan kletterte wieder ins MoFa, und noch bevor er wusste warum, gab er Gas und fuhr abrupt los. Er entfernte sich mit jedem Schub aus den Düsen weiter vom Refugium.

„Sie werden mich suchen und darum betteln, dass ich zurückkomme! Nicht ich werde der Bittsteller sein, sondern sie!" Auch diese Sätze stieß er in voller Lautstärke hervor, denn in diesem Moment war ihm nicht mehr bewusst, dass alles durch das MoFa aufgezeichnet wurde. Was fatale Folgen haben könnte, da jede seiner Äußerungen später von seinen Vorgesetzten abgehört werden konnte.

Die grenzenlose Wut hatte ihn sogar so weit im Griff, dass er auf vollen Schub beschleunigte und sich, ohne die Folgen zu bedenken, immer weiter von der nächstgelegenen sicheren Schleuse entfernte.

Mehr als zehn Minuten lang raste er mit höchster Geschwindigkeit ziellos durch die Landschaft, die sich hier in der Nähe des Refugium-Schutzschirms gar nicht wesentlich vom Grüngürtel unterschied. Überall niedriger Bewuchs und ab und zu ein Kleintier, das angesichts des dahin flitzenden Ungetüms das Weite suchte. Lediglich die beiden Bäche, über die er in rasendem Tempo flog, gab es so im Grüngürtel nicht. Dort sorgte die Wetter-regulierung für ausreichende Wasserversorgung, sodass Bäche und Flüsse nicht vonnöten waren.

Mittlerweile wurde es Morgen, die Sonne schickte die ersten Strahlen über den Horizont und tauchte die Landschaft in ein unwirkliches Licht. So klar und weit war die Sicht im Grüngürtel nie, die Barriere nach oben filterte dort das Sonnenlicht und ließ nicht alle Frequenzen gleichermaßen passieren.

Die Beleuchtung des MoFas schaltete sich automatisch aus und zum ersten Mal erblickte Mikan eine Landschaft im originalen Licht der Sonne. Die Farben leuchteten intensiver, das Grün wirkte saftiger und die Vegetation abwechslungsreicher und lebendiger. Sicher hätte Mikans Forscherherz freudig geschlagen, wenn die unbändige Wut nicht alle anderen Emotionen und Denkvorgänge blockiert hätte.

Immer mehr Insekten prasselten gegen die Glasscheibe des MoFas, auch sie erwachten mit der Sonne. Das kannte er aus dem Grüngürtel nicht; ihre unglaublichen Mengen schränkten sogar die Sicht ein, was ihn aber nicht daran hinderte, auf maximalem Schub zu bleiben.

Mikan wäre sicher noch etliche Kilometer wie im Rausch weitergefahren, wenn nicht plötzlich im Gegenlicht etwas vor ihm aufgetaucht wäre, was es so im Grüngürtel schlicht nicht gab. Deshalb ließ das für eben diese Umgebung gebaute MoFa auch keine Warnsignale ertönen und leitete keinen Bremsvorgang ein. Der Baum raste mit erschreckender Geschwindigkeit auf das in Fahrtrichtung gelegene Sichtfenster zu und Mikan wusste instinktiv, dass ein Zusammenprall unvermeidlich war.

„Ha! Geschieht ihnen recht!", dachte er noch und dann umfing ihn dunkle Nacht.

Kapitel 12: Glänzender Fund

Das Frühstück der Großen war beendet. Das Mädchen hatte Lunaro den leicht abgekühlten Tee ans Bett gebracht und die drei Kleinen liefen kurz darauf lachend und plappernd an den Frühstückstisch.

„Guten Morgen, guten Morgen", sangen sie und klapperten kurz darauf mit ihrem Besteck. Mara saß wie immer zwischen Tonn und Kar, als kleiner, zarter Puffer.

Vikor lächelte. Ja, heute würde ein guter Tag werden, das spürte er.

Er öffnete wieder die schwere Holztür, atmete die frische Morgenluft ein und verkündete gemäß Regel 10: „Kilawa, Mädchen. Ich gehe Holz hacken."

Regel 10 lautete: „Der Gruppe ist der jeweilige Aufenthaltsort immer mitzuteilen. Die Gruppe ist wie ein Netz jederzeit miteinander verbunden."

Das Mädchen nickte und Kilawa antwortete: „Vikor, das Holz im Haus ist fast aufgebraucht. Bitte bringe welches mit herein, wenn du mit dem Hacken fertig bist."

Vikor nickte. „Ja, das mache ich."

Er war kaum am großen Hackklotz angekommen, da spürte er mehr, als dass er sie hörte, das Mädchen hinter sich.

Er drehte sich um. „Mädchen, falls du einen Ort findest, an dem ein großes rotes A zu sehen ist, bring so viel du kannst von den Dingen mit, die dort gelagert sind. Manchmal ist an dem A eine Schlange. Es ist ein Ort, an dem Heilmittel aufbewahrt wurden, Medizin. Solche Läden wurden Apotheke genannt. Ich brauche dringend Medizin für Lunaro, sonst stirbt er."

Das Mädchen nickte mit aufmerksamem, ernstem Blick. Sie hatte bereits gespürt, dass Lunaros Lebenszeit sich dem Ende näherte. Schon zu viele Menschen hatte sie sterben sehen, um die Anzeichen eines nahenden Todes nicht wahrzunehmen.

Mit Handzeichen gab sie Vikor zu verstehen, dass sie einen solchen Ort nicht kannte, aber nach ihm Ausschau halten würde. Ihre braunen Haare waren zu einem engen Zopf geflochten und mit einem Stirnband zusätzlich fixiert. Ein eindrucksvoller Bogen und ein Köcher mit Pfeilen hing ihr über der Schulter, im Gürtel steckte ein langes, schartiges Messer, und über den Rücken hatte sie einen großen, jetzt noch leeren Beutel gewickelt.

Sie verbrachte meist den ganzen Tag unterwegs und kam oft erst nach Einbruch der Dämmerung zurück. Erschöpft, aber immer mit Beute, ihr Rucksack nun prall gefüllt. Manchmal blieb sie auch mehrere Tage verschwunden, entgegen allen Regeln und doch von Vikor geduldet. Er ahnte, dass sie bei zu strenger Auslegung der Vorschriften die Gruppe verlassen würde, war sie doch in einem freien Jagdclan aufgewachsen.

Schon oft hatte er sich gefragt, was sie wohl auf ihren längeren Streifzügen erlebte, hatte aber auf seine Fragen bisher keine Antwort bekommen. Auf ihren gemeinsamen Ausflügen, die allerdings nie über den Tag hinausgingen, war er immer wieder erstaunt, wie groß ihr Radius war; beeindruckt, wie viel Wissen sie schon in den wenigen Monaten, die sie bei ihnen war, über die Umgebung gesammelt hatte.

Das Mädchen lief leichtfüßig zum hölzernen Tor, das den einzigen Weg in die Außenwelt darstellte. Der Palisadenzaun, der ihre Zuflucht umgab, war mehr als zwei Meter hoch und durch die glatten, rindenlosen Stämme für fast alle Tiere nicht zu überklettern. Zudem bot er einen ersten Schutz gegen die Flut von Insekten, die jeden Tag gegen die Zuflucht brandete.

Das Mädchen öffnete den hölzernen, massiven Riegel, den man von innen und außen öffnen konnte, wenn man wusste, wie er funktionierte. Auch dieser Riegel war eine der zahlreichen Erfindungen Lunaros, raffiniert, durchdacht und gleichzeitig elegant einfach.

Vikor sah ihr nach, bis sie verschwunden war. Er vermisste die Außenausflüge, für die ihm immer weniger Zeit blieb, da die in letzter Zeit größer gewordene Gruppe ihn zunehmend vor Ort brauchte. Er seufzte kurz, rückte den Hackklotz zurecht und packte die große Axt. Breitbeinig dastehend holte er weit aus und hieb auf das erste Holzstück ein, dass die Scheite nur so zur Seite stoben. Holz spalten tat gut. Es war überhaupt eine Wohltat, seine Kraft einzusetzen und sich körperlich zu erschöpfen. Es befreite ihn für einige Zeit von den Sorgen und endlos kreisenden Gedanken um die Gruppe. Es war zudem befriedigend, ein Ergebnis seiner Arbeit zu sehen: Er freute sich auf den riesigen Haufen von Holzscheiten, der bald neben dem Hackklotz liegen würde.

Es war die Aufgabe der drei Kleinen, sie nachher zu einer Holzmauer an der Hauswand aufzustapeln. Sie arbeiteten zwar nicht so ordentlich, wie er es sich gewünscht hätte, doch mit viel Energie und Ausdauer. Das geschichtete Holz entlang der Hausmauer unter dem Dachüberstand isolierte im Winter zusätzlich. Dieses Jahr begann der Holzvorrat bereits die zweite Seite des Hauses zu füllen. Es war gut so, nicht nur wegen des verbesserten Schutzes vor der Kälte. Länger gelagertes Holz brannte besser, und wer weiß, wie lange der nächste Winter dauern würde ...

Viele Scheite später öffnete sich die Tür zum Haus, und Tonn, Kar und Mara stürmten heraus. Die Kleinen kannten nur eine Gangart, und die war schnelles Laufen. Lachend, singend und rufend begrüßten sie den Morgen und Vikor.

„Mara, Tonn und Kar, gut, dass ihr da seid! Ich brauche eure Hilfe. Mara und Kar, ihr zwei stapelt das Holz unter dem Überstand auf der Seite, dort wo der Ziegenstall angebaut ist. Kar: Mara zeigt dir, wie ich es haben möchte, sie hat das gestern schon an dieser Stelle gemacht. Kar, du tust, was sie sagt."

Die kleine Mara wuchs gleich um ein paar Zentimeter und gefiel sich sichtlich in ihrer Rolle.

„Alles klar, Vikor, machen wir. Komm, Kar!"

Und weg waren sie. Vikor trennte die Zwillinge meist, so waren sie leichter zu kontrollieren.

„Tonn, du holst den Korb von drinnen und suchst Eier. Sei sorgfältig!"

„Bin ich doch immer", grinste Tonn inmitten seiner Sommersprossen und flitzte ebenfalls davon.

Vikor lächelte. So klein sie auch waren, sie halfen eifrig wie Große. Nur so konnte es funktionieren. Auch ohne Erwachsene war ihre Gruppe stark, sie ergänzten sich gut. Jeder trug durch die Erfüllung seiner Aufgaben dazu bei, dass sie überleben konnten, zusammen würden sie wahrscheinlich auch den nächsten Winter bewältigen. Noch weiter in die Zukunft zu blicken, war nach seiner Erfahrung sinnlos. Vikor seufzte. Wenn nur Lunaro nicht so krank wäre.

Noch gut eine Stunde spaltete Vikor Holz, dann verstaute er die Axt sorgfältig in einem kleinen Verschlag neben dem Ziegenstall. Er füllte einen Korb mit den Scheiten, um die Kilawa gebeten hatte, und ging ins Haus, um den Tag mit Lunaro und Kilawa zu besprechen. Es gab wie immer einiges zu tun: Viele Beeren waren reif, es galt Insekten und Unkraut aus dem Gärtlein zu vernichten, und ihre Zuflucht musste an manchen Stellen repariert werden, um dem nächsten Winter trotzen zu können.

Es war früher Nachmittag. Wie immer am Dreitag hatte nach dem Mittagessen Vikors Schulstunde mit den Kleinen stattgefunden, bevor sie alle eine kleine Pause einlegten. Sogar Mara und die Zwillinge lagen kurz ruhig auf ihrem Bett und sahen sich ein Buch mit vielen Bildern an. Mara faszinierten vor allem die Seiten, auf denen Tiere abgebildet waren, und sie erklärte den Zwillingen oft ausführlich, wie diese Tiere wahrscheinlich im echten Leben aussahen und lebten. Ihre Fantasie ergänzte dabei das umfangreiche Wissen, das sie sich über dieses Thema bereits mühsam angelesen hatte. Sie konnte erst seit ein paar Monaten die Buchstaben entziffern, aber die Faszination für Tiere hatte ihr Ausdauer verliehen und ihre Lesefähigkeit schnell wachsen lassen.

Kilawa saß ebenfalls auf ihrem Lager und nähte ein paar Löcher in einer Hose zu. Es war ihre liebste Zeit des Tages, ein großer Teil der Arbeit war bereits erledigt, und dennoch blieb noch genügend Tageslicht für weitere Aufgaben.

Mit einem Mal wurde Vikor unruhig. Er schaute sich aufmerksam im Raum um. Dann verließ er das Haus und trat in den sonnenheißen Hof, weil ihn das Gefühl überkam, irgendetwas stimme nicht.

Als er die Mitte des Hofs erreicht hatte, öffnete sich das Tor und das Mädchen stürzte atemlos herein, mit schweißgetränktem Stirnband und weit geöffneten Augen. Aus ihrem Zopf hatten sich einige Strähnen gelöst und standen wirr vom Kopf ab. So aufgeregt hatte er sie noch nie erlebt.

Ihre Disziplin ließ es nicht zu, das Tor geöffnet zu lassen, und so lief Vikor ihr entgegen, während sie mit schnellen Bewegungen die Riegel schloss.

Vikor kam gerade bei ihr an, da drehte sie sich zu ihm um und gestikulierte wild mit ihren Armen. Dabei schnappte sie heftig nach Luft. Zumindest sah es so aus. Vikor verkniff sich ein Grinsen. Ihm war klar, dass das Mädchen reden wollte, doch es kamen wie immer keine Worte aus ihrem Mund. Sie schaffte es nicht, die gewünschten Worte zu bilden, selbst wenn sie es wollte. Sie bemühte sich, das sah er ihr an, doch die Sprache blieb auf dem Weg nach außen irgendwo stecken.

Vikor fasste das Mädchen beschwichtigend an der Schulter.

„Still, beruhige dich. Willst du, dass ich mit dir komme und es mir ansehe?"

Das Mädchen wurde ruhiger und nickte aufgeregt. Sie wollte bereits das Tor erneut öffnen, da hielt Vikor sie zurück.

„Warte kurz. Ich brauche Schuhe und Waffen. Außerdem muss ich noch Bescheid über unsere Abwesenheit geben. Ich beeile mich. Trink solange etwas!"

Nach dieser Aufforderung rannte Vikor ins Haus und erzählte, während er seinen Waffengürtel umhängte und die Stofflappen um seine Füße gegen stabilere Schuhe tauschte, was das Mädchen und er vorhatten. Kilawa ließ ihre Näharbeit sinken und hörte aufmerksam zu.

Die drei Kleinen dagegen stürmten sofort an Vikors Seite und bedrängten ihn.

„Was hat das Mädchen gesehen?"

„Was ist passiert?"

„Wir kommen mit!"

„Du musst uns mitnehmen!"

Vikor beachtete sie kaum. „Kilawa, du bist jetzt verantwortlich für die Zuflucht. Das Mädchen und ich kommen zurück, sobald es geht. Keiner von euch kommt mit!"

Er holte noch ein langes Seil von einem Regal an der Wand und schon war er auf dem Weg zum Holztor, wo das Mädchen ungeduldig auf ihn wartete, die Hand bereits am Riegel. Tonn und Kar waren Vikor zwar noch bis zum Tor gefolgt, aber sie akzeptierten seinen Befehl ohne weiteres Murren. Wenngleich ihre Blicke und wilden Sprünge deutlich zeigten, dass sie nichts lieber getan hätten, als mitzukommen.

Als Vikor kurz darauf hinter dem Mädchen durch das Unterholz rannte, bereute er, in letzter Zeit nicht mehr so oft unterwegs gewesen zu sein. Er hatte Mühe mitzuhalten, obwohl das Mädchen diese Strecke gerade eben schon einmal in vollem Lauf zurückgelegt haben musste.

Immer wieder gerieten ihm Fliegen und andere Insekten in Augen, Nase und Ohren, sodass er schließlich sein Halstuch bis knapp unter die Augen zog. So bekam er allerdings schlechter Luft und irgendwann hoffte er keuchend, dass sie bald ihr Ziel erreichten, bevor er aufgeben und um eine Pause bitten musste. Sie näherten sich schließlich dem großen, gläsernen Bau, was man schon daran erkennen konnte, dass der Bewuchs niedriger wurde und es immer weniger der sonst allgegenwärtigen Bäume gab.

Eine gute Figur machte er sicher nicht, als er japsend, verschwitzt, und die Hände in die Seite gestützt, neben dem Mädchen stehen blieb, die endlich jäh angehalten hatte. Allerdings hatte er nicht viel Muße, über seinen peinlichen Zustand nachzudenken, weil das, was er nun sah, seine volle Aufmerksamkeit erforderte.

Vor ihnen befand sich, direkt neben einem einzeln stehenden Baum, ein metallisch schimmerndes Fahrzeug. Seine weißgoldene Hülle hatte große Fenster aus Glas, doch eines davon war zersplittert. Vikor dachte sofort, wie schade, man hätte es so gut im Haus gebrauchen können. Er grübelte gerade über die mögliche Verwendung der anderen intakten Fenster, als er aus den Augenwinkeln einen Menschen wahrnahm. Er hing halb auf einem Busch, ein paar Meter vom Fahrzeug entfernt. Eine große Gestalt, sicher erwachsen. Vielleicht eine Gefahr. Vikors Hand schnellte zum Messer in seinem Waffengürtel.

Das Mädchen sah ihn fragend an.

Nach kurzem Überlegen meinte Vikor: „Dem Anschein nach ein Mann. Wir sehen ihn uns an. Vielleicht ist er tot und hat Gegenstände bei sich, die wir brauchen können. Aber sei vorsichtig. Vielleicht ist es auch eine Falle. Er könnte zudem eine ansteckende Krankheit in sich tragen."

Das Mädchen ging nun hinter Vikor her, sie war sichtlich beunruhigt, auch ihre Hand lag am Messer.

Als sie neben dem Busch angelangt waren, sahen sie, dass sich der Brustkorb des Mannes ruhig hob und senkte. Er lebte also, doch er sah bewusstlos aus. Blonde, lange Haare verdeckten sein halbes Gesicht, aber die sichtbare Hälfte war wunderschön anzusehen. Weiße Haut, zwar leicht geschwollen und gerötet von zahlreichen Insektenstichen, aber trotzdem zart und ebenmäßig, bartlos und ungewöhnlich hell. Das Haar glänzte in der Sonne und die geschlossenen Augen waren von langen dunklen Wimpern gesäumt. Krank sah er nicht aus, es war keine Verletzung und auch kein Ausschlag zu sehen.

Vikor beugte sich vorsichtig über den Mann, in der einen Hand das gezückte Messer. Das Mädchen blieb gut zwei Meter entfernt stehen, doch auch sie sicherte, indem sie einen Pfeil in ihren Bogen spannte und auf den Brustkorb des Mannes richtete. Bei der kleinsten Bedrohung würde sie ihn ohne Zögern erschießen.

Vikor bewegte leicht den Kopf des Mannes hin und her und sah, dass sich eine Blutspur über die halb verdeckte Wange zog. Er bemerkte zudem einen getrockneten kleinen rostroten Fleck auf dem Boden. Vikor strich die langen, dichten Haare des Bewusstlosen zur Seite, da sah er dessen Ursache: Dutzende Fliegen und andere Insekten stoben von einer großen, blutverkrusteten Wunde oberhalb der Schläfe auf. Das Blut hatte die kleinen Biester angelockt.

Eigentlich ein Wunder, dass noch kein großer Räuber gekommen war, um sich die leichte Beute zu holen, dachte Vikor. Das musste mit der Nähe zum Glasbau zu tun haben, dessen Umgebung die großen Raubtiere mieden. Auch Insekten gab es etwas weniger als üblich. Er untersuchte die Wunde, fuhr mit seinen Fingern über die Schädelknochen. Eine große Schwellung, eine Platzwunde, aus der jetzt wieder in einem dünnen Rinnsal Blut lief, aber es schien kein Schädelbruch zu sein.

Der Mann könnte überleben, wenn sie ihn in Sicherheit brächten.

In Vikors Kopf rasten die Gedanken, während er aus seiner Gürteltasche Binden zog und sie um den Kopf des Mannes wickelte, um die Blutung endgültig zu stoppen. Dazu musste er kurz sein Messer einstecken, ein Risiko, bei dem er sich sehr unwohl fühlte.

Sollten sie ihn überhaupt mitnehmen? Der Mann kam sicher aus dem riesigen Glasbau, der sich hier in der Nähe befand. Niemand, der draußen lebte, war so sauber und bleich wie dieser Mann, dessen Kleider zwar ein paar Flecken und Blutspritzer abbekommen hatten, aber immer noch größtenteils makellos und glänzend aussahen. Das Fahrzeug, aus dem er wohl geschleudert worden war, sprach ebenfalls dafür. Solche Technik war außerhalb Vikors Erfahrungshorizont, zumindest eine funktionierende. Sie stammte wohl aus einer anderen Welt: dem Glasbau. Also gab es da drinnen tatsächlich Bewohner, sie hatten es immer schon vermutet.

Vikor verscheuchte die Fliegen und untersuchte den Mann weiter. Er musste aus dem kleinen Fahrzeug durch das zersplitterte Glasfenster geschleudert worden sein, aber bis auf ein paar Prellungen, kleine Glassplitter im rechten Oberarm und der Wunde an der linken Schläfe fand Vikor keine schweren Verletzungen. Der Busch, in dem der Mann zwischen ein paar starken Zweigen schräg fest hing, musste den Sturz gelindert haben, die Verletzungen stammten wohl hauptsächlich vom Kontakt mit der Glasscheibe. Der Busch hatte ihn zudem vor dem schlimmsten Insektenbefall vom Boden aus geschützt.

Der Mann könnte gefährlich sein. Er könnte aber auch nützlich sein.

Vielleicht würde er bald erwachen und konnte dann selbst zurück in seine eigene Zuflucht gehen?

Läge er aber noch länger bewusstlos hier, wäre sein Leben keinen Schmetterling mehr wert.

Vikor schüttelte den Mann leicht, was keinerlei Reaktion zur Folge hatte, nicht einmal ein Stöhnen. Nur die Insekten stoben in einer kleinen Wolke auf.

Vikor richtete seine Worte an das Mädchen. „Warte, ich denke kurz nach. Vielleicht wacht er ja noch auf."

Sie nickte und richtete den Pfeil weiterhin auf ihr Ziel.

Es war kein angenehmes Warten. Ihr Schweiß vom schnellen Lauf und das Blut des Mannes zogen mit der Zeit Myriaden von Insekten an. Immer noch hing der Fremde reglos im Busch. Vikor grübelte, doch ihm war klar, dass es nun Zeit wurde, etwas zu unternehmen.

Schließlich brach er ohne weitere Worte größere Äste von einem Baum, entfernte mit dem Messer die Zweige und zog mithilfe des Mädchens den Mann vom Busch auf die längs liegenden Äste herunter. Darauf banden sie ihn mit den Seilen fest, so hatten sie schon des Öfteren größere Beute nach Hause geschleppt. Vikor verscheuchte die lästigen Insekten aus dem Gesicht des Mannes und breitete ein Tuch darüber, das er mit kürzeren Schnüren um den Kopf festband, damit dieser besser vor den Biestern geschützt war.

Vikor schüttelte seinen Kopf und ganzen Körper, um die immer zudringlicher werdenden Plagegeister von sich selbst zu verscheuchen. Lange stehen zu bleiben war draußen nie eine gute Idee. Er wischte auch die Insekten von seinen Augen, an dessen Rändern sich einige niedergelassen hatten, während er beschäftigt gewesen war. Wenn sie erst wieder in Bewegung waren, würde es besser werden mit den Angriffen der Insekten.

Vikor bemerkte – nicht zum ersten Mal –, dass die kleinen Scheusale dem Mädchen nicht so viel anzuhaben schienen. Sie verwendete nicht einmal ein schützendes Mundtuch wie alle anderen in der Zuflucht. Als ob sie einen Geruch ausströmen würde, der die meisten Quälgeister abschreckte. Er musste sie mal danach fragen, ob sie ein bestimmtes Kraut verwendete, vielleicht lag es aber auch an ihr selbst, ihrem eigenen Duft.

„Wir können nicht länger warten, sonst fressen ihn die Insekten bei lebendigem Leib auf. Und mich gleich mit. Wir nehmen ihn mit in die Zuflucht. Zur Glaskuppel bringen wir ihn lieber nicht, wer weiß, was uns da erwartet. Vielleicht sind dort heute noch mehr dieser metallenen Fahrzeuge unterwegs, und wir wissen nicht, ob sie uns als Gefahr betrachten. Und jetzt schnell nach Hause, bevor es dunkel wird."

Die Nacht vermied man am besten.

Die Nacht verschluckte Menschen.

Wenige kamen zurück.

Kapitel 13: Schlafender Prinz

Sie zogen den Mann abwechselnd zur Zuflucht, was sich nicht nur wegen des weiten Wegs als kräftezehrend erwies. Der Fremde war schwerer, als er aussah und das Gelände schwierig, wenn man etwas auf Ästen hinter sich her schleppte. An vielen Stellen mussten sie sich sogar zusammen abmühen, sonst wären die Stangen stecken oder hängen geblieben.

Nach Stunden, es war bereits später Nachmittag, erreichten sie die Zuflucht. Vor den Augen der überraschten und aufgeregt um sie herum wuselnden Kleinen trugen sie den Mann ins Haus und betteten ihn auf Vikors Lager. Das Mädchen gab Vikor ein kurzes Handzeichen, das ihr Fortgehen ankündigte. Sie ließ dem mittlerweile völlig Erschöpften keine Zeit zur Antwort, bevor sie schattengleich das Zimmer verließ.

Kilawa übernahm ohne Zögern die helfende Rolle und versorgte mit Vikor, der schweißnass und heftig atmend seine Utensilien bereitlegte, die Wunden des Mannes.

„Er ist so schön", staunte Kilawa, als sie mit einem feuchten Lappen die Verletzungen säuberte und dabei ein paar der glänzenden Haarsträhnen zur Seite legte.

Vikor nickte. Das war nach der Reinigung noch deutlicher zu sehen. Trotz der entstellenden Wunden, Stiche und Schwellungen glich der Mann einem dieser Prinzen aus den Märchen, die das Mädchen allabendlich erzählte. Das Haar glatt und weich, die Gesichtszüge klar und ebenmäßig, obwohl die kaum wahrnehmbaren Falten um Augen und Mund zeigten, dass er offensichtlich nicht mehr ganz jung war.

„Ja, er ist ungewöhnlich schön. Seltsam, dass er keinen Bart hat in seinem Alter. Nicht einmal Stoppeln sind zu sehen. Wie bei einem zu groß gewachsenen Kind."

Die drei Kleinen standen staunend und ausnahmsweise fast sprachlos und leise um sie herum.

Vikor schälte dem Mann die teilweise zerrissenen, seltsam und unpraktisch aussehenden Kleider vom Leib, sodass er nun in Unterwäsche vor ihnen lag, unnatürlich blass und nahezu makellos.

„Lebt er?", fragte Mara nach einer langen Weile ängstlich mit ihrer zarten Kinderstimme. „Warum bewegt er sich nicht? Schläft er?"

Vikor schaute kurz auf und beruhigte das kleine Mädchen.

„Ja, Mara, er lebt. Er ist nur bewusstlos, weil er mit großer Wucht aus einem schimmernden Wagen herausgeschleudert wurde. Aber er wacht wahrscheinlich bald wieder auf."

Er lächelte und strich Mara über die kurzen Haare. „Bis auf die große Beule an seinem Kopf hat er keine schlimmen Verletzungen. Er wird sicher wieder gesund."

„Ein schimmernder Wagen? Wie die Kutsche vom Prinzen?" Mara blickte mit großen Augen zu Vikor auf.

Als wären die Worte sein Stichwort gewesen, kam Lunaro angeschlurft, gestützt auf einen dicken Stock. Er keuchte schon, bevor er ankam, und legte Pausen ein, obwohl es sich nur um wenige Meter handelte.

„Einer aus dem großen Glasbau?" Lunaros vorstehende Augen traten noch mehr heraus als sonst. „Du hast Wagen gesagt, Vikor? Ein Fahrzeug?"

Vikor lachte. Nur die Aussicht auf neue Technik konnte Lunaro noch von seinem Lager locken.

„Ich glaube, du wirst bald etwas davon sehen, Lunaro. Ich bin mir sicher, das Mädchen ist deswegen vorhin so schnell aus dem Raum verschwunden. Sie wird alles vorbereiten, damit wir den Wagen bergen können."

Lunaro beugte sich über den Mann und betrachtete ihn schweigend.

Kilawas Salben und kühlende Lappen zeigten bereits Wirkung auf die Schwellungen und Rötungen, es schien, als ob die Wunden des Mannes extrem schnell heilten.

Vikor wusch sich sorgfältig die Hände in einer Schüssel Wasser und löste vorsichtig die Binden, die er dem Fremden an der Unfallstelle um den Kopf gewickelt hatte, zog einen Faden durch eine dünne, gebogene, metallene Nadel und nähte geschickt mit einigen wenigen Stichen die Platzwunde zu. Kilawa leuchtete ihm dabei mit einer der Öllampen und tupfte anschließend das getrocknete Blut von der Haut.

Der Fremde wimmerte ein paar Mal kurz auf und stöhnte laut. Kilawa musste mit der freien Hand seinen Kopf fixieren, als sie ihn verarzteten, doch er wachte nicht auf.

„Ja, er ist ungewöhnlich schön, jetzt sieht man es noch deutlicher", nickte Lunaro. „Ob alle Menschen in dem gläsernen Haus derart schön sind und ihre Wunden so schnell heilen?"

Vikor zuckte mit den Schultern. „Keine Ahnung. Schau dir mal die Hände an, die haben jedenfalls nicht viel gearbeitet. Ganz glatt, ohne Narben und Schwielen und weiß wie Schnee. Trotzdem werden wir sie jetzt fesseln, am besten die Beine auch. Er kann jederzeit erwachen und wir wissen nicht, was uns dann erwartet. Er sieht nicht so aus, aber er könnte gefährlich sein. Kilawa, bring bitte die Seile. Ich ziehe ihm inzwischen seine Kleider wieder an, damit er nicht zu frieren beginnt."

Bevor Kilawa den Raum verlassen konnte, kam das Mädchen wieder herein, in beiden Händen je einen großen Korb, gefüllt mit diversem Werkzeug, Tüchern und Seilen. Sie stellte die Körbe neben dem Lager ab, holte Seile aus einem der Körbe und half beim Fesseln. Ihre flinken Finger schienen das nicht zum ersten Mal zu machen, fiel Vikor dabei auf. Wieder einmal dachte er bei sich, wie schade es war, dass sie nicht sprach, er hatte so viele Fragen an sie.

Wenngleich man Kilawa ansah, dass es ihr widerstrebte, den Mann mit der zarten Haut zu fesseln, half sie ebenfalls, ihn bewegungsunfähig zu machen. Vikors Anweisungen wurden in der Gruppe selten offen hinterfragt. Vikors Wort war Gesetz.

Als das Paket geschnürt war, blickte Vikor auf die übrigen Werkzeuge und Hilfsmittel, die in den Körben lagen. Neben weiteren starken Seilen und Tüchern befanden sich einige Haken und lange Eisenstäbe darin.

„Du willst das Fahrzeug holen, Mädchen? Ja, ich glaube, die Ausrüstung hier reicht dazu aus, wenn wir die Räder verwenden können. Ich überlege kurz, ob wir das jetzt gleich erledigen oder erst morgen losziehen."

Sie nickte bestätigend und wartete.

Vikor brauchte nicht lange, um eine Entscheidung zu treffen. Er fuhr sich mit allen Fingern durch die struppigen Haare und richtete sich auf. „Es ist besser, wir holen den Wagen möglichst heute noch. Ich bin zwar müde wie ein Siebenschläfer und es wird bald dunkel, aber so finden die Leute aus dem Glashaus nicht so schnell heraus, wo Mann und Wagen geblieben sind, wenn sie nach ihm suchen. Ich habe kein gutes Gefühl, sollten sie uns bei dieser Suche entdecken. Außerdem können wir vielleicht Teile des Fahrzeugs gebrauchen; nicht, dass sie das Gefährt am Ende selbst abtransportieren. Wäre auf jeden Fall schade um die intakten Glasscheiben. Und wer weiß, was es noch Interessantes im Inneren zu entdecken gibt."

Er wandte sich an Lunaro, dem bereits die Beine vor Anstrengung zitterten. „Stimmt's, Lunaro?" Dieser brachte ein Lächeln zustande. „Ich bin schon neugierig. Ich geh mal wieder aufs Lager. Damit ich durchhalte, um das Fahrzeug zu untersuchen."

Langsam wankte er die wenigen Schritte zu seinem Lager zurück.

„Mädchen, Kilawa: Wir drei werden das Fahrzeug holen. Mara, Tonn und Kar: Ihr werdet das Abendessen vorbereiten. Wir essen heute etwas später. Mara ist die Bestimmerin."

Tonn und Kar maulten kurz, folgten dann aber Mara in den Küchen-Essraum. Sie waren etwa zwei Jahre älter als Mara, aber sie hatten von Anfang an akzeptiert, dass sie die Chefin der drei Kleinen war. Sie war nicht nur lange Zeit der lernende Schatten von Kilawa gewesen und kannte sich in vielen praktischen Dingen besser aus, sie war zudem deutlich vernünftiger als die wuseligen Zwillinge, was die aber nie zugegeben hätten.

Schnell verteilten Vikor, Kilawa und das Mädchen die Ausrüstung aus den Körben in drei Rückenbeutel, legten ihre stabile Schutzkleidung an und zogen los. Vikor bewunderte das Mädchen. Für sie war es heute bereits der dritte Ausflug in die Außenwelt, aber man merkte ihr kaum eine Erschöpfung an.

Ohne zu sprechen, liefen sie los. Sie verfielen in den langsamen Trab, den sie draußen immer anschlugen. Kilawa konnte gut mithalten, obwohl sie die Zuflucht sonst nur selten verließ und schließlich stand sie leicht keuchend und staunend neben den beiden anderen vor dem schimmernden Wagen, der in der späten Abendsonne weiß und golden leuchtete.

„Es sieht aus wie ein Schatz. Golden wie die Haare des Prinzen."

Vikor schnaufte tief durch. „Ob das ein Prinz ist, muss sich noch herausstellen. Das hier ist kein Märchen."

Kilawa kicherte. „Das weiß ich, Vikor. Ich habe es nicht ernst gemeint. Es gibt keine Prinzen. Du sagst doch immer, das sind nur Geschichten." Sie ging um das Fahrzeug herum.

„Hier sind Räder, vielleicht können wir sie tiefer stellen, damit sie rollen können. Sie müssen sich durch den Unfall irgendwie nach oben bewegt haben."

Vikor nickte. „Es muss eine Möglichkeit geben, sie nach unten zu bringen, sonst wären sie nicht an dem Ding dran. Mal sehen." Er untersuchte das Fahrzeug und fand schließlich einen Hebel im Inneren der Kabine, der sich herunterziehen ließ und tatsächlich die Räder absenkte.

Sie befestigten Seile an verschiedenen Stellen des Fahrzeugs und zogen gemeinsam an ihnen, bis sich der Wagen schließlich in Bewegung setzte und losrollte. Trotz der Räder war es jedoch kein Zuckerschlecken, ihn gezielt vorwärts zu bewegen, da er sehr schwer war und nach den ersten paar hundert Metern der Bewuchs zunahm. Das dichte Unterholz bot nun kaum noch genügend Raum für ein Fahrzeug dieser Größe. Zudem wurde es stetig dunkler und die Sicht schlechter.

Manchmal gerieten Zweige von Büschen in die Räder und blockierten sie, ein andermal blieben die Räder in größeren Löchern oder Schlammpfützen stecken. Es war gut, dass sie zu dritt waren, so fanden sie immer Lösungen und bewältigten die Probleme jedes Mal im Team. Wenigstens war es weniger anstrengend, als den Fremdling zu transportieren, stellte Vikor fest, zum Glück, denn er war nun sehr erschöpft.

„Morgen müssen wir den Weg noch einmal gehen und die Spuren verwischen, wir haben sicher eine viel zu deutliche Fährte hinterlassen", überlegte Vikor, als er endlich völlig außer Atem im Schein des Mondes das Tor zur Zuflucht öffnete. Wie gut, dass sie in der letzten Stunde den Weg sozusagen auswendig gekannt hatten und der Vollmond nun Licht spendend mitten am Himmel stand.

„Morgen ist eine gute Idee. Heute bin ich echt erledigt", stöhnte Kilawa und nahm das Tuch vom Mund. Es war immer wieder ein Aufatmen, sobald man die Zuflucht betrat. Die ungeheure Menge an Insekten außerhalb der Palisaden war nicht nur lästig, sie stellte eine echte Bedrohung für ihre Gesundheit dar. Mehrere Tage ohne den Schutz einer Zuflucht erwiesen sich sogar als lebensgefährlich, das hatten sie alle schon einmal am lebendigen Leib erfahren. Ohne einen schützenden Raum oder ein schirmendes Zelt schwächten die Insekten den Körper rasend schnell, bis er für Krankheiten anfällig wurde. Wer weiß, vielleicht war auch Lunaro ihnen zum Opfer gefallen, er hatte schon immer stärker als sie alle auf die Stiche reagiert …

Sie schoben das Fahrzeug in die Nähe des Hauses, dann öffnete Vikor die hölzerne Eingangstür.

„Für heute ist es genug. Esst noch eine Kleinigkeit, dann gehen wir schlafen. Den Wagen untersuchen wir morgen, das muss jetzt warten."

Sie schlossen schnell die Tür hinter sich, um keine Nachtinsekten einzuladen. Drei quirlige kleine Kobolde rannten auf sie zu.

„Wir haben euch den Tisch gedeckt!"

„Ich hab die Himbeeren draufgestellt!"

„Wir haben schon gegessen."

„Du hast mich getreten!"

„Hab ich nicht."

Die drei Kleinen schnappten fast über vor lauter Aufregung. Vikor schickte sie wieder aufs Bett zurück.

„Ihr bleibt jetzt dort. Das Mädchen kommt gleich und erzählt euch eine Geschichte."

Das Mädchen lächelte. „Dornröschen und der glänzende Prinz".

„Aufs Bett! Sonst erzählt sie die Geschichte nicht", befahl nun auch die kleine Mara und rannte zusammen mit Tonn und Kar aufs Bett, wo sie jedoch keinesfalls ruhig dalagen.

All das Treiben weckte Lunaro nicht, der leise schnarchend auf seinem Lager lag. Die Aufregung des Tages hatte einer tiefen Erschöpfung Platz gemacht und ihn noch früher als üblich einschlafen lassen. Das bereitete Vikor Sorgen. Es wurde Zeit, dass sie eine Medizin fanden, sonst würde Lunaro in Kürze sterben. Vikor kannte die Anzeichen eines nahenden Todes. Zu oft schon hatte er mit ansehen müssen, wie Menschen den letzten Weg beschritten, ohne dass ihnen zu helfen war.

Vikor schaute auch nach dem gefesselten Fremden. Der lag immer noch bewusstlos, wo sie ihn zuvor hingelegt hatten. Erfreulich, dass er nicht aufgewacht ist, während nur die Kleinen im Haus herumwuselten, dachte er.

Die hatten mit viel Begeisterung und Erfindungsreichtum den Esstisch reich gedeckt für Vikor, Kilawa und das Mädchen, die sich dankbar und mit gutem Appetit satt aßen.

„Hast du wirklich noch Energie für ein Märchen, Mädchen? Du bist fast den ganzen Tag gerannt." Vikor schaute sie nach der Mahlzeit fragend an.

Das Mädchen hielt vier Finger in die Höhe und lächelte.

Kilawa lachte. „Gesetz vier: Jeder in der Gruppe hat Aufgaben."

Vikor lachte mit. „Die drei Kleinen zur Ruhe zu bringen ist eine wichtige Aufgabe. Danke Mädchen!"

„Danke!", tönte es von drüben. So wild sie auch auf dem Bett toben mochten, sie hatten die Ohren gespitzt und verpassten kaum etwas von dem, was ihnen wichtig vorkam.

Dieses Mal lachte auch das Mädchen. „Geh ruhig, Mädchen, ich räume den Tisch ab", bot ihr Kilawa an.

Das Mädchen setzte sich an diesem Abend direkt auf das Bett der Kleinen und musste nicht lange warten, bis es mucksmäuschenstill war.

Sie begann zu erzählen.

Vor langer, langer Zeit, da waren ein König und eine Königin, die sprachen jeden Tag: „Ach, wenn wir nur ein Kind hätten!" Doch sie bekamen keins und so vergingen einige Jahre. Einmal saß die Königin mit goldenem Mundschutz angelnd am Bach, da sprang ein Fisch immer wieder weit aus dem Wasser. Er schnappte nach den zahlreich über dem Wasser tanzenden Insekten und sprach dabei zur Königin: „Dein sehnlichster Wunsch wird erfüllt werden!"

So geschah es: Die Königin brachte ein Mädchen zur Welt. Der König war so glücklich, dass er nicht nur seine ganze Gruppe zum Fest einlud, sondern auch die Feen des Reiches, damit sie dem Kind Glück wünschen könnten. Es waren ihrer dreizehn. Weil sie aber nur zwölf Teller und zwölf Tassen hatten, alle in den prächtigsten Farben gemustert, musste eine von ihnen daheimbleiben.

Auf dem Fest beschenkten die Feen das Kind mit ihren Wundergaben: die eine mit Kraft, die andere mit Gesundheit, die dritte mit Geschicklichkeit, besonders im Bogenschießen, und die vierte mit einem großen Korb Himbeeren, der nie leer wurde. Es waren bereits elf wunderbare Wünsche gesprochen, da trat plötzlich die dreizehnte Fee herein. Sie wollte sich dafür rächen, dass sie nicht eingeladen worden war, und rief mit lauter Stimme: „Die Königstochter soll sich in ihrem fünfzehnten Jahr an einer Nadel stechen und tot hinfallen." Dann verließ sie den festlichen Raum mit einem Rauschen ihrer Gewänder.

Alle waren zu Tode erschrocken. Da trat die zwölfte Fee hervor, die ihren Wunsch noch übrig hatte. Weil sie aber den bösen Spruch nicht aufheben, sondern nur abmildern konnte, weinte sie und sprach: „Es soll kein Tod sein, nur ein hundertjähriger Schlaf."

Mara war die Einzige, die noch richtig zuhörte. Bei den Zwillingen klapperten bereits die Augenlider. Der Tag hatte zu viele Aufregungen gebracht, sodass sie sich ihrer Müdigkeit kaum noch erwehren konnten. Trotzdem erzählte das Mädchen weiter und lächelte Mara dabei im Halbdunkeln zu.

Das Mädchen wurde genau so, wie es sich die Feen gewünscht hatten, es war stark, gesund und geschickt mit dem Bogen, schön und klug und sein Korb mit Himbeeren wurde nie leer. Es geschah an dem Tage, als es gerade fünfzehn Jahr alt ward, dass es durch das Haus wanderte und eine versteckte Kammer fand. Als es sie öffnete, saß da in eine alte Frau mit einer Nadel und einem schimmernden Tuch.

„Guten Tag, du altes Mütterchen," sprach die Königstochter, „was machst du da?"

„Ich nähe", sagte die Alte, „probiere es auch einmal."

Das Mädchen nahm die Nadel und wollte nähen. Dabei stach es sich mit der Nadel in den Finger und fiel sogleich auf das Bett, das da stand, und lag fortan in einem tiefen Schlaf.

Und dieser Schlaf verbreitete sich über das ganze Haus: Der König und die Königin begannen einzuschlafen, auch der Koch und der Küchenjunge. Da schliefen auch die Ziegen im Stall, die Hühner im Hof, und alle Insekten blieben mitten in der Luft stehen. Ja, sogar das Feuer im Herd ward still und schlief ein. Rings um das Haus aber begann eine Dornenhecke zu wachsen, immer höher und größer, bis sie das ganze Haus umzog, sodass es nicht mehr zu sehen war.

Die Kleinen waren inzwischen alle eingeschlafen und das Mädchen hörte auf, weiterzuerzählen.

„Gut gewählt, Mädchen", lobte Vikor. „Ein langer Schlaf umfängt den Fremden. Wir werden sehen, ob er hundert Jahre dauert."

Das flackernde Licht der letzten brennenden Öllampe an Vikors Lager erhellte ein anerkennendes Lächeln. „Schlaft nun, Mädchen und Kilawa. Gut gemacht!"

Die Mädchen suchten nach üblicher – leicht verspäteter – Abendroutine ihr Lager auf und schliefen innerhalb von Sekunden ein.

Es wurde spät in dieser Nacht, bis Vikor selbst trotz seiner Erschöpfung zur Ruhe kam. Ihm wirbelten die Gedanken ziellos durch den Kopf, bis er sie mit einem Buch über „Trigonometrie und ihre Anwendung in der Medizin" wieder bündeln konnte. So geordnet fiel auch er in einen tiefen Schlaf.

Am nächsten Morgen war es ausnahmsweise nicht Vikor, der den Tag begann. Lunaro hatte sich beim ersten Morgenlicht von seinem Lager erhoben und mit der Hilfe seines Stocks nach draußen bewegt. Er stand mit großen Augen vor dem Wagen, als Vikor neben ihn trat.

„Ein Wunder, dieses Fahrzeug." Lunaro strich mit seiner freien Hand fasziniert über die schimmernde Oberfläche.

„Wir werden dieses Wunder gleich ein bisschen untersuchen, Lunaro. Vielleicht kannst du ein paar Teile mit auf dein Lager nehmen ..."

Vikor öffnete die gläserne Kapsel und schaute sich im Dämmerlicht das Innere an. Es gab viele Knöpfe und Schalter und ein Fach darunter, dessen Knopf man eindrücken konnte, sodass es sich öffnete. Zwei kleine Päckchen lagen darin. Vikor nahm sie heraus und wurde aufgeregt. Auf dem einen war die Schlange der Gesundheit abgebildet! Hier war sicher Medizin drin!

Das andere Päckchen gab er Lunaro. „Das untersuchst du drinnen. Ab, rein mit dir, das war ein langer Ausflug für deinen Zustand. Wir brauchen dich noch, damit du uns mit weiteren technischen Wundern beschenkst, gebaut aus dem Mysterium dieses Wagens."

Lunaro nickte behäbig, doch er fühlte sich so aktiv wie schon lange nicht mehr. Er hatte eine Aufgabe bekommen, die er anpacken wollte. Eine Herausforderung, die seinen Tod vielleicht ein wenig hinauszögern würde.

Als sie wieder auf ihrem Lager saßen - alle anderen schliefen noch - packten beide im Schein einer kleinen Öllampe ihre Wundertüte aus.

Tatsächlich befand sich in dem Päckchen mit der Schlange Medizin, lauter kleine Schachteln mit Flüssigkeiten oder Tabletten und winzig geschriebene Anleitungen dazu. Vikor strahlte und las sie sogleich durch. Vielleicht war hier etwas darunter, mit dem er Lunaro helfen und die Blutvergiftung aufhalten oder sogar heilen konnte. Wenige Minuten später stand er mit einem Lächeln auf, holte ein Glas Wasser und ging zu Lunaros Lager. Er gab ihm von dem Antibiotikum, das sich unter den Arzneimitteln befunden hatte.

„Das wird dir helfen, Lunaro, das wird dir helfen, die Blutvergiftung zu besiegen. Versuche, noch ein bisschen zu schlafen. Schlaf unterstützt die Heilung."

Kapitel 14: Albtraum

Seltsamerweise konnte er sich nicht bewegen. Kein einziger Muskel gehorchte den Befehlen, die das Hirn ihm sandte. Nicht einmal die Augenlider gehorchten den Anweisungen; sie blieben geschlossen, sodass ihn weiterhin tiefe Dunkelheit umfing. Dennoch wusste er mit großer Sicherheit, dass er sich in Bewegung befand. In rasender Fahrt sogar. Allerdings ins Ungewisse, denn er hatte keine Vorstellung vom Wo und Wohin. Immerhin erinnerte er sich daran, dass er gestern zwölf geworden war. An diese unbestreitbare Tatsache klammerte er sich fest, alles andere wirkte verschwommen und vage.

Plötzlich spürte er, dass er nicht allein war. Kein Geräusch hatte es ihm verraten, er fühlte es einfach. Mehrere Personen befanden sich mit ihm im Raum. Also bewegte nicht nur er sich mit höllischer Geschwindigkeit, sondern der ganze Raum war in Bewegung.

„Wir machen ihn erst wieder los, wenn er uns sein Geheimnis verraten hat."

An der Stimme erkannte er den Sprecher sofort, hatte sogleich ein Bild seines Peinigers vor sich. Nur der Name wollte ihm nicht einfallen. Immer und immer wieder war es dieser Kerl gewesen, der die anderen Kinder angestachelt hatte, ihn zu drangsalieren und zu demütigen. Mikan hasste ihn mit der ganzen Kraft seiner zwölf Jahre. Von wegen Geburtstagsfeier! Quälen wollten sie ihn.

Der Anführer trat vor ihn, in der Hand ein Aufzeichnungsgerät. Mit diesem goldenen Kasten wollten sie bestimmt seine Qualen aufzeichnen. Wohl, damit sie sich später noch an seinem Schmerz ergötzen konnten.

Da verwandelte sich der goldene Kasten nach und nach vor seinen Augen in einen Bienenschwarm. Alles wirbelte vor seinen Augen. So viele Bienen! Die Erfüllungsgehilfen hielten ihn irgendwie fest, sodass er nicht den kleinsten Muskel bewegen konnte. Alles drängte ihn zu fliehen, seinen Peinigern zu entkommen, doch er konnte nicht einmal schreien.

„Vielleicht sollten wir ihn ein bisschen stärker piesacken. Sonst macht er doch nie den Mund auf."

„Wie soll ich denn den Mund aufmachen, wenn ihr mich gelähmt habt?! Sollen die Bienen mich stechen?!", wollte er schreien, doch natürlich ließ sich auch dies nicht bewerkstelligen.

„Früher hat man die Füße ins Feuer gehalten, wenn man jemanden zum Reden bringen wollte. Das hab ich neulich im Unterricht gelernt. Geschichte ist ätzend, aber diese Lektion fand ich interessant. Könnten wir ja mal an dem da ausprobieren, oder? Er ist doch ein prima Versuchsobjekt."

Panik überflutete Mikan. Qualen jeglicher Art waren ihm ein Gräuel. Unerträglich selbst der kleinste Schmerz. Was wollten diese Peiniger von ihm, warum waren sie hier? Und wieso war er hier? War er wirklich erst zwölf? Im Traum überkamen ihn Zweifel am Traum selbst. Aber dann zog ihn dieser wieder in seinen Bann.

Hände packten und zerrten ihn quer durch den Raum. Die Ungewissheit wurde unerträglich, da er nicht sehen konnte, was geschah, was sie mit ihm anzustellen gedachten. Doch in dem Moment, in dem die Spannung nicht mehr auszuhalten war, lösten sich die verschwommenen Figuren auf, wurden unbedeutend. Nur der Schmerz war noch da. Und nicht die Füße wurden ins Feuer gehalten, es war sein Kopf. Plötzlich konnte er den Mund wieder bewegen. Auch die Stimmbänder versagten nicht mehr und er schrie und schrie …

Er war wieder wach. Ja, es war ein Traum gewesen. Die Variation eines Traums, der ihm seltsam bekannt vorkam. Realistischer als sonstige Träume …

Mit äußerster Anstrengung gelang es ihm, die Augen einen Spalt weit zu öffnen. Doch was er sah und fühlte, war weitaus schlimmer als jener Albtraum. Ein Wesen, hässlich wie die Nacht, mit wirren Haaren und roten Pusteln im ganzen Gesicht, schmutzig und stinkig, beugte sich über ihn. Es machte sich an seinem Kopf zu schaffen, und jedes Mal, wenn die Hand sich seiner Schläfe näherte, durchzuckte es ihn wie mit feurigen Nadeln. Er schrie und Tränen liefen ihm über die Wangen vor Schmerzen. Doch das Wesen ließ sich nicht erweichen und stach immer wieder zu, bis ihn eine gnädige Ohnmacht von seinen Qualen erlöste.

Als er wieder erwachte, war der Schmerz noch allgegenwärtig. Zwar dumpfer und nicht mehr so stechend, doch er hätte keine Stelle seines Körpers benennen können, die nicht wehtat. Zum Glück war er jetzt allein, niemand hantierte an ihm herum. Nur bewegen konnte er sich immer noch nicht. Zu seinem grenzenlosen Schrecken stellte er fest, dass er tatsächlich gefesselt war. Er lag da wie ein toter Maulwurf und konnte sich nicht rühren.

Verzweifelt versuchte er zu verstehen, was mit ihm geschehen war. Je länger er darüber nachdachte, desto panischer wurde er, denn nicht der Hauch einer Erinnerung wollte sich einstellen. Selbst der fürchterliche Traum, der wohl aus den Abgründen seiner Vergangenheit aufgestiegen war, verblasste bereits. Doch richtig schlimm und grauenhaft wurde es bei dem Versuch, sich zu erinnern, wer er selbst denn eigentlich war, wo er herkam und wie er hieß: Da war nichts! In ihm war ein gedächtnisloses, schauriges Nichts!

Mit aller Kraft versuchte er, gegen die Fesseln anzukämpfen, doch irgendwann gab er auf. Nicht einen Millimeter Freiraum hatte er gewonnen, dafür schnürten die Fesseln nur noch um so fester in sein Fleisch. Zu allem Überfluss machte sich ein dringendes Bedürfnis bemerkbar. Seine Blase musste bis zum Rand gefüllt sein und der Drang sich zu erleichtern war übermächtig. Es bedurfte all seiner Konzentration, nicht in die Hose zu pinkeln, etwas, was er sich nie verziehen hätte. Hygiene war ihm so tief eingepflanzt, dass sie selbst in dieser abstrusen Situation ihren Stellenwert behielt.

Als er plötzlich Stimmen vernahm, ließ ihn diese Sensation den Druck auf seine Blase vorübergehend vergessen.

„Wenn er endlich zu sich kommt, werden wir ihn befragen", vernahm er eine Stimme. Doch die Klangfarbe und das Idiom waren ihm völlig fremd. Wobei er nicht entscheiden konnte, ob das an seiner momentanen Gedächtnisschwäche lag, oder ob diese Worte wirklich in einem ihm ungewohnten, kaum verständlichen Dialekt gesprochen wurden.

Dennoch schlug nach einiger Zeit des Überlegens eine Erkenntnis bei ihm ein, die ihn fassungslos machte. Es war ein Kind gewesen, das gesprochen hatte. Wobei er keine Ahnung hatte, woher er das wusste und wieso ihm das so außergewöhnlich vorkam. Vorsichtig öffnete er die Augenlider einen winzigen Spalt, um nicht zu verraten, dass er wieder aufnahmefähig war. Wer auch immer da gesprochen hatte, er musste mit seiner unerträglichen Fesselung zu tun haben und war daher ein Feind, selbst wenn es sich nur um ein Kind handelte.

Was er nun, paralysiert wie ein bewegungsunfähiger Käfer, gegen den schwach erleuchteten Hintergrund sah, übertraf seine ärgsten Befürchtungen. Es waren zwar Kinder, die in einem Durchgang zu einem anderen Raum standen, zwei an der Zahl, doch ihr Erscheinungsbild flößte ihm Angst und Schrecken ein: So sahen Menschen nicht aus! Kinder schon gar nicht! Fehlende Erinnerung hin oder her: Das waren Ausgeburten einer Hölle, die sich auszudenken er niemals genug Fantasie gehabt hätte.

Der eine hatte dieses hässliche Gesicht mit den roten Flecken, das er schon einmal im Traum gesehen hatte, wirres hellbraunes Haar über einem dreckig braunen Gesicht. Und tatsächlich, es war eindeutig ein Junge, jedenfalls noch kein Mann.

Das Wesen neben dem Jungen hatte Ähnlichkeit mit einem Mädchen, wenngleich er sich sicher war, noch nie eins gesehen zu haben, das derart schmutzig gewesen wäre. Die langen Haare hingen in wirren Zotteln an der Seite hinunter. Sie wären wohl lockig gewesen, wenn sich jemand die Mühe gemacht hätte, sie zu waschen und zu kämmen. Ihre Augen waren pechschwarz wie ihr Haar. Und die Kleider: nichts als Lumpen! Kein Wunder, dass er sie für Teufel gehalten hatte.

Zwei Kinder? Nein, da stand noch jemand im Hintergrund, nicht viel größer als die beiden anderen, aber sehr dünn und lange Haare in Zöpfe geflochten. Ein weiteres Mädchen? Er konnte es nicht so recht wahrnehmen, aber er sah, dass nun alle drei auf ihn zu gingen.

Schnell schloss Mikan die Augen wieder.

Vikor, Kilawa und das Mädchen traten zum Lager des Fremden, als sie eine Bewegung seiner Augenlider wahrnahmen. Sie hatten die Fensterabdeckungen des Nachbarraums entfernt, doch der Schlafraum selbst war fensterlos. Zwar fiel immer etwas Licht herein, aber es war zu dunkel, als dass das Licht zum genauen Betrachten ausgereicht hätte, und sie nahmen deshalb die Öllämpchen zu Hilfe.

„Er ist wach!" Kilawa beugte sich über den Fremden, dessen blondes Haar im Schein der flackernden Flamme silbern schimmerte. Da sie sein Erwachen ohnehin bemerkt hatten, öffnete Mikan die Augen. Sein Herz hämmerte wild. Sie waren so nahe ...

Vikor trat dicht neben Kilawa, das Mädchen dagegen bewegte sich wieder vorsichtig nach hinten und blieb im Hintergrund neben dem Durchgang zum nächsten Raum stehen. Als ob sie sich den Fluchtweg offen halten wollte. Dabei war der Mann immer noch gefesselt. Ihre Hand lag am Messer, ihr Körper war regungslos gespannt wie der eines Raubtieres.

Kilawas pechschwarze Augen spiegelten hell im Schein der zwei Öllämpchen, die den Raum in ein flackerndes Halbdunkel verwandelten. Sie drehte sich zu Vikor um. „Wer er wohl ist?", wisperte sie aufgeregt.

„Wer seid ihr?" Das Krächzen war kaum zu verstehen, das der Fremde von sich gab. „Bindet mich los!"

„Was sagt er?", fragte Vikor Kilawa, die dem Fremden immer noch näher stand. „Ich verstehe ihn nicht."

„Sofort!"

„Das letzte Wort war ein 'Sofort', das habe ich erkannt. Aber er spricht einen seltsamen Dialekt, ich verstehe ihn kaum. Ich glaube, er will wissen, wer wir sind." Kilawa schüttelte den Kopf und machte Vikor etwas mehr Platz. Es fiel ihr schwer zurückzutreten. Es war, als ob der Fremde eine seltsame Anziehungskraft auf sie ausübte, sie in seinen Bann zog. Sie konnte sich kaum von ihm lösen.

Vikor beugte sich nun über den Fremden.

„Wie ist dein Name?" Er sprach langsam und betont.

Mikans Hände schmerzten so sehr, dass er am liebsten losgeschrien hätte. Doch er beherrschte sich, und aus seinem Mund kam nur ein weiterer, leise gekrächzter Satz.

„Ich sage nichts, ehe ihr mich losgebunden habt!"

Vikor lachte. „Er will losgebunden werden."

Die Mädchen lachten mit Vikor.

Der Junge jagte Mikan Angst ein, er sah so ... seltsam aus. Weiße Zähne schimmerten in einem dunklen, schmutzigen Gesicht. So hatte er sich immer den Teufel in den Geschichten vorgestellt. Den Geschichten, die er als Kind nicht hatte lesen dürfen. Ob etwas Wahres daran war? Gab es das Verbot, diese Geschichten zu lesen, weil es tatsächlich Teufel gab?

So ein Quatsch, schoss ihm gleich darauf durch den Kopf. Irrational! Fiktion! Und wer zum Teufel sollte das gewesen sein, der ihm die Geschichten verboten hatte? Die Gedanken in seinem Kopf wirbelten wild durcheinander.

Er knurrte, zum Teil vor Wut über sich selbst. „Losbinden!"

„Es muss ihm schon wieder ganz gut gehen. Er kann sogar sprechen! Gib ihm etwas zu trinken, Kilawa. Dann krächzt er vielleicht nicht mehr so."

Mikan fühlte sich schrecklich hilflos. Er hasste es, hilflos zu sein. Das zumindest wusste er.

Kilawa holte schnell Wasser aus dem Nebenraum, hob den Kopf des Fremden etwas an und hielt ihm den Becher an den Mund. Doch Mikan drehte den Kopf so abrupt zur Seite, dass das Wasser über ihn schwappte. Er presste die Lippen zusammen, obwohl der Durst ihn plagte. Aber zuerst wollte er diese Fesseln loswerden. Die Schmerzen waren unerträglich.

„Durst hat er sicher, seine Stimme krächzt ja schrecklich. Ein Sturkopf", murmelte Vikor vor sich hin.

Mikan hasste nicht nur Hilflosigkeit, sondern auch zu bitten. Deshalb wiederholte er im Befehlston, doch kaum verständlich: „Bindet mich endlich los, sonst ...“

„Sonst?“, lachte Vikor und zeigte wieder seine prächtigen, kräftigen Zähne.

Nun trat das Mädchen aus dem Hintergrund näher an das Bett, ihre Augen auf die mögliche Bedrohung fixiert, ihr Messer in der Hand gezückt.

Sie traute dem Fremden nicht einmal gefesselt.

Ängstlich zuckte Mikan vor dem wilden Anblick zurück. Kalte, dunkel bedrohende Augen, ein erdverschmiertes Gesicht, ein Messer in der Hand … So sah bestimmt kein normaler Mensch aus!

Wollte sie ihn verletzen?

Oder gar ...?

Diesen Wilden traute er alles zu.

Vikor legte beruhigend die Hand auf des Mädchens Schulter. „Senke das Messer, Mädchen. Er sieht aus, als ob er Angst davor hat.“

„Wie heißt du?“, fragte Vikor mit sanfter, beruhigender Stimme den Fremden ein zweites Mal. „Wie ist dein Name?“

Wütend drehte Mikan den Kopf zur Seite und kniff seine Augen und Lippen zusammen als stummen Protest.

„Verstehst du mich?“ Vikor sprach langsam und noch deutlicher.

Doch dann überkam ihn plötzlich Wut. Er hatte genug Zeit an den widerspenstigen Fremden verschwendet. Er richtete sich auf und verschränkte die Arme vor der Brust.

„Es reicht. Wir müssen den Tag beginnen. Wir essen, lasst ihn in Ruhe“, wies Vikor die Mädchen an. „Wahrscheinlich ist er verwirrt und deshalb so widerborstig. Wir lassen ihm Zeit.“

Da explodierten Mikans verkniffene Gesichtszüge. „Du verfluchte Kakerlakenbrut, wenn du mich nicht sofort losbindest ...“

Seine Stimme überschlug sich. Es hätte sicher eindrucksvoll geklungen, wäre es nicht eher ein Krächzen als eine Drohung gewesen.

Dennoch fasste das Mädchen sofort das Messer fester und kniff ihre Augen zu Schlitzen zusammen.

Vikor hatte sich bereits umgedreht, um fortzugehen, doch nun wandte er sich noch einmal dem Fremden zu. „Wir sprechen uns später." Er legte sowohl Kilawa als auch dem Mädchen eine Hand auf die Schulter und lächelte leicht. „Klebt ihm den Mund zu! Er weckt sonst die Kleinen auf. Ich bin froh, wenn sie noch ein bisschen schlafen." Das Mädchen nickte zustimmend und steckte das Messer in ihren Gurt.

„Nein! Das könnt ihr nicht machen, außerdem muss ich dringend zur Toilette." Die Aufregung ließ sein Krächzen noch unverständlicher werden.

Kilawa zögerte. Ihr tat der Mann leid. Doch Vikors Befehle waren Gesetz, er besaß die meiste Erfahrung. Sie stopfte dem Fremden einen kleinen Lappen in den Mund und das Mädchen band ein Seil darum, das sie aus ihrer Tasche gezogen hatte. Es ging so schnell, dass Mikan sich nicht einmal zu wehren versuchte. Als er nun gefesselt und geknebelt dalag, schossen ihm verzweifelte Gedanken durch den Kopf.

Das konnten die doch nicht machen! Ihn hier einfach so liegen lassen, gefesselt an Händen und Füßen. Die Schmerzen durch die Schnürung waren jetzt schon unerträglich und Mikan hatte keine Ahnung, wie lange sie ihn schmoren lassen wollten. Und so langsam musste er tatsächlich dringend zur Toilette! Der Lappen löste zudem Würgereize aus, die er kaum in den Griff bekam …

Doch die Kinder schienen keinen Gedanken an seine Befindlichkeit zu verschwenden, denn auch die beiden Mädchen verschwanden in den angrenzenden Raum, in dem sie klappernd werkten. Mikans Strategie, wenn man seine Reaktionen so bezeichnen wollte, war extrem nach hinten losgegangen.

Kapitel 15: Insektenfutter

Mikan hatte Zeit zum Nachdenken, denn Schlaf war für ihn gerade unerreichbar. Doch selbst das Denken fiel ihm schwer, als ob sein Kopf nur noch Gedankenfetzen zuließe. Ich muss es anders anpacken, sagte er sich. Mit meinen Forderungen und Flüchen habe ich nichts erreicht. Vielleicht sollte ich, wenigstens zum Schein, ein bisschen höflicher sein und sie mit gespieltem Charme einwickeln. Auf jeden Fall muss ich irgendwie durchsetzen, dass sie mich losbinden.

Solange ich derart gefesselt bin, kann ich jeden Gedanken an eine Flucht vergessen. Eines ist jedenfalls klar: Bei diesen Menschen, wenn es denn überhaupt welche sind, will ich keine Minute länger bleiben als unbedingt nötig.

Selbst wenn er beängstigenderweise nichts über seine eigene Vergangenheit wusste und ihm nicht einmal sein Name einfiel: Dass er mit diesen Monstern nichts gemein hatte, lag auf der Hand. Ihr Gestank beleidigte seine Nase, ihr Dialekt klang in seinen Ohren wie die scheußliche Karikatur einer Sprache und ihre offensichtliche Grausamkeit erschreckte ihn bis ins Mark. Noch immer konnte er nicht fassen, dass er auch weiterhin eine unbestimmte Zeit in dieser unerträglichen Lage verbringen sollte.

Nach einer Weile döste er kurz ein, doch die Kälte, die über das allzu harte Lager durch seine dünne Kleidung und Stoffdecke drang, weckte ihn wieder auf. Die ungewohnten Geräusche, die er nicht identifizieren konnte, machten ihm Angst, und eine unbändige Wut überschwemmte ihn immer wieder mit Adrenalin. Seine Hilflosigkeit machte ihn rasend.

Nach einer gefühlt unendlich langen Zeit der sich steigernden Leiden und Schmerzen registrierte Mikan mit etwas Erleichterung, dass es endlich langsam hell wurde. Er hoffte inbrünstig, dass seine Peiniger nun bald wieder zu ihm kamen und er nicht mehr allzu lange warten musste. Eine

Verbesserung seiner Lage war, wenn überhaupt, dann nur von ihnen zu erreichen.

Mehr und mehr drängte sich auch seine inzwischen übervolle Blase in den Vordergrund seiner Empfindungen. Es war undenkbar, den Urin einfach laufen zu lassen und sich zu besudeln. Diesen Triumph wollte er seinen Gegnern auf keinen Fall gewähren. Seltsamerweise war der innere Widerstand gegen diese Lösung zudem deutlich höher, als sich durch ein nasses Lager erklären ließ. Das wusste er mit Sicherheit, wenngleich er auch dafür den Grund nicht kannte.

Das tiefe Erschrecken über seine Gedächtnislosigkeit kehrte plötzlich in voller Härte zurück. Ich weiß nicht, wer ich bin! Die üblen Schmerzen hatten diese niederschmetternde Erkenntnis für einige Zeit in den Hintergrund treten lassen. Umso schlimmer und verheerender traf ihn ihre Wiederkehr: Ich bin ein Niemand! Ich weiß nichts über mich, würde mich nicht einmal im Spiegel erkennen. Oder würde ich das vielleicht sogar? Ich brauche einen Spiegel! Doch wo gab es hier so was wie einen Spiegel? Er sah keinen.

So sehr er sich auch abmühte, er bekam kein Bild seines eigenen Äußeren vor die Augen. Sobald er in diese Richtung dachte, war da nichts als eine gleißende Leere.

Um sich von der allgegenwärtigen Qual abzulenken und seine Umgebung und Lage besser einschätzen zu können, versuchte er, im zunehmenden Licht seine Umgebung zu sondieren. Er nahm vier Lager wahr, auf denen ein paar zugedeckte Gestalten lagen. Waren es fünf oder sieben Bündel unter den Decken? Ob es nur Kinder waren? Einen Erwachsenen hatte er bisher noch nicht gesehen.

Im Raum befanden sich außer einem kleinen Tisch neben seinem eigenen Lager und einem schmalen Regal mitten im Raum keine weiteren Möbel, nur an der Wand hingen an ein paar Haken dunkle Gegenstände, vielleicht Kleider. Er war nicht in seinem Zuhause, das war jedenfalls sonnenklar. Wo auch immer das lag: hier bestimmt nicht! Alles an diesem Ort stieß ihn ab und ekelte ihn an. So lebte man einfach nicht, das spürte er. Nichts hier war in irgendeinem für ihn denkbaren Sinn normal.

Normal ... Er dachte über dieses Wort nach. Normal war auch nicht gut. Es war vom Gefühl her negativ besetzt. Seltsam ... Wo waren seine Erinnerungen?! Was war denn überhaupt normal? Wer war er und wie kam er hierher? So viele Fragen! Er wollte Antworten! Er war Warten nicht gewohnt ... Er war es definitiv nicht gewohnt, dermaßen hilflos zu sein.

Irgendwann drang Lärm an Mikans Ohr und er wurde aus dem leichten Schlaf gerissen, in den er vor Erschöpfung am Ende doch wieder gefallen war. Es konnte aber nicht für lange gewesen sein, da die Helligkeit im Raum kaum zugenommen hatte.

Schmerz lass nach, dachte er, sie kommen. Und wirklich kamen die Geräusche näher, und obwohl er immer noch im Halbdunkel lag, wusste Mikan plötzlich, dass jetzt jemand direkt bei ihm stand.

„He, du, bist du wach?"

Es waren die zwei Mädchen, er erkannte sie wieder.

Ein unsanftes Rütteln sorgte dafür, dass er die Frage mit einem heftigen, schmerzerfüllten Grunzen bejahte.

Wie sollte er denn antworten mit dem Knebel im Mund! Spannen die?

Das Mädchen beugte sich über Mikan und löste mit einer schnellen Bewegung den Knebel.

Sofort hatte Mikan all seine guten Vorsätze vergessen und schimpfte lauthals los.

„Verfluchter Milbendreck, ich muss aufs Klo!" Er fing an, sich gegen seine Fesseln zu stemmen.

Genauso schnell, wie sie den Knebel gelöst hatte, band das Mädchen ihm den Knebel wieder um den Mund. Er würgte hilflos.

„Du willst aufs Klo?" Auch Kilawa beugte sich über ihn und legte dem Mädchen besänftigend die Hand auf den Arm. Trotz des seltsamen Dialekts des Fremden hatte sie ihn verstanden.

Mikan nickte eifrig und hörte auf, sich gegen die ohnehin schon viel zu engen Fesseln zu wehren. Sein dringendes Bedürfnis stand nun uneingeschränkt im Mittelpunkt seiner Gedanken.

Vikor näherte sich den zwei Mädchen. „Ihr geht zu zweit, wenn ihr ihn aufs Klo begleitet."

Auch die Kleinen waren bereits erwacht und standen nun neugierig mit noch verschlafenen Augen und offenem Mund sprachlos um den hochinteressanten Fremden herum, der sie seinerseits anstarrte wie Gespenster. Noch mehr Kinder, noch kleinere … Vikor schickte sie schnell weiter zum Essen. Es wurde unruhig in der Zuflucht und alles geriet außer Kontrolle, das gefiel ihm überhaupt nicht.

„Wir nehmen dir den Knebel ab, wenn du leise bist." Kilawa lächelte den schönen Fremden an, der sich so unvernünftig verhielt.

Mikan nickte und so wurde er von dieser Bürde erneut erlöst. Mit einem tiefen Atemzug pumpte er Sauerstoff in seine Lungen.

Vikor verschwand sofort wieder, er hatte wie jeden Tag Aufgaben zu erledigen, die kein Ende zu nehmen schienen. Er wusste, dass er sich voll und ganz auf die Mädchen verlassen konnte.

„Ein Wort und du hast den Fetzen wieder drin!" Kilawa lachte freundlich bei diesen Worten, aber der finstere Blick des schweigenden Mädchens neben ihr schüchterte Mikan ein. Genug jedenfalls, dass er sich still verhielt. Obwohl es heftig in ihm brodelte.

Sie lockerten seine Fußfesseln, sodass er kleine Schritte machen konnte.

„Los. Steh auf!"

„Ich komm ja schon." Die Worte ähnelten mehr dem Krächzen eines Raben als einer menschlichen Stimme.

„Die Hände müsst ihr auch lösen. Mit gefesselten Händen kann ich nicht pinkeln."

Kilawa griff ihm unter die Arme und half Mikan beim Aufstehen. Es fiel ihm sichtlich schwer, die Fesseln hatten die Durchblutung seiner Beine behindert. Er torkelte und wäre beinahe gefallen. Alles an seinem Körper tat ihm weh.

Sie lockerten einsichtig auch ein wenig seine Armfesseln. Das Blut schoss in seine Hände, sie kribbelten wie Ameisen und es schmerzte erheblich. Er hasste Schmerzen, das zumindest war ihm klar, dazu brauchte er keine Erinnerungen.

„Macht sie ganz los!" Er legte seine ganze Autorität in diese wenigen Worte.

„Nein, das muss reichen!" Kilawas freundlicher Tonfall milderte die klare Ansage nur wenig.

Die Mädchen führten ihn zum Abtritt, einem niedrigen Holzanbau von etwa zwei auf zwei Metern, verbunden mit den zwei Zimmern der Zuflucht durch einen schmalen, gut drei Meter langen Gang und abgeschlossen mit einer starken Holztür. Sie gingen mit ihm hinein und stellten sich wartend in eine Ecke.

„Wird's bald, worauf wartest du?" Kilawas Befehlston passte schlecht zu ihrem lachenden Gesicht. Das hier war ein großes lustiges Abenteuer für sie.

„Lasst mich allein, und löst die Handfesseln, ich kann so nicht pinkeln!"

Kilawa kicherte. „Geht ja nicht mit Hose oben, stimmt! Geht überhaupt nicht gut, wenn man gefesselt ist. Vergiss es, keine Chance, wir lassen dich nicht alleine, aber wir helfen dir."

Die Mädchen zogen seine Hose und Unterhose runter, was Mikan furchtbar peinlich war. Zum Glück blieben sie danach wieder in der Ecke beim Ausgang stehen! Allerdings ließen sie kein Auge von ihm.

Als der starke Strahl kein Ende zu nehmen schien, kicherte Kilawa erneut. „Du hast wirklich dringend gemusst. Musst du auch das große Geschäft?"

Das Mädchen verzog keine Miene. Während Kilawa immer wieder über den hilflosen Mann albern kicherte, stand sie wachsam da, eine Hand am Messer. Er war ein Fremder, ein erwachsener Mann aus dem Glasbau, er könnte gefährlich sein. Und selbst bei der geringsten Gefahr war man besser gewappnet, eine Weisheit, die sie mit der Muttermilch eingesogen hatte.

Mikan war die Angelegenheit gerade schon peinlich genug gewesen, auf keinen Fall würde er sich in dem Beisein der Mädchen aufs Klo setzen! Alles hatte seine Grenze. Doch da kam ihm ein rettender Gedanke ...

„Ja, Kinder, ich muss auch das andere Geschäft, aber dazu müsst ihr mich wirklich losbinden, oder wollt ihr mich hinterher abputzen?"

Die zwei Mädchen sahen sich skeptisch an und zögerten. Er wiederum sah angeekelt auf den kleinen Stapel Tücher auf einem kleinen Holzstamm neben dem Abtritt, der anscheinend zum Abputzen gedacht war.

Das Mädchen signalisierte Kilawa mit zwei auf bestimmte Weise emporgehobenen Fingern, dass sie kurz warten solle, und verschwand. Kurz darauf erschien sie wieder und nickte Kilawa zu. Offensichtlich war ihr das Messer als Waffe für einen Fremden mit gelösten Fesseln nicht sicher genug gewesen, denn jetzt zielte sie mit einem gespannten Bogen auf den Fremden.

Kilawa löste unter diesem Schutz dessen Handfesseln, während das Mädchen wachsam mit schussbereitem Pfeil auf ihn anlegte. Der Fremde wirkte nicht allzu wehrhaft, aber sie hatte schon erlebt, dass ein in die Enge getriebenes Tier plötzlich ungeahnte Kräfte und Angriffslust entwickelte ...

Kilawa lachte. „Mach schnell, Fremder. Wir warten vor der Tür. Beeil dich."

Das Mädchen präsentierte ihren Bogen mit einer knappen Handbewegung, wohl um anzudeuten, dass ihre Wachsamkeit vor der Tür nicht enden würde.

Ob sie stumm war, fragte sich Mikan. Es sprach immer nur das kleinere Mädchen mit den wirren dunklen Haaren ...

Sie ließen ihn nun allein und stellten sich vor die Tür, die sie leicht angelehnt ließen und vor der das Mädchen erneut sicherte. Eine Flucht durch das winzige Fenster war dem groß gewachsenen Mann schließlich unmöglich.

Mikan war schlank, sehr schlank. Er sah an sich hinunter und schätzte die Lage völlig anders ein, grinste hämisch. Schnell band er seine Hose wieder fest, legte den hölzernen Deckel auf das Klo und setzte sich darauf, um seine Fußfesseln zu lösen. Das dauerte allerdings länger, als er gedacht hatte. Ihm fehlte jede Übung dafür und seine Finger waren taub von den Fesseln. Zudem tat ihm alles verstärkt weh, seine Muskeln schmerzten und er musste vor Kurzem gestürzt sein.

Leise vor sich hin fluchend, schaffte er es schließlich, und die Seile fielen auf den Boden. Er rieb sich leise stöhnend die von den Fesseln rot entzündete Haut und kletterte auf den hölzernen Deckel. Er öffnete das Fenster und versuchte sich hochzuziehen. Das sah jedoch einfacher aus, als es sich dann beim Klettern herausstellte, vor allem weil die Kloschüssel bedenklich wackelte und er Angst bekam, dass sie umkippen könnte.

Endlich schaffte er es mit größter Mühe, sich hochzuwuchten, die Abdeckung des Fensters zur Seite zu drücken und den Oberkörper durch den Fensterrahmen zu schieben. Dort hießen ihn jedoch nicht die Freiheit und das Glück, sondern Dutzende von hungrigen Insekten willkommen, die, angezogen vom Geruch des Klos, bereits vor dem Fenster gelauert hatten. Endlich wurde ihr blutdürstiges Warten belohnt und begeistert fielen sie über ihre Beute her.

Schlank war Mikan, ja, man konnte ihn sogar dünn nennen. Doch selbst wenn er durch das Fenster gepasst hätte, erwischte ihn nun ein Logikfehler, da er leider die Arme nicht zuerst durchgeschoben hatte. Seine mangelnde Erfahrung als Ausbrecher zeitigte fatale Folgen, denn jetzt konnte er die Arme kaum noch bewegen. Nach einigem Geruckel saß er endgültig fest, es ging keinen Zentimeter vorwärts oder rückwärts.

Ihm brach der Angstschweiß aus, was die Quälgeister, die sich gierig auf ihn gestürzt hatten, nur noch angriffslustiger machte. Sie stachen, bissen und saugten ihm das Blut aus dem Leib und griffen ihn an jeder Stelle an, die sie erreichen konnten. Was so ziemlich alles war, was aus dem Fenster ragte und sich ungeschützt an der frischen Luft befand.

Mikan fing an zu schreien, als würde er lebendig aufgefressen, was von der Wirklichkeit gar nicht so weit entfernt war. Das löste jedoch innerhalb kürzester Zeit heftige Hustenanfälle aus, da nun die Insekten auch in seinen Mund flogen.

Die Schreie alarmierten die Mädchen. Sie rannten sofort in den kleinen dunklen Raum, der nur von einer kleinen Öllampe in der Ecke beleuchtet wurde. Als sie die Lage erfasst hatten, brachen sie vor Lachen fast zusammen. Der Fremdling steckte tatsächlich in dem winzigen Fenster fest und seine Beine zappelten wild in der Luft! Selbst das Mädchen legte seine stoische Ruhe ab, senkte den Bogen und lachte lauthals, hielt sich den Bauch dabei.

Sie zogen an ihm, dabei rutschte seine Hose wieder herunter und beide kicherten sich angesichts der beiden bleichen Halbmonde fast zu Tode. Das Mädchen machte mit Gesten Witze, was sie alles mit ihrem Messer anstellen könnte und zeigte dabei lachend starke, weiße Zähne in ihrem braunen Gesicht.

Als Mikan nach geraumer Zeit wieder heftig zitternd auf dem Boden stand, sahen sie, wie übel sein Gesicht und der Halsbereich von dem kurzen

Ausflug zugerichtet waren; die stechenden und beißenden Plagegeister hatten die Zeit gut genutzt und ganze Arbeit geleistet. Mikan, der immer noch von einem heftigen Hustenanfall geschüttelt wurde, wusste vor Peinlichkeit nicht, wohin er sehen sollte. Blitzschnell zog er sich die Hose wieder hoch. Genauso in Windeseile war er wieder gefesselt. Die Mädchen brachten ihn zurück zu Vikors Lager und hießen ihn sich setzen.

„Du bist so dumm!", lachte Kilawa, als sie die Wunden am Kopf versorgte und ihm Insekten aus dem Hemdkragen fischte.

„Das Fenster ist viel zu schmal für dich. So dünn, dass sie da durchpassen, sind höchstens Mara oder die Zwillinge! Und die wären nicht so unvernünftig, da rauszuklettern, da lauern immer Insekten. Wie kannst du so blöd sein?"

Das Mädchen unterstützte diese Aussage mit einer Bewegung der Finger vor dem Kopf, die sicher seine Dummheit darstellen sollte.

„Das weiß ich jetzt auch, dass ich da nicht durchpasse! Zumindest nicht mit den Armen an der Seite!", brummelte Mikan vor sich hin. Die frisch genähte Wunde am Kopf war teilweise aufgeplatzt und Blut tropfte herunter. Am gesamten Oberkörper war er übersät mit Insektenstichen und -bissen und sein Gesicht fühlte sich an wie eine einzige rohe Wunde.

Vikor, der gerade Lunaro versorgt hatte, kam dazu und stellte sich mit grimmig verschränkten Armen neben Mikan, der missmutig auf dem Lager saß, die Arme gefesselt auf seinem Schoß liegend.

„Fluchtversuch?"

Das Mädchen nickte.

„Nee, ich wollte die Aussicht genießen!", korrigierte Mikan zynisch.

„Ein dummer Fluchtversuch. Er ist nicht besonders schlau." Kilawa kicherte noch immer vor sich hin.

„Was soll das alles, verdammt noch mal? Ich hasse es bei euch zu sein, ich will nicht hier sein! Warum bin ich hier?! Lasst mich gehen! Was wollt ihr von mir?!"

Kilawa lachte und hielt sich den Bauch. „Was wir wollen? Erst einmal dich gesund pflegen. Gar nicht so einfach, wenn du dich selber gleich wieder kaputtmachst."

„Wenn ihr mich nicht gefangen genommen hättet, wäre ich gesund geblieben. Ihr seid an allem schuld!"

„Sagt der Mann mit der Riesenbeule am Kopf! Du wärst ohne unsere Hilfe neben deinem Fahrzeug von Insekten oder wilden Tieren in kürzester Zeit aufgefressen worden! Alberner Kerl!"

Vikor schaute sich die Platzwunde an. „Du hast Glück, Fremder, deine Wunde muss nicht neu genäht werden. Ein bisschen Salbe wird reichen." Vikor reichte Kilawa einen kleinen Tiegel.

Kilawa lachte noch einmal und tupfte eine Salbe auf die leicht tropfende Wunde. „Du siehst aus, als ob du kopfüber in Brennnesseln gefallen wärst, nur schlimmer. Kar ist das mal passiert, das mit den Brennnesseln. Er sah damals so ähnlich aus wie du jetzt."

„Fahrzeug? Welches Fahrzeug, von was sprecht ihr überhaupt? Ihr spinnt doch total!"

„Ja, weißt du das denn nicht? Keine Erinnerung an ein Fahrzeug? Du hast Glück gehabt, glänzender Fremdling, reines Glück. Du hättest auch gefressen werden können von etwas Größerem, falls du noch länger da gelegen hättest. Da draußen sind viele hungrige Tiere unterwegs. Sogar Aasfresser machen sich an wehrlose Beute wie dich ran." Kilawa sprach im Plauderton, als würde sie von etwas ganz Alltäglichem reden.

Vikor zeigte auf den Nachbarraum. „Kilawa, Mädchen, wir müssen arbeiten. Wir haben nicht ewig Zeit, uns mit dem Kerl hier abzugeben. Fesselt ihn wieder gründlich zu seiner eigenen Sicherheit, damit er nicht noch einmal zu fliehen versucht. Er würde keine Stunde draußen überleben."

„Was habt ihr mit mir gemacht? Habt ihr mir Drogen gegeben? He, ich will endlich Antworten!"

„Drogen? Wieso sprichst du von Drogen? Ach egal, genug Zeit ist vertrödelt. Fesselt ihn. Und wenn er weiter so laut ist, knebelt ihn auch wieder."

„Nein, nicht knebeln, ich bin ja schon ruhig."

„Gut. Ein lauter Ton und du hast ihn wieder drin." In Vikors Stimme schwang die reine Drohung.

„Ich will doch nur wissen, wie ich hierher gekommen bin. Was für ein Fahrzeug das ist, von dem ihr sprecht."

„Wir müssen jetzt arbeiten. Lunaro kann sich nachher um deine Fragen kümmern."

„Wer ist Lunaro?"

„Das erfährst du wahrscheinlich bald. Er ist ganz scharf auf ein Gespräch mit dir, da gehe ich jede Wette ein. Im Gegensatz zu mir, ich habe schon viel zu lange mit dir gesprochen und Zeit vertrödelt. Komm Kilawa, komm Mädchen!"

Und sie ließen ihn mit seinem Sack voll Fragezeichen einfach gefesselt liegen.

Kapitel 16: Mondgesicht

Lunaro humpelte von seinem Lager, das durch ein kleines Regal abgeschirmt von den anderen im Raum stand, hinüber zu Mikan. Das Antibiotikum, wie Vikor es genannt hatte, schien schnell zu wirken, er fühlte sich schon ein bisschen stärker. Seine Haut hatte auch die seltsam marmorierte Farbe verloren, die Vikor so beunruhigt hatte. Das kleine Päckchen mit den Medikamenten war wohl gerade rechtzeitig mit dem Fahrzeug des Fremden zu ihnen gekommen. Welche anderen Überraschungen es wohl noch enthalten mochte?

Als er ihn näherkommen sah, fragte sich Mikan, was das wohl für ein Kerl war, dieser Lunaro. Ob er endlich Antworten für ihn haben würde? Oder war das auch so ein komischer Kauz wie dieser Vikor?

Er sah jedenfalls hässlich aus, soweit er das im schlechten Licht beurteilen konnte … Nun, alle in diesem hässlichen, düsteren kleinen Raum sahen hässlich aus, schmutzig und unästhetisch. Aber dieser … Mikan fehlten die Worte, um diese Beleidigung fürs Auge zu beschreiben.

Ah, da war er ja endlich angekommen! Und tatsächlich, aus der Nähe sah er noch weitaus seltsamer aus als der andere Junge, irgendwie dicker und nicht richtig gesund. Ein rundes, aufgeschwemmtes Gesicht befand sich über einem gedrungenen Körper, dürre Beine unter einem anscheinend bauchigen Oberkörper. Er war nicht ganz so schmutzig wie die anderen, aber es fehlte nicht viel. Uaahh, Monster! Das waren alles Monster! Er wusste nur noch wenig und sein Gedächtnis schien wie ein Sieb, aber dessen war er sich sicher: Das hier war auf keinen Fall sein Zuhause! Das waren keine Menschen, wie er sie kannte, keine wie er selbst.

Die Aussichten, von diesem Wesen etwas über sich und seine Situation zu erfahren, schienen wie Schnee in der Sonne zu schwinden, als er ihn genauer betrachtete. Ein herausragend dummes, einfältiges Gesicht, wie ein

Schwamm, rund und aufgedunsen. Der konnte sicher nicht mal seinen Hintern finden, wenn er nicht drauf saß. Hier, in diesem Raum, hatte er ja bisher auch nur herumgelegen, war von den anderen versorgt worden.

Dabei hatte er sich so sehr Antworten auf seine Fragen gewünscht! Verzweiflung machte sich wieder breit, er fühlte sich wie ein Käfer auf dem Rücken, absolut ausgeliefert an die Situation. Hoffentlich war der dumme Kerl wenigstens nicht gefährlich.

Mitten in seiner Panik kam Mikan eine blitzgescheite Idee. Vielleicht konnte er die offensichtliche Dummheit dieses Kretins ausnutzen. Er könnte ihn überreden, ihn loszubinden ... Das würde eine erhebliche Verbesserung seiner Lage bedeuten. Vielleicht könnte er sogar fliehen. Denn den Plan dazu hatte er keineswegs aufgegeben; im Gegenteil, seine Sehnsucht, diesem Drecksloch und den barbarischen Wilden zu entfliehen, wuchs mit jeder Minute seiner Gefangenschaft. Nichts konnte schlimmer sein ...

Lunaro stand schnaufend vor Mikans Lager. Eigentlich war das ja Vikors Lager. Lunaro schüttelte den Kopf, der Chef war einfach zu gutmütig; der Fremde hätte auf dem Boden schlafen können, es war schließlich nicht kalt. Er blickte hinunter auf den frisch zerbissenen und zerschrammten Fremden, dessen ungewöhnliche Schönheit trotzdem deutlich zu sehen war. Die knurrig ausgestoßenen Worte passten vom Tonfall jedoch keineswegs zu seinem Engelsgesicht.

„Bist du Lunaro? Man hat mir gesagt, dass du kommst."

Wie ein Prinz, dachte Lunaro. Ein knurrender Prinz ... Er sah Mikan immer noch still an. Nach einer Weile, die Mikan endlos vorkam, äußerte er mit schleppendem Tonfall: „Ich bin Lunaro."

„Dann willst du also mit mir reden? Der andere meinte, dass du das willst."

Lunaro setzte sich schwer auf den Rand des Betts und keuchte dabei. „Ja."

Obwohl er selbst wahrscheinlich mehr an einem Gespräch interessiert war als dieser Lunaro, wagte Mikan einen Versuch, mit leicht verengten Augen: „Wenn du mit mir reden willst, musst du mich erst mal losbinden. Sonst sage ich gar nichts!"

Lunaro lächelte leicht. „In Ordnung."

„Du bindest mich los?"

„Du sagst nichts."

Sollte dieser Kerl wirklich ...?

Lunaro saß einfach nur da und schaute ihn an. Sein Gesicht, seine Kleidung, seine Fesseln, seine Verletzungen. Er ließ die Augen über ihn wandern, sagte aber kein Wort mehr. Saß einfach nur da und schaute.

Mikan wurde es unheimlich.

„Na los doch, du hast „in Ordnung" gesagt, binde mich los!"

Die Mimik ist ebenfalls wenig engelhaft, dachte Lunaro. Er lächelte und betrachtete weiter den Fremden. Dieser wurde unruhig, er hasste es, beobachtet zu werden, und es begann, ihn furchtbar zu nerven.

„Bist du blöd? Warum glotzt du so?"

Lunaro lächelte noch immer, stand auf und verabschiedete sich: „Ich gehe jetzt essen. Ich komme wieder."

„Nein, bleib hier!"

Lunaro ging zum Durchgang, der in den nächsten Raum führte, verschwand und ließ einen leise vor sich hin schimpfenden Mikan zurück.

„Elender Milbendreck! Mein verfluchter Zorn. Warum kann ich das nicht, meine Klappe halten? Vermaledeite ..."

Lunaro keuchte beim Gehen und ließ sich drüben schwer auf seinen Stuhl sinken. Er war schon lange nicht mehr so viel gegangen, selbst das Essen war ihm in letzter Zeit ans Lager gebracht worden. Er freute sich, dass er wieder einmal mit den Kleinen am Tisch essen konnte. Und er ahnte, dass Mikan beim nächsten Versuch zugänglicher sein würde ...

Mikan wurde die Zeit lang und er brabbelte vor sich hin. „Warum bin ich eigentlich immerzu so verdammt wütend? Haben sie Angst vor mir? Vielleicht sind die Fesseln ja nötig. Sie kennen mich nicht, ich kenne mich ja selbst nicht. Oh dreimal verflixter Egelfraß, vielleicht bin ich ja wirklich gefährlich? Auch wenn ich keine Ahnung habe, wieso."

Er machte eine kurze Pause und lauschte auf die Stimmen im Nebenraum. Lachen, Klappern von Geschirr, Gespräche, das hörte sich an wie bei echten Menschen. Also waren das am Ende vielleicht doch keine Barbaren? „Bist du noch ganz dicht?, natürlich sind das Wilde, das sieht und riecht man doch mit verbundenen Augen!", schimpfte er sogleich wieder jähzornig los. Und war gleichzeitig irritiert über seine eigene Unbeherrschtheit. „Verdammt hoch zwei, ich bin echt seltsam! Und warum rede ich dauernd mit mir selbst?"

Erneut nahm er sich vor, gute Miene zum bösen Spiel zu machen und sich ab sofort zusammenzureißen und zu kooperieren. Vielleicht konnte er so mehr über seine wirkliche Lage herausfinden. „Sei klug!", sagte er sich selbst und staunte wieder, dass er diesem Befehl seinen Namen nicht hinzufügen konnte. Weil er ihn schlichtweg nicht wusste.

„Reiß dich zusammen und finde mehr heraus. Dann kannst du – du Namenloser – vielleicht Herr der Lage werden und das Ruder herumreißen. So ein debil grinsender Mondgesichtiger wird doch irgendwie zu übertölpeln ..."

In dem Moment tauchte Lunaro wieder im Durchgang auf: Eine seltsame, skurrile, hässliche Gestalt, die schlurfend auf ihn zukam und sich erneut am Bettrahmen niederließ. Er keuchte und schnaufte dabei noch heftiger als zuvor, seine dicken Backen bebten und er roch säuerlich. Einfach nur eklig!

Mikan hielt sich diesmal zurück, sollte Lunaro doch das Gespräch beginnen. Bevor es wieder schief ging, er alleine hier lag und nur sich selbst zum Reden hatte.

Lunaros Keuchen beruhigte sich. Er lächelte, als er Mikans Anspannung erkannte.

„Wie heißt du?", fragte er ihn, um das Eis zu brechen. Er war so neugierig auf den Fremden, dass er beim Frühstück ganz abgelenkt gewesen war.

Mikan drehte sich ein Stück auf Lunaro zu, was ihm mit den gefesselten Händen schwerfiel. „Ich weiß es nicht. Ich weiß, das klingt seltsam, aber es ist so. Ich weiß nicht, wie ich heiße und wer ich bin. Auch nicht, woher ich komme. Einfach gar nichts!"

„Wahrscheinlich wegen der Beule."

Lunaro deutete auf die taubeneigroße Prellung an Mikans Kopf. „Du warst bewusstlos. Vikor hat gesagt, die Verletzung kann das Denken beeinträchtigen."

Unwillkürlich hatte Mikan versucht, sich an den Kopf zu fassen, was jedoch durch die Fesseln unmöglich war.

„Und du meinst, dass das Gedächtnis wiederkehrt, wenn die Beule weg ist?"

„Immerhin bist du ja wieder aufgewacht. Selbst das war keineswegs sicher. Du warst lange bewusstlos. Wegen des Gedächtnisses musst du Vikor fragen, der weiß alles über Gesundheit. Er hat mich gesund gemacht mit Antibiotikum." Lunaro lächelte. „Vikor hilft uns allen."

„Das ist der andere große Junge, nicht? Mit ihm kann ich nicht reden, er ist so ... Er mag mich nicht", grollte Mikan.

Lunaro lächelte. „Er ist der Lider, der Führer unserer Gruppe. Und wie ich bisher mitbekommen habe, ist es ziemlich schwer, dich zu mögen."

„Dann schickt mich doch einfach fort! Ich bin schließlich nicht freiwillig hier."

„Draußen wartet dein Tod."

„Ist das denn schlimmer, als hier gefesselt zu sitzen?"

„Das meinst du wohl nicht ernst. Du solltest dich sehen, überall verletzt, zerbissen und zerstochen. Du würdest keine Stunde alleine dort draußen überleben. Und bei lebendigem Leib gefressen zu werden, ist nicht gerade angenehm." Lunaros Gesicht wurde traurig. „Nun ja, ich würde auch nicht lange überleben außerhalb der Zuflucht, ich bin zu schwach." Er zuckte mit den Achseln und sank in sich zusammen. „Ich bin eine Last für die Gruppe. Aber Vikor schützt mich."

Vikor war unbemerkt zu ihnen getreten. Er legte leicht die Hand auf die Schulter Lunaros.

„Wie oft soll ich es dir noch sagen: Du bist keine Last, Lunaro. Was würde die Gruppe ohne deine Erfindungen machen? Wir brauchen dich."

Mikan unterbrach ihn: „Warum haltet ihr mich fest? Ich will gehen!"

Vikor warf einen abschätzigen und genervten Blick auf Mikan. „Bei dem hier bin ich mir nicht sicher, ob wir ihn brauchen können. Wenn er Ärger macht, Lunaro, hol mich, ich bin draußen."

„Wenn ihr mich nicht braucht, dann lasst mich doch einfach gehen!", rief Mikan Vikor hinterher, der sich kurz im Türrahmen umdrehte und die Arme vor der Brust verschränkte.

„Im Moment bist du wirklich eine große, laute Last, Fremder. Wir lassen dich mit Freuden gehen, wenn es so weit ist und du zumindest geradeaus gehen kannst. Lunaro, wenn er zu laut wird, ruf das Mädchen, ich glaube, es macht ihr Vergnügen, ihn zu knebeln." Vikor ließ ein süffisantes Lächeln sehen, als er sich umdrehte und verschwand.

„Siehst du," wandte Mikan sich an Lunaro, „er hat nur Verachtung für mich übrig."

„Ich sehe nur, dass du dich mit Vikor anlegst und dich seltsam benimmst, das ist nicht gut. Das tut dir nicht gut. Das tut der Gruppe nicht gut."

Lunaros Stirn runzelte sich nachdenklich. „Wieso schreist du eigentlich so laut? Wir hören gut."

Mikan zog ein Gesicht. Er fand sein eigenes Verhalten auch irgendwie seltsam. Aber noch mehr hasste er seine Hilflosigkeit. „Was soll ich denn machen? Ich liege hier nur herum. Ich will wissen, was vorgeht. Und niemand gibt mir eine Antwort darauf."

„Das wollen wir alle, Antworten. Wir alle wollen wissen, was hier geschieht. Mit Reden geht das besser als mit Schimpfen und Beleidigen."

„Dann rede doch endlich! Antworte mir! Wer seid ihr, und wer bin ich? Und wo bin ich?"

„Du weißt selbst nicht, wer du bist. Woher sollen wir das wissen? Wir glauben, du kommst aus dieser riesigen gläsernen Blase, die sich im Osten befindet. Aber warum du bewusstlos und verletzt im Wald neben deinem Fahrzeug gelegen hast, das wissen wir nicht."

Lunaro deutete auf sich selbst. „Ich bin Lunaro, das hast du schon gehört. Und du bist in unserer Zuflucht. In Sicherheit."

Mikan sah nachdenklich aus. „Ich weiß nichts von einem Fahrzeug. Ich habe kein Bild vor Augen. Aber neben so einem Ding habt ihr mich gefunden? Wann?"

„Gestern Mittag kam das Mädchen nach Hause und hat Vikor geholt. Die beiden haben dich mit großer Mühe hierher geschleppt, damit du nicht aufgefressen wirst."

„Wer sollte mich auffressen? Das hat das komische Mädchen auch schon gesagt, das mich immerzu auslacht."

„Das ist Kilawa, sie lacht dich nicht aus. Sie lacht fast immer, sie liebt es zu lachen. Nun … Ich finde es gut, dass Vikor und das Mädchen dich nicht einfach draußen haben liegen lassen." Lunaro lächelte. „Was das Auffressen betrifft: Wenn ich so über deine Geschichte auf dem Abtritt nachdenke:

Du müsstest die Antwort bereits selbst wissen. Wie fühlt sich dein Gesicht an?"

Mikans Gesichtsausdruck war Antwort genug. Lunaro verschränkte die Arme vor der Brust.

„Und es gibt noch andere Tiere im Wald, große Tiere, die dich sogar schneller gefressen hätten. Du hattest nicht einmal Waffen bei dir."

„Du meinst, diese kleinen, ekligen, mistigen Viecher hätten mich komplett aufgefressen? Und es gibt noch größere davon?"

„Du hattest wirklich ungeheures Glück, das Mädchen muss dich schnell gefunden haben! Nach weiteren zwei Stunden wäre dein Gesicht nicht mehr zu erkennen gewesen. Ja, die Insekten sind lebensbedrohlich. Der Tod tritt nicht sofort ein, aber nach ein paar weiteren Stunden wärst du sicher gestorben ... Und ja, es gibt noch größere Tiere. Wulfe und wilde Schweine mit langen Hauern …"

Er nickte langsam und lächelte. „Ja, du hast Glück gehabt. Unwahrscheinliches Glück, dass das Mädchen und Vikor dich hierher gebracht haben. Sonst wärst du längst tot."

Mikans Gesicht war nachdenklich geworden, seine Stimme ruhiger und leiser. „Danke, dass du mir zu verstehen hilfst."

Lunaro lächelte wieder. „Bitte."

„So habe ich die Geschehnisse bisher nicht gesehen." Er wälzte sich unbequem auf dem Bett herum. „Aber du könntest mich jetzt wirklich losbinden, es tut verdammt weh."

„Ich kann die Fesseln lockern. Lösen darf ich sie nicht."

„Das wäre toll, sie schneiden mir ins Fleisch. Das komische Mädchen, das nicht redet, ist ziemlich grob mit mir umgegangen, sie hat sie viel zu eng angezogen. Und ständig hat sie die Hand am Messer."

Lunaro versuchte, die Fesseln zu lockern, es fiel ihm schwer. Er stellte sich ungeschickt an, da seine Finger schwach waren und der Schnitt mit der

Blutvergiftung noch sehr weh tat. Lunaro hielt kurz inne und betrachtete Mikan. „Dieses 'komische' Mädchen, wie du sie nennst, hat dich gefunden und gerettet. Du verdankst ihr dein Leben. Sie ist unsere Jägerin und versorgt uns mit Fleisch und anderem Essen. Sie findet wichtige Dinge, die wir brauchen. Sie ist von großer Bedeutung und gut für uns alle."

Er nestelte wieder an den Schnüren und lockerte sie.

„Danke, Lunaro. Warum bist du so anders als die anderen?"

Der sah Mikan mit großen traurigen Augen an. „Hässlich und unnütz bin ich. Ja, ich bin anders."

Wieder zuckte er mit den Schultern. „Nichts wert bin ich und krank."

Mikan jammerte, als ihm das Blut in die Adern zurückschoss. „Verfluchte Kakerlakenkacke, das tut weh. Du bist gut. Die anderen sind alle grausam. Sie lachen mich aus, behandeln mich grob ..."

„Du siehst die Welt mit seltsamen Augen, Fremder. Wie ich schon sagte: Das Mädchen hat dich vor dem sicheren Tod gerettet, zusammen mit Vikor. Kilawa hat deine Wunden versorgt und dir Wasser gegeben."

„Ja, das stimmt alles, aber ich weiß nicht, warum sie das getan haben. Bestimmt nicht um meinetwillen. Warum sollten sie etwas meinetwegen tun? Sie kennen mich nicht. Was haben sie mit mir vor? Sicher etwas Grausames. Ihr seid ... Sie sind Wilde."

Lunaro runzelte die Stirn, was seltsam aussah, weil sich dabei sein rundes Gesicht in leichte Wellen legte.

„Es geht ziemlich viel um dich, Fremder. Du denkst immer nur an dich." Lunaro grinste plötzlich. „Und du weißt nicht, wer du bist. Ist das nicht irgendwie lustig? Beides zusammengenommen?"

Mikan drehte seine Hände, so gut er konnte, damit die Durchblutung wieder in Gang kam. „Ich bin doch nur ein nutzloser Esser, der nicht mal seinen Namen weiß. Was also ist eure Motivation, mich nicht gehen zu lassen?"

„Es ist gut, dass du nicht von dir selbst gefunden wurdest, Fremder. Das hätte grausam werden können ..." Mit diesen Worten stand Lunaro vom Lager auf und schaute wieder auf Mikan hinunter. „Ich muss mich kurz ausruhen. Ich komme nachher wieder."

„Ach was, ich bin nicht grausam und egoistisch. Ich denke doch an euch, ich erwäge eure Beweggründe."

„Ruhe dich auch aus, Fremder. Du bist nicht gesund."

„Ich habe Durst, kannst du mir etwas zu trinken mitbringen."

„Kilawa wird dir später etwas bringen. Sie kocht und versorgt uns alle mit Essen und Trinken. Sie wird dich nicht vergessen. Sie vergisst nie jemanden. Ich muss mich ausruhen."

„Mir wäre es aber lieber, wenn du ..."

Lunaro ging die wenigen Schritte zur Seite zu seinem Lager, es hatte etwas Abschließendes an sich. Keuchend sank er dort nieder und wenig später hörte man lautes Atmen, er war eingeschlafen.

„Ein seltsamer Mensch, dieser Lunaro", dachte Mikan laut.

Kapitel 17: Tischordnung

Die Sonne stand bereits hoch am Himmel, als Vikor in den Schlafraum kam und an Mikans Bett trat. Lunaro saß erneut bei ihm, die beiden führten ein intensives Gespräch. Kurz stand Vikor ruhig daneben, bis Lunaro verstummte.

„Fremder, wir werden jetzt zu Tisch gehen. Falls du am gemeinsamen Essen teilnehmen möchtest, werde ich deine Fesseln lösen. Gegen dein Versprechen, keinen Fluchtversuch zu wagen und auch sonst friedlich zu sein."

„Ich hab eingesehen, dass es keinen Sinn macht zu fliehen. Ja, ich werde mitkommen und ruhig bleiben." Bei der Aussicht, seine Fesseln loszuwerden, schlug Mikans Herz höher.

Vikor ließ den Anflug eines Lächelns sehen. „Eine gute Entscheidung." Er drehte sich um und wandte sich dem Mädchen zu, das im Türrahmen stand, das Messer in der Hand. „Mädchen, löse ihm bitte die Fesseln."

Das Mädchen ließ sich keine Gefühlsregung anmerken, doch Vikor kannte sie gut genug, um zu wissen, dass sie seine Entscheidung nicht guthieß. Sie trat den einen Meter vor, der sie vom Bett trennte, kniete sich neben das Lager und löste die Seile von den Hand- und Fußgelenken des Fremden. Dabei ließ sie keine Sekunde sein Gesicht aus den Augen, um so einen möglichen Angriff vorausahnen zu können.

Endlich! Mikan rieb sich die geschundenen Handgelenke, die plötzliche Durchblutung ließ ihn nochmals ein heftiges Kribbeln spüren.

„Danke", stieß er zwischen den Zähnen hervor.

Das Mädchen stand bereits wieder wachsam einen Schritt neben dem Bett, die Augen zu Schlitzen verengt. Sie wartete gespannt wie ein Raubtier, das Messer in der Hand. Einen Moment lang fühlte sich Mikan an ein Ereignis aus jüngster Vergangenheit erinnert, doch der Gedankenblitz verflüchtigte sich sofort wieder.

„Kann diese Zikadenzicke nicht mal das Messer wegstecken? Ich werde schon nicht zu fliehen versuchen, ich habe es versprochen. Sie macht mich nervös!"

Mikan deutete gereizt auf das Mädchen, das ihn weiterhin scharf im Blick behielt und keine Regung zeigte. Nicht einmal ihre Augenlider bewegten sich. Sie wartete. Das Lauern lag ihr im Blut, Wachsamkeit war wichtig zum Überleben. Am meisten galt das gegenüber jeglichem Unbekannten, und dieser Neuankömmling war absolut nicht einzuschätzen.

Vikor lachte und half Lunaro vom Bett auf.

„Sie steckt das Messer ein, sobald sie Lust dazu hat, Fremder. Und sie hat es nicht in der Hand, um dich am fliehen zu hindern. Eine Flucht würde ausschließlich dir schaden und ihr wäre nichts lieber, als dich auf so einfache Art loszuwerden. Wenn du Hunger hast, dann komm jetzt zum Essen." Mit diesen Worten verschwand Vikor im angrenzenden Raum.

Erst jetzt, als er die Fesseln endlich los war, verspürte Mikan Hunger. Einen Riesenhunger. Wie lange hatte er nichts mehr gegessen? Mühsam richtete er sich auf und stand schließlich mit wackligen Füßen vor dem Lager.

„Komm, es sind nur ein paar Schritte in den nächsten Raum", lächelte Lunaro freundlich und ging voran, langsam und schlurfend.

Das Mädchen stand immer noch still neben dem Bett, das Messer gezückt. Sie würde dem Fremden nicht eine Sekunde den Rücken zukehren. Sollten Lunaro und Vikor ruhig vertrauensselig sein, ihre Erfahrungen hatten sie anderes gelehrt ...

Mikan schleppte sich hinter Lunaro her. Selbst das Gehen bereitete ihm noch Probleme, jeder Schritt war eine Qual, die lange Fesselung, die malträtierten Beinmuskeln und seine Verletzungen forderten ihren Tribut. Im Nacken spürte er den bedrohlichen Schatten des Mädchens.

Drüben im anderen Zimmer fiel helles Licht durch die Fenster, es erwartete ihn ein gedeckter Tisch. Auf der blanken Holzplatte standen unterschiedlich bunt gewürfelte Teller und Becher und an jedem Platz stand ein ebenso verschieden aussehender Stuhl. Brot duftete, aus Schalen stieg Dampf auf, und in Krügen sah man Wasser und eine weiße Flüssigkeit.

Der Anblick und die Gerüche ließen Mikan das Wasser im Mund zusammenlaufen und er setzte sich schnell auf den erstbesten Stuhl.

Der Schatten des Mädchens bekam sofort wieder Gestalt; sie trat dicht neben ihn und wirkte nun durch die unmittelbare Nähe noch bedrohlicher mit dem allzeit bereiten Messer in der Hand. Ihr grimmiger Gesichtsausdruck verriet ihm, dass er einen Fehler begangen hatte. Ein mulmiges Gefühl überdeckte die Vorfreude aufs Essen. Es wäre ja auch zu schön und einfach gewesen!

„Ist das etwa dein Stuhl?", fragte er überflüssigerweise.

„Fremder, dein Stuhl ist der hier", grinste Kilawa und deutete auf einen dunklen, niedrigen Hocker ohne Lehne. „Jeder von uns hat seinen festen Platz am Tisch. Der Hocker war bisher noch frei."

„Hätte ich mir ja denken können", murmelte Mikan und stand wieder auf. Natürlich bekam er den unbequemsten Stuhl. Und dann auch noch den direkt neben Vikor, dem Griesgram, der am Tischende saß.

Das Mädchen ließ sich schlangengleich auf ihren Stuhl gleiten und setzte sich aufrecht hin. Sie steckte ihr langes Messer zwar lose in die Scheide, legte beides aber griffbereit neben ihren Teller auf den Tisch und behielt den Fremden weiterhin im Auge.

Vikor breitete seine Arme aus. „Es ist angerichtet. Lasst es euch schmecken." Als er Lunaro auf seiner anderen Seite wahrnahm, war Mikan dankbar. Wenigstens hatte er nun auf einer Seite jemanden, der ihm wohl gesonnen war.

Beim Essen wurde nicht gesprochen, nur Bitten um Essen gab es. Dafür klapperten das Besteck und das Geschirr munter durcheinander.

Mikan griff sofort zu und füllte sich den Teller. Er kannte nicht alles, was auf dem Tisch stand, aber das spielte für ihn keine Rolle, er war so hungrig, dass er sich gierig darauf stürzte.

Das Essen am gemeinsamen Tisch war für alle Kinder wichtig. Es verband. Auf dem Tisch stand, was sie sich erarbeitet hatten. Eier von ihren Hühnern, Fladen aus Getreide, wilden Kräutern und Insekten, Beeren, die die Kleinen am Vormittag gefunden hatten, und vieles mehr.

Als Mikan seinen ersten Hunger mit den unerwarteten Köstlichkeiten gestillt hatte, wandte er sich an Vikor.

„Vikor, ich will dich etwas fragen."

Die Kleinen staunten Mikan an. Hier saß ein erwachsener Mann am Tisch, der nicht wusste, dass man beim Essen nicht sprechen durfte!

Vikor sah Mikan streng an. „Es ist Essenszeit. Richte deine Gedanken auf das, was du tust! Warte, bis die Zeit des Redens beginnt."

„Regeln und immer nur Regeln", murmelte Mikan vor sich hin und nahm nun genervt ein großes schwarzes Schild an der Wand wahr, auf dem groß über allem anderen Text das Wort REGELN stand. Es löste ein ähnliches Gefühl bei ihm aus wie schon vor Kurzem das Wort normal. Ein ungutes Gefühl. Bloß warum ...?

Auch wenn die drei Kleinen den Fremden während des Essens zeitweise anstaunten, so war doch das Essen wichtiger. Sie schaufelten wie immer schnell eine ganze Menge in sich hinein, als ob die Schüsseln gleich abgeräumt werden würden. Zwar gab es meist reichlich, aber so war es nicht immer gewesen. Sie alle kannten den Hunger und genügend Situationen, in denen der Langsamste das Nachsehen hatte.

Auch Mikan langte wieder mit beiden Händen zu. Ah, dieses weiße Getränk mundete köstlich. Herb, aber lecker. Was das wohl war?

Es wurde wortlos gegessen, bis Vikor die Stille aufhob. Wieder breitete er die Hände aus. „Danke uns allen für das Essen", und sofort ging ein wildes Geplapper los.

Nun hielt sich auch Mikan für berechtigt, seine Frage zu stellen. Der Anfang ging im allgemeinen Lärm unter, aber dann hörten ihm alle aufmerksam und neugierig zu.

„Sag mal, Vikor, ist es nicht am Ende doch so, dass ihr mich gefangen genommen und mir dabei diese Verletzungen zugefügt habt? Das ist objektiv gesehen viel wahrscheinlicher als eure Version, dass ihr mich im Busch gefunden habt."

Vikor lächelte. „Wir sind in euren Glasbau eingebrochen und haben ausgerechnet dich entführt?"

„Was meinst du mit ausgerechnet mich?"

Lunaro lachte und verschluckte sich dabei. Er hustete röchelnd. Kilawa klopfte ihm auf den Rücken und lachte ebenfalls. Der Fremde war so lustig! „Wir hätten bestimmt jemanden entführt, der netter ist als du."

Alle lachten nun, sogar das Mädchen. Sie vielleicht sogar am lautesten. Sie hatte Tränen in den Augen vor Lachen. Nur mühsam gelang es Mikan, seinen Zorn herunterzuschlucken. Wieder einmal hatte er sich zum Gespött der Kinder gemacht.

Vikor nickte zustimmend. „Niemanden jedenfalls, der so viel jammert wie du. Oder jammern in dem Glasbau alle so ausdauernd?"

Lunaro wurde ganz aufgeregt. „Der Glasbau! Wie sind die Menschen im Glasbau? Haben sie viele Erfindungen und Fahrzeuge?"

„Netter als ich! Hah! Nett! Für nett kann man sich nichts kaufen", wollte Mikan relativieren und ignorierte Lunaros Frage. Aber zu kaufen gab es wohl in dieser Welt sowieso nichts.

„Was ist das, kaufen?", fragte prompt Kilawa mit einem Stirnrunzeln unter ihren braunen zotteligen Haaren und bestätigte damit Mikans Vermutung.

Plötzlich war er wieder genervt, von den Schmerzen, von dem Loch in seinem Hirn, von den dämlichen Fragen.

„Wie soll ich euch etwas erklären, wenn ihr überhaupt nichts kapiert?! Seid ihr denn so schwer von Begriff? Ich erinnere mich an nichts. An … gar … nichts!"

Er hatte seine Stimme erhoben und erschrak gleichzeitig, denn er hatte versprochen, nicht mehr zu schreien. Er fasste sich an seine pochende Schläfe, sein Kopf schmerzte schrecklich, es war fast nicht zum Aushalten.

„Nun ja, immerhin weißt du, was kaufen ist … Wir nicht", antwortete Vikor leise in ermahnendem Ton.

„Warum sprichst du vom Kaufen, wenn du nicht weißt, was Kaufen ist?", fragte Kilawa und ihr Stirnrunzeln verstärkte sich. Dieser Fremde war wirklich seltsam.

Mikan atmete tief durch und bemühte sich, leise und beherrscht zu reden. „Ich weiß, was Kaufen ist. Nur weiß ich nicht, wo ich gekauft habe und was ich gekauft habe und wer ich überhaupt bin." Und schon gar nicht weiß ich, warum ich ständig so gereizt bin, dachte er, ohne den Gedanken in Worte zu fassen.

„Dann sprich doch bitte nicht über Dinge, von denen du nichts weißt", bemerkte Vikor mit einem strengen Blick. „Solche Gespräche führen in keine Richtung."

In Mikans Gedanken tauchte vage der Begriff Kredit auf und er konnte ihn sogar zuordnen. Kam sein Gedächtnis bereits wieder? Nein, er konnte keine weiteren Bezüge herstellen.

„Kaufen bedeutet, mit Krediten für etwas zu bezahlen."

„Erkläre das doch bitte", bat Kilawa. „Kredite? Was sind Kredite?"

„Ihr wisst nicht einmal, was Kredite sind?" Mikan blieb der Mund offen stehen. Es schien ihm, als ob nicht nur er das Gedächtnis verloren hätte.

Kilawa schüttelte den Kopf. „Deine Welt ist anders als unsere. Bei uns gibt es kein Kaufen und keine Kredite."

„Gut, aber ihr habt Essen auf dem Tisch, das muss ja irgendwo herkommen."

Vikor lachte wieder. „Wir arbeiten für unser Essen. Alles auf dem Tisch haben wir geerntet, gepflückt, gejagt und zubereitet."

„Die Himbeeren habe ich gepflückt", rief Tonn.

„Nein ich!", fauchte ihn Kar an.

„Ha, deine paar Himbeeren, ich hab viel mehr gepflückt!"

Tonn schlug mit der Faust auf den Tisch, dass die Becher wackelten. Vikor sandte einen bösen Blick in Richtung Zwillinge, der jedoch komplett übersehen wurde. Tonn und Kar fingen an, sich lautstark und handgreiflich zu streiten.

Kilawa, die den Zwillingen gegenübersaß, ging schließlich mit einer strengen Handbewegung dazwischen. „Ihr habt beide viele Himbeeren gepflückt, ihr Streithähne. Seid ruhig!"

Mikan hatte während des Streites Zeit gehabt, sich eine Erklärung auszudenken, mit der er diesem Kreis von unwissenden Kindern das Wesen von Kauf und Verkauf näherbringen könnte.

„Ich erkläre es euch. Das Kaufen, Verkaufen und die Kredite. Also: Ihr habt mir vom Essen gegeben, dafür erwartet ihr eine Gegenleistung von mir, stimmt's?"

„Natürlich. Wir arbeiten alle für das Essen. Sobald es dir besser geht und du vielleicht doch bei uns bleiben willst, arbeitest auch du für dein Essen. Du kannst gleich nachher einen kleinen Anfang machen. Wir brauchen neue Eier."

Nein, so klappte das mit dem Erklären nicht. Das Prinzip von Kaufen und Verkaufen war den Kindern nicht zu vermitteln und Mikan wurde erneut klar, dass er wirklich aus einer anderen Welt stammen musste. Für einen zweiten Erklärungsversuch blieb letztlich keine Zeit mehr, denn Vikor stand auf: Alle wurden still und sahen ihn an.

„Genug gesprochen, an die Arbeit. Fremder: Kilawa zeigt dir, wie du Eier sammelst. Tonn und Kar, ihr pflückt weiter Himbeeren, Mara, du kommst mit mir, Lunaro, du erholst dich heute noch. Kilawa, du begleitest nach der Einweisung des Fremden das Mädchen auf ihrer Außentour. Bringt mehr Blechdosen mit Essen aus dem Super mit, wir brauchen viele davon hier vor Ort als Vorrat für den Winter. Und verwischt unsere Spuren von gestern Abend, die in der Nähe des Glasbaus."

Er seufzte. „Ein Esser mehr. Wir werden den Verschlag für die Dosen vergrößern müssen. Ein zusätzliches Regal bauen. Noch so viele Aufgaben sind bis zum Winter zu erledigen, fangen wir an."

Es musste Sommer sein, es war heiß. Wieso sprach dieser Vikor vom Winter? Mikan war irritiert, auch darüber, dass er eingeteilt wurde wie die Kinder.

Aber immerhin sollte Kilawa mit ihm gehen und nicht dieses bedrohliche Mädchen mit dem Messer. Kilawa war zwar schmutzig und zottelig wie die anderen Kinder, aber sie lächelte am meisten und schnauzte ihn nicht fortwährend an. Ihr Lachen sah sogar schön aus, fiel ihm plötzlich auf. Freundlich. Sie stellte sich neben ihn.

„Komm, wir gehen gleich raus, bevor es noch heißer wird."

„Gut, ich komme mit. Schließlich habe ich ja zu essen bekommen", zeigte Mikan sich einsichtig.

Kilawa grinste und gab ihm ein Tuch, das er fragend ansah.

Sie lachte wieder und zeigte weiße, starke Zähne.

„Binde dir das über dein Gesicht und lass nur einen kleinen Spalt für die Augen frei."

„Warum?", fragte Mikan und wusste im nächsten Augenblick die Antwort selbst. Zu deutlich spürte er noch die Stiche von seiner Klo-Episode.

„In der Zuflucht sind lange nicht so viele Insekten wie draußen vor unserem Zaun, aber deine Haut ist ungeschützt und empfindlich. Jetzt komm."

Sie führte ihn auf den Hof und zeigte ihm, wo die zahlreichen Hühner ihre Verstecke anlegten. Bevorzugt in dichten Büschen, Mulden und unter Bretterverschlägen. Zudem verteidigten die Hühner ihr Gelege zum Teil vehement und auch hier unterrichtete Kilawa den Fremden, wie er ohne große Verletzungen an die Beute kam. Immer wieder lachte Kilawa herzlich, als der Fremde sich seltsam unbeholfen anstellte. Er blieb an Dornen hängen, hieb wild nach Insekten, ließ einmal beinahe den Korb mit Eiern fallen und auch sonst verhielt er sich kindlicher als die Kleinen in der Zuflucht.

„In meiner alten Gruppe wärst du der Narr geworden!", lachte Kilawa, als Mikans Mundtuch zum wiederholten Mal in einem Busch hängen blieb.

„Welche alte Gruppe? Verflixte Büsche, wie soll man da durchkommen, ohne hängen zu bleiben?"

Mikan hustete plötzlich los, spuckte ein paar fliegende Insekten aus, riss schnell das Tuch aus dem Busch und band es sich wieder um.

„Damit kann man wenigstens reden, ohne ständig Viecher einzuatmen. Dreimal verfluchte Ekelpampe … Von welcher Gruppe hast du gesprochen?"

Kilawa blieb still stehen, sie wirkte nachdenklich und ihr lachender Gesichtsausdruck war verschwunden. „Ich habe bis vor ein paar Monaten in einer anderen Gruppe gelebt. Wir waren viele. Erwachsene, Kinder, Männer und Frauen, sogar drei sehr alte Leute, ungefähr so alt wie du. Einer war so alt, dass er weiße Haare hatte, Gropan ..."

Mikan fluchte, weil er mit seiner Hand in einen Dorn geraten war. „Verflixte … Äh, und dann hast du die Gruppe hier gefunden, die dir besser gefallen hat, und bist dort weggegangen."

„Nein." Das Mädchen war ruhig geworden, in ihren Bewegungen und ihrem Tonfall. „Sie sind alle gestorben. Alle, außer mir und Mara."

„Alle tot? Tot wie … tot? Gestorben … wie … gestorben?" Mikan wurde plötzlich schwindelig und er wankte. Schnell nahm ihm Kilawa den Eierkorb aus der Hand. „Ja, tot und gestorben. Es war ein schnelles Sterben. Alle sind gestorben, nur Mara und ich nicht, wir leben. Und jetzt suchst du weiter Eier und ich werde mit dem Mädchen Vorräte für den Winter holen."

Sie nahm den mit Eiern gefüllten Korb, drückte Mikan einen leeren in die Hand, ging in Richtung Haus und ließ Mikan mit mehr Fragen als zuvor zurück. Ihm fiel jetzt auf, dass Kilawa keinen Schutz gegen die brennende Sonne und die Insekten trug, die ihr kaum etwas auszumachen schienen.

Sie trat ins Haus ein und traf dort auf das Mädchen, die die Ausrüstung für den Ausflug zusammenstellte. Kilawa war immer noch nachdenklich. Seltsam unbeholfen mussten die Fremden in dem Glasbau sein. Wie die nur überlebten, wenn sie so empfindlich waren? Immerhin schienen sie alt zu werden, der Fremde war trotz all seiner Ungeschicklichkeit sehr alt geworden ...

Doch langes Grübeln lag Kilawa nicht und sie hatte ihr sonniges Gemüt schnell wieder gefunden. Munter plapperte sie auf das Mädchen ein, während sie ihre Schutzkleidung für den Außenbereich anzogen. Dass sie keine Antworten vom Mädchen außer einem gelegentlichen Nicken oder Kopfschütteln bekam, störte sie nicht. Meist nahm sie das Leben so, wie es eben kam.

Kapitel 18: Himbeeren und Eier

Als Kilawa verschwunden war, versuchte Mikan, alles genau so zu tun, wie sie es ihm vorgemacht hatte. Doch jedes Mal, wenn er sich bückte, um nach den Eiern zu schauen, verrutschte das Tuch vor seinem Gesicht und die fies stechenden Biester fielen über ihn her. Seine Nase fühlte sich schon wieder an wie eine einzige Wunde. Insekten waren wirklich das Allerletzte! Überflüssiges Getier! Sein guter Wille, sich nützlich zu machen, wurde durch dieses Ungeziefer auf eine harte Probe gestellt.

Gleichzeitig tauchte im verborgenen Kern seiner Erinnerung das Wissen auf, dass er den kleinen Biestern unrecht tat. Dass Insekten in seiner alten, nur nebulös erinnerten Welt tatsächlich sogar eine unentbehrliche Rolle gespielt hatten. Doch er konnte auf die Erinnerung in keiner konkreten Weise zugreifen, so sehr er sich auch bemühte.

Plötzlich sah er ein paar Meter entfernt ein Gelege mit gleich drei Eiern und sein Grübeln hatte ein Ende. Kilawa hatte bisher maximal zwei Eier auf einem Platz gefunden. Sein Sinn für Konkurrenz war erwacht: diesen Fund musste er einfach bergen.

Leider versperrte eine Dornenhecke den direkten Zugang zu den Eiern. Dornenhecken lagen außerhalb seines Erfahrungshorizonts, wenngleich die spitzen Dornen eine deutliche Warnung aussandten: Hier ist kein leichtes Durchkommen!

Mikan suchte nach einem Werkzeug, um eine Lücke in die Hecke zu schlagen, doch er fand nichts, was sich geeignet hätte. Also musste er sich notgedrungen irgendwie mit seinem Körper hinein schlängeln. Vorsichtig und mit Respekt vor den spitzen Stacheln näherte Mikan sich der Wand aus Dornen und setzte den mit Eiern gefüllten Korb vor der Hecke ab. Immerhin waren seine Hände mit mehrlagigen Stoffstreifen als Schutz gegen die Insekten eingewickelt, und so konnte er die Äste gefahrlos beiseite biegen.

Er freute sich unbändig, als er dem Nest immer näherkam und sogar genug Platz fand, um sich nach den Eiern zu bücken. Vorsichtig, doch innerlich triumphierend, hob er sie mit einer seiner großen Hände gleich alle drei vorsichtig aus dem Nest, was wegen der Bandagen gar nicht einfach war. In diesem Augenblick tauchten auf der anderen Seite des Busches die Zwillinge auf, in der Hand je einen Korb gefüllt mit Himbeeren.

„Was machst du da?", begrüßten sie Mikan lautstark. „Warum bist du im Busch?"

Mikan schrak aus der Hocke hoch und ließ dabei eines der Eier fallen. Es zerbrach am Boden und das flüssige Ei spritzte bis auf seine Schuhe.

„Warum wirfst du das Ei auf den Boden?", fragte Kar.

„Das mag Vikor gar nicht, zerbrochene Eier", bekräftigte Tonn.

„Ihr blöden Idioten, das war eure Schuld mit dem Ei", brüllte Mikan die beiden wütend und lautstark an.

„Wieso? Wir haben kein Ei fallen lassen, wir sammeln Himbeeren." Kar war die Unschuld in Person. „Da, schau mal, mein Korb ist fast voll."

„Warum wirfst du Eier auf den Boden?", stellte Tonn die Frage Kars ein zweites Mal. Völlig harmlos schien es, aber das Grinsen auf seinem Gesicht verriet, dass er im Gegensatz zu seinem Bruder den wahren Grund bereits kannte.

„Warum habt ihr mich so erschreckt?", fragte Mikan vorwurfsvoll dagegen, da er die Hauptschuld immer noch bei den Kindern sah.

„Wieso erschrickst du vor uns? Wir sind doch nur Kinder", erklärte Kar mit Engelsgeduld und unschuldigen großen Augen.

Tonn nickte bestätigend. „Wir haben nicht einmal ein Messer, bloß langweilige Schleudern. Vikor gibt uns noch kein Messer."

„Was wir absolut ungerecht finden …"

Dass das kaputte Ei und das Geplapper der Kinder nicht sein Hauptproblem waren, erkannte Mikan erst, als er sich wieder aus der Hecke herausarbeiten wollte. Die Kleinen sahen ihm beim Versuch herauszukriechen von der anderen Seite der dornigen Hecke aus gespannt zu, kicherten immer wieder und zeigten mit dem Finger in seine Richtung, um sich gegenseitig auf besonders lustige Aspekte von Mikans Befreiungsversuchen hinzuweisen.

Auch Mara kam angelaufen, um zu sehen, was Tonn und Kar so belustigte und von der Arbeit abhielt. Und das war wirklich spannend: Durch den plötzlichen Schreck hatte sich Mikan unkontrolliert aufgerichtet und nun hielten ihn die Dornenranken gepackt. Er hing fest. Und trug dabei immer noch zwei Eier in der rechten Hand. Vorsichtig versuchte Mikan, sich umzudrehen. Ein dummer Gedanke, denn dadurch verhedderte er sich fatalerweise nur noch tiefer im Gestrüpp.

„Was machst du da?", fragte wieder Kar, der den Fremden und seine unsinnigen Handlungen einfach nicht verstehen konnte.

„Das siehst du doch, du kleiner Plagegeist."

„Warum hängst du dich in die Dornen? Tut das nicht weh?"

„Ich komme gleich raus und verdresche dich!", schimpfte Mikan, mittlerweile rasend vor Wut. Diese Kinder raubten ihm den letzten Nerv. Und die beißenden winzigen Monster ebenfalls, die ihren Weg selbst durch die Dornen zu ihm fanden. Und die elende Hecke sowieso.

„Was ist verdreschen?", fragte Kar mit großen Augen.

„Du bekommst eine Abreibung!"

„Aber ich bin ja gar nicht nass, ich muss nicht abgerieben werden", stellte Kar immer noch irritiert fest und sein Bruder fragte: „Willst du wieder raus aus den Dornen?"

Während er noch fragte, hatte Tonn bereits Kar seinen Korb mit den Himbeeren in die Hand gedrückt und war in die Dornenhecke gekrabbelt. „Ich helfe dir."

„Die Ziege hing auch mal fest", kommentierte Kar von drüben.

„Nein, lass das, ich schaff das alleine!", wehrte sich Mikan. „Ich lass mir doch nicht von so einem halben Menschen helfen!"

Aber mit den Eiern in der Hand war es nicht so einfach, wieder freizukommen. Er konnte sie jedoch auch nicht auf dem Boden ablegen, der war inzwischen zu weit entfernt. Je mehr Mikan sich abmühte, desto mehr verfing er sich. Sogar seine golden schimmernden Haare verhedderten sich zusehends im Busch.

„Wenn du dich noch weiter in die Dornen wickelst, müssen wir dich rausschneiden", warnte ihn Tonn, der sich Mikan genähert hatte. Er war so klein und dünn, dass es für ihn ein Leichtes war, im Dornbusch zu manövrieren.

Das Tuch vor Mikans Gesicht blieb an einigen Dornen hängen und seine Nase lag nun frei, was die Insekten der näheren Umgebung als willkommene Einladung ansahen, ihn noch ein wenig mehr zu malträtieren. Mit Mühe schaffte Mikan es, das Tuch mit einem Ruck seiner Schulter wieder an die rechte Stelle zu schieben.

„Zapple nicht so rum, dann helfe ich dir raus", befahl Tonn, der nun dicht bei Mikan stand.

„Die Ziege haben wir frei geschnitten", kommentierte Kar weiter, der mittlerweile alles für einen großen Spaß hielt und immer wieder laut auflachte.

Tonn besah sich die Lage von Nahem. „Warte, Fremder, ich drehe die Äste von dir weg. Und zapple nicht so, sonst wird es noch schlimmer."

Mittlerweile hielten die Dornen Mikan nicht nur fest, sie drangen durch die Kleidung bis in seine Haut. Wenn er sich jetzt bewegte, nahmen die Schmerzen erheblich zu.

„Fremder, nicht selber bewegen, ich bewege die Äste von dir weg."

„Wie heißt du denn, du kleine Ratte?" fragte Mikan. Er konnte sich die Namen der Kleinen einfach nicht merken.

„Tonn, wie denn sonst?!"

„Dann pass mal auf, Tonn. Der eine Ast in meinem Rücken, der hält mich gefangen. Die Dornen sind schon in meiner Haut und stechen mich. Bei dem musst du besonders vorsichtig sein."

„Gut, Fremder, mach ich."

Tonn drehte Äste zur Seite und zupfte vorsichtig an den Dornen, um die Widerhaken zu lösen.

„Prima, bleib weiter so still, dann kriege ich dich frei."

Tonn arbeitete erstaunlich sorgfältig und bewegte die Äste elegant und schnell zur Seite. Es war nicht das erste Mal, dass er in den Dornen gespielt oder Eier gesucht und sich selbst verfangen hatte. Die Haare Mikans waren jedoch ein Problem, das sich nicht so leicht lösen ließ. Sie hatten sich inzwischen zu sehr in den Dornen verhakt.

„Kar, seine Haare hängen richtig fest. Geh Lunaro holen, wir brauchen das Messer."

Ohne seine Arbeit zu unterbrechen, rief er das aus dem Busch heraus und Kar lief sofort los, in jeder Hand schlenkerte ein Korb mit Himbeeren.

Auch das noch! Lunaro würde sehen, wie blöd er sich angestellt hatte, dachte Mikan. Schlimm genug schon, dass die Kleinen mir helfen müssen.

Er zuckte zusammen, weil Tonn direkt neben seinem Ohr lautstark Kar hinterher schrie: „Und schicke Mara, sie soll mir helfen, der Fremde hängt mit seinen Haaren schlimmer fest als neulich die Ziege."

Da war die zarte Mara schon hereingekrochen in das Gestrüpp. Sie war unbemerkt von der anderen Seite gekommen und hatte von dort aus das Geschehen bereits eine Weile beobachtet. Am liebsten wäre Mikan im Erdboden versunken. Dann wäre er auch die vermaledeiten Dornen los gewesen, die zusammen mit den Insekten immer stärker und gemeiner zubissen.

„Ja, verfangen wie die Ziege", kommentierte nun auch Mara mit einem Kichern. „Ich helf dir, Tonn, bis das Messer kommt. Vikor braucht mich im Moment nicht mehr."

Und auch sie fing an, Dornen aus der Kleidung zu ziehen.

„Au!", schrie der gepeinigte Mikan, „passt doch auf, verdammter Mistkäfer!"

Zu zweit waren die Kinder so schnell, dass bald wirklich nur noch die Haare des Fremden in den Ästen festhingen.

„Fast frei!", kommentierte Mara.

„Wir warten auf Lunaro und das Messer für die Haare", ergänzte Tonn.

„Bleib ruhig stehen, Fremder, sonst fangen dich die Dornen wieder ein!"

Schnell wuselten die zwei Kleinen aus der Hecke und ließen Mikan allein zurück, der immer noch die Eier in der Hand hielt und sich nicht traute, sich auch nur einen Zentimeter zu bewegen.

Nach einer Weile, die ihm ewig lang erschien, kam Lunaro an die Hecke geschlurft.

„Hallo Fremder. Interessant. Wie damals die Ziege."

„Lasst mich in Ruhe mit eurer Ziege! Ich bin keine Ziege, gottverdammter Milbendreck!" Jetzt fing auch noch Lunaro mit diesem blöden Vieh an.

Lunaro gab Tonn das Messer. „Hier, nimm, das brauchst du wirklich. Aber sei vorsichtig, es ist scharf."

„Klar, auf jeden Fall, das bin ich, aber sicher!" Tonn strahlte über das ganze Gesicht, als er das Messer entgegennahm. „Ich habe ein Messer! Uah, ein Messer! Ich pass auch auf, klar pass ich auf, ich bin ja schon groß."

„Du willst doch nicht das durchgeknallte Kind mit einem Messer in meine Nähe kommen lassen!", schrie Mikan panisch auf. Seine Fantasie ließ ihn das Schlimmste befürchten.

„Ich will das Messer auch", jaulte Kar los.

„Tonn bekommt heute das Messer, und das nächste Mal, wenn der Fremde sich verfängt, bekommst du es, Kar", beschwichtigte Lunaro den empörten Zwilling und ignorierte Mikans Hilferufe.

„Ich will auch das Messer. Ich bin auch schon groß", beschwerte sich nun auch Mara.

Lunaro tätschelte ihr die hellbraunen Haare, die wie zwei Rattenschwänze von ihrem Kopf abstanden. „Mara, du bekommst das Messer in einem Sommer."

„Lunaro! Tu das nicht! Nimm es ihm ab", bettelte Mikan. „Er kann damit doch gar nicht umgehen!"

Während Mara darüber nachdachte, was das mit dem Sommer bedeuten sollte, wo doch gerade Sommer war, krabbelte Tonn geschwind in die Hecke zu Mikan.

„Ich kann das, Fremder. Ich kann das richtig gut, ich mag Messer. Ich habe schon oft mit dem Messer gearbeitet. Ich darf nur nicht alleine ein Messer haben. Und das ist ungerecht, echt ungerecht."

„Tonn, mein Lieber, bitte sei bloß vorsichtig", flötete Mikan und fügte sich ins Unvermeidliche. Noch nie hatte er mit solch bittendem Unterton mit einem Kind gesprochen, da war er sich sicher. Das Messer sah groß und gefährlich spitz aus.

Tonn stellte sich auf die Zehenspitzen und befahl Mikan, sich so weit zu bücken, wie es ging.

„Aber häng dich nicht wieder mit den Kleidern in die Dornen, Fremder! Sonst geht alles von vorne los."

Au, das ziepte gewaltig, als Mikan Tonns Anweisungen gehorchte. Die Haare spannten sich schmerzhaft, hingen absolut fest. Mit einem Ratsch des Messers waren die ersten gefangenen Haarbüschel abgeschnitten und nach drei weiteren Schnitten gaben die Dornen Mikan frei.

Zufrieden betrachtete Tonn sein Werk. „Die Haare sind frei. Gib die Eier lieber Mara, Fremder. Dann hast du auch die Hände frei."

Mara war ebenfalls zurück in den Busch gekrabbelt und nahm die Eier aus Mikans Hand. „Dann kannst du besser auf die Dornen achten."

Nur widerwillig gab Mikan die Eier her, wegen dieser Beute war er schließlich in diese dumme Lage geraten. Da hätte er sie lieber selber in den Korb gelegt. Immerhin zwei von dreien. Aber er sah ein, dass seine Lage mitten im Busch nicht optimal und er noch lange nicht wieder draußen war. Ja, ohne Eier würde es leichter gehen ...

Die Kinder schlängelten sich in wenigen Sekunden aus dem Gestrüpp, bei Mikan dauerte es etwas länger. Da er sich nicht umzudrehen getraute und rückwärts ging, blieb er noch einige Male hängen und Dornen pieksten ihn in die Schultern und den Hintern, doch die Kommentare und Zurufe der Kinder halfen ihm, die Probleme zu lösen und einem zweiten Debakel aus dem Weg zu gehen. Ja, es war wirklich gut, dass er jetzt die Hände freihatte. Dennoch wuchs die Wut in ihm.

„Scheiß Eier!", fluchte er.

Und weil das so gut tat, setzte er ein: „Scheiß Dornen!" hinterher.

„Scheiß Insekten!" Er wurde immer lauter.

„Und wisst ihr was?", wandte er sich mit gerunzelter Stirn und zornigen Augen an die Kleinen, als er sich wieder aufrichten konnte. „Scheiß … Kinder!" Er sah direkt in die Augen von Lunaro.

„Wir fluchen nicht vor den Kindern, Fremder." Lunaro runzelte die Stirn und wandte sich an die drei Kleinen.

„Danke, Kinder, dass ihr dem Fremden geholfen habt. Jetzt sammelt weiter Himbeeren. Mara, hol dir einen eigenen Korb dazu."

Die Kleinen wollten gar nicht gehen, der Fremde war zu faszinierend, er war viel interessanter als die langweilige Ziege oder Himbeeren und Eier.

„Scheiß Eier!", fluchte Kar mit Genuss. Er liebte neue Sprüche. „Scheiß Eier!", wiederholte er begeistert so lange, bis er von Lunaro zurechtgewiesen wurde.

„Der Fremde ist selber wie ein Kind. Ein Kleiner, nur ganz groß gewachsen", kommentierte Mara die Lage, als sie sich endlich vom Anblick Mikans losreißen konnte und mit Tonn und Kar zurück zu den Himbeerbüschen ging.

Tonn und Kar schauten von dort aus immer wieder zu dem Fremden mit der nun seltsam schrägen Frisur zurück und kicherten und lachten vor Begeisterung.

Mikan setzte sich auf den Boden, stützte die Arme auf den Knien ab und legte das Gesicht in die Hände.

Erst als die Kleinen aus dem Blickfeld verschwunden waren und auch Lunaro sich zum Haus zurückgeschleppt hatte, hob Mikan endlich den Kopf. Wie sollte er nur jemals lernen, in dieser Welt zurechtzukommen. Hier kam er sich unbeholfen, dumm und vor allem überflüssig vor.

Es gab bisher keine einzige Sache, bei der er sich nicht vernichtend blamiert hatte. Doch Selbstmitleid war ihm zuwider. Auch wenn er sonst nicht viel über sich wusste, dessen war er sich sicher. Also stand er auf, schüttelte die Insekten aus seinen Kleidern und Haaren und machte sich auf die Suche nach weiteren Eiern.

Außer dem Angriff einiger kampfbereiter Hühner, den er bravourös abwehrte, kam es zu keinem weiteren Zwischenfall mehr. Und obwohl Vikor sich am Abend vor Lachen krümmte, als ihm das Abenteuer des Fremden brühwarm berichtet wurde, lobte er anschließend die Ausbeute an Eiern. Womit er Mikan in ein kleines Gefühlschaos schubste, denn das Lob tat ihm gut, obwohl er Vikor im Grunde seines Herzens verabscheute.

Das Mädchen hatte am Abend ein ständiges Lachen in der Stimme, als sie die Fortsetzung des schlafenden Mädchens inmitten der Dornenhecke erzählte und auch Kilawa und die Kleinen mussten immer wieder kichern.

Man erzählte sich im ganzen Land von dem schönen Mädchen, das in dem großen Haus schlief, umgeben von einer Dornenhecke. Von Zeit zu Zeit kamen junge hübsche Prinzen mit schimmerndem Haar und wollten durch die Hecke zum Mädchen. Es war ihnen aber nicht möglich, denn die Dornen, als wären es Hände, hielten fest zusammen. Die Jünglinge blieben darin hängen und starben eines jämmerlichen Todes. Sie blieben mit ihrer Kleidung und mit ihren glänzenden Haaren hängen und kamen nicht mehr vor- und nicht mehr rückwärts!

Keiner im Raum konnte an dieser Stelle ein Grinsen oder Kichern vermeiden. Niemand schaute zu Mikan hinüber, doch dem war auch so bewusst, woran alle in diesem Moment dachten.

Es waren fast hundert Jahre vergangen, da kam wieder einmal ein schöner junger Mann mit langen goldenen Haaren in das Land. Sie sahen ganz besonders aus, denn sie waren unterschiedlich lang mit einem Messer geschnitten. Er hörte, dass hinter der Dornenhecke ein wunderschönes Mädchen schlafen sollte, das Dornröschen genannt wurde. Aber er hörte auch, dass schon viele starke Männer vergeblich versucht hatten, durch die Dornenhecke zu dringen und einen elenden Tod gefunden hatten. Doch der junge Mann sprach: Ich fürchte mich nicht, ich will hinein und das schöne Dornröschen sehen.

Es war aber nun genau der Tag gekommen, an dem Dornröschen nach hundert Jahren wieder erwachen sollte. Deswegen blühten, als der hübsche Mann zum großen Haus hinter der Hecke vordrang, viel Tausend Blumen an der Dornenhecke und bunte Schmetterlinge sammelten sich an den Blüten. Die Luft war klar, denn die beißenden Insekten waren bereits von der Kraft der Sonne vertrieben.

Als der junge Mann an die Hecke kam, taten sich die Dornen von selbst auseinander und ließen ihn unbeschädigt hindurch. Da ging er weiter, und alles war so still, dass er seinen Atem hören konnte. Man vernahm nicht einmal das Krabbeln eines Käfers oder einer Ameise. Endlich kam er zu dem Raum, in welchem Dornröschen schlief. Da lag es und war so schön, dass er die Augen nicht abwenden konnte. Er bückte sich und gab ihm einen Kuss.

Die Kleinen kicherten und brauchten eine Weile, bis sie sich wieder beruhigt hatten. Das Mädchen wartete solange geduldig.

Mit dem Kuss schlug Dornröschen die Augen auf, es erwachte, und blickte ihn freundlich an. Da wachten alle im großen Haus auf und wussten nicht, dass hundert Jahre vergangen waren. Die Ziege meckerte, die Insekten wirbelten durch die Luft und das Feuer in der Küche flackerte und kochte das Essen.

Da wurde die Hochzeit des hübschen Mannes mit dem schönen Dornröschen mit einem großen Fest gefeiert, es gab einen ganzen Korb Himbeeren und Eierkuchen zu essen, und sie lebten vergnügt bis ans Ende ihrer Tage.

Hier beschloss das Mädchen die Geschichte und strich die Decken der Kleinen glatt.

„Und der Fremde steckt immer noch in der Hecke fest!", kicherte die kleine Mara schlaftrunken und brauchte dennoch an diesem Abend lange, bis sie mit einem Lächeln auf den Lippen einschlief.

Kapitel 19: Regeln und Gebote

„Ich verstehe nicht, warum ihr alle Vikor, diesem Schnösel, so kritiklos gehorcht. Du, Lunaro, bist für die Gruppe doch viel wichtiger als er. Ohne die Fallen, die du konstruiert hast, wären alle längst verhungert, und ohne deine Fliegengitter von den Scheißinsekten aufgefressen worden. Und was leistet Vikor? Mault nur den ganzen Tag rum, schimpft mit allen und spielt sich, verdammt noch mal, als Ober-Lider auf." Mikan plusterte sich auf, um Lunaro den aufgeblasenen Vikor vor Augen zu führen.

Trotz seiner Schwäche musste Lunaro laut lachen.

„Mach das noch mal! Du siehst dabei aus wie ein Auerhahn bei der Balz."

Mikan lachte mit, obwohl er keine Ahnung hatte, wie ein Auerhahn aussah oder gar, wie er balzte.

Beflügelt durch seinen Erfolg, stellte er die Frage, die ihm schon lange auf der Zunge brannte: „Aber im Ernst, Lunaro. Sag mir: Warum ist Vikor hier der Chef? Er ist nur ein arroganter Besserwisser, der das große Wort führt!"

„Fremder, du hast wirklich keine Ahnung. Das mit den von mir konstruierten Fallen ist ein prima Witz. Die Beute daraus ist nur ein kleiner Teil unserer Ernährung. Die Jagdergebnisse des Mädchens und die Dosen, die sie gefunden hat, die Eier der Hühner, das Obst und unser Gemüsegarten, das ist wirklich eine Menge an Nahrung und damit überlebenswichtig. Und dass alles hier im Lager funktioniert, immer genug Holz da ist, nichts verdirbt, alle weitgehend gesund sind, das ist Vikors Verdienst.

Ohne Vikor würde schon lange keiner von uns mehr leben. Er hält die Gruppe zusammen, kann gut vorausplanen und Gefahren instinktiv richtig einschätzen. Es gibt niemanden hier, der ihm nicht schon mehrmals sein Leben verdankt. Denk nur an meine Blutvergiftung. Ohne Vikors Wissen über Krankheiten und Heilmittel wäre ich längst Futter für die Würmer." Lunaro seufzte. „Ob seine Behandlungen mich am Ende wirklich retten können, weiß niemand. Aber eines steht fest: Ohne sie würdest du dich jetzt nicht mit mir unterhalten können."

„Ja, aber ..."

Mikan unterbrach, da sich Lunaro mühsam auf dem Lager aufrichtete, wo er sich mittags immer noch lange ausruhen musste. Mikan leistete ihm dabei gerne Gesellschaft, soweit Vikor das zuließ, denn er schätzte die Gespräche mit Lunaro mittlerweile sehr. Trotz dessen jugendlichen Alters waren seine Fähigkeiten und sein Wissen über technische Zusammenhänge beeindruckend, und was noch wichtiger war: Er hörte ihm zu und gab vernünftige Antworten. Von wegen Trottel. Da hatte er ihn wirklich anfangs aufgrund seines Äußeren vollkommen falsch eingeschätzt.

Lunaro war ganz aufgeregt.

„Vielleicht findet er ja sogar ein Mittel gegen deinen Gedächtnisverlust. Wenn das jemand schafft, dann Vikor", drückte Lunaro sein grenzenloses Vertrauen zu Vikor aus. Er sah Mikan tief in die Augen. „Obwohl wir alle etwas Angst davor haben, was geschieht, sobald deine Erinnerungen wieder zurückkommen. Du stammst aus dem Glasbau. Du könntest gefährlich für uns sein, meint Vikor."

„Hah! Vikor schon wieder! Vergiss Vikor! Ich bin auf keinen Fall gefährlich, erzähl mir lieber etwas vom Glasbau. Von diesem Ort, aus dem ich angeblich stamme. Niemand will mit mir darüber reden. Oder hat Vikor das am Ende verboten?"

„Nein, warum sollte er. Es ist nur so, dass wir sehr wenig über diesen gläsernen Bau wissen. Und die Kleinen eigentlich überhaupt nichts, sie waren noch nie in seiner Nähe. Wir wussten nicht einmal sicher, ob dort tatsächlich Menschen leben, wir haben es nur vermutet. Aber als du aus seiner Richtung kamst, nun, das war schon ein deutlicher Hinweis darauf. Deine Kleider glänzen wie der Glasbau selbst, das ist sicher kein Zufall."

Lunaro betrachtete weiterhin Mikans schönes Gesicht. Es hatte ein paar Falten, war …

„Und wahrscheinlich werden die Menschen da drinnen alt. So alt wie du oder sogar älter. Hier draußen sterben die Menschen jung. Du weißt zwar nicht, wie alt du bist, aber es ist offensichtlich, dass du älter bist als alle Menschen, die ich bisher getroffen habe. Und trotzdem bist du nicht krank oder gebrechlich, du hast nicht einmal Verletzungen oder Narben, wie wir alle hier draußen. Nur die vom Sturz aus dem Fahrzeug."

„Hier bei euch gibt es keine Erwachsenen, sind die vielleicht alle im Glasbau?" Mikans Frage war dringlich, trotzdem musste Lunaro lachen.

„Nein, drinnen und draußen sind strikt getrennt. Da bin ich mir sicher. Ich frage mich allerdings, ob die Leute in dem Glasding überhaupt wissen, dass es auch hier draußen Menschen gibt."

„Keine Ahnung, aber ich weiß ja fast überhaupt nichts mehr. Jedenfalls seid ihr viel besser als ich an das Leben hier angepasst. Euch machen die Insektenstiche viel weniger aus als mir. Und die Sonne scheint euch zu lieben, während sie mich schier brät. Schau dir nur mal mein Gesicht an, es fühlt sich an wie ein Stück rohes Pseudofleisch."

Mikan betastete vorsichtig seine Lippen und Wangen und wunderte sich über den komischen Vergleich, der ihm gerade in den Sinn gekommen war.

Lunaro zuckte mit den Schultern. „Ich denke, dass sich die Menschen im Glasbau nicht vor der Sonne schützen müssen. Deswegen bist du sie nicht gewöhnt. Wir verhüllen uns hier draußen, weil wir die Kraft der Sonne kennen. Du brauchst einen Schutz auf dem Kopf, ich glaube, das nannte man früher Hut."

„Hut, das Wort kommt mir bekannt vor. Etwas, das man sich früher auf den Kopf setzte, mit einem Rand?"

Lunaro nickte eifrig.

„Ja, und das brauchst du unbedingt. Ich bastele dir einen. Wenn du hier draußen überleben willst, musst du dir schnell noch weitere Dinge angewöhnen. Du solltest von uns allen lernen, selbst von den Kleinen. Und wenn es dir auch zuwider sein mag: Halte dich an Vikors zwölf Regeln. Jede einzelne von ihnen hat ihren tieferen Sinn."

So sehr Mikan Lunaro mittlerweile schätzte, dieser Rat stieß auf inneren Widerstand. „Hm, ich muss zugeben, etwas fällt mir sogar sehr schwer: das mit den Regeln." Mikan schob das Kinn vor und versteifte sich leicht. „Vikor und seine Regeln, seine Anweisungen! Diese alberne große Tafel mit den zwölf Geboten im Essraum, die euer Vikor da aufgehängt hat. Ihr findet ihn alle so toll, euren Vikor. Ich nicht! Ich weiß nicht, warum, aber ich kann Vikor nicht ausstehen. Und seine Regeln schon gar nicht."

Während seines Gefühlsausbruches bahnte sich eine Erinnerung ihren Weg: Regeln! Überall gab es Regeln! Zu viele Regeln. Sie engten ein. Regeln waren nur dazu da, sie zu umgehen und zurechtzubiegen. Doch auch diesen Fetzen einer Erinnerung konnte er nicht festhalten und schnell verebbte sie wieder.

Lunaro schüttelte den Kopf. An dieser Stelle kam er bei dem Fremden nicht weiter. Seine Gedankengänge bezüglich der Regeln und Vikor waren nicht logisch und die Diskussion erschöpfte ihn. Er legte sich kurz nieder und ruhte sich aus. Mikan kannte das bereits und ließ ihm Zeit. Wieder ruhig geworden saß er neben Lunaros Lager und versuchte, in seinem Gedächtnis nach Erinnerungen zu kramen. Doch wie immer war dies eine nutzlose Aktion und machte ihn nur schwindelig, angespannt und wütend über seinen Zustand.

Schließlich richtete sich Lunaro wieder auf und sah Mikan neugierig an. „Fremder, du bist mit einem Fahrzeug unterwegs gewesen. Weißt du noch irgendwas darüber? Es wäre nützlich zu wissen, wie es funktioniert oder wie Teile davon benutzt werden können."

„Nein, da ist gar nichts in meinem Kopf." Plötzlich fühlte sich dieses Nichts aber nicht mehr so schlimm an. Mikan kam die Idee, dass er diese Leere schließlich neu füllen könnte.

„Ja, leer wie immer, mein Kopf. Aber du kannst mir das Fahrzeug zeigen, vielleicht kommt dann eine Erinnerung an seine Funktionsweise wieder."

„Wenn du mir beim Weg nach draußen hilfst, gerne. Ich bin heute ziemlich schwach. Aber ich denke, mit deiner Unterstützung schaffe ich es bis dorthin. Ich würde das Fahrzeug gerne noch einmal sehen, es hat mich bereits bei den ersten Malen fasziniert. Es ist ein Wunderwerk der Technik."

„Prima, dann geht's los! Auf mit dir." Mikan hatte nicht wirklich verstanden, in welchem Ausmaß Lunaros Krankheit fortgeschritten war, wie weit sie ihn einschränkte. Das Thema Krankheit überhaupt war ihm mysteriös und zusammen mit dem Gedächtnisverlust konnte er nichts damit anfangen. Dennoch stützte er Lunaro nach Kräften, als der ihn zu dem Wrack führte. Das verbeulte MoFa weckte keinerlei Erinnerung bei Mikan. Er klopfte gegen das Glas und das weiß schimmernde Metall und runzelte die Stirn.

„Tut mir leid, Lunaro, aber das Ding da kenne ich nicht. Es ist, als sähe ich es zum ersten Mal. Und mit dem Gefährt bin ich wirklich bei euch aufgeschlagen?"

„Ja, im wahrsten Sinne des Wortes, zwischen dem Glasbau und unserer Zuflucht, mitten auf einen Baum. Schau, hier ist die Delle vom Zusammenstoß. Und du hast mit deiner Ankunft geholfen, mein Leben zu retten. Vikor hat im Fahrzeug Medikamente gefunden und mit einem davon hat er mich gleich behandelt. Ohne diesen Glücksfall wäre ich schon nicht mehr am Leben, das hat er erst heute Morgen wieder gesagt."

„Hm, es freut mich außerordentlich, dass ich damit unwissentlich zu deiner vorläufigen Rettung beigetragen habe. Am liebsten würde ich darüber hinaus helfen, dich ganz gesund zu machen, nur leider weiß ich nicht wie."

„Ist erst mal nicht so wichtig. Ich würde das Ding gerne wieder zum Laufen bringen, es könnte so nützlich für uns sein! Nur verstehe ich zu wenig davon."

Mikan kletterte in das Innere des Fahrzeugs.

„Komm, wir schauen es uns zusammen an, schaden kann das nichts."

In der nächsten halben Stunde krochen die beiden in und um das Wrack herum und rätselten zusammen über die Funktionsweise und Aufgabe verschiedener Knöpfe und Schalter. Mikans analytischer Verstand zusammen mit Lunaros Technikverständnis ließen sie einige Zusammenhänge verstehen. Vor allem entdeckten sie die Energiequelle des Gefährts, die sich über dem Fahrersitz an der Decke befand. Von diesem kleinen unscheinbaren Kästchen zweigten unzählige Kabel ab ... Ja, sie waren sich beide einig, dass sich hier das wichtigste Element des MoFas befand.

„Und wie funktioniert diese Energiequelle?" Lunaros Gesicht lag in fragenden Wellen und er zuckte mit seinen schmächtigen Schultern.

Mikan hatte keine Antwort und es gelang ihnen nicht, sie in Betrieb zu nehmen, das MoFa blieb still und bewegungslos liegen.

„Vielleicht können wir sie ausbauen und für einen anderen Zweck verwenden, was meinst du?", fragte Lunaro.

„Ausbauen können wir sie sicher, aber wofür du sie verwenden willst, ist mir rätselhaft, ich kenne eure Welt zu wenig."

„Wir bräuchten eine Waffe gegen die großen, wilden Tiere. Sie sind gefährlich für uns, wir haben nur wenig Möglichkeiten, sie uns vom Leib zu halten. Ich hatte auch schon Ideen zu einem Insektenschutz, der elektrisch funktioniert. Hab ich mal in einem von Vikors Büchern gesehen. Aber das wirklich zu entwickeln, dafür fehlte mir eben eine Energiequelle. Und hier ist sie. Wir müssen nur noch herausbekommen, wie sie funktioniert."

Mikan empfand Bewunderung für diesen schmächtigen Kerl mit dem Mondgesicht, der anscheinend schwer krank war und doch nur an die Gruppe und ihre Sicherheit dachte. Zudem war er der Einzige, der vernünftig mit ihm redete und ihn nicht ständig herumkommandierte, auslachte und verspottete.

Mikan schüttelte sich, um ein paar hartnäckige Insekten von sich abzuwehren und stützte sich auf einer intakten Glasscheibe des Gefährts ab. Er kam noch einmal auf den rätselhaften Glasbau zurück, der ihm einfach keine Ruhe ließ. Ja, es schien ihm immer wahrscheinlicher, dass er wirklich aus diesem stammte.

„Lunaro, du bist von allen hier derjenige, der am meisten weiß und den schnellsten Verstand hat. Könntest du mir mehr über den Glasbau erzählen? Fällt dir nicht doch noch etwas für mich Nützliches ein?"

Lunaro setzte sich schwer atmend auf einen flacheren Teil des MoFas und seufzte. „Ach Fremder. Du kennst Vikor nicht, das merke ich. Keiner in unserer Zuflucht kann so schnell denken und Zusammenhänge erfassen wie er. Niemand von uns hat so viele Bücher gelesen wie er. Ich kann lediglich Dinge erfinden und das ist nur ein kleiner Teil vom Wissen. Aber lassen wir das, du wirst noch früh genug selbst feststellen, dass ich recht habe." Er gab mit einer Handbewegung deutlich zu verstehen, dass er dieses Thema nicht vertiefen wollte. „Was genau willst du denn über das gläserne Haus wissen?"

„Wie groß ist es, und wie viele Menschen können dort leben?" Mehr zu sich selber fügte Mikan hinzu: „Was das wohl für Menschen sind, da drin? Solche wie ich? Ich sehe so anders aus als ihr."

„Die Größe des Baus können wir nur schätzen. Wir kennen etwa 15 Kilometer … Weißt du, was diese Maßeinheit bedeutet?"

Mikan nickte. „Ja, da ist etwas in meinem Kopf … sprich einfach weiter." Lunaro fuhr fort: „15 Kilometer seiner Außengrenze sind wir bereits abgelaufen und die ist leicht gerundet, also ist der Bau womöglich ein Kreis. Ich habe es einmal aufgezeichnet und mit Vikor zusammen versucht, die Maße auszurechnen. Wenn unsere Mutmaßungen zutreffen, muss es riesig sein, sehr viele Kilometer Durchmesser. Da passen von der Größe gesehen mit Sicherheit ein paar Tausend Menschen hinein. Aber wie gesagt, eigentlich wussten wir nicht, ob überhaupt Menschen drinnen wohnen. Du bist der Erste, den wir sehen."

Selbst das Sprechen strengte ihn an und er hustete, der Schweiß trat ihm auf die Stirn. Dennoch lachte er. „Wenn die Menschen da drinnen dir ähneln, dann sind sie vielleicht zum Teil alt, sehen aus wie Prinzen und Prinzessinnen und sind herrlich gesund."

Lunaro legte Mikan die Hand auf den Arm. „Und außerdem, entschuldige, besitzen sie wahrscheinlich keine großen Fähigkeiten, hier draußen zu überleben. Allein deine Haut, eine einzige Katastrophe." Lunaro grinste so jungenhaft frech bei dieser Bemerkung, dass Mikan ihm wirklich nicht böse sein konnte. Zumal er die Wahrheit der Aussage längst am eigenen Leib erfahren hatte.

„Und wieso spaziert ihr nicht einfach mal rein in den Glasbau und guckt nach, wie es da drinnen aussieht, und wie die Bewohner euch helfen können?" Diese Frage brannte Mikan schon länger auf der Zunge.

Lunaro nickte. „Gute Frage. Aber es gibt eine einfache Antwort: Wir wissen nicht, warum das so ist, aber je näher man an den gläsernen Bau kommt, desto schlechter geht es einem.

Es fängt mit zunehmenden Kopfschmerzen an, dann rebelliert der Magen und es wird einem speiübel. So weit haben wir es selber gewagt, dem Ding nahezukommen. Wenn man das aber ignoriert und doch weitergeht, versagen die Muskeln und Krämpfe treten auf.

Vikor und das Mädchen haben mal ein Kaninchen an einer Stange festgebunden reingeschoben und es dann wieder rausgezogen, als es zusammengebrochen ist. Wir haben das nicht selbst ausprobieren wollen, das Kaninchen hat viel zu lange gebraucht, um sich davon zu erholen. Wir sind sicher, es wäre gestorben, wenn wir es länger in diesem Bereich gelassen hätten."

„Das ist beeindruckend! Unsichtbare Auswirkungen! Gibt es noch weitere Glasbauten?" Mikans Wissensdurst schien unstillbar.

„Auch das wissen wir nicht. Ich vermute, dass es mehrere solche Dinger gibt. Aber das ist eben nur eine Vermutung. Doch jetzt, mein lieber Fremdling, muss ich schlafen. Hilf mir bitte, bring mich zurück zu meinem Lager."

Mikan schleppte Lunaro mehr ins Haus, als dass er ihn begleitete, und als Lunaro erschöpft auf sein Lager sank, musste er minutenlang um Atem ringen.

„Bleib noch … einen Moment", bat er, als Mikan wieder gehen wollte.

„Bitte, sag mir, Fremder: Wie ist es, nichts über sich zu wissen?"

„Absolut beschissen!" Mikans Gesichtsausdruck unterstrich seine Worte.

„Kannst du das noch etwas genauer beschreiben?", grinste Lunaro, dessen Augen schon fast zufielen. Mikan schaute gedankenverloren auf ihn herab.

„Stell dir doch einfach mal ein Neugeborenes vor, das nicht sprechen und laufen kann. Und nicht folgerichtig denken! Ich horche stundenlang in mich hinein, versuche, irgendeinen Zipfel in die Hand zu bekommen, den ich lupfen kann, um darunter zu spähen. Etwas von mir zu entdecken, vielleicht meinen Namen, mein Zuhause. Aber jedes Mal, wenn ich glaube, mich an etwas zu erinnern, zerstiebt es in tausend Fetzen, und wenn ich diese Fetzen neu zusammensetze, ähnelt es keiner echten Erinnerung. Mir wird ganz schwindelig davon. Es ist zum Verzweifeln.

Manchmal, aber das behältst du bitte für dich, würde ich am liebsten mit dem Kopf gegen die nächste Felswand rennen. Damit sich etwas ändert. Entweder kommen dann die Erinnerungen zurück, oder ich brauche sie gar nicht mehr."

Jetzt schloss Lunaro seine Augen vollends und atmete einmal tief durch.

„Lass dir Zeit, Fremder. Dieser Zustand ist sicher nicht von Dauer, du bist ansonsten gesund. Und ebenso wie Vikor glaube ich, dass du für uns, unsere Gruppe, ein wichtiges und wertvolles Mitglied werden kannst. Ich vermag mir irgendwie nicht vorzustellen, dass du wirklich gefährlich wirst, auch nicht mit Erinnerung. Das, was von dir schon zu sehen ist, ist nicht böse, nein, wirklich nicht. Du bist klug, und das Wissen, das zurzeit noch in dir schläft, ist bestimmt wertvoller als eine volle Vorratskammer. Behalte deinen Kopf also schön unversehrt auf deinen Schultern, alter Freund. Wir brauchen dich!"

Lunaro wurde zusehends unverständlicher und die letzten Sätze murmelte er nur noch. Unmittelbar nach dem letzten Wort schlief er ein, mit offenem Mund röchelnd.

Man sah Mikans Mienenspiel an, dass er diese positive Meinung über sich nicht unbedingt teilte. Seltsamerweise sah er sich in einem deutlich negativeren Licht, obwohl er sich gar nicht kannte. Dennoch: Als er Lunaro verließ, war er für seine derzeitigen Verhältnisse in ganz passabler Stimmung. Auch wenn er Lunaros Aussage über Vikors angeblich herausragende Fähigkeiten immer noch absolut keinen Glauben schenkte; das diffuse Gefühl, gebraucht zu werden, gefiel ihm dagegen gut.

Kapitel 20: Pietá

Diese grauenhaften Insekten vermehren sich wohl exponentiell, und sie scheinen mein Blut mehr zu lieben als das der anderen. Wo ich herkomme, gab es sicher keine so blutgierigen Biester, sonst würde ich nicht so sehr unter ihnen leiden. Aber faszinierend sind die Viecher irgendwie auch!

Während er einen Grashüpfer von seinem Handrücken schüttelte und seinen wilden Sprüngen zusah, versuchte Mikan, sich zum wiederholten Mal auch das Positive seiner insgesamt schrecklichen Situation bewusst zu machen.

Er sammelte Eier ein, das war seine tägliche Aufgabe geworden. Nun, er hätte gerne darauf verzichtet, es war mühsam und anstrengend! Wenn er nur an das Dornenheckendebakel dachte! Gut geschützt hinter dem Mundtuch und seiner den ganzen Körper bedeckenden Kleidung kroch er seit etlichen Tagen jeden Morgen durch die Büsche und hohen Gräser der Zuflucht und suchte versteckte Nester. Allerdings ging er neuerdings nebenher einer neuen Leidenschaft nach: Insekten sammeln.

Vor allem die geflügelten Exemplare weckten sein Interesse. Sie schienen ihm irgendwie freier als diejenigen, die auf der Erde herumkrochen, und Freiheit war etwas, das er schrecklich vermisste. Er fühlte sich gefangen innerhalb der Zuflucht und vor allem gefangen in seiner Gedächtnislosigkeit.

Auf seine Bitte hin hatte ihm Lunaro eine Vorrichtung gebaut, mithilfe derer er die fliegenden Insekten fangen konnte. Schmetterlinge hatte man damit früher gefangen, erklärte ihm Vikor. Dieser wusste aufgrund seiner umfangreichen Lektüre überhaupt erstaunlich viel für sein Alter. Er akzeptierte Mikans neues Hobby belustigt und hatte ihm sogar ein Buch gegeben, in dem viele Insekten auf Bildern zu sehen waren. Die größten und schlimmsten allerdings fehlten darin, es schien überhaupt, als verharmlose das Buch die kleinen Monster.

Mikan verspürte schon bald den Drang, die Insekten zu klassifizieren, Verwandtschaftsverhältnisse aufzuspüren und ihre Verteidigungsstrategien und Angriffswaffen zu studieren. Denn als Waffen konnte man das bei einigen Exemplaren in der Tat bezeichnen: Manche besaßen einen Stachel, der das komplette Handgelenk hätte durchbohren können. Andere beeindruckten durch ihre schiere Größe, selbst fünf bis sogar zwölf Zentimeter Länge waren keine Seltenheit.

Seine bereits beachtliche Sammlung toter Tiere bewahrte er in einer Schachtel auf, die ihm Lunaro gebastelt und geschenkt hatte. Sie war aus dünnem Holz hergestellt, mit kleinen Unterteilungen, und stellte seinen einzigen persönlichen Besitz außer der Kleidung dar. Das Gefährt, mit dem er gekommen war, geriet ihm zusehends in Vergessenheit, es war nach den ersten technischen Untersuchungen mit Lunaro hinter dem Haus abgestellt worden. Lunaro hatte nun keine Kraft mehr, sich darum zu kümmern und Mikan kein Faible dafür entwickelt.

Zudem betrachtete Mikan es überhaupt nicht als zu ihm gehörig, es schien ihm vollkommen fremd. Seine Leidenschaft galt vor allem den kleinen, wilden Biestern. Es bereitete ihm große Freude, wenn er seiner Sammlung ein weiteres beachtliches Exemplar hinzufügen konnte. Jeder Platz in der Schachtel war bereits belegt und er legte nun neue Insekten zu ähnlichen dazu.

„Oh, da haben wir ja ein wundervolles Prachtstück von Schmeißfliege. Ein schillerndes Juwel in meiner Sammlung." Mikan gratulierte sich selbst halblaut zu diesem außerordentlichen Fang, als er in seinem Nacken Tonn kichern hörte.

„Seit wann redest du mit den Biestern?" amüsierte sich dieser. „Du meinst also, sie verstehen dein Kauderwelsch? Antworten sie auch ab und zu?"

„Scher dich zum Teufel!", verscheuchte Mikan genervt den Störenfried mit einer wedelnden Handbewegung. Tonn warf ihm noch grinsend „Kilawa wartet auf die Eier, mach mal schneller!" an den Kopf, bevor er geisterhaft flink wieder verschwand.

„Mach mal schneller! Hah! Fremder mach dies, Fremder mach das. Schnell, schnell, schneller. Hah! Sengende Hornisse! Stinkender Mistkäfer! Küsst mir doch alle die Fersen, ich suche jetzt weiter nach Insekten!", kommentierte Mikan die Provokation. Die Zwillinge gingen ihm gehörig auf den Wecker und dieser freche Tonn sowieso. Ganz zu schweigen von Vikor! Wie wohltuend anders war das Verhältnis zu Lunaro. Die Gespräche mit ihm interessierten ihn sogar noch mehr als die Insektensammlung, die er unter dem Bett aufbewahrte.

Grummelnd suchte Mikan ein paar weitere Minuten Eier und Getier und fand schließlich einen ihm bisher unbekannten schwarzen Prachtkäfer. Er kniete sich neben ihn und betrachtete fasziniert dessen glänzenden Panzer und wild tanzenden Fühler. Seine Freude über diesen tollen Fund für seine Sammlung währte jedoch nur kurz, da der Käfer schneller von einem flinken Huhn verspeist wurde, als er „Oh" sagen konnte. Zudem wehte ihm vom heftigen Flügelschlag des Huhns Staub in die ohnehin gequälten Augen.

Das reichte jetzt wirklich, genug war genug! Schimpfend und wütend über den verpassten Fund ging Mikan ins Haus zurück, um Kilawa die Eier zu bringen, aus denen sie sicher wieder eine leckere Mahlzeit zaubern würde. Ihm knurrte schon der Magen bei dem Gedanken daran. Ja, Kilawa war auch in Ordnung. Neben Lunaro war sie die einzig erträgliche Person in seinem derzeitigen Umfeld.

Als ein Wirbelsturm mit peitschendem Wind und Sandböen am späten Nachmittag alle Mitglieder der Gruppe in die Zuflucht zwang, fand sich doch einmal ein wenig Zeit zur Muße. Während draußen der Wind um das kleine Haus fauchte, unterhielten sich Lunaro und Mikan, nebeneinander auf dem Bett sitzend, über Krankheiten, Lunaro wie immer mit einer Bastelei in der Hand.

Das Thema Krankheit interessierte Mikan zunehmend, da ihm schnell klar geworden war, dass sich Lunaro immer weiter von echter Gesundheit entfernte, wenngleich die Blutvergiftung nach Aussagen von Vikor durch die Antibiotika gebannt sein sollte. Lunaros Schwächeanfälle waren nicht normal, dessen war sich Mikan jedenfalls bewusst. Immer öfter musste Lunaro sich auch tagsüber für etliche Stunden ausruhen und auf sein Bett legen, sein Gesicht blieb trotz Sonne, Wind und Wetter blass und teigig.

„Komm mit zu Vikors Lager", bat Lunaro Mikan. „Ich will dir das Buch über das Blut und seine Krankheiten zeigen, von dem ich dir erzählt habe. Meine jetzige Krankheit ist auf keinen Fall mehr eine Blutvergiftung, das kann man aus dem Buch herauslesen. Es muss also etwas anderes sein, das diese Schwäche verursacht."

Vikors Lager war von Bücherstapeln umgeben, sie bildeten eine Art Bettrahmen für sein Schlaflager. Er selbst saß gerade mitten auf seiner Matratze im Schneidersitz und las im Schein der kleinen Öllampe in einem dieser Bücher. Es war ein Luxus, mitten am Tag Zeit zum Lesen zu finden, den er gerne wahrnahm. Dass die drei Kleinen auf ihrem Bett gleich daneben tobten und spielten, schien ihn kein bisschen zu stören, so vertieft war er in seine Lektüre. Als Mikan und Lunaro zum Lager traten, schaute er kurz auf.

„Hallo Vikor. Ich möchte dem Fremden das Buch mit der Seite über Blutvergiftungen zeigen."

Lunaro zog ein Buch aus dem Stapel, der links neben Vikors Bett aufgetürmt war. Hier lagen vor allem medizinische Bücher.

„Das sind aber eine Menge Bücher über Medizin", wunderte sich Mikan, dem das erst jetzt so richtig auffiel.

Vikor legte das Buch, in dem er gerade gelesen hatte, zur Seite.

„Es sind die Bücher, die mir am wertvollsten erscheinen. Sie haben schon mehrfach Leben gerettet. Sie sind ohne die entsprechenden Medikamente natürlich nicht immer hilfreich, aber dennoch ..."

„Und du kannst das, was du da liest, auch anwenden? Ich meine, auch ohne Medikamente."

Vikor zog ein Buch über Erste Hilfe aus dem Stapel. „Allein dieses Buch hier habe ich schon oft gebrauchen können. Ja, ich habe bereits einiges aus den Büchern anwenden können. Es ist leider immer wieder nötig, da Verletzungen und Krankheiten zu unserem Leben gehören wie die Insekten und der Wulf. Das größte Problem ist allerdings, dass ich meistens nicht die unterstützenden Hilfsmittel vorrätig habe. Gerätschaften, Medikamente, Verbünde. Es wäre alles so viel einfacher damit."

Er seufzte. „Ich brauche dringend eine Apotheke, wie es in den Büchern heißt. Einen Ort, an dem es Heilmittel gibt. Aber das Mädchen hat bisher keine gefunden auf ihren Wanderungen. Ich weiß außerdem nicht, ob die Heilmittel nach all der Zeit überhaupt noch brauchbar wären, in den Büchern heißt es, dass sie Verfallsdaten haben. Ich denke, das bedeutet, dass sie unwirksam werden können. Aber einfach nur Mullbinden, Skalpell und Scheren wären auch schon hilfreich."

Mikan grübelte mit Stirnrunzeln auf seiner hohen Stirn. „Mir sagen diese Worte nichts, Mullbinden, Skalpell, Verbände. Apotheke weckt auch keine Erinnerung."

„Es ist ein Ort, an dem es Medikamente gibt, Binden und andere Dinge, die man als Arzt braucht."

Lunaro ließ sich schwer auf das Lager von Vikor fallen und keuchte vor Anstrengung, obwohl er nur die wenigen Meter von seinem Lager gegangen war. „Die meisten von uns würden jedenfalls ohne Vikors Wissen um die Heilkunst nicht mehr leben. Er hat uns schon oft das Leben gerettet oder irgendetwas an uns zusammengeflickt."

„Nicht schlecht", gab Mikan widerwillig zu. Vikors Bedeutung für die Gruppe wurde ihm langsam bewusst, auch wenn ihm das immer noch nicht gefiel. Der Kerl war ihm einfach zu arrogant. Außerdem kommandierte dieser Halbwüchsige ihn ständig herum, und das konnte er auf den Tod nicht ausstehen. Es machte ihn jedes Mal wütend.

Er blieb dennoch neben seinem Lager stehen und beugte sich neugierig zu einem Bücherstapel, der die rechte Ecke des Lagers bildete.

„Du hast aber noch andere Bücher hier. Was steht da drin?"

„Du kannst dir gerne Bücher nehmen, falls du etwas lesen willst. Du kannst sicher lesen?"

Vikor sah ihn fragend an.

„Klar kann ich lesen. Ich hab meine Erinnerung verloren, dumm bin ich deswegen nicht", grummelte Mikan.

Vikor ignorierte den Tonfall und ließ eine weite Handbewegung über seine Bücherstapel schweifen.

„Ich habe einige Bücher selbst gefunden, ein paar stammen noch von meinem Vater, er war ein Heiler. Aber die meisten hat mir das Mädchen gebracht. Sie findet sie auf ihren Wanderungen und viele davon sind noch erstaunlich gut lesbar. Ich bin froh über jedes Wissen, das ich sammeln und verwenden kann. Schau selbst die Stapel durch. Aber blättere ihre Seiten vorsichtig um, manche brechen leicht. Lege die Bücher nachher einfach wieder zurück."

„Was liest du denn gerade?", fragte Mikan, nun neugierig geworden.

Vikor nahm das Buch, das er neben sich aufs Bett gelegt hatte, wieder in die Hand. „Es handelt von einem Künstler und seinen Werken, er heißt Michelangelo. Mich beeindruckt in diesem Buch bisher am meisten sein 'Moses'."

„Kann ich den mal sehen?"

Vikor nickte und blätterte im Buch zu einer Seite, auf der eine weiße, gewaltige Skulptur abgebildet war. Sie musste überlebensgroß sein, da die Menschen, die auf einem der Bilder vor ihr standen, klein dagegen aussahen. Die Menschen hatten Kleider an, die weder dem Zeug der Kinder noch Mikans ähnelten. Sauber sahen die Menschen aus, mit lachenden Gesichtern.

Mikan setzte sich zu den beiden aufs Lager und beugte sich über die Seiten.

„Er wirkt lebendig, dieser Moses."

Vikor nickte und reichte das Buch mit interessiertem Blick an Mikan weiter. „Ja, das ist beeindruckend. Man fragt sich, wie so etwas möglich ist. Die Falten des Gewandes sehen aus wie Stoff und sind nach Angaben des Textes doch aus einer Art Stein geformt."

169

Mikan nickte, betrachtete kurz die Seite und fing dann an zu blättern. Er war beeindruckt, ja, die Werke waren phänomenal. Plötzlich wurde ihm heiß im Gesicht.

„Die hier kenne ich", flüsterte er leise.

Vikor beobachtete die Reaktion von Mikan gespannt.

„Du hast das Bild schon einmal gesehen?"

„Ja, ... Nein, es ist die Statue. Diese Statue mit der Frau hab ich schon gesehen. In echt. Sie ist unvergleichlich." Mikan wurde schwindelig, wie so oft, wenn er versuchte, eine Erinnerung in seinen Gedanken festzuhalten oder auszubauen.

„Sieht sie in Wirklichkeit auch so lebendig aus?"

„Ja, sehr lebendig. Pietá heißt sie, das steht hier. Das hätte ich nicht mehr gewusst, aber ich kenne die Statue. Ich habe sie gesehen. Hundertprozentig. Sie ist etwa so hoch, wie ich groß bin, das weiß ich bestimmt."

„Als echte Figur? Du beginnst, dich zu erinnern. Dein Gedächtnis kommt wieder."

„Ja, zumindest für diese Skulptur. Ich habe sie sogar angefasst, das weiß ich, immer wieder, jede Stelle."

„Ist sie auch aus Stein? Hier steht nichts über das Material."

„Ich weiß nicht, woher meine Erinnerung kommt, aber ich weiß, dass ich die Skulptur kenne, dass ich sie gut kenne. Dass ich sie bewundere. Aus Stein, fragst du? Sie ist aus ..." Er überlegte krampfhaft. „Sie ist aus Marmor."

Vikor runzelte die Stirn. „Deine Erinnerung kommt wieder ... Vielleicht kennst du sogar noch mehr Bilder oder Figuren. Schau dir das Buch gründlich an, nimm es mit und lese es im Ganzen."

„Was ist Marmor?", fragte Lunaro neugierig. Materialien interessierten ihn mehr als Kunst.

„Marmor ist ein sehr harter Stein. Mehr finde ich darüber nicht in meinem Gedächtnis", antwortete Mikan.

„Sehr hart, schade", seufzte Lunaro. „Wohl nicht gut für Werkzeuge geeignet."

„Nein, Lunaro, wohl eher nicht. Ich wüsste auch nicht, wo er zu finden wäre. Na ja, ich weiß eh nicht viel, aber immerhin ... Pietá ..."

Mikan blätterte interessiert durch das Buch, aber es kamen keine weiteren Erinnerungen zurück.

„Vikor, woher hast du dieses Buch? Hat das Mädchen es gefunden? Es ist doch ein irrwitziger Zufall, dass ich ausgerechnet aus diesem Buch etwas wiedererkenne, das ich höchstwahrscheinlich im echten Leben bereits gesehen habe."

Vikor verschränkte die Arme vor der Brust und sah Mikan aufmerksam an. „Nein, das ist kein Zufall. Es war in dem Gefährt, mit dem du gekommen bist. Du hast das Buch auf deiner Reise dabei gehabt."

„Dann habe ich es also aus dem Glasbau mitgebracht", murmelte Mikan nachdenklich.

„Vielleicht hast du noch nicht viel darin gelesen, sodass du dich an die anderen Abbildungen nicht erinnerst. Aber immerhin hast du dich an eine Skulptur erinnert. Skulptur, ein schönes Wort." Vikor lächelte, er liebte schöne Worte.

„Oder es gibt an dem Ort, von dem ich komme, nur eine Statue von diesem Künstler, die Pietá eben", mutmaßte Mikan.

„Ja, vielleicht. Falls du das Buch gelesen haben solltest, müsstest du daran auch eine Erinnerung haben. Aber sie ist vielleicht nicht stark genug. Sicher kommen zuerst die starken Erinnerungen zurück zu dir. Sie brechen ein Tor auf, weisen den Weg. Das Bild der Pietá hat eine Pforte zu deinen Erinnerungen geöffnet." Vikor nickte zur Bestätigung seiner eigenen Worte. „Ich habe das Gefühl, es wird nicht mehr lange dauern, dann kommt dein Wissen zurück."

„Ja, das könnte sein. Mir drängt sich gerade etwas anderes auf, selbst wenn es noch halb verborgen ist."

„Etwas anderes? Was?" Lunaro stand ein Fragezeichen ins Gesicht geschrieben.

„Es hat etwas mit Kilawa zu tun. Etwas, das sie macht. Das mich an früher erinnert, ich weiß nur noch nicht genau, was es ist."

„Lass dir Zeit, es wird zurückkommen", beruhigte Lunaro den aufgeregten Mikan.

„Ich fürchte, ich bin kein geduldiger Mensch. Es macht mich wahnsinnig, nichts zu wissen, nicht einmal etwas über mich selber."

Der Sturm hatte sich während ihres Gespräches gelegt. Das Heulen des Windes verstummte, und in die Ruhe hinein sprach Vikor das Ende der Pause aus. Sie mussten die helle Zeit des Tages nutzen, der Winter kam bald und sie sollten vorbereitet sein.

„Ich kenne das auch, Fremder, diese innere Unruhe. Ich verspüre sie nun, weil ich weiß, dass wir jetzt ernten und uns auf den kommenden Winter vorbereiten müssen."

Vikor stand auf und rief alle zusammen, um sie zur Arbeit einzuteilen. Er lächelte. „Pause beendet. Alle an die Arbeit."

„Soll ich auch helfen?", fragte Mikan, der noch auf dem Bett saß und in die Bilder vertieft, weiter in dem Buch blätterte.

„Du sollst immer helfen, Fremder. Du bist ein Teil der Gruppe. Du isst, du trinkst und brauchst Dinge, die wir herstellen. Du hilfst mir heute beim Holzhacken. Das wird in den nächsten Wochen deine zusätzliche tägliche Aufgabe sein."

„Hack dir nur die Finger nicht ab wie Adlan", grinste Lunaro.

Mikan stand auf und legte das Buch auf das Lager, das er sich mit Lunaro teilte.

„Gut, ich verstehe das. Holzhacken also. Ich werde das schon lernen. Wer ist Adlan? Einer von eurer Gruppe? Warum kenne ich ihn nicht?"

Kilawa war gerade aus dem Nachbarraum hereingekommen und lachte auf. „So doof wie Adlan kann sich keiner anstellen. Du schaffst das, Fremder. Pass einfach auf, wo deine Finger liegen." Mikan war nun doch ein klein wenig beunruhigt. „Zeigst du es mir, Vikor?"

Vikor grinste noch breiter. „Es würde mich interessieren, wie du Holz hackst, wenn ich es dir nicht vorher erklären würde. Natürlich zeige ich es dir. Komm!"

„Und wer ist Adlan? Das habt ihr mir nicht beantwortet!"

Kilawa zuckte mit den Schultern. „Er war einer von unserer Gruppe. Er ist von einem Ausflug nicht wiedergekommen. Wahrscheinlich war er so schusselig dort draußen, dass ihn ein Wulf gefressen hat. Er war nicht lange bei uns, nur eine Woche oder zwei ..."

Vikor zuckte mit den Schultern. „Er hatte keine Erlaubnis für den Ausflug. Vielleicht hat er auch eine neue Gruppe gefunden oder ist weitergezogen. Zumindest haben wir keine Leiche entdeckt, auch keine Überreste rund um die Zuflucht."

Grauenhaft gefährlich hier, dachte Mikan und ein Schauder lief ihm den Rücken hinunter.

Vikor teilte auch die anderen für eine Arbeit ein und ging voran. „Komm, zeig, dass du geschickter als Adlan bist." Er lachte plötzlich laut heraus. „Wobei das wirklich nicht schwierig ist."

Mikan stand auf und folgte Vikor, zwar ohne jede Begeisterung, aber doch mit Einsicht in die Notwendigkeit.

Kapitel 21: Ein Fund auf der Jagd

„Zieh das Tuch über dein Gesicht, Fremder! Mädchen, gib ihm einen Bogen und ein Messer aus unserem Waffenlager! Und bitte etwas schneller! Wir wollen noch vor Sonnenuntergang los!"

Mikan hasste den Befehlston und den offensichtlichen Sarkasmus Vikors, trotzdem bemühte er sich um Gelassenheit.

„Ja, ich weiß schon, das Tuch wegen der Insekten."

„Du bist lernfähig, das lässt hoffen", knurrte Vikor und zog eine lederne Schutzhose über seine Kleidung. Sie standen neben dem Ziegenstall, wo in einem kleinen Verschlag Waffen und anderes Zubehör untergebracht waren.

„Den Bogen will ich nicht. Mit ihm kann ich nicht gut umgehen, mir reicht das Messer." Mikan nahm das Messer, das leicht nach Ziege roch, entgegen und legte den Bogen demonstrativ wieder auf den Boden vor das Mädchen.

Vikor stöhnte entnervt. „Aber das Mädchen hat dich doch unterrichtet in den letzten Tagen, das wird nicht ganz nutzlos gewesen sein. Da wird schon was hängen geblieben sein. Hoffe ich."

Kilawa war neben sie getreten und grinste über beide Wangen. „Schieß mal ein Kaninchen mit dem Messer, Fremder."

Sie reichte dem Mädchen ein paar eingewickelte Päckchen, die diese in ihrem Rucksack verstaute. Zudem einen Lederbeutel, wahrscheinlich mit Wasser gefüllt, vermutete Mikan, während er sich die Hände mit Stoff umwickelte.

„Das Mädchen ist eben keine gute Lehrerin, sie hat keine Geduld und erklärt alles viel zu schnell. Und das auch noch ohne Worte!", beschwerte er sich mit einem vorwurfsvollen Blick auf die hochgewachsene, dünne Bogenmeisterin.

Das Mädchen ignorierte seine Kritik, so wie sie ihn überhaupt seit ein paar Tagen – außer bei den von Vikor angeordneten Lehrstunden – wie Luft behandelte. Der Fremde war viel zu tollpatschig, um wirklich gefährlich zu sein; das wusste sie nun, und da er zudem nutzlos war, beachtete sie ihn einfach nicht mehr.

„Du bist ein lausiger Schüler", knurrte Vikor brummiger als zuvor. „Du hast zwei linke Hände und Füße. Aber immerhin hackst du besser Holz als Adlan. Du hast noch alle Finger dran."

„Und trotzdem ist sie eine miserable Dozentin", beharrte Mikan und stemmte die Fäuste in die Seiten, sodass sich der noch nicht befestigte Stoff wieder von seinen Händen löste.

„Quatsch! Sie ist eine Meisterschützin, allein durchs Zusehen solltest du etwas lernen können. Zumindest habe ich das, auch wenn ich mit dem Bogen längst nicht so gut umgehen kann wie sie. Und jetzt mach dich endlich fertig!", wies Vikor Mikan zurecht.

„Am Mädchen liegt es wirklich nicht, Fremder. Sie hat es sogar mir beigebracht", hieb Kilawa noch eine Kerbe in Mikans Stolz. „Ich sehe zwar nicht sehr gut in die Ferne, aber ein nicht zu kleines Ziel treffe ich sogar in Bewegung." Sie versuchte ihn zu trösten: „Mach dir nichts draus, wenn du wieder zurück bist, kannst du an der Schleuder trainieren. Vielleicht ist einfach der Bogen nicht die richtige Waffe und zu schwierig für dich. Die Kleinen können schon ganz prima mit der Schleuder umgehen. Und solltest du damit gut zurechtkommen, kann dich Lunaro auch ins Blasrohr einweisen. Sobald er wieder gesund ist." Sie lachte kurz auf. „Obwohl das Blasrohr auch gefährlich für den Schützen sein kann, die Pfeile sind in tödliches Gift getaucht. Wenn man statt zu Pusten die kleinen Dinger einsaugt ..."

Mikan wollte weder eine Schleuder noch ein Blasrohr und seine Giftpfeile näher kennenlernen, aber er sparte sich eine Antwort. Alle Arten von Waffen wurden von den Kindern entschieden zu wichtig genommen, dagegen kam er nicht an. Schnell wickelte er die Bänder wieder um die Hände und steckte sie fest. Waffentraining an Schleuder oder Blasrohr, hah! Schon der Gedanke an Kar oder gar Tonn als Lehrmeister bereitete ihm erhebliche Bauchschmerzen. Nein, das lehnte er entschieden ab! Nicht mit ihm!

Vikor hatte jetzt anscheinend genug vom Reden, denn er packte seinen Beutel auf den Rücken, schnallte einen weiteren, kleinen an den Gürtel und gab das Zeichen für den Aufbruch.

„Lasst uns aufbrechen. Auf eine gute Jagd!"

„Ja, lasst uns endlich gehen, dieses ewige Reden bringt sowieso nichts", murmelte Mikan vor sich hin und beugte sich vornüber, um resigniert den Bogen wieder aufzunehmen. Dabei fielen ihm Pfeile aus dem schmalen Köcher, den er sich bereits umgeschnallt hatte.

Kilawa stopfte sie schnell wieder hinein. „In die Knie gehen, wenn du den Köcher umhast," belehrte sie ihn und schüttelte den Kopf über so viel Unvernunft und Unachtsamkeit.

„Ja, ja, ja …", maulte Mikan und steckte das Messer in seinen Gürtel. Sich zu blamieren wurde anscheinend zu seiner Hauptbeschäftigung ...

Vikor verdrehte die Augen und lief mit dem Mädchen Richtung Tor los.

„Gute Jagd!", wünschte Kilawa, die neben den beiden herlief. „Ich könnte ein paar Kaninchenfelle für den Winter brauchen."

Die drei Kleinen kamen angewuselt: „Bringt etwas zum Naschen mit und was zum Spielen. Gute Jagd!", wünschten auch sie, während sie aufgeregt und fröhlich um die kleine Gruppe herum hüpften.

Vikor und das Mädchen waren schon in den Laufschritt verfallen, den sie außerhalb des Hauses meist einnahmen.

Mikan folgte ihnen, geriet allerdings bereits nach wenigen Metern außer Atem und keuchte: „Könnt ihr nicht ein bisschen langsamer laufen?"

„Ihr seid ja noch nicht einmal zum Tor hinaus, Fremder", lachte Kilawa, die bis dorthin mitlief. „Du hast doch keine grauen Haare, du bist nicht wirklich alt. Also jammere nicht rum, lauf lieber."

„Älter als ihr alle zusammen bin ich auf jeden Fall! Ich bekomme gerade Seitenstechen."

„Von den paar Metern?" Kilawas Lachen erstarb und machte einem sorgenvollen Blick Platz. „Vielleicht bist du krank. Du solltest doch lieber hierbleiben."

Mikan schloss auf, während das Mädchen und Vikor das Tor öffneten. Er schnaufte tief durch, um antworten zu können.

„Nein, ich gehe mit! Ich will endlich eine Jagd hautnah erleben, nicht mehr nur davon hören. Nur etwas langsamer. Bitte!"

„Noch langsamer geht ja kaum. Das wäre die allererste Schneckenjagd, die ich erlebe! Ich sage dir, was los ist: Du bist untrainiert, du liegst zu viel rum, arbeitest und bewegst dich zu wenig!", fauchte Vikor und dann waren sie schon zum Tor hinaus, das Kilawa sofort hinter ihnen verschloss und so die Kleinen davon abhielt, ebenfalls hinauszuwitschen.

Sie setzten draußen den langsamen Trab fort, der sie weite Strecken zügig zurücklegen ließ, ohne zu schnell zu ermüden. Das Mädchen führte an, sie war die beste Jägerin der Gruppe, hier stand Vikor in zweiter Reihe. Anfangs blieben sie das eine oder andere Mal kurz stehen, um Mikan etwas zu zeigen, eine Falle, ein kleines Holzdepot, doch als sie etwas weiter von der Zuflucht entfernt waren, setzten sie ihren Trab ohne Pausen fort.

Mikan kam nur mit großer Mühe hinterher. Der Schweiß lief ihm nach kurzer Zeit in Strömen von der Stirn, brannte in den Augen und behinderte seine Sicht. Nun wusste er, warum das Mädchen ein Band um ihre Stirn trug. Doch für lautstarkes Jammern reichte seine Luft nicht mehr aus, die Lunge drohte ihm in der Brust zu zerspringen.

„Das ist definitiv nicht meine Welt", krächzte er und keuchte mit letzter Kraft hinterher. Die Strecke war nicht einfach, überall gab es Unterholz und Unebenheiten und es kam ihm vor, als ginge es ständig bergauf. Ein Zweig peitschte Mikan ins Gesicht, als er sich nicht rechtzeitig duckte.

„Eine Dreckswelt!", schob er mit einem kurzen Schmerzensschrei hinterher.

Gleich darauf trat er in ein kleines Loch und stolperte kurz, bevor er sich wieder fangen konnte. Zudem ließen ihn die Insekten trotz des Lauftempos nicht in Frieden. Außerhalb des Palisadenzauns gab es so viel mehr von ihnen, die Luft summte und surrte von ihren Flügeln. Sie stachen und zwickten ihn durch seine Kleidung und versuchten, darunter zu gelangen, was sie zum Teil auch schafften. Sie schwirrten um und in seine Augen und Ohren und immer wieder verrutschte das Tuch um seinen Kopf. Ein Stich in seine Oberlippe ließ diese anschwellen und der Schmerz machte ihn fast rasend.

Tausend tasmanische Teufel, vielleicht hätte ich besser auf Kilawa hören sollen und wäre im abgegrenzten Bereich geblieben, dachte er verzweifelt und wünschte sich in die sichere Behaglichkeit des Lagers zurück. Doch da das Mädchen und Vikor auf dem fast unsichtbaren Trampelpfad bereits gut ein Dutzend Meter Abstand zu ihm hatten und er nicht alleine hier draußen zurückbleiben wollte, riss er sich zusammen. Wer weiß, ob sie es überhaupt bemerken würden, wenn er zurückblieb? Und zum Lager zurückfinden würde er alleine gewiss nicht. Ausgeschlossen! Hier sah alles uniform aus, in jede Richtung gleich aussehende Büsche, Sträucher, Bäume.

„Im Lager hat man wenigstens seine Ruhe und es gibt nicht ganz so viele von den dreimal verfluchten Flugbeißern", nörgelte er leise vor sich hin, um seinen Atem zu schonen und kämpfte sich weiter vorwärts.

Allmählich verfielen seine Füße in einen Automatismus. Die Augen verengte er zu Schlitzen, um den Insekten weniger Angriffsfläche zu bieten. Das Seitenstechen wurde besser. Seine Laune auch. Die Atmung harmonisierte sich. So langsam bekam er den Dreh raus und versöhnte sich ein wenig mit seinem Schicksal. Immerhin hatte er bisher nicht abreißen lassen, auch wenn er ein paar Meter hinterher hechelte.

In dem Moment, in dem er anfing, stolz auf sich zu sein, stolperte er derart heftig über eine Baumwurzel, dass er mit ausgestreckten Armen hinfiel. Da lag er nun platt auf dem Boden. Die Luft war aus seinem Brustkorb gepresst worden, sodass er verzweifelt nach Atem japste; und als er um sich blickte, sah er, dass die anderen bereits weitergelaufen und nun doch außer Sichtweite geraten waren.

Alles tat ihm weh. Nur kurz liegen bleiben, dachte er. Nur etwas zu Atem kommen. Da hörte er es. Ein Geräusch ganz in der Nähe. Es klang nicht menschlich, irgendwie fiepend. Ob es sich um eines der wilden, gefährlichen Tiere handelte, von denen in der Zuflucht immer die Rede war?

Erschrocken richtete er sich auf, unterdrückte sein heftiges Atmen und lauschte aufmerksam. Bedrohlich klang es eigentlich nicht. Er hatte ein solches Geräusch allerdings noch nie gehört, es war ihm unbekannt. Aber ihm war ja so vieles unbekannt ...

Er musste sich Gewissheit verschaffen. Er stand auf und versuchte, das Geräusch zu lokalisieren.

Es waren hohe Töne, wie sie ein Mensch nicht hervorbringen konnte. Vielleicht ein kleines Wildschwein? Er wusste etwas über Wildschweine, fiel ihm plötzlich auf. Erstaunlich viel sogar, wunderte er sich im nächsten Moment. Fast, als hätte er sie bereits einmal gesehen, die Informationen liefen in bewegten Bildern vor seinen Augen ab. Keiler, Bache, Frischlinge ... Ja, das mochte es sein, ein fiepender Frischling! Weit entfernt konnte sich die Quelle des Geräuschs jedenfalls nicht befinden. Er war sich sicher, es kam aus dem Busch zu seiner Rechten.

Vorsichtig drang Mikan in den dichten Strauch vor, bog Äste zur Seite und lauschte auf das helle Geräusch. Da hörte er hinter sich die anderen zurückkommen. Er hoffte jedenfalls, dass es Vikor und das Mädchen waren und keine wilden Tiere, etwa eine wütende Wildschweinmutter.

Er quetschte sich noch tiefer in den Busch hinein, und da entdeckte er vor sich das Unwahrscheinlichste, was er je gesehen hatte. Zumindest, soweit er sich erinnern konnte. Zwei winzig kleine Kinder lagen mitten im dichten Gestrüpp auf dem Boden, halb verdeckt durch Zweige, man kam kaum an sie heran. Jeweils ein Tuch war über den größten Teil ihrer Gesichter gebunden, wohl um die allgegenwärtigen Insekten notdürftig abzuhalten, aber es gab keinen Zweifel: Kinder waren es, winzige zwar, aber eindeutig Kinder.

So kleine Menschlein hatte er garantiert noch nie gesehen, das wusste er bestimmt. Eines davon war noch winziger als das andere. Und dünn waren sie beide, das sah man trotz der schmutzigen, zerlumpten Fetzen, die sie trugen. Sogar viel dünner als die Kinder in der Zuflucht, und selbst die waren schon eher mager zu nennen. Die Kleinen schienen zu schlafen, denn sie bewegten sich nicht und waren im Moment still. Oder waren sie tot? Er blieb erstarrt stehen. Was, wenn sie tot waren?

Er beruhigte sich sofort selbst wieder: Mindestens eines der beiden musste gerade noch im Schlaf gewimmert haben. Und gut, dass es das getan hatte, sonst hätte er sie nie entdeckt. Sie trugen keine Schuhe, nur dünne Lappen waren um ihre Füße gewickelt.

Auf einem Fuß des größeren Kindes saß der schönste und größte Falter, den Mikan bisher gesehen hatte, seine Flügel schlugen sanft in einem intensiven Blau mit sonnengelben Sprenkeln. Wie schade, dass ich Lunaros Netz nicht bei mir habe, dachte er spontan. Vorsichtig, um sich keine Dornen einzufangen, knickte er ein paar Äste zur Seite und trat näher an die Kinder heran. Er überlegte bereits, wie er den Falter auch ohne Netz fangen könnte, doch dann setzte sich sein Verstand gegen die Sammelwut durch.

„Hey, Mädchen, Vikor", rief er laut, „kommt mal her!" Der Falter flog aufgeregt auf und suchte sich schaukelnd seinen Weg nach oben aus dem Geäst heraus. Mikan schaute ihm enttäuscht hinterher.

Das Mädchen und Vikor standen einen Moment später bereits dicht hinter ihm im Busch.

„Schrei hier draußen nicht so laut herum, Fremder, du könntest etwas anlocken, das du nicht wirklich kennenlernen willst."

Vikors Rüge machte Mikan ausnahmsweise nicht zu schaffen, so fasziniert und erstaunt war er von seinem unglaublichen Fund.

„Schaut doch mal: Da liegen kleine Kinder im Busch! Ich glaube, die leben noch, ich habe sie gefunden, weil ich ein Wimmern gehört habe. Wie kommen die hierher? Und was sollen wir mit denen machen? Wo sind ihre Eltern?", prasselten seine Fragen hervor.

Vikor drängte sich neben Mikan in den dichten Busch, um bessere Sicht zu haben. Er nickte.

„Wir finden auf unseren längeren Ausflügen manchmal Menschen; sehr selten und meist sind es dann Kinder. Aber in der Regel sind sie bereits tot oder knapp davor. Das Mädchen und ich haben Kilawa und Mara vor einigen Monaten auf einem solchen Jagdausflug wie heute gefunden. Sie saßen weit oben auf einem Baum und ruhten sich aus, waren bereits halb verhungert und von den Insekten geschwächt. Es ist nicht einfach, hier draußen längere Zeit ohne Schutz zu überleben."

Mikan besah sich die Bündel vor ihm genauer, so nah ihn die dichten Zweige heran ließen. Eines der Kinder bewegte sich leicht, es schien aufzuwachen. „Die hier leben tatsächlich noch, schaut doch! Das eine zappelt schon."

Das Mädchen war ebenfalls bis zu ihnen in den Busch vorgedrungen, beugte sich vor und betrachtete zwischen den Köpfen von Vikor und Mikan hindurch die Kinder, die nun beide anfingen, leise mit hohen Stimmen zu wimmern. Mikan erkannte das Geräusch wieder, das ihn in den Busch gelockt hatte.

Vikor bog und brach weitere Zweige des Busches auseinander, womit er mehr Raum schuf und sie gemeinsam näher an die Findlinge herankamen.

„Sie tragen Kleidung", meinte er und ging neben den Kindern in die Hocke. „Und ja, sie sind beide noch am Leben."

"Wer macht denn so etwas? Kinder einfach in einem Busch ablegen?", fragte Mikan grenzenlos verwundert und kniete sich direkt neben den Bündeln auf die Erde nieder. Staunend blickte er auf sie, konnte seinen Fund noch gar nicht fassen.

„Vielleicht sind die Eltern gestorben und sie wurden deshalb von der Gruppe ausgesetzt. Oder sie wurden hier zurückgelassen, weil die Eltern selbst nicht genug zu essen hatten. Jedenfalls wurden sie in den Busch gelegt, damit sie erst einmal einigermaßen geschützt sind, auch das Mundtuch spricht für Sorge um sie. Vielleicht haben die Eltern auf genau den unwahrscheinlichen Zufall gehofft, der jetzt eingetreten ist: Jemand, nämlich du, findet sie, bevor sie sterben. Genau werden wir es wohl nie erfahren, warum sie hier liegen", erklärte Vikor. „So nah an der Zuflucht haben wir jedenfalls noch nie Menschen gesehen."

Das Mädchen machte eine schlängelnde Handbewegung und schüttelte den Kopf. Sie sah Vikor fragend an.

„Du meinst, ob sie genug Kraft zum Leben haben? Ja, Mädchen, lass sie uns genauer ansehen."

Vikor kniete sich nun neben Mikan und tastete vorsichtig das kleinere Bündel ab, schaute unter das schützende Kopftuch. Es schien noch ein Säugling zu sein, konnte sich nicht einmal aufsetzen, lag nur schlaff da. Mittlerweile versuchte das andere Kind, vor den fremden Geräuschen davonzukrabbeln.

„Meint ihr, sie müssen sterben?" Mikan war das Entsetzen ins Gesicht geschrieben. Er wusste nicht warum, aber mit dem bei den Kindern alltäglichen Thema Sterben und Tod hatte er gewaltige Probleme. Ihm wurde schlagartig schwindelig.

Vikor packte das größere Kind schnell, bevor es weiter in den Busch hinein krabbeln konnte, und nahm es auf den Arm, wo es sofort laut zu schreien begann.

Er streichelte ihm über den Kopf mit seinen kurzen dunklen Haaren und zog das schützende Tuch ein wenig vom Gesicht des kleinen Kindes, sodass die Augen freilagen. Er murmelte beruhigende Worte.

„Ruhig, Kleines. Ruhig. Du bist ganz schön dünn. Kannst du schon sprechen?"

Er zog sein eigenes Mundtuch ab und lächelte es an.

Das Kind verstummte und öffnete die verschwollenen Augen so weit es konnte, reagierte aber ansonsten nicht. Mikan kam ganz nahe an Vikor und das Kind heran, wollte sehen, was passierte.

Mit braunen, verklebten Augen, die im ausgemergelten, zerstochenen Gesicht groß wirkten, blickte das Kleine erst Vikor, dann Mikan an, und setzte anschließend sein Schreien mit weit geöffnetem Mund fort. Das Tuch vor seinem Mund wehte auf und ab.

„So wie es schreit, hat es Energie genug zu leben", lachte Vikor und das Kind stoppte erneut sein Geschrei, um nun etwas hören zu lassen, das ebenfalls wie ein Lachen klang.

Mikan atmete auf. Er hätte fast mitgelacht, eine solch große unbekannte Freude machte sich mit einem Mal in ihm breit.

Das Mädchen zupfte an den Kleidern des Kindes herum und sah Vikor, der sein Mundtuch wieder richtete, dabei an.

„Ja, es muss bis vor Kurzem bei herumziehenden Menschen gelebt haben, es trägt noch deren Art von Kleidern", übersetzte Vikor. „Wir nehmen
es mit."

Mikan lächelte, zum ersten Mal, seit er aus seiner Bewusstlosigkeit erwacht war. Er war erleichtert, das flaue Gefühl in seinem Bauch war fast
vollständig gewichen. Die Kinder mitzunehmen, fühlte sich richtig und gut
an.

Das Mädchen nahm nun das Baby hoch. Es regte sich kaum, hing nur
schlaff und bewegungslos in ihrem Arm, ein bedauernswertes, dürres
Bündel.

„Und das da, kann das auch leben?", wollte Mikan wissen und zeigte auf
das Baby in den Armen des Mädchens. „Es sieht so ... elend und schwach
aus."

„Es wird wohl eher nicht durchkommen, es zeigt wenig Leben. Es ist
viel zu dünn für einen Säugling", murmelte Vikor mit einem Stirnrunzeln
und betrachtete mit traurigen Augen das winzige Bündel in den Armen des
Mädchens. Schon zu oft hatte er den Tod näher kommen sehen und kannte
seine Anzeichen.

Das Mädchen strich über die wenigen zarten Haare des Babys und kitzelte es unter dem Mundtuch an den mageren Wangen, doch es reagierte
nur mit einem weiteren schwachen Wimmern. Das Mädchen legte die Augen frei: Sie waren völlig zugeschwollen, eitriges Sekret in den Winkeln
zog sofort zahlreiche Insekten an. Sie umschwirrten wild das gesamte winzige Bündel, viel mehr als bei dem größeren Kind.

„Aber da muss man doch was tun können?", ereiferte sich Mikan und
drängte sich näher an das Mädchen heran. „Es atmet noch. Schaut, das
Tuch bewegt sich. Es lebt, und nur das zählt!"

Vikor sah Mikan mit einem rätselhaften Lächeln an. „Ja, es atmet noch und wir werden auf jeden Fall etwas tun. Wir werden schnell nach Hause laufen und dann versuchen, den Kleinen etwas zu Essen zu geben."

Als wären diese Worte ein Stichwort gewesen, zog das Mädchen den Schlauch aus seinem Beutel und flößte erst dem Baby und dann dem älteren Kind etwas Wasser ein. Letzteres trank gierig. Vikor nickte. „Ja, es ist stark, wir haben es wohl noch rechtzeitig gefunden. Und jetzt schnell zurück in die Zuflucht."

„Also brechen wir die Jagd ab?", staunte Mikan, dem man gerade erst die ungeheure Wichtigkeit der Jagd erklärt hatte. Sein verworrener Geist und die vielen neuen Eindrücke ließen eine flexible und logische Reaktion seinerseits auf unvorhergesehene Situationen nicht zu.

„Ich glaube zwar nicht, dass das Baby noch leben wird, bis wir zu Hause sind, aber natürlich unterbrechen wir die Jagd. Das ältere Kind braucht dringend Nahrung und Versorgung seiner Stiche. Und du kannst auch etwas tun. Du nimmst das Baby. Ich werde das größere Kind tragen, das Mädchen braucht die Hände frei für die Waffen."

„Ich? Ich soll das Baby tragen? Ich habe keine Erinnerungen und schon gar keine an Babys."

Das Mädchen schuf kurzerhand Fakten und legte entschlossen das Baby in Mikans zögernde Hände. Es besaß keinerlei Körperspannung und hing kraftlos in Mikans Armen, der Kopf senkte sich nach unten, seine Augen schlossen sich ganz. Mikan fiel ein blauer Fleck unter dem einen Auge auf.

„Du musst seinen Kopf stützen, das kann ein so junges Baby nicht selbst. Dieses sowieso nicht."

Mikan wickelte das Tuch, mit dem das Baby vor Insekten geschützt worden war, etwas höher um den Kopf des kleinen Wurms, sodass die Augen wieder bedeckt waren, und schützte die winzigen, rot zerstochenen Hände mit seinem eigenen Tuch. Dann stützte er den Kopf und drückte das Baby vorsichtig an seinen Körper.

Er blickte auf das zarte, federleichte und zerbrechliche Wesen in seinen Armen hinab. Ein Kind, ein Baby. Ja, er würde dieses kleine Ding beschützen, so gut er konnte. Ein warmes Gefühl breitete sich in ihm aus, alles in ihm drängte danach, dieses hilflose Wesen vor jeglicher Gefahr zu behüten. Er zupfte die schützenden Tücher, die er um das Baby gewickelt hatte, noch ein wenig zurecht.

Sein eigenes Mundtuch abzunehmen, erwies sich schnell als grober Fehler, nun fielen die meisten Insekten, die bisher das Baby umkreist und besetzt hatten, über ihn her. Dennoch nahm er es kaum wahr, er hatte nur Augen für das winzige Bündel in seinen Armen.

Noch nie hatte er ein Baby auf dem Arm getragen, dessen war er sich trotz des Gedächtnisverlustes sicher. Es atmete, das sah er nun deutlicher. Sachte hob sich der Brustkorb auf und ab. Allerdings ging ein ziemlich penetranter Geruch von dem Bündel aus und Mikan rümpfte die Nase.

„Kleider hat Vikor gesagt, dass ich nicht lache! Versiffte Lumpen sind das. Aber egal, es lebt, das ist die Hauptsache. Und es wird weiterleben, dafür werde ich sorgen!" Wie so oft murmelte Mikan leise vor sich hin, diesmal allerdings ohne seine Lippen wirklich zu öffnen.

Selbst mitten im Busch war es keine gute Idee, länger still stehen zu bleiben. Die Insekten fingen an, ihn noch mehr zu quälen. Sie krochen in jeden Winkel, den sie finden konnten, stachen und zwackten ihn. Kein Wunder, sahen die Kleinen so übel zugerichtet aus! Blaue Flecken, Stiche, Bisse und wer weiß noch was.

Diese Welt ist viel zu brutal, wie können hier Menschen überhaupt überleben?

„Das ist eine verfluchte Dreckswelt, wo man hilflose Kinder und Babys in einen Busch schmeißt, damit die Flug-und Krabbelbiester sie auffressen können", fluchte er immer noch fast lautlos vor sich hin, während er innerlich kochend vor Wut gebeugt hinter den anderen aus dem Busch kroch.

Das Mädchen fing sofort an zu laufen. Schnell bahnte sie sich den Weg durch das Unterholz bis zum Trampelpfad. Vikor hielt Schritt, dicht hinter ihr, das Kleinkind im Arm und an die Brust gedrückt.

Mikan war froh, dass er nur das Leichtere der Kinder tragen musste. Das Größere hätte er keine hundert Meter weit schleppen können bei diesem Tempo, dürr hin oder her.

Dennoch verlor er bald den Anschluss und blieb ein wenig zurück. Die anderen sahen sich nicht nach ihm um und entfernten sich immer weiter.

„Wartet auf mich!", schrie er, doch die Worte wurden durch den Hustenanfall, den das Einatmen zahlloser kleiner Fliegen auslöste, verschluckt.

Nur nicht stolpern wie vorhin, dachte Mikan, und hetzte weiter hinterher, jetzt nur noch dem Gehör folgend. Er konnte kaum etwas erkennen, die Insekten krochen in seine Augenwinkel. Er schüttelte den Kopf, nieste sie aus der Nase, hustete sie aus seinem Mund.

Zum Glück war das Baby jetzt durch sein Tuch besser geschützt. Er wollte die Augen zu noch winzigeren Schlitzen zusammenkneifen, um besser sehen und die Insekten abwehren zu können, doch erfolglos, seine Augen waren bereits halb zugeschwollen und gehorchten seinen Bemühungen nicht mehr richtig.

In diesem Moment begriff Mikan, dass er ohne sein Tuch nicht weit kommen würde. Ihm kam die Idee, sowohl sein Gesicht als auch die Hände des Babys gleichzeitig mit seinem Tuch zu schützen. Er blieb stehen, kniete sich auf den Boden und legte das schlaffe Menschen-Bündel sachte vor sich ab. Schnell löste er sein Tuch von den Händen des Babys und band es sich locker um den Mund. Dann hob er das Baby auf und schob dessen Hände direkt unter sein Kinn. Ja, das funktionierte. Nun waren sein Gesicht und die Hände des Babys einigermaßen geschützt, auch wenn das Tuch nicht so fest saß wie vorher.

Er rappelte sich wieder hoch, etwas wackelig auf den Beinen. Das kann dem Baby doch nicht gut tun, dieses ständige Geschütteltwerden! Ob es davon stirbt?, ängstigte er sich, als er sich wieder in Bewegung setzte.

Hoffentlich warteten die anderen irgendwann auf ihn, wie sollte er sonst den Weg finden, er konnte ihn nicht einmal mehr sehen und hatte keine Erinnerung an ihn ...

Die Verantwortung für das Baby in seinen Armen verwirrte ihn zusätzlich. Er war so ungeschickt in dieser ihm fremden Welt, konnte nicht einmal richtig für sich selbst sorgen. Er nahm das Bündel noch ein wenig näher an seine Brust. Wie war er nur in diese unwirklich scheinende Situation hineingeraten?! Ein winziges Menschlein an seiner Brust. Ob er am Ende nur träumte ...?

Endlich fiel er wieder in den langsamen Trott, der ihm zum Glück jetzt leichter fiel.

„Ach was, ich schaffe das!", stieß er kurzatmig durch geschlossene Lippen hervor. Er würde den Weg nach Hause auch ohne die anderen finden, zudem hörte er sie jetzt wieder. Leise, aber dennoch, die Geräusche wiesen ihm die Richtung.

Wenn nur die Insektenmonster nicht wären ...

Vorsichtig wich er einem Ast aus, der groß und quer auf dem Waldboden lag.

Da sah er die anderen, zum Glück warteten sie auf ihn.

Sie zeigten auf den Boden, doch während er sich noch über ihre heftigen Gesten wunderte, hörte er ein seltsames Knacken, und als er sich nun erinnerte, war es schon zu spät. Die Kinder schrien laut, das Mädchen sprang auf ihn zu.

Sein Magen drehte sich um und es zog ihm die Füße weg. Er hatte die Bodenfalle vergessen und übersehen. Dabei hatte Vikor sie ihm auf dem Hinweg gezeigt und ihn extra auf sie und den markierenden quer liegenden Ast hingewiesen. Sie befanden sich also bereits in der Nähe der Zuflucht ...

Nein! Nicht fallen!, dachte er noch, da stürzte er auch schon kopfüber der Länge nach hinein. Der Aufprall war gar nicht so heftig, wie er erwartete hatte, die Äste, die die Grube abdeckten, milderten ihn ab. Nur die Knie taten ihm höllisch weh. Aber das Baby! Oh Himmel, nein, das Baby! Wie hatte er die Grube vergessen können! In seinem Kopf wirbelte alles durcheinander. Ihm wurde übel, der Schwindel wurde stärker.

Trotzdem rappelte er sich sofort wieder hoch, und schaute nach dem Baby, das er beim Sturz unter sich begraben hatte.

Er zog ihm vorsichtig das Tuch vom Gesicht. Es sah aus wie vorher, zerstochen, eingefallene Wangen, verklebte Augen ... Aber Blut lief aus seiner Nase. Entsetzt starrte Mikan es an.

Ob es noch atmete? Mikan befühlte die Brust des Babys, bewegte sie sich noch? Er fühlte nichts ...

Doch das durfte nichts bedeuten. Du kannst doch nicht einfach so gestorben sein, du Menschlein! Du musst leben, du musst!!!, dachte er mit aller Inbrunst und starrte den winzigen Körper vor sich an, versuchte krampfhaft, eine Atembewegung wahrzunehmen. Ich will dich retten! Ich bin doch der, der dich jetzt beschützt, der für dich verantwortlich ist und dir dein Leben zurückgibt.

Das Mädchen stieg zu ihm in die Grube und kniete sich auf den Boden.

Sie sah sich das Baby aufmerksam an, betastete es und schüttelte gleich darauf den Kopf.

„Ich glaube, es atmet noch", ignorierte Mikan dieses offensichtliche Urteil und versuchte sich selbst und das Mädchen vom Gegenteil zu überzeugen. „Ich habe es doch kaum berührt bei dem Sturz. Die Äste haben den

Sturz abgefedert, es lebt sicher noch. Es ist nur paralysiert, das ist keine Agonie ..."

Vikor, der am Grubenrand das Kleinkind im Arm trug, erfasste die Situation mit einem Blick.

„Wenn das Mädchen den Kopf schüttelt, dann heißt das, es ist tot, Fremder. Wahrscheinlich war es sogar schon tot, bevor du gefallen bist. Es hatte nur noch den letzten Hauch Leben in sich, als wir es gefunden haben."

„Nein, das kann nicht sein!", versuchte Mikan eine letzte Gegenwehr. „Ein Mensch, und schon gar nicht so ein junges Wesen, stirbt nicht einfach so. Das ist unmöglich!"

Panik durchflutete ihn und er verschluckte wieder Insekten. Er krümmte sich unter einem schrecklichen Hustenanfall und es dauerte eine Weile, bis er sich erholte. Das Mädchen hob Mikans Tuch, das sich beim Sturz gelöst hatte, vom Boden auf und reichte es ihm. Elegant zog sie sich gleich darauf selbst mit einem Satz aus der Grube.

„Schnell, binde dein Tuch wieder um", befahl Vikor von oben. „Beruhige dich und lass das Kind in der Grube liegen."

„Und wenn es doch noch ...?" Er hustete, schluckte ein Insekt hinunter und schloss sofort wieder den Mund.

„Komm aus der Grube, Fremder, wir müssen sofort zurück."

Mikan zitterten die Hände, als er sich das Mundtuch umband. Ihm hatten nie zuvor die Hände gezittert, das wusste er ... irgendwie ... Es gab so viele Irgendwie und Vielleicht in seinem derzeitigen Leben ... Doch er wusste sicher, dass er nicht ohne das Baby aus der Grube steigen konnte.

„Ich kann das Baby nicht hier lassen. Hier draußen wird es gefressen ..."

„Wenn du nicht bald kommst, werden wir alle gefressen. Wir müssen das größere Kind in die Zuflucht bringen, bevor es auch stirbt. Denk an den Schutz dieses Kindes, das noch lebt."

Mikan wurde bewusst, dass er das Tuch direkt am Mund trug, das er kurz zuvor auch um die Hände des sterbenden Babys gewickelt hatte. Der Atem stockte ihm. Er war zu keinem Wort mehr fähig. Das Mädchen reichte ihm die Hand herunter, um ihm aus der Grube zu helfen. Doch Mikan wollte das tote Baby auf keinen Fall liegen lassen. Er nahm es auf und reichte es dem Mädchen hoch, statt ihr seine eigenen Hände entgegenzustrecken. Das Mädchen sah Vikor fragend an.

Unter dem Tuch sah man Vikors Gesichtszüge kaum, aber er zuckte mit den Schultern und nickte.

„Hilf beiden hoch."

Das Mädchen nahm das Bündel aus Mikans Armen, legte es neben sich und half anschließend Mikan nach oben.

Sofort drehte sie sich um und lief weiter, auf dem Weg in die Zuflucht. Mikan nahm das Bündel so vorsichtig auf, als lebte das Baby noch. Vielleicht tat es das ja auch, was wussten Vikor und das Mädchen schon, sie hatten es ja gar nicht richtig untersucht. Er durfte nur nicht erneut stürzen!

Auch Vikor lief los, das nun regungslose, wahrscheinlich schlafende oder bewusstlose Kleinkind auf seinem Arm. Mikan setzte sich nahezu mechanisch in Bewegung. Die Nachricht über den Tod des Wesens, das er im Arm trug, war nicht vollständig in seinem Gehirn angekommen. Seine Gedanken kreisten darum, doch noch immer weigerte sich etwas in ihm gegen die Erkenntnis.

Es kann nicht tot sein, es darf nicht tot sein! Es hat gerade eben noch gelebt, in meinen Armen. Der Tod ist etwas Schreckliches, es kann nicht tot sein … Wieder und wieder flüsterte er diese Sätze vor sich hin, ohne es zu bemerken. Und doch wusste ein Teil von ihm, dass der Tod Realität war, so ungeheuerlich sich diese Tatsache auch anfühlte. Das Bündel wurde mit einem Mal bleischwer in seinen Armen, erneut überfiel ihn ein Schwindel.

Wieder blieb Mikan hinter den beiden zurück und wusste plötzlich nicht mehr, wo er war. Er hatte jegliche Orientierung verloren. Kein Rascheln von den anderen war mehr zu hören, kein Pfad für ihn zu erkennen. Nicht schon wieder alleine!

Obwohl es nicht mehr weit zur rettenden Zuflucht sein konnte, war er unfähig, die Richtung auch nur annähernd einzuschätzen. Also blieb er stehen. Er lauschte eine Weile, schaute einmal ringsum, dann setzte er sich verzweifelt auf den Boden und hielt das Bündel fest an die Brust gedrückt. Ein Geruch von Moder und Verwesung stieg ihm in die Nase, sicherlich ein Streich, den ihm seine Sinne spielten.

Schnell merkte er jedoch, dass es keine gute Idee war, sitzen zu bleiben, denn ohne Bewegung steigerte sich sofort der Überfall der Insekten. Also rappelte er sich wieder auf und ging im Kreis, während er wartete. Wieder einmal hatte er versagt. Er kam in dieser Welt nicht zurecht, er konnte es einfach nicht. Ob auch er nun sterben würde? Dabei war er sicher, dass die rettende Zuflucht nur noch wenige Hundert Meter entfernt war. Aber was nützte ihm dieses Wissen, wenn er nicht hinfand. Der Schweiß vom ungewohnten, schnellen Lauf stand auf seiner Stirn, verklebte seine Haare, tränkte seine Kleider und lockte noch mehr der fliegenden Plagegeister an.

Mit einem lauten Knurren öffnete sich ein Busch zu seiner Rechten und Vikor trat hervor, seine Augenbrauen waren ungeduldig zusammengezogen.

„Komm endlich!", waren seine einzigen Worte.

Mikan riss sich zusammen. Alle Kraft hatte ihn verlassen, doch seine Beine liefen automatisch hinter Vikor her, der bereits wieder im Busch verschwand.

„Ich habe den Anschluss verloren", murmelte Mikan mit halb geöffnetem Mund, überflüssigerweise, da Vikor ihn sowieso nicht hörte, weil er sich bereits wieder etliche Meter entfernt befand.

Zum Glück war die Zuflucht tatsächlich sehr nahe. Irgendwie schaffte es Mikan dieses Mal, den Anschluss zu halten und war erleichtert, als der hölzerne Zaun in Sichtweite kam. Noch nie zuvor hatte er diesen Ort wirklich als Zuflucht empfunden, doch jetzt ...

Das Mädchen öffnete das Tor und ließ Vikor und Mikan hinein, bevor sie es flink wieder schloss.

Es war um die Mittagszeit, die anderen Kinder waren im Hof nicht zu entdecken. Wahrscheinlich aßen sie gerade oder hielten kurze Mittagsruhe.

Das Mädchen rannte voran zum Haus, um die anderen vorzubereiten. Das Ergebnis dieser Jagd war wirklich außergewöhnlich.

„Das Kleine hier braucht etwas zu trinken und essen, seine Augen müssen ausgewaschen werden, es ist viel zu tun. Aber es lebt, es ist stark genug für das Leben. Sein Herzschlag ist sehr kräftig", meinte Vikor. Er hatte das Mundtuch abgenommen und Mikan sah kurz die Erleichterung auf Vikors Gesicht, bevor dieser wieder im Laufschritt auf das Haus zuhielt.

Mikan stolperte hinter ihm her. Er war bis an seine Grenzen erschöpft. Eine ganze Jagd hätte ich nie durchgehalten, schoss ihm durch den Kopf. Seine Knie zitterten und seine Waden krampften, seine Lungen brannten.

Keuchend kam er am Haus an, wo Vikor bereits breit in der Tür stand.

„Lege das tote Baby draußen ab! Und kümmere dich danach darum, dass dieses Kind etwas zu trinken und essen bekommt. Ich sehe, dass du sehr kleine Kinder magst: Auch das Kind, das ich trage, ist sehr klein, es braucht deine Hilfe", gab Vikor Anweisungen.

Mikan stand mit dem winzigen Bündel in seinen Armen vor ihm und verstand erst nicht, was ihm gesagt wurde. Er wollte nicht verstehen und machte einen Schritt nach vorne.

Vikor hob in Abwehr eine Hand.

„Halt! Das tote Baby kommt nicht ins Haus. Wir wissen nicht, ob es nicht vielleicht an einer Krankheit gestorben ist. Die will ich auf keinen Fall im Haus haben."

Mikan wollte sich kurz widersetzen, aber dann resignierte er. Er hatte keine Kraft mehr für einen Widerspruch.

„Wohin soll ich das Baby legen?"

„Neben dem Holzklotz liegen Tücher. Lege es auf ein Tuch und decke es mit einem anderen zu. So ist es eine Weile vor den Insekten geschützt. Später kannst du es begraben, jetzt sind die Lebenden wichtiger als die Toten. Wasche noch deine Hände gründlich am Bach, und dann komm schnell ins Haus, wir müssen uns um das andere Kind kümmern. Es soll leben." Mit diesen Worten verschwand Vikor im Haus, wo er bereits gespannt erwartet wurde.

Mikan hatte Tränen in den Augen, doch er legte das Baby ab, deckte es zu, wie Vikor es gesagt hatte, wusch seine Hände wie in Trance und folgte ins Haus, wo ihn helle Aufregung begrüßte. Mara stand direkt neben Vikor, der sich auf einen Stuhl gesetzt hatte, und stieß einen entzückten Schrei aus. „Ein kleines Kind!"

Endlich war jemand da, der kleiner war als sie.

Auch Kilawa trat näher.

„Lass sehen. Wie alt ist es?"

„Wo habt ihr es gefunden?"

„Kann es laufen?"

Diese und andere Fragen schwirrten durch den Raum.

Kilawa nahm das Bündel vorsichtig aus Vikors Armen und setzte sich neben ihn. Sie zog das Tuch von seinem Kopf und lachte. „Ein ganz Kleines! Und so schöne braune Augen."

Tonn und Kar interessierten sich nicht so recht für das Ereignis, sondern nutzten nach der Anfangsbegeisterung die allgemeine Unachtsamkeit und stopften am Tisch leckere Beeren in sich hinein. Endlich mal keine Kontrolle!

Kapitel 22: Meah

Auch Mikan betrachtete das Kind jetzt zum ersten Mal ausgiebiger. Er war neugierig, denn an ganz kleine Kinder konnte er sich überhaupt nicht erinnern. Allerdings wusste er nicht, ob das an seinen verschwundenen Erinnerungen lag, oder ob er wirklich noch nie welche gesehen hatte. Er grummelte. Es war eine unzumutbare Zumutung, selbst solche Kleinigkeiten über sich selber nicht zu wissen.

Das Kind war nicht ganz so mager wie das Baby, das er in seinen Armen getragen hatte und das ... doch darüber wollte er definitiv nicht weiter nachdenken. Das Kleine hier hatte schon ziemlich viele Haare. Kurze braune Haare, soweit man das unter all dem Schmutz beurteilen konnte.

Überhaupt war alles schmutzig an diesem Kind, fiel ihm auf: die Fingernägel, die Haut, sogar in den Ohren hing Dreck. Aber die mangelnde Körperhygiene war Mikan schon von den anderen Draußenkindern gewohnt, das war also nichts wirklich Neues. Und wenn er sich nach den paar wenigen Tagen hier draußen selber betrachtete, soweit das ohne Spiegel möglich war: Sauber war anders.

Allerdings machte ihm das in manchen Momenten schwer zu schaffen, darin unterschied er sich zweifelsfrei von den Kindern, denen der Dreck so überhaupt nichts auszumachen schien.

Das Kleine fing an zu schreien. Es zeigte einen riesengroßen, offenen Mund und schrie lauter, als jeder Frosch quaken konnte.

Vikor zog seine lederne Überhose aus. „Kilawa, hol bitte etwas zu essen. Gib das Kind solange dem Fremden, er wird sich um es kümmern."

„Wie alt wird es wohl sein?", fragte Mikan.

„Einen Sommer hat es sicher schon erlebt. Aber wohl nicht viel mehr Mondwechsel. Wenn sie so dünn sind, erkennt man das Alter schlecht. Aber es hat schon alle Zähne", lachte Kilawa und hielt Mikan den kleinen Schreihals hin. „Schaut mal alle, im offenen Mund sieht man das gut."

Das Kind schloss den Mund, wie im stillen Protest, dass alle hinein starrten.

„Kann es überleben?", fragte Mikan. Ängstlich weigerte er sich, das ihm dargereichte Kind entgegenzunehmen, behielt seine Arme nahe am eigenen Körper.

Das letzte Mal, als er ein Kind in die Hände gedrückt bekommen hatte, war es kurze Zeit danach in seinen Armen gestorben. Noch solch einen Verlust würde er nicht verkraften, schon gar nicht, wenn er die Verantwortung so deutlich wie jetzt übertragen bekommen hatte. Ihm graute sowohl vor dem Tod als auch vor der Verantwortung ...

„Nun nimm das Kleine schon, Fremder, ich habe zu tun. Ich hole etwas zu essen." Kilawa drückte dem überrumpelten Mikan das Kind einfach in die Arme. Dem blieb nichts übrig, als es festzuhalten, bevor es zu Boden stürzte. Prompt fing es an, sich zu verkrampfen und aus seinem Mund drangen unglaublich laute und schrille Schreie. Wie konnte ein solch kleiner Wurm so durchdringend schreien?!

Mikan bekam riesige Augen und wusste absolut nicht, was er jetzt tun sollte. Schreiende und weinende Kinder lagen vollkommen außerhalb seines Erfahrungshorizonts und versetzten ihn in Panik. Als er es so unbeholfen und starr vor Angst in seinen Armen hielt, wurde das Geschrei nicht weniger, sondern sogar lauter. Ganz so, als ob das Kleine sich vor ihm fürchtete.

„Schreien kann es wirklich gut, also hat es Kraft übrig. Mal sehen, ob es isst", sagte Kilawa und ging zum Regal, in dem ein Teil der Vorräte lag, durch ein dickes Tuch vor den Fliegen geschützt. Sie drehte sich noch einmal um. „Mara, geh bitte zu den Ziegen und hole etwas Milch."

Mara, die bisher im Hintergrund geblieben war, trat zu Kilawa.

„Wie viel?"

Kilawa gab ihr einen kleinen Topf. „Halb voll reicht."

„Du kannst ihm etwas vorsingen, Fremder, bis die Milch da ist, dann hört es vielleicht auf, so laut zu schreien", sagte Kilawa.

„Ein bisschen hin- und herwiegen soll auch gut sein. Ihr dürft heute auch ausnahmsweise am Tisch sprechen. Und singen", grinste Vikor, der sich jetzt setzte und zu essen begann. Das Mädchen leistete ihm Gesellschaft, nachdem sie Tonn und Kar mit einem bösen Blick und einem Griff zu ihrem Messer von den letzten Himbeeren auf dem Tisch verscheucht hatte.

„Ich glaube nicht, dass ich singen kann", meinte Mikan.

„Egal, versuch's."

Unbeholfen schaukelte Mikan das kleine Kind auf seinen Armen. Dann summte er leise vor sich hin.

Kilawa zerrieb trockene und eingeweichte Körner in einer Schale und vermischte sie mit ein wenig Milch, die ihr Mara in Blitzeseile gebracht hatte. Die Kleine war die beste Ziegenmelkerin von allen und die Ziege mochte sie so sehr, dass sie ihr manchmal auf den Fersen folgte und sich an sie schmiegte.

„In unserer Gruppe haben die Kleinen immer Ziegenmilch bekommen. Die wird es gut vertragen. So, jetzt versuchst du, dem Kleinen was zu geben."

Sie stellte die Schale auf den Tisch und legte einen Holzlöffel dazu.

„Soll ich dem Kind einen Namen geben?", fragte Mikan, erfreut darüber, dass seine gesummten Versuche, das Schreien abzustellen, Erfolg gehabt hatten. Ja, ein Name, das war eine gute Idee. Wenn das Kind einen Namen hatte, dann konnte es nicht einfach so sterben. Zumindest war das sein nicht sehr rationaler, unscharf bleibender Hintergedanke.

Vor lauter Träumen hatte er das Schaukeln und Singen vergessen und sofort fing das Kind wieder an zu schreien.

„Du musst weiter singen", lachte Kilawa. „Komm, setz dich und versuche, es zu füttern."

„Mit dem Namen warten wir, bis wir wissen, ob es ein Mädchen oder ein Junge ist", grinste Vikor. „Wenn es den heutigen Tag überlebt, dann darfst du ihm einen Namen geben, in Ordnung?" Vikor dachte deutlich pragmatischer als Mikan.

„Gut. Gib mir das Essen für das Kleine", resignierte Mikan und setzte sich auf den erstbesten Stuhl.

Kilawa nahm ihm gegenüber Platz, schob ihm den Löffel und die Schale hinüber, bevor sie selbst zu essen begann.

Mikan war erstaunt, half ihm denn niemand dabei? Sollte er das Füttern alleine übernehmen? Wie ging das überhaupt?

Das Kind schrie wieder lauter und verkrampfte sich in Mikans Armen.

„Wie soll ich es denn füttern, wenn es so schreit? Da fällt doch alles Essen gleich wieder raus."

Während er noch rätselte, wie man so einen kleinen Schreihals wohl fütterte, fing sein eigener Magen an zu knurren. Mikan stopfte sich schnell ein

Stück Brot in den Mund. Schließlich hatte er selbst auch Hunger und ein leerer Magen war beim Nachdenken hinderlich.

Als er zu essen begann, merkte er, wie hungrig er wirklich war und griff nochmals zu. Das Essen fiel ihm allerdings schwer, weil das Kind in seinen Armen immer heftiger zappelte und strampelte. Ab und zu warf er einen leicht panischen Blick auf das verzweifelt schreiende Kind, während er weiterhin das Essen in sich hinein schaufelte. Wahrscheinlich vermisst es das Summen. Aber essen und summen gleichzeitig ging ja schlecht.

„Gib dem Kleinen doch endlich etwas zu essen, dann hört es auf zu schreien", meinte Kilawa zwischen zwei Bissen, „es hat sicher großen Hunger."

„Du meinst, das fällt nicht alles gleich wieder raus? Na dann ..."

„Es wird drinnen bleiben, wenn es wirklich Hunger hat." Kilawa schob ihm die Schale mit den restlichen Beeren hin. „Zerdrück noch ein paar von denen im Brei. Das wird es mögen."

Kilawa aß selber weiter. Das Kleine war Mikans Aufgabe, hatte Vikor gesagt.

„Du meinst, Beeren sind etwas für das Kleine?" Skeptisch sah Mikan die Beeren an. Er drückte ein paar von ihnen in der Schale mit dem Brei zu Matsch und brachte den ersten gefüllten Löffel zögerlich in die Nähe des schreienden, weit geöffneten Mundes. Das Schreien verebbte von einer Sekunde auf die andere. Große Augen fixierten den Löffel.

Der Mund öffnete sich weit, oje, gleich würde er wieder Schreie von sich geben. Stattdessen schnappte das Kleine ungestüm und gierig wie ein seit Wochen hungriger Raubvogel mit dem Mund nach dem Löffel. Doch weil Mikan damit nicht gerechnet hatte und erschrocken zurückzuckte, fiel der Brei wieder runter in die Schüssel. Das erwies sich als äußerst ungeschickt, denn sofort nahm das Kleine das Schreien wieder auf, schrill und fordernd.

„Ist ja schon gut, hier ist der nächste Löffel", tröstete Mikan einsichtig das Kleine und schob dieses Mal den Löffel trotz seiner Bedenken direkt in den vom Schreien weit aufgesperrten Mund. Sofort schloss sich dieser und das Kind schluckte, ohne zu kauen. Abrupt hörte das Schreien auf.

„Meah!"

„Das Kleine kann ja sprechen!", wunderte sich Mikan. Doch als er nicht gleich auf die Aufforderung reagierte, setzte ein weiterer Schreianfall ein. Schnell schob er den zweiten gefüllten Löffel hinterher.

„Meah!"

Das klappte ja wie am Schnürchen! Auf und zu. Meah. Auf und zu. Und Stille! Gefolgt von einem fordernden Meah!

Mikan kam kaum nach, Löffel um Löffel in das ausgehungerte Kleinkind hinein zu schaufeln.

Immer wieder öffnete sich der Mund weit und unersättlich. Goldfisch, schoss Mikan durch den Kopf.

Als die Schüssel leer war, schien der Hunger nicht ganz gebändigt zu sein und das Kind starrte gierig den leeren Löffel an. Es griff danach und kaute auf ihm herum. Mikan war klar, dass es von der kleinen Schale mit Beeren und Getreidebrei nicht satt sein würde, doch Kilawa meinte:

„Das ist erst mal genug. Zu viel Essen nach einer längeren Hungerzeit ist nicht gut. Ich weiß, wovon ich rede."

Das Kind schmiss wütend den Löffel weit von sich quer durch den Raum und fing wieder an zu schreien.

„Meah, meah, meah!"

Es klang wie die Ziege draußen im Stall und die Kinder fingen an zu lachen. Kar meckerte sogar vor Begeisterung laut mit. Mikan dagegen geriet bei dem Geschrei fast in Panik und er verkrampfte sich.

Das Kleine griff nach der Schüssel und zog sie zu sich her. Fast wäre sie vom Tisch gefallen, Mikan konnte sie gerade noch mit der freien Hand auffangen, bevor sie auf dem Küchenboden zerbarst.

Er hob das Kleine nun ein wenig weg vom Tisch, drehte es um, sodass es das Essen auf dem Tisch nicht mehr sehen konnte, und legte es an seine Schulter. Er summte wieder. Wie sollte er nur selber satt werden, er kam ja gar nicht zum Essen?!

Aber immerhin verstummte das Kind.

Na endlich, dachte Mikan erleichtert. Vorsichtig hob er den Kopf des kleinen Kindes und sah das breiverschmierte, schmutzige, zerstochene und zerbissene Gesicht auf seiner Schulter an. Ja, das Kleine sah eindeutig zufriedener aus, entspannter, die Augen fielen halb zu. Er stopfte sich schnell noch etwas Essen in den Mund und summte unterm Kauen weiter.

So ohne Geschrei war es ganz angenehm, das warme Bündel im Arm zu halten.

Wie kam er eigentlich auf Goldfisch? Woher kamen nur die seltsamen Wörter und Ideen, die planlos plötzlich in seinem Kopf auftauchten und mehr Lücken offenbarten als schlossen?

Egal, dachte er, schob den Gedanken zur Seite und aß sich nun unter Summen satt. Die Auswahl auf dem Tisch mochte sich gelichtet haben, aber es reichte wie immer gut aus, damit alle satt wurden.

Ab und zu stieß es dem Kleinen jetzt auf und zwischendurch kuschelte es sich an Mikan, schob seine linke Hand an Mikans Kinn und drückte leicht zu. Irgendwie schien es diese Stellung zu beruhigen.

„Du machst das nicht schlecht", stellte Vikor erleichtert fest. „Ab sofort kümmerst du dich um das Kleine. Hat ja auch sonst keiner Zeit von uns. Alle sind voll mit Aufgaben eingedeckt jetzt im beginnenden Herbst. Heute war es schon deutlich kühler draußen, die Tage werden kürzer."

„Ich allein soll mich um das Kind kümmern? Das geht nicht, ich habe doch keine Ahnung ..."

„Wir auch nicht, aber ich habe ein Buch über Babys und ihre Pflege in meiner Sammlung. Du kannst ja lesen. Außerdem ist es bisher durchgekommen, das ist ein gutes Zeichen. Es ist stark und wird bestimmt auch deine Fürsorge überleben."

„Ich weiß nicht, ob ich das kann. Ich meine, mich um das Kind kümmern, lesen kann ich selbstverständlich."

„Na also", grinste Vikor, der sich ungern auf Diskussionen einließ.

Kilawa brachte nun einen Salbentopf und behandelte die sichtbaren Stellen des Kindes, die zerstochen und zerbissen waren. Auch Mikans Gesicht bekam einen Teil ab. Seine Oberlippe tat immer noch scheußlich weh. Diese Plagebiester sind die Hölle!, dachte er zum wiederholten Mal.

„Die Lager reichen jetzt schon nicht mehr", überlegte Vikor, der wie immer praktisch dachte. „Da müssen wir uns etwas einfallen lassen. Und ein Esser mehr ist immer schwierig, selbst wenn er noch so klein ist. Du isst auch schon Unmengen, Fremder. Kommt das Kleine nicht durch, wird für uns alle der Winter leichter."

Kilawa schüttelte entrüstet den Kopf.

„Vikor, jetzt tu nicht so, als ob dir das Kind egal wäre. Du bist ein guter Mensch, das weißt du selbst. Du hilfst immer allen, diese Sprüche passen echt nicht zu dir."

Mikan seufzte.

„Gut, ich glaube, ich habe Vikors eigentliche Botschaft verstanden. Entweder ich übernehme das Kind, oder es hat keine Chance." Mikan hatte mehr zu sich selbst gesprochen als zu den anderen.

Vikor lächelte. „Kilawa, deine Welt ist immer in Ordnung. Also gut, dann werden das Mädchen und ich versuchen, weitere Dosen für den Winter zu holen. Damit das Essen für alle reicht."

„Ich kann jetzt auch wieder helfen, ich gehe mit euch Dosen holen. Es geht mir gut seit deiner Medizin."

Nun hatte Lunaro sich gemeldet, der bisher still an seinem Platz gesessen und die Lage beobachtet hatte.

„Nein, Lunaro, so viel Kraft hast du noch nicht. Werde erst mal gesund. Es ist nicht nur die Blutvergiftung, die dir zu schaffen gemacht hat. In dir wohnt eine Krankheit, die ich nicht kenne und die durch das Antibiotikum nicht besiegt wurde." Vikor hatte eindringlich gesprochen.

Lunaros Gesicht überzog ein Schatten. Vikor hatte recht. Wenngleich es ihm deutlich besser ging als vor der Blutvergiftung, wirklich gesund war er nicht. Eine Krankheit lauerte in seinem Körper, die ihn seine ganze Kraft kostete.

Ja, einen langen Ausflug nach draußen würde er nicht schaffen, zumindest nicht ohne die anderen zu behindern. Noch viel weniger als der Fremde, trotz dessen offensichtlicher Ungeschicklichkeit.

„Lunaro, lerne es endlich. Du bist uns mit deinen Ideen eine große Hilfe. Jeder hier hat verschiedene Aufgaben und sie sind alle wichtig." Vikor legte Lunaro die Hand auf die Schulter.

„Meine Ideen bringen nichts, wenn wir alle verhungern."

„Ohne deinen Metallöffner könnten wir die Dosen nicht so öffnen, dass wir alles vom Inhalt verwenden können. Mit dieser Erfindung zum Beispiel trägst du zum Essen bei."

„Und ich darf bei dir auf dem Lager schlafen, dafür bin ich dir dankbar." Auch Mikan wollte Lunaro helfen, da er der Einzige war, zu dem er eine wirklich nahe Beziehung aufgebaut hatte. Es tat ihm leid, dass ausgerechnet er krank war. Lieber hätte er gesehen, dass Vikor, dieser Wichtigtuer … Oder einer der Anderen. Kilawa lachte ihn immer aus. Vom Mädchen gar nicht zu reden … Dieser eisige Blick und ständig die Hand am Messer. Und die drei Kleinen, fast genauso nervig wie die biestigen Insekten! Allen voran Tonn, diese Nervensäge ...

„Was ist, Lunaro, glaubst du, dass das Kleine noch bei uns reinpasst?", fragte Mikan, um sich von diesen düsteren Gedanken abzulenken.

Lunaro runzelte die Stirn.

„Wird eng werden. Lass mich nachdenken. Vielleicht fällt mir was ein."

„Irgendwie muss es gehen, sie muss ja irgendwo schlafen", nahm Mikan seine Rolle als Betreuer und Verantwortlicher bereits ernst.

Kurz darauf leuchteten Lunaros Augen.

„Ich hab tatsächlich eine Idee. In einem von Vikors Büchern habe ich eine Konstruktion gesehen, in der ein Tuch an zwei Seilen gespannt ist, sodass man darin liegen kann. Es braucht kein großes Tuch zu sein, das Kind ist ja noch klein. Das können wir direkt über unser Lager hängen und an den Dachbalken befestigen."

„Was, wie?" Mikan verstand nicht, wovon Lunaro redete.

„Ich zeichne es dir auf."

Lunaro schlurfte zu seinem Lager in den anderen Raum und kam kurz darauf keuchend mit einem Stift und einem schmutzigen Papierfetzen wieder. Mit Feuereifer brachte er die Skizze einer einfachen Hängematte aus Stoff und Schnüren aufs Papier. Am Ende brach ihm die Spitze seines Stiftes ab, die er mit einem kleinen Messer wieder anspitzte. Er seufzte.

„Lang hält der Stift nicht mehr, ich hoffe, das Mädchen findet bald einen neuen. Aber die Stoffhänge ist absolut simpel, die kriege ich heute noch hin."

„Das ist genial", befand Mikan und strahlte Lunaro an.

Lunaro lächelte.

„Danke. Vielleicht hat Vikor ja doch recht und ich bin wenigstens ein bisschen zu etwas nutze."

Vikor brummte. „Na, endlich siehst du es ein!"

Mikan versuchte, dem Kind zuzulächeln, das nun zufrieden auf seinem Schoß saß und mit dem Löffel spielte, den Kilawa ihm wieder gegeben hatte. Zumindest hatte sie ihn zuvor mit einem Lappen gereinigt. So ganz gehorchten Mikan seine Gesichtszüge nicht, Lächeln schien in der Vergangenheit keine seiner täglichen Übungen gewesen zu sein.

„Das ist wirklich perfekt, Lunaro. Weißt du, so kann ich nachts nach dem Kleinen schauen und brauche keine Angst zu haben, es unter mir zu begraben."

Mikan erinnerte sich an das winzige Bündel bei dem Holzklotz draußen. Ihm wurde übel.

„Und tagsüber kannst du das Tuch dazu gebrauchen, es an dir festzubinden, sodass du nebenher etwas arbeiten kannst", ergänzte Vikor.

„Ich soll also wirklich den ganzen Tag für es sorgen, verdammte Hühnerkacke", murmelte Mikan vor sich hin, der erst jetzt so richtig begriff, welche immense und verantwortungsvolle Aufgabe ihm übertragen wurde.

„Und noch ein klein wenig mehr arbeiten, jawohl, Fremder." Vikor schüttelte den Kopf. „Manchmal glaube ich, du bist wirklich ein Prinz aus einem Märchen, der nie etwas arbeiten musste! Lunaro, du fängst mit der Vorrichtung an, und du, Mikan, hilfst ihm dabei. So wie es aussieht, ist das Kleine jetzt eingeschlafen und lässt euch Zeit. Zumindest ist es gerade friedlich."

Vikor stand auf und hob die Tafel mit ruhigen Worten auf.

Er sprach meist nicht viel, aber er bestand auf Ritualen.

Mikan erhob sich langsam und vorsichtig, damit das Kleine nicht geweckt wurde. Die Stille nach dem lauten Geschrei war wundervoll. Da fiel ihm mit einem Mal siedend heiß ein, dass das Kleine nicht nur essen musste. Was oben rein kam, musste unten wieder raus. Sollte er dafür etwa auch zuständig sein?

Noch während dieses Gedankens wurde seine Hose plötzlich nass.

„Verflucht, es hat mich angepisst!", schrie er und sprang vollends in die Höhe. Davon wachte das Kind auf und begann wieder zu schreien.

Man musste Mikan zugutehalten, dass er das Kind nicht einfach fallen ließ. Aber er hielt es weit von sich gestreckt.

„Es tropft!"

Das laute, unbändige Gelächter der drei Kleinen machte die Angelegenheit nicht gerade angenehmer. Auch Kilawa lachte, ihr fröhliches Gemüt schien sie nie zu verlassen. „Es tropft und schreit."

Die Kleinen sprangen auf und ab von ihren Stühlen und riefen im Chor: „Es tropft, es tropft!" „Es schreit, es schreit!"

Für sie war das alles ein großes spannendes Abenteuer. Eine Art lebendige Puppe, ein Spielzeug hatte in ihrer Zuflucht Einzug gehalten. Und dass der Große sich um es kümmern sollte, gefiel allen ausnehmend gut. Er war so herrlich ungeschickt, da würde es eine Menge Spaß und viel zum Lachen geben.

Kilawa stand auf und ging zu Mikan. „Komm, wir gehen nach drüben. Wir schauen, dass es nicht mehr tropft." Sie brach erneut in schallendes Lachen aus.

Nur zu gerne hätte Mikan das Kleine einfach Kilawa in die Hand gedrückt, doch die machte keine Anstalten, es entgegenzunehmen, hielt sich nur den Bauch vor Lachen. Also folgte er ihr, hielt aber das Kleine immer noch weit von sich weg.

Im Nebenraum bei den Lagern angekommen, nahm Kilawa einen Stofffetzen von einem kleinen Regalbrett an der Wand.

„Zieh dem Kleinen die Kleider aus."

Mikan wollte das Kind kurzerhand auf das Lager von Vikor betten, da dieses am nächsten stand. Kilawa wies ihn zurecht: „Doch nicht direkt da drauf! Wir brauchen eine Unterlage, es macht sonst das Lager nass."

Schnell packte Kilawa ein paar größere Bücher und legte sie auf das Bett. Noch einen kleinen Stofffetzen auf die Bücher und fertig war die Unterlage, auf die sie das Kind legten.

Mikan schaute Kilawa erstaunt an: „Lass das aber nicht Vikor sehen. Seine heiligen Bücher ..."

„Wir müssen uns natürlich noch was anderes ausdenken, aber jetzt muss es schnell gehen."

Kilawa dachte pragmatisch wie Vikor, überhaupt stand in der Gruppe meist der praktische Nutzen an erster Stelle.

Mikan packte das Kleine aus, das sich wieder beruhigt hatte, dabei sahen sie, dass sie sich ein Mädchen ins Haus geholt hatten.

„So ein mageres Ding, kein Wunder, dass sie Hunger hat", seufzte Kilawa.

Ein Mädchen! Mikan wusste nicht, ob er sich darüber freuen sollte. Ob Mädchen eher überlebten als Jungen? Das schien ihm im Moment das einzige Kriterium zu sein, das zählte.

„Gut, ich sag ja nichts zu den Büchern, aber wie geht es jetzt weiter? Bevor sie noch einmal pinkelt und Vikors Geschichte der Mathematik zerstört."

Mikan lenkte geschickt von seiner aufsteigenden Rührung ab, die ihn stark irritierte. Ein Mädchen also, für das er verantwortlich sein sollte. Und dessen Geschwisterchen er auf dem Gewissen hatte! Bekackter Fliegenschiss, das hatte was zu sagen und es dämmerte ihm, was es war.

„Okay, ich kümmere mich um dich! Ich tu`s!", murmelte er vor sich hin. Er hatte etwas gutzumachen, das hatte er verstanden.

„Klar kümmerst du dich um sie, pass mal auf, wir probieren jetzt was." Kilawa nahm einen Fetzen Stoff und legte ihn unter die Kleine.

„Irgendwie muss man das um sie wickeln, ich hab es aber noch nie gemacht, nur mal zugesehen."

Sie wickelte den Stofffetzen um das kleine Mädchen, das die Aktion furchtbar witzig fand und immer wieder lachte und heftig strampelte.

„Ich hab schon gar keine Ahnung", gestand Mikan das Offensichtliche.

„Sie ist kitzelig", lachte Kilawa, und kitzelte sie an den Füßen. Die Kleine kringelte sich krumm vor Lachen und rutschte fast von der Geschichte der Mathematik.

Kaum hatte das Kind die improvisierte Windel um, schien sie konzentriert auszusehen. Ihr Gesicht lief plötzlich rot an.

Was macht sie? Mikan erfasste Panik. Ob sie keine Luft mehr bekam?

„Was hat sie?! Erstickt sie jetzt?"

Kilawa lachte schon wieder lauthals. „Sie macht den neuen Fetzen voll."

„Was? Hat sie noch mehr gepinkelt?"

„Kacka."

„Oh nein, ist es wirklich das, wonach es riecht? Oh heilige Kakerlakenscheiße, was für ein Gestank! Pfui Teufel! ..."

Kilawa seufzte und öffnete das gewickelte Bündel erneut.

„Ja, Kacka. Ein gutes Zeichen, ihre Verdauung funktioniert noch. Bleib mal kurz hier, ich hole Wasser."

Gut nennt sie das?, fragte sich Mikan, der den Geruch kaum ertragen konnte.

Kilawa kam kurz darauf wieder, mit einer Schale Wasser und weiteren Tüchern. Der Kleinen schien der penetrante Geruch nichts auszumachen.

„Oje, unser Tüchervorrat schwindet schnell und du wirst in nächster Zeit viele Tücher brauchen, Fremder. Vielleicht kannst du auch große Blätter nehmen. Oder alte Seiten von Büchern, die Vikor nicht mehr braucht. Die Tücher hier musst du nachher auswaschen, draußen im Sandbereich. Am besten mit Sand vorreinigen und danach weit entfernt vom Haus im Bach nachspülen. Bachabwärts bitte."

Kilawa überlegte laut und wischte währenddessen geschickt den Popo der Kleinen sauber.

„Vielleicht kann man das kombinieren", machte Mikan einen Vorschlag, „außen Tücher und innen Blätter."

„Gute Idee, dann musst du auch nicht so viel waschen. Wegen der Buchseiten: Vikor fragen."

Zum ersten Mal hatte Mikan ein Lob bekommen, statt ausgelacht zu werden. Es tat ihm gut, auch wenn er das vor sich selber nie zugegeben hätte.

Lunaro war hereingekommen, er hatte die Fenster im Essensraum geöffnet.

„Nächstes Mal bitte Fenster aufmachen, und zwar vorher, wir brauchen hier drinnen frische Luft. Zum Glück haben wir Fliegengitter an den Fenstern, sonst wären wir jetzt längst umlagert von den kleinen stechenden Biestern."

„Zufrieden sieht sie aus", stellte Lunaro fest, als er sich über das Kind beugte, „das macht ihr gut."

Mikan zeigte ein entsetztes Gesicht. „Die fliegenden Plagegeister. Daran habe ich noch gar nicht gedacht, dass die auch weiterhin über sie herfallen werden. Wie furchtbar für die Kleine. Zerstochen werden bei ihrer zarten Haut."

„Nicht so zart wie deine, Fremder!", lachte Kilawa. „Sie ist eine Draußengeborene, auf jeden Fall."

„Ja, ja, ich weiß, ich bin der Fremde." Mikan grummelte vor sich hin, wieder einmal stand er außerhalb.

„Lass gut sein, Fremder, es ist nun einmal so. Jetzt trage ich die alten Lappen raus und reinige sie, aber das nächste Mal machst du das. Der Herbst kommt, ich muss viel arbeiten."

Mikan ging ihr mit der Kleinen auf dem Arm hinterher. Er wollte sehen, wie sie das machte. Er musste gerade so viel lernen, von dem er keine Ahnung hatte, dass ihm immer wieder schwindelig wurde.

Lunaro sah ihnen nach. Ja, Kilawa hatte recht, die Haut des Winzlings war jetzt schon deutlich dunkler als die des Fremden, obwohl sie wahrscheinlich kaum anderthalb Jahre zählte.

Als Mikan zurückkam, hatte er die frisch gewickelte Kleine über die Schulter gelegt und summte ein kleines Liedchen für sie. Er wusste nicht, woher er die Melodie kannte, aber irgendwie klang sie nett.

„Das klingt sehr melodisch", meinte Lunaro, der sich auf das Bett gesetzt hatte, „woher kennst du das Lied?"

„Keine Ahnung, das ist einfach so in mir entstanden."

„Hast du dir schon einen Namen für sie überlegt?"

„Komisch, das war so ähnlich wie bei dem Lied: Der Name ist einfach in meinem Kopf entstanden, gleich, als ich sie beim Wickeln nackt gesehen habe."

Lunaro wartete geduldig, bis Mikan nach einer spannungsvollen Pause den Namen verriet: „Fida! Der Name passt einfach irgendwie zu ihr."

„Ein schöner Name", nickte Lunaro. „Dann hoffen wir, dass Fida überlebt."

„Auf jeden Fall wird sie überleben!" Mikans Stimme ließ keinen Zweifel, dass er fest daran glaubte, ja daran glauben musste.

„Dafür wirst du auch einen Teil der Verantwortung tragen. Obwohl man oft gar nichts ändern kann. Es ist eben so im Leben, die einen sterben, die anderen kommen nach. Ich muss jetzt auf mein Lager, ich werde so schnell müde. Fida, ein schöner Name ..."

Als Lunaro gegangen war, wollte Mikan wissen, wie gut er das Wickeln beherrschte.

Als er den Po der Kleinen hochhob, um ein neues Tuch darunter zu schieben, schrie Fida sofort los. Oh, er hatte beide Füße zusammen gepackt, damit die andere Hand frei war, und dabei hatte er wohl zu fest zugegriffen.

„Entschuldige, kleine Fida", flüsterte er und lockerte seinen Griff. „Ich bin kein geborener Kindermann. Wir üben jetzt ein bisschen, damit ich das bald besser kann."

Fida verstummte und schaute ihn an, als hätte sie verstanden, was er ihr zugeflüstert hatte.

In den nächsten Minuten mühte sich Mikan immer wieder damit ab, die Blätter innen und die Tücher außen so zu befestigen, dass sie zusammenhielten, sobald er das löchrige Höschen darüber zog, das für die Kleine viel zu groß war.

Wenn Fida hätte verstehen können, wie sich dieser ungeschickte Mann gerade anstellte, hätte sie sicher von Herzen gelacht. Aber auch so nahm sie es mit einem Gleichmut hin, der für ihre Überlebenschance sprach.

Wenn sich jemand um dich kümmert, dann halte ihn auf keinen Fall davon ab, egal, wie blöd er sich anstellt. Eine Maxime, die niemand der Kleinen eingegeben hatte, und die dennoch Mikan für das erste Erfolgserlebnis seiner Kinderhüter-Karriere belohnte. Denn Fida strahlte ihn an, als er es endlich geschafft hatte, sie so zu verpacken, dass mit einem zumindest zeitweise trockenen Höschen zu rechnen war.

Mikan betrachtete das zufrieden glucksende Kind vor sich. Die Menschen hier waren so anders! Auch wenn Mikan über sich selbst nichts wusste, sie waren auf jeden Fall vollkommen anders als er. Selbst dieses kleine Wesen bewies erstaunliche Überlebensfähigkeiten. Allein wie sie die Zeit im Busch hatte überstehen können, blieb ihm ein Rätsel. Ihre Fähigkeit sich anzupassen, unterschied sich enorm von seiner eigenen Unfähigkeit, sich gelassen in dieser Welt zurechtzufinden.

Und dennoch war er auch über sich selbst erstaunt. Was er für diese kleine, vollkommen abhängige Fida empfand, sprengte sein nur in Ansätzen vorhandenes Selbstbild. Warum war sie so wichtig für ihn? Oder konnte er nur den Gedanken an ihren möglichen Tod nicht ertragen?

Seine Gedanken drehten sich im Kreis und kamen zu keinem Ergebnis.

„Du wirst leben!", sagte er laut, woran er felsenfest glaubte, beförderte Fida in das von Lunaro neu konstruierte Hängeding über seinem Lager und schubste sie sanft an. Kein Protest ertönte und bald schien Fida eingeschlafen zu sein.

„Oh wirbelnde Hummel ..., ich muss ja das tote Baby noch unter die Erde bringen", erinnerte sich Mikan an Vikors Befehl. Also wuchtete er sich mühsam und widerwillig aus seinem Lager und ging nach draußen, auch wenn er die kleine Fida nicht gerne alleine ließ. Als er nach einer Weile zurückkam, verspürte er tiefe Trauer und zugleich auch eine verhaltene Freude. Er hatte beim Graben zwei weitere besondere Exemplare für seine Sammelbox gefunden: einen Tausendfüßler und einen Käfer, der Dungkugeln vor sich herschob.

Kapitel 23: Wilder Tanz

Alle wuselten in der Zuflucht umher, was mitten am Tag selten vorkam. Meist waren das Mädchen oder Vikor im Spätsommer draußen unterwegs, auf der Jagd oder der Suche nach Brauchbarem; doch an diesem Tag arbeiteten auch sie innerhalb der hölzernen Umzäunung. Ein Sturm lag in der Luft, es war schwülwarm und ein Gewitter zu ahnen. Es wurde Herbst, das war heute deutlich zu spüren. Die Zuflucht musste sich auf den Winter vorbereiten.

Die Kleinen sammelten die letzten Beeren von den Sträuchern und Lunaro untersuchte in seinem inzwischen unvermeidlichen Schneckentempo zum wiederholten Mal das Fahrzeug des Fremden. Seit einer Woche hatte er wieder etwas Kraft gefunden, die Zeit davor kaum das Lager verlassen.

„Fida!" Mikan rief schon wieder nach der Kleinen, die nichts lustiger fand, als auf ihren kurzen Steckenbeinen hinter Kar, Mara oder Tonn herzuwackeln. Dabei sollte sie doch bei ihm bleiben!

Tonn schnappte Fida und klemmte sie sich unter den Arm. Er brachte sie zu Mikan zurück und meinte belustigt: „Bind sie doch endlich mal an dir fest, dann läuft sie dir nicht mehr weg."

„Du spinnst wohl!", giftete Mikan ihn mit einer eindeutigen Geste an.

„Lieber an der Leine, als ständig weg von dir ..." Tonn grinste frech und schon war er zurück in den Sträuchern, den Mund rot von Beeren.

Auch Fida hatte einen rot verschmierten Mund.

„Onn!", strahlte sie über das ganze Gesicht und begann, gleich wieder hinter Tonn herzutapsen ...

Mikan war ein wenig beleidigt, dass Fida seinen eigenen Namen nicht aussprach, das „Onn" jedoch leicht über ihre Lippen kam. Er zog die Stirn in Falten. Wahrscheinlich war es für ein solch kleines Kind schwieriger, das Wort 'Fremder' auszusprechen als das kurze 'Onn'. Doch diesen Gedanken wischte er gleich wieder weg. Sie hatte an seiner Seite zu bleiben, ganz egal, ob sie Tonn lieber mochte und leichter aussprechen konnte!

„Hiergeblieben!", rief er Fida hinterher. Sollte er ihr jetzt nachlaufen oder was?!

Fida liebte die drei Kleinen über alles, bei ihnen war es lustig und immer etwas los. Tonn, Kar und Mara waren ihre großen Vorbilder.

Sie lachte glucksend beim Davonwackeln und hörte nicht auf Mikan. Er schaute ihr grummelnd hinterher und hoffte, dass das heutige Windelpaket besser halten würde als das gestrige, das sich schon nach kurzer Zeit gelöst und für einen unfreiwilligen Purzelbaum Fidas gesorgt hatte.

„Onn!", rief Fida immer wieder und hatte schon die halbe Strecke zu den Sträuchern zurückgelegt, als sie das Gleichgewicht verlor und sich sehenswert mit einem hörbaren Plumps auf ihre dicke Windel setzte. Mikan hoffte kurz, dass sie ihre Richtung nun ändern würde, aber nein. Gleich nach dem unbeholfenen Hochrappeln verfolgte sie ihr altes Ziel: Tonn.

Er musste ihr also wohl oder übel nachgehen. Er seufzte und machte sich gemächlich auf den Weg.

Mikan hatte keine Ahnung, wie das kleine Mädchen, das kaum sprechen konnte, Tonn und Kar überhaupt auseinanderhalten konnte. Ihm gelang es jedenfalls nicht. Aber Fida war darin sehr treffsicher, schon nach einer Woche hatte sie Tonn und Kar fehlerfrei angesprochen. Dabei waren es doch nur zwei identisch aussehende, schmutzige, respektlose Jungs!

Sie kam bei ihrem absoluten Liebling Tonn an, bevor Mikan sie erreichen konnte.

Wieder schnappte der braun gebrannte, vor Dreck strotzende Blondschopf die Kleine und brachte sie Mikan entgegen.

„Das nächste Mal holst du sie wirklich selbst! Oder ich bring dir doch eine Leine", lachte er und war gleich wieder weg.

„Spiel dich nur nicht so auf!", rief Mikan ihm mit erhobenem Kinn hinterher und ärgerte sich wie jedes Mal, wenn die Kinder so aufmüpfig und besserwisserisch mit ihm redeten.

Als wäre er ein Depp! Dabei war er der einzige Erwachsene in weitem Umkreis, allein das sollte ihm gebührenden Respekt und Anerkennung sicherstellen! Alles Ignoranten, Barbaren! Hah, Kinder!

Mikan sah zu Vikor hinüber. Der hackte Holz, und ohne es zu wollen, bewunderte Mikan die geschmeidigen Bewegungen, mit denen er das tat. Sein eigener Versuch, durch diese Tätigkeit zur Gemeinschaft beizutragen, war zu einem kläglichen und schnellen Ende gekommen. Schon nach wenigen Minuten hatten blutige Blasen an den Händen geschmerzt und sein Haufen an gehacktem Holz hatte schlussendlich neben Vikors wie ein Grashalm neben einem Zimtbusch ausgesehen.

Heute war ihm eine neue Aufgabe zugeteilt worden. Er sollte den hohen Palisadenzaun, der die Zuflucht rundherum schützte, auf Schwachstellen kontrollieren. Das war derart todlangweilig, dass er sich noch mehr als sonst freute, Fida bei sich zu haben. Auf sie aufzupassen und ihr beim Spielen mit Erde und Steinen zuzusehen, lenkte ihn wenigstens ein bisschen von diesem Stumpfsinn ab, zu dem ihn Vikor verdonnert hatte.

Doch auch Fida war es nach dem zehnten kontrollierten Holzstamm langweilig geworden und sie wuselte nun bereits zum wiederholten Mal fort zu neuen Abenteuern.

Mikan konnte es verstehen, er wäre am liebsten ebenfalls fortgelaufen. An Holzstämmen zu rütteln war deutlich unter seinem Niveau, das wusste er glasklar, auch wenn er sonst nicht mehr viel wusste.

Und natürlich hatte dieser Fiesling Vikor ihn genau zu solch einer nervtötenden Arbeit eingeteilt! Vikor, der Möchtegern-Chef. Ha! Wieso ließ er sich von dem überhaupt etwas sagen?! Der war ein Kind. Nicht mal annähernd halb so alt wie er! Ein kluges Kind, zugegeben, aber trotzdem nur ein Heranwachsender. Und Kinder sowie Heranwachsende gehörten in den Hort, sie hatten niemandem etwas zu sagen! Wobei er sich gleich anschließend fragte, was dieser Begriff Hort wohl bedeuten mochte. Denn wie dieser aussah, daran hatte er ebenfalls keine Erinnerung. Ihm wurde übel, wie so oft, wenn seine Gedanken diesen Weg der bruchstückhaften Erinnerungen entlang tasteten, der jedes Mal in einer geistigen Sackgasse endete.

Grummelnd sah er die kräftigen Stämme vor sich an, es gab viel zu viele von ihnen, eine schier endlose Reihe im Kreis rund um die Zuflucht. Wer die wohl alle im Boden verankert hatte? Eine gigantische Arbeit ohne entsprechendes Werkzeug, und das hatte er im Lager bisher nicht entdeckt. Aber egal, das tat jetzt nichts zur Sache, er musste wohl oder übel weiter an den Stämmen rütteln. Erschwerend standen ständig Büsche im Weg, wie sollte er so seine Arbeit überhaupt anständig ausführen?

Er fing Fida ein und nahm sie dieses Mal an die Hand, damit sie nicht gleich wieder verschwand, und führte sie zum Palisadenzaun zurück. Wütend starrte er auf den Busch, der vor ihm stand und ihm den Zugang zum nächsten Abschnitt des Zaunes erschwerte. „Verfluchter Zickenbusch!"

Fida strahlte ihn an. „Tsik. Tsik."

Vikor machte wohl gerade eine Pause vom Holzhacken, denn er tauchte plötzlich hinter ihnen auf.

„Hallo Fremder. Kein Fluch vor den Kleinen! Wenn du so einen Busch wie den hier siehst, dann reiß ihn heraus, wenn er noch nicht so starke Wurzeln hat. Sonst wuchert mit der Zeit der ganze Zaun zu. Wenn ein Busch zu stark verwurzelt ist zum Herausreißen, komm zu mir, ich gebe dir dann das nötige Werkzeug. Hm, der sieht schon ganz schön groß aus ..."

„Das ist eine bescheuerte Arbeit", entgegnete Mikan, ohne auf Vikors Anweisung einzugehen.

„Ich kenne das Wort nicht. Bescheuert. Hat das etwas mit Scheuern zu tun?"

„Zäune und Büsche! Ha, was soll das, diese lächerliche Arbeit?", schnaubte Mikan wütend. Er ignorierte Vikors Frage, da er sich nicht sicher war, ob sich dieser Kerl nicht wieder einmal über ihn lustig machen wollte. Er setzte Fida genervt auf den Boden, wo sie dieses Mal hoffentlich sitzen blieb.

Vikor seufzte und nahm die Kleine auf den Arm, da sie gerade erneut die Flucht ergreifen wollte. „Kleine Fida. Du sollst beim Fremden bleiben!" Er strich ihr über den Kopf und lachte sie an. Dann wandte er sich wieder Mikan zu.

„Erinnerst du dich an deinen letzten Ausflug draußen? An die Insekten?"

„Ja natürlich, das war ... verfluchte Kakerlakenkacke. Wie fast alles hier."

„Nicht fluchen vor den Kleinen! Du willst wissen, warum du diese Arbeit machst? Ich erkläre es dir: Ein Großteil der Insekten kann zwar fliegen, aber der Zaun hält durch seine Höhe dennoch sehr viele von ihnen ab. Außerdem größere Feinde, die du nicht kennenlernen möchtest. Von den Insekten, die es über oder unter dem Zaun durch schaffen, fressen die Hühner die meisten auf. Hühner lieben zum Glück alles, was sich bewegt und klein genug ist, um gefressen zu werden.

Leider bleiben immer noch ein paar der Biester übrig, aber dennoch: Die Zuflucht ist durch diesen Zaun geschützt. Die Hühner können nicht raus, die Fressfeinde nicht rein. Ist eigentlich einfach wie Guten Morgen sagen, oder? Das ist auch ohne Gedächtnis logisch zu begreifen, denke ich."

„Ja, mag schon sein, aber warum muss ausgerechnet ich mich damit beschäftigen, das ist doch niveaulose Kinderarbeit. Ich könnte etwas Nützlicheres und weniger Langweiliges tun."

„Du hast vorhin das Wort bescheuert für diese Arbeit verwendet. Wenn das sinnvoll heißt oder nützlich: Ja, dann ist diese Arbeit bescheuert. Aber nach deinen letzten Worten denke ich, dass du wohl eher das Gegenteil meintest."

Vikor gab Fida in die Arme von Mikan.

„Du machst viel Nützliches. Deine Arbeit mit Fida ist nützlich. Und die Zaunkontrolle ist ebenfalls wichtig. Wenn du dich langweilst, dann arbeite einfach schneller und härter! Dann trainierst du wenigstens deinen Körper, der das ohne Zweifel nötig hat."

Mikan stellte Fida zurück auf die Erde, hielt sie aber an der Hand fest, damit sie ihm nicht wieder entkam.

„Aber das hier könnten doch Kar oder Mara oder Tonn machen. Die sind bestimmt viel schneller damit fertig."

„Du bist in der Tat sehr langsam. Ja, die Kleinen könnten den Zaun schneller kontrollieren, aber nicht weil sie Kinder sind, sondern weil wir Kinder in allem besser, mehr und schneller arbeiten als du. Über den Grund dafür denke ich bereits seit einer Weile nach, fang du doch auch damit an.

Übrigens: Du musst jetzt, nachdem du körperlich wieder ziemlich gesund bist, nicht hierbleiben in der Zuflucht. Du kannst gehen, wann und wohin du willst, wir begleiten dich sogar zum Glashaus zurück. Manche hier wären sogar froh über dein Gehen. Aber falls du dich entschließen solltest zu bleiben, hältst du dich an die Regeln und arbeitest, was gerade zu tun ist!"

Vikor strich Fida noch einmal über die kurzen, leicht staubigen Haare, lächelte sie an und verschwand auf der Stelle. Vikor diskutierte nicht. Schon gar nicht mitten am Tag. Dafür war keine Zeit.

Gerade wollte Mikan ihm eine gepfefferte Antwort hinterher rufen, da ertönte ein Geräusch in seiner Nähe, das ihn zusammenzucken und erzittern ließ. Ob es Instinkt war, der ihn ahnen ließ, dass sich hier eine Gefahr anbahnte? In seiner Magengrube entstand ein ihm seltsam vertrautes Angstgrummeln. Und woher kannte er bloß dieses Geräusch? Es kam von dort, seitlich aus dem vermaledeiten Busch.

Er stand zunächst wie angewurzelt da, als er plötzlich Umrisse durch die dichten Blätter wahrnahm. Gefährlich aussehende Umrisse. Irgendwie bekannt. Das tiefe Knurren, das er jetzt vernahm, erschreckte ihn bis ins Mark, schärfte seine Aufmerksamkeit und ließ ihn hellwach werden. Er packte Fida und riss sie voller Panik in seine Arme. Ihm zitterten die Knie, als er sich nun langsam instinktiv rückwärts zu bewegen begann, Fida dicht an sich geklammert, die Augen fest auf die Silhouette vor ihm gerichtet.

„Renn!", schrie Vikor, der mit einem Mal unerwartet wieder an seine Seite gestürzt kam.

Doch Mikan blieb wie paralysiert stehen. Seine Beine wollten ihm auf einmal nicht mehr gehorchen. Vikor stieß ihn zur Seite, sodass er fast stürzte.

„Mädchen, den Bogen!", schrie Vikor gellend, als auch schon das monstergewaltige Tier durch den Busch brach. Vikor trug während der Arbeit nur ein Jagdmesser in seinem Gürtel, das er bereits gezückt in der Hand hielt. Ihm war klar, dass er mit dieser Waffe wenig Chancen aufs Überleben hatte. Denn es war ein gewaltiger Wulf, der nun schwarz und bedrohlich mit gefletschten Zähnen rasend schnell aus dem Busch sprang.

Ein Feind, dem man lieber überhaupt nicht gegenüberstand. Und schon gar nicht alleine und nur mit einem Messer in der Hand. Das Raubtier musste einen der kleinen Hasengänge ausgegraben haben. Immer wieder schütteten die Kinder diese zu und stampften die Erde fest, doch diesen mussten sie wegen des Buschs übersehen haben.

Jetzt kam endlich Bewegung in Mikan. Fida in seinen Armen kreischte auf, als er sich umdrehte und losrannte, fort vom Zaun, dem Biest und der Gefahr, so schnell ihn die Füße trugen.

Als er merkte, dass Vikor ihm nicht folgte, wandte er seinen Kopf im Laufen um. Warum kam Vikor nicht hinterher?!

Der Wulf stoppte, schüttelte Erde aus seinem Fell und Maul und ging in Lauerstellung. Er war keine drei Meter von Vikor entfernt, mit nur einem einzigen Sprung hätte er ihn erreicht. Es musste die für den Wulf neue Umgebung sein, die ihn kurz zögern ließ. Vielleicht lag es auch daran, dass Vikor sich nicht mehr bewegte, nachdem er das Messer gezückt hatte. Der Wulf reagierte vor allem auf Beute, die floh oder sich bewegte, und ein Stück weiter rannte jemand und machte viel Lärm … Doch dieser stand näher und roch nach Beute …

Mikan sah beim Rennen über die Schulter. Warum lief Vikor nicht davon? Das Untier sah gefährlich aus, allein diese gefletschten Zähne! Die gespannten Muskelpakete. So bekannt, so angsteinflößend ... Mikan schwankte zwischen Fluchtinstinkt, Verantwortungsgefühl für Fida und Solidarität mit Vikor. Aber wie sollte er ihm überhaupt helfen? Er hatte nicht einmal eine Waffe. Und warum blieb dieser Idiot einfach stehen?! Das Vieh würde Vikor zerreißen, sobald es ihn ansprang.

Und doch wusste Mikan im Innersten, dass es gar keine Wahl gab, als zu kämpfen. Das Tier war viel zu nah, für eine Flucht blieb keine Zeit, zumindest nicht für alle, die meisten waren zu weit vom Haus entfernt. Es war klar: Entweder sie erledigten die Kreatur oder alle hier draußen wurden zu ihrer Beute, nun, da sie bereits innerhalb des Zauns war.

Verwirrt blieb Mikan stehen und wandte sich um, er drückte Fida eng an sich. „Heiliger Spinnenschiss", fluchte er leise vor sich hin. Er hatte gut dreißig Meter Abstand gewonnen, aber er ahnte, dass selbst das eine kurze Distanz sein würde für dieses Biest mit seinen langen Beinen. Woher auch immer, er war sich sicher, dass er eine ähnliche Situation schon einmal erlebt hatte, selbst das maue Gefühl im Bauch kam ihm bekannt vor ...

Das Tier duckte sich, setzte lauernd zum Sprung an. Vikor stand immer noch regungslos und fixierte den Wulf, der sich nun ausschließlich auf ihn konzentrierte.

Mikan hielt den Atem an, als er die beiden ungleichen Kontrahenten beobachtete, Vikor war absolut chancenlos in diesem Kampf. Er hielt sich bereit, sofort wegzurennen, sobald Vikor außer Gefecht gesetzt sein würde. Er musste dann Fida retten, ins schützende Haus bringen ... Damit dieser Fluchtweg so kurz wie möglich sein würde, setzte er in Zeitlupe einen Schritt nach dem anderen zurück und bewegte sich mit möglichst unsichtbaren Bewegungen rückwärts.

Als der Wulf mit einem gewaltigen Satz lossprang, es war nur wenige Sekunden später, warf sich Vikor blitzschnell rücklings zu Boden und hob zeitgleich das Messer mit beiden Händen weit von sich gestreckt vor sich hoch. Der Wulf konnte mitten im Sprung seine Richtung nicht mehr ändern und flog knapp über Vikor hinweg. Hatte der Wulf ihn dennoch erwischt? Mikan konnte es nicht genau erkennen.

Das Messer Vikors streifte jedenfalls das gewaltige Tier am ungeschützten Bauch, Blut spritzte rot auf den sandigen Boden. Im selben Moment surrte ein Pfeil durch die Luft und bohrte sich in den Hals des Wulfs. Mikan hatte nicht damit gerechnet, dass das Mädchen aus dieser großen Entfernung überhaupt eingreifen könnte, sie stand noch in der Nähe des Waffenlagers beim Haus. Doch der Pfeil, der sein Ziel gefunden hatte, zeigte ihm wieder einmal, zu welch unglaublichen Leistungen die junge Jägerin fähig war.

Vikor rollte sofort seitwärts von dem riesigen Tier fort und war innerhalb einer Sekunde wieder auf den Füßen. Doch die Wunden von Pfeil und Messer hatten den Wulf nicht getötet, nur verletzt. Sein wütendes Knurren zeugte nun nicht mehr so sehr vom Hunger, der ihn wohl hergetrieben hatte, als von unbezähmbarer Aggression.

Der Wulf brauchte nicht länger als Vikor, um sich herumzureißen. Es passierte ihm nicht oft, dass er seine Beute bei einem Sprung verfehlte und das, zusammen mit dem heftigen Schmerz, machte ihn rasend.

Nun war der Abstand noch kürzer, keine zwei Meter trennten den Wulf mehr von Vikor, von dessen Messer Blut auf den trockenen Boden tropfte.

Mehrere Pfeile sausten kurz hintereinander sirrend durch die Luft und bohrten sich in die Flanke des Wulfs, keiner verfehlte sein Ziel.

Der Wulf bebte mit jedem Treffer, doch er fiel nicht zu Boden, knurrte nur wütend.

Mikan hatte sich und Fida mittlerweile in die Nähe des Hauses gebracht. Vorsichtig achtete er darauf, nicht in die Schussbahn des Mädchens zu gelangen, das sich auf Vikor zubewegte. Vielleicht noch zehn Meter zum Haus, dann waren Fida und er in Sicherheit ... Doch seine Augen hafteten wie ein Magnet auf dem Geschehen.

Das Biest war wirklich Furcht einflößend ... Größer als Tonn oder Kar ... Oh verdammt, dieses Tier schien noch deutlich gefährlicher zu sein, als Mikan zuerst angenommen hatte. Wenn es solche Verletzungen einfach wegstecken konnte ... Es stand viel zu nah bei Vikor! Ob er bei der kurzen Entfernung ein zweites Mal ausweichen konnte, war äußerst zweifelhaft.

Aber der Wulf wendete nun den Kopf, er wollte wissen, wer ihn wiederholt von schräg hinten angriff. Mehrere Feinde auf einmal konnte er schwer einordnen. Das Mädchen war mit jedem Pfeil, den sie abgeschossen hatte, ein paar Schritte näher auf den Wulf zu gerannt. Jetzt trennten sie nur noch etwa sieben Meter von dem Untier. Wieder legte sie einen Pfeil ein und zielte.

Gerade als der Wulf sich gänzlich umdrehte und nun laut knurrend auf die neue Bedrohung zusprang, ließ die Jägerin die Sehne schnellen und der Pfeil bohrte sich direkt in das aufgerissene Maul des Wulfs. Er jaulte auf, blieb wahnsinnig vor Schmerzen stehen. Mit letzter Kraft setzte er dennoch zu einem weiteren Sprung an; mit ihm würde er das Mädchen erreichen, bevor ein neuer Pfeil ihre Sehne verlassen könnte.

In diesem Moment hechtete Vikor mit einem großen Satz auf den Rücken des Wulfs. Er war ihm sofort nach dessen Abdrehen nachgerannt, hatte das gewaltige Tier im letzten Augenblick erreicht. Das plötzliche Gewicht Vikors auf seinem Rücken stoppte den Sprung des Wulfs mitten im Satz, durch die vielen heftigen Verletzungen hatte ihn ein Großteil seiner Kraft verlassen. Er versuchte den Feind auf seinem Rücken abzuschütteln, schnappte nach hinten, doch Vikor klammerte sich fest und durchtrennte mit einer schnellen Bewegung des Messers seine Kehle.

Der Wulf tobte noch wenige Augenblicke und brach dann endgültig zusammen. Das Mädchen stand nun direkt vor dem Wulf mit dem Pfeil gespannt im Bogen.

Doch dieser Schuss war nicht mehr nötig.

Der Wulf war tot.

Mikans Augen hatten dem schnellen Kampf kaum folgen können. Was hier gerade geschehen war, schien eigentlich unmöglich. Wie konnten diese beiden Kinder, denn das waren sie ja immer noch, ein solch gefährliches Tier töten?

Wenn er seine eigenen Chancen ohne Vikors Eingreifen erwog, so waren sie leichter als eine Feder. Das Tier hätte seine Freude an dem dicken Brocken Fleisch gehabt, den er abgegeben hätte. Und Fida wäre wohl der Nachtisch gewesen. Im Überschwang der Gefühle drückte er die Kleine so fest an sich, dass sie zu greinen begann.

Vikor rutschte von der Seite des Wulfs herab und stand auf beiden Beinen, die sichtlich zitterten. Der linke Ärmel seines Hemds war zerschlitzt und blutig, hier hatten die Krallen des Wulfs wohl beim ersten Angriff ihr Ziel gefunden. Alle rannten nun näher, auch Mikan wollte sich das tote Tier anschauen. Sie standen zunächst alle wortlos um das selbst im Liegen riesige Raubtier herum, als wollten sie nicht glauben, dass die Gefahr wirklich gebannt sei.

Plötzlich fingen sie an zu schreien. Jubelgeschrei. Taumelndes Siegesgeschrei.

Die Kleinen tanzten um den toten Wulf herum, warfen Beeren, Steine und Stöckchen auf ihn. Sie schrien entfesselt, sprangen und wirkten wie wahnsinnig.

Auch Mikan war versucht, in den Siegestaumel einzustimmen, hielt sich dann aber zurück, seine Rolle bei diesem Spektakel war nicht gerade ruhmreich gewesen. Außerdem schien ihm dieses wilde, groteske Tanzen doch ein wenig unter seiner Würde.

Fida zappelte in seinen Armen. Sie wollte teilnehmen an der allgemeinen und ausgelassenen Freude.

Wie ein Aal wand sie sich und Mikan ließ sie herab. Sie sollte sich ruhig mit den anderen freuen, sie gehörte zu ihnen. Im Gegensatz zu ihm! Es war ein herrliches Bild, wie Fida um den toten Wulf tapste und dabei schrie. „Onn!", „Onn!", „Onn!"

Vikor und das Mädchen tanzten nicht, aber sie schrien und stießen immer wieder ihre Waffen nach oben. Mikan verstand keine Worte. Er trat ein paar Schritte näher an das tote Tier heran und betrachtete es genauer. Und plötzlich wusste er sicher, dass er so ein Wesen nicht zum ersten Mal sah.

„Ein Sindalon", flüsterte er.

Lunaro stand unvermittelt neben ihm, in der Hand ein metallenes Werkzeug ... Schnaufend hatte er schon nach wenigen Schritten den Tanz unterbrochen, der weit über seine Kräfte ging. Nur er hatte Mikans leise Worte gehört.

„Gibt es bei euch auch Wulfe?" Er hustete und hielt sich die Seite.

„Nein, Sindalons! Es ist ein Sindalon. Ich habe schon mal eins gesehen, es hat mich gejagt."

„In euren Glasbauten?"

„Im Grüngürtel."

„Wir nennen sie Wulfe. Habt ihr dort keinen Zaun, der euch schützt?"

„Ich weiß es nicht." Mikan zog die Stirn kraus. „Grüngürtel: Auch dieses Wort ist mir eingefallen, ohne dass ich weiß, was das ist. Grüngürtel, hm, es muss etwas bedeuten, aber was?"

„Gürtel ist vielleicht ein Zaun? Wie unserer."

„Ja, kann sein."

Lunaro lachte. „Vikor und das Mädchen haben den Wulf besiegt. Heute ist ein Glückstag!"

Die Kinder fingen an, noch mehr Sand und Steine auf den Wulf zu werfen.

„Wieso ist das Sindalon oder der Wulf, oder wie immer das Tier heißt, hierhergekommen?" fragte Mikan. „Passiert das öfter?"

„Nein, in die Zuflucht kam bisher noch nie ein Wulf. Ein Hasengang muss zu groß geworden sein. Wir müssen besser und öfter kontrollieren, nehme ich an. Aber draußen vor dem Zaun gibt es viele Wulfe oder Sindalons, wie du sie nennst. Sie sind die mächtigsten Tiere, die wir kennen und neben den Insekten und Krankheiten die größte Gefahr für uns Menschen. Mir ist nicht bekannt, dass sie Feinde haben."

Lunaro bewegte sich Richtung Busch, bog ihn zur Seite und wollte Mikan zeigen, was er mit dem Hasengang meinte, da sah er etwas Unerwartetes.

„Knochen. Hier liegen Knochen. Der Wulf war nicht das erste Mal hier, er hat hier schon zuvor gegraben."

„Oh nein!", schrie Mikan plötzlich auf. „Das Sindalon hat das Grab des Babys geplündert."

Vikor unterbrach den wilden Tanz und das Geschrei mit einem mächtigen „Still!" Er musste scharfe Ohren haben, dass er in all dem Lärm Mikans Worte gehört hatte. Er kam mit schnellen Schritten näher und sein Gesichtsausdruck war wütender, als Mikan es je zuvor gesehen hatte.

„Du hast das tote Kind hier begraben?"

„Ja, zumindest irgendwo hier in der Nähe. Unter dem Busch nicht, glaube ich, es war dunkel. Ich wollte es nicht dort draußen bei den Tierknochen beerdigen. Es war immerhin ein Mensch."

„Du sammelst sofort alle Knochen ein und schaufelst den Tunnel zu. Tonn und Kar helfen dir dabei."

Mit einem eisigen Blick sah Vikor zu Mikan hin. "Du hast unser aller Leben gefährdet durch deine Dummheit! Schnell, beginnt, bevor der nächste Wulf das frische Blut oder diese alten Knochen riecht!"

Vikor drehte sich mit einem fauchenden Geräusch um, winkte Kilawa mit sich und ging in Richtung Haus. Kilawa würde jetzt seine Wunde versorgen, bevor sie sich noch entzündete. Wunden mussten sofort versorgt werden, das hatte Vikor aus den Büchern gelernt. Tetanus, Wundinfektionen oder Blutvergiftung konnten schnell seinen Tod bedeuten. Und sie hatten kein Antibiotikum mehr, in dem Fahrzeug hatte sich nur eine kleine Packung befunden, die komplett für Lunaro aufgebraucht worden war.

Mikan war beschämt und dennoch trotzig. Was fiel diesem selbst ernannten Herrscher ein, ihn so herunterzumachen?! Vor allen anderen! Hilfe suchend wandte er sich an Lunaro.

„Lunaro, das war doch nicht falsch von mir gehandelt, oder? Ich wollte doch nur ..."

Lunaro zog die Stirn kraus. „Fremder, beantworte dir die Frage bitte selbst. Denk nach."

„Ich wusste doch nicht, dass es solche gefährlichen Tiere überhaupt gibt. Sonst hätte ich Vikors Anweisung sicher genauer befolgt und das Baby weit außerhalb beerdigt."

„Du hast Verstand, das hast du schon öfter bewiesen. Wir haben bereits ein paar Mal darüber gesprochen, dass es gefährliche Tiere gibt, die größer sind als Insekten. Ich war dabei, du warst dabei. Du musst dir diese Dinge merken, wenn du überleben willst, draußen, außerhalb deines beschützenden Glasbaus." Trotz seines Keuchens und der kurzen Pausen zum Luftholen war Lunaro gut zu verstehen.

„Ja, größer als Insekten, aber doch nicht solche Ungeheuer", wandte Mikan schon viel kleinlauter ein.

„Schon am ersten Tag haben wir darüber gesprochen, erinnere dich. Dass du Glück hattest, dass dich kein Wulf oder Wildschwein gefunden hat, als du blutend neben deinem Fahrzeug lagst. Und auch danach haben wir darüber geredet. Du hast nicht zugehört, das ist überhaupt ein Problem von und mit dir: Du hörst nicht richtig zu." Lunaros Kopfschütteln war genauso beredt wie seine Worte.

Mikan fühlte ein tiefes Gefühl der Verzweiflung in sich. In dieser Welt wurden Fehler nicht verziehen. Sie hatten sofort Konsequenzen, und er wusste so wenig, dass er zwangsläufig Fehler beging.

„Natürlich höre ich zu! Aber alles ist so fremd für mich. Damals war ich ganz benommen, und dass ich mich an nichts erinnere, macht es auch nicht besser. Mein Gedächtnis ist wie ein Wirbelsturm. Ich habe das Gefühl, ich vergesse sogar das, was mir nach und nach wieder einfällt ..."

Lunaro zuckte mit den Schultern. „Das ist das erste Argument, das Sinn macht. Dennoch, wenn du uns gut zuhören würdest, hättest du mehr gelernt. Wir sprechen über diese Dinge, immer wieder, aber du kreist meist um dich selbst."

Nach einer kleinen Pause nickte Mikan.

„Gut, Lunaro, du magst recht haben. In manchen Punkten wenigstens. Ich will in Zukunft besser zuhören, wirklich."

Doch kaum hatte er diese Worte gesprochen, stieg in Mikan eine seltsame Wut auf. Ja, er wollte sich bessern, ja, er wollte dazulernen. Aber warum musste Vikor ihn ständig ermahnen, ihm dauernd einen Spiegel vorhalten, der ihn im schlechtesten Licht erscheinen ließ. Er hasste ihn von ganzer Seele, seine Kommandos, seine Zurechtweisungen.

„Ich könnte mich sicher leichter an eure Regeln halten, wenn Vikor nicht immer so arrogant wäre. Der reinste Besserwisser! Seine Art zu befehlen macht mich richtig krank. Sie lässt es einfach nicht zu, dass ich ihn ernst nehme. Bei dir ist das ganz anders, von dir kann ich viel besser lernen."

Lunaro zog wieder die Stirn kraus und schüttelte ratlos den Kopf. „Du suchst die Fehler zuerst bei den anderen. Wie willst du so lernen, dich weiterzuentwickeln? Du kannst nur dich selbst ändern, nicht die anderen. Vikor ist ein Besserwisser, weil er so vieles besser weiß als wir, und das ist gut so.

Vikor hat sich heute zwischen dich und den Wulf gestellt und so mithilfe des Mädchens dein und unser aller Leben gerettet. Nicht zum ersten Mal. Du solltest dankbar sein. Und was tust du ...?"

Vikor, immer dieser Vikor ... Mikan merkte, dass seine Gedanken sich seltsam im Kreis drehten. Wie hatte es Lunaro ausgedrückt? Du hast Verstand, hatte er gesagt. Diese seltsamen Gedanken zeugten nicht davon, das erkannte er selbst ...

„Können wir ein wenig über das Sindalon reden", wich Mikan Lunaros Darstellungen aus.

„Du meinst den Wulf? Nennt ihr ihn im Glasbau Sindalon?"

„Nein, Sindalon ist der Name, den ich dem Tier gegeben habe. Glaube ich. Eigentlich gibt es sie dort nicht, wenn ich mich recht erinnere. Wie es dorthin gekommen ist, weiß ich nicht. Nur, dass es mich zur Beute machen wollte, ich bin ihm gerade noch entkommen. Ja, reden wir über den Wulf, Vikor ist ein schlechtes Thema. Ich mag über Vikor gar nicht mehr reden."

Lunaros Gesicht war so rund und weich, dass sich Emotionen nicht gut ablesen ließen. Aber jetzt sah er eindeutig verärgert aus. Und trotz seiner immer besser zu erkennenden Schwäche brach es aus ihm mit aller Kraft heraus.

„Kapierst du es denn nicht, Fremder?", keuchte er. „Wenn du dich so undankbar verhältst, wird man von dir abgestoßen. Wir schätzen Vikor, wir mögen ihn. Vikor ist unser Lider, ohne ihn könnten wir hier nicht lange überleben. Und du schon gar nicht."

„Ja, schon gut. Aber mir ist jetzt wieder eingefallen, was der Grüngürtel ist ..."

Lunaro unterbrach Mikan.

„Wir reden ein andermal über dein Sindalon und den Grüngürtel. Wir haben bereits zu lange gesprochen, ich bin todmüde. Du sollst die Knochen entfernen und das Loch stopfen mit den anderen. Das hat Vorrang. Und zwar jetzt gleich, bevor das nächste Sindalon reinkommt und dann doch noch einen oder mehrere von uns erwischt. Sie riechen Blut über weite Strecken. Und davon gibt's hier jetzt reichlich. Wer weiß, ob nicht schon ein weiterer Wulf auf der anderen Seite lauert. Zum Glück sind sie Einzelgänger."

„Gut, ich mach das, für heute reicht es mir mit Vorwürfen. Der Befehl von Vikor scheint mir Sinn zu machen", lenkte Mikan ein, dessen Wut plötzlich verraucht war. Mit seiner Polemik gegen Vikor kam er bei Lunaro nicht gut an und seltsamerweise war ihm Lunaros Meinung wichtig.

Doch dieser war noch nicht zufriedengestellt und presste sich weitere Sätze ab.

„Der Befehl? Der macht dir Sinn? Genau das ist dein Problem, Fremder, du erkennst nicht, dass jeder Befehl von Vikor wichtig ist. Er hat die meiste Erfahrung von uns allen, weiß unheimlich viel. Du verstehst nichts und redest, als gäbe es keine Gefahren und als könntest du das beurteilen. Die gibt es aber hier draußen, viele todbringende Gefahren, auch wenn es bei dir im Glasbau sicher anders war."

Lunaro drehte Mikan den Rücken zu und schlurfte zum Haus zurück. Er machte sich trotz seiner eigenen Schwäche große Sorgen um Vikor, hoffentlich war dessen Wunde nicht gefährlich. Tierwunden entzündeten sich gerne. Lunaros Vater war an einer solchen Wunde gestorben. Er war damals noch klein gewesen, konnte sich kaum an ihn erinnern. Und Vikor zu verlieren, wäre ungleich schlimmer, würde das Überleben der ganzen Gruppe gefährden.

Ich will ja auch nicht, dass Fida etwas passiert, dachte Mikan und machte sich an die Arbeit. Fida half ihm dabei. Nicht, dass sie wirklich eine Hilfe gewesen wäre. Sie stand mehr im Weg, als dass sie von Nutzen war, aber Mikan störte es seltsamerweise diesmal gar nicht. Hauptsache, sie war bei ihm.

Dieses kleine Wesen versöhnte ihn mehr mit seiner Situation als alles Gerede, mehr sogar als Lunaro, den er normalerweise für besser erträglich hielt als alle anderen. Ja, Fida war der einzige wirkliche Lichtblick in dieser verfluchten Draußenwelt. Fida tat ihm gut. Niemand hätte über diese Tatsache mehr verblüfft sein können, als er selber.

„Blöde Fida!", wehrte er sich gegen seine emotionale Vereinnahmung durch dieses kleine Kind und schämte sich gleich wieder dafür.

Das Mädchen entfernte mittlerweile die Pfeile aus dem Wulf. Sie säuberte sie mit einem Lappen und schlitzte mit ihrem Messer das Fell des Tieres auf. Das tote Tier musste sofort verwertet, die nicht brauchbaren Überreste schnellstmöglich außerhalb des Palisadenzauns vergraben werden.

Während Mikan die wenigen übrigen Knochen des Babys einsammelte, schaute er immer wieder zu dem Mädchen und dem toten Wulf hinüber. Mara war zu ihr gestoßen und half ihr, so gut sie es mit ihren sieben Jahren konnte.

Unglaublich, diese Präzision, Schnelligkeit und Selbstverständlichkeit, mit der das Mädchen das Tier ausweidete, während Mara den blutigen Sand in einen Eimer schaufelte. Auch der würde nach draußen geschafft werden, vermutete Mikan.

Ihm wurde plötzlich übel von dem Blutgeruch, den der Wind zu ihm herüber trug. Er war so aufdringlich. Zum Glück hatte er sein Tuch vor dem Mund, sonst wäre es unerträglich geworden. Er schluckte gegen eine beginnende Übelkeit an.

Nicht zum ersten Mal wunderte er sich, dass die Kinder sich innerhalb der Zuflucht kaum vor den Insekten schützten, und es der kleinen Mara nichts auszumachen schien, dass ein riesiges Tier direkt neben ihr in handliche Stücke zerteilt wurde. Dass sie sogar dabei mithelfen konnte. Diese blutigen Hände ... Ihm wurde schwindelig.

Er wandte den Blick ab und schaufelte weiter den Hasengang zu. Erstaunlich, wie viel Erde da hineinpasste! Fida half mit Begeisterung mit, warf mit beiden Händen Erde ins Loch.

Nach einer Weile kam Kilawa vom Haus zurück und half ebenfalls mit beim Zerlegen des gewaltigen Tiers. Sie hatte große Töpfe und Tongefäße mitgebracht, in die sie Fleischbrocken legte und jede Schicht mit Salz bestreute.

Die Kinder waren eigentümliche Wesen. So stellte er sich Menschen aus der Steinzeit vor. Hm, Steinzeit ... Mikan kam nicht mehr dazu, über diesen wirren Erinnerungsfetzen nachzudenken, da die Zwillingsbrüder näherkamen.

„Fremder, los, schaffen!", kommandierte Tonn.

„Schaffen, ja!", echote Kar. Beide trampelten über die frisch aufgefüllte Erde, damit diese fest wurde.

„Schon klar, ihr kleinen Tyrannen. Ich bin dabei, schaut, der Gang ist fast zu." Tonn und Kar zogen gleich weiter, den Zaun auf weitere mögliche Schwachstellen kontrollieren, was bei ihnen mit viel Lärm verbunden war.

Mikan half später noch mit, die Wulfspuren zu beseitigen, trug Eimer nach draußen und kümmerte sich anschließend weiter um den Zaun. Das Mädchen sicherte mit dem Bogen die Außenaktionen. Nun machte diese stetige Wachsamkeit des Mädchens mehr Sinn für Mikan. Hatte man die Hände voll mit Eimern, konnte man sich schlecht gegen Fressfeinde verteidigen ...

An diesem Abend gab es ein offenes Feuer im Hof.

„Wir machen das nicht oft, um keine Fremden anzulocken. Es gibt nicht viele Menschen in der Nähe, aber es gibt sie. Und nicht alle sind harmlos." Kilawa strahlte dennoch, wie fast immer.

„Aber heute gibt es ein großes Feuer, heute ist ein Festtag, wir haben einen Wulf besiegt. Wir essen heute den Wulf."

Mikan war hundemüde von der ungewohnten Arbeit und schlief fast im Sitzen ein. Über dem Feuer drehte sich ein großer Batzen Fleisch.

Als der Duft des gebratenen Fleischs nach und nach in seine Nase stieg, wurde er wieder hellwach. Noch nie hatte er Derartiges gerochen oder war nach Einbruch der Dunkelheit draußen gewesen, das wusste er sicher. Über sich sah er die Sterne, funkelnd im Schwarz. Der Anblick war ihm geheimnisvoll fremd, denn zum ersten Mal sah er sie wohl ohne einen schützenden Glasbau dazwischen.

Auch wenn Mikan es sich nicht gerne eingestand, es gefiel ihm hier draußen am Feuer. Ein bisschen zumindest.

Und die Freude der Kinder, die plapperten, sangen und lachten, steckte ihn an. In dieser Nacht fühlte er sich zu seinem eigenen Erstaunen fast als Teil der Gruppe. Mit der schlafenden Fida im Arm lächelte er sogar für eine ganze Weile. Man hätte seinen Gesichtsausdruck jedenfalls mit etwas gutem Willen so interpretieren können.

Kapitel 24: Heiß und scharf

Es wurde spät, bis alle zur Ruhe kamen.

Am nächsten Morgen wachte Vikor als Erster auf, wie immer. Sein Arm, den Kilawa am Abend zuvor ein zweites Mal ausgewaschen, mit Salben behandelt und verbunden hatte, brannte wie Feuer.

Vikor stöhnte, als er sich aufsetzte. Das fehlte gerade noch, dass er sich tatsächlich eine Entzündung geholt hatte. Er wickelte den Verband ab und ging in den angrenzenden Raum, wo er unter Schmerzen die Fensterabdeckungen entfernte.

Es dämmerte. Das Licht reichte gerade so aus, um zu erkennen, dass sich die Wunde wirklich flammend rot entzündet hatte, und weh tat sie ohnehin.

„Merda!", entfuhr ihm ein seltener Fluch.

Kilawa, die gerade wach geworden war, trat neben ihn und betrachtete ebenfalls eingehend die Wunde. „Entzündet. Das sieht nicht gut aus." Vikor nickte, dabei spürte er zusätzlich pochende Schmerzen in seinen Schläfen und einen leichten Schwindel aufkommen. „Ja, Kilawa, bitte wasche die Wunde nochmals aus. Vielleicht hilft es dieses Mal."

Kilawa nahm die Salbe aus dem Regal und holte etwas frisches Wasser in einer Schale. Draußen wurde es bereits heller.

Vikor inspizierte die Wunde genauer. „Jetzt bei Licht sieht man es besser: Es bildet sich recht viel Wundsekret an den Rändern."

„Oh nein, Vikor! Hast du noch Antibiotika aus dem glänzenden Gefährt übrig?"

„Nein, die Menge hat gerade für Lunaro ausgereicht. Wir müssen auf unsere anderen, erprobten Heilmittel vertrauen. Deine Salbe hat schon oft Wunder gewirkt."

Mikan war ebenfalls früh aufgewacht, weil Fida in ihrer Hängematte zuerst leise, dann immer lauter protestiert hatte. Es war Zeit fürs Wickeln und

Füttern. Das Wickeln ging schon ganz gut von der Hand, auch wenn er sich immer noch als Anfänger in dieser Disziplin betrachtete.

Fida beruhigte sich, als Mikan sich um sie kümmerte. Mehr noch als Essen und trockene Windeln brauchte sie liebevolle Aufmerksamkeit. Die lange Zeit allein im Wald hatte wohl ihre Spuren hinterlassen. Und wer weiß, wie es ihr vorher ergangen war.

Als das Paket wieder gut verschnürt war und Fida vergnügt lächelte, machte sich Mikan mit Fida auf dem Arm zum Essraum auf. Er vernahm ein Stöhnen, und als er näherkam, hörte er Vikors Stimme.

Vikor biss die Zähne zusammen, als Kilawa die Wunde erneut reinigte und mit Heilerde und einem Salbenverband versah. Es tat höllisch weh, deutlich mehr als am Abend zuvor und sein ganzer Arm fühlte sich heiß und schwer an. Die stärker werdenden Kopfschmerzen waren auch kein gutes Zeichen … Der Schweiß stand ihm auf der Stirn.

„Danke, Kilawa. Bis heute Mittag muss es besser werden, sonst musst du die Wunde ausbrennen.“

Kilawa schauderte. „Es wird bis heute Mittag besser werden, ich habe noch nie eine Wunde ausgebrannt. Nur einmal dabei zugesehen in meiner alten Gruppe. Es hat außerdem nichts geholfen, der Mann ist trotzdem gestorben. Jemand meinte noch, es wäre besser gewesen, das Bein abzutrennen. Aber deinen Arm brauchst du.“

Vikors Stimme klang entschlossen. „Wenn die Wunde nicht von alleine heilt, ist das Ausbrennen neben der Amputation die einzige Möglichkeit, die ich kenne. Außer wir bekommen mehr Antibiotika. Nur woher sollten die kommen?“

Mikan trat näher.

„Ausbrennen? Amputation? Was ausbrennen oder amputieren?“ Seine Stimme klang so nervös, dass Fida unruhig wurde.

234

„Pst, meine Kleine", flüsterte er und schaukelte sie sanft. Dann sah er den Verband an Vikors Oberarm.

„Oh du schräge Blattlaus! Hat das Sindalon dich so schlimm erwischt?" Gleich machte sich sein schlechtes Gewissen bemerkbar. Er hatte die Verletzung bisher gar nicht richtig ernst genommen und außerdem wahrscheinlich höchstpersönlich das Sindalon durch seine Unachtsamkeit angelockt.

„Der Wulf hat mich mit den Krallen gestreift, als er über mich hinweg gesprungen ist. Eigentlich keine schlimme Wunde, aber sie hat sich entzündet. Sie muss ausgebrannt oder großflächig ausgeschnitten werden, Fremder."

Vikor verspürte Schmerzen, Mikan hörte es an seiner gepressten Stimme. „Zumindest müssen wir das tun, wenn sie nicht in Kürze von selbst verheilt, sonst wird sich die Entzündung im Körper ausbreiten und das werde ich nicht überleben. Wundentzündungen, die man nicht schnell in den Griff bekommt, enden so gut wie immer tödlich. Zumindest bei uns hier, weil wir keine Antibiotika haben."

„Und Ausbrennen soll da helfen? Das ist doch purer Aberglaube! Ich weiß bestimmt, dass das nicht richtig ist. Und wie willst du das überhaupt machen?"

„Das hilft der Heilung, zumindest meistens, so steht es in den Survivalbüchern, die ich gelesen habe. Überleben in der Wildnis für Fortgeschrittene. Da stehen Tipps drin, was man tun soll, wenn kein Arzt in Reichweite ist." Vikor lachte gezwungen. „Und es gibt hier keine Ärzte. Es gibt ja nicht einmal ausreichend Medizin. Bei uns herrscht praktisch immer Survival."

„Also gut, das soll helfen, was ich immer noch nicht recht glaube, aber wie macht man so was? Und wer soll das durchführen? Und wie willst du das aushalten?" Mikans Skepsis war ihm ins Gesicht geschrieben.

„Kilawa hat das Ausbrennen schon einmal gesehen, sie wird es machen."
Vikor sah Kilawa dabei an.

„Sie hat schon mal zugesehen!? Das soll wohl ein Witz sein?" Mikans Gesicht zeigte aber deutlich, dass ihm keineswegs zum Lachen zumute war.

Kilawa zuckte mit den Schultern.

„Tun will ich das überhaupt nicht gerne. Aber ja, wenn es sein muss, dann brenne ich die Wunde oder schneide sie aus. Vikor muss überleben."

Sie sah Mikan an.

„Du kannst Vikor dabei festhalten, damit er sich nicht noch weiter verletzt, weil er den Arm fortzieht. Ich würde Lunaro darum bitten, aber wie du weißt … Zusätzlich werden wir den Arm am Stuhl festbinden."

„Na, dann hoffe ich mal schwer, dass es nicht zu diesem verrückten Ausbrennen oder sonst was kommt. Im Festhalten bin ich bestimmt eine Null. Zudem wird mir mit Sicherheit übel, wenn ich dabei zusehen muss." Mikan wurde blass um die Nase.

„Jetzt warten wir erst einmal bis Mittag, vielleicht fängt die Wunde bis dahin an zu heilen. Die Heilerde in Verbindung mit der Salbe hat schon oft geholfen", gab Vikor zur Antwort und schob den Ärmel seines Hemdes vorsichtig wieder über den Verband.

„Doch genug von Entzündungen und all dem Reden. Los geht's. Auf, an die Arbeit, wir haben genug davon, der Winter steht vor der Tür."

Er wandte sich an Mikan.

„Das mit dem Festhalten wirst du schon schaffen. Fida kannst du ja auch festhalten, wenn sie dir nicht gerade wegläuft."

Kilawa kicherte. „Wir verbinden dir die Augen dabei, dann musst du gar nicht zusehen, kein Problem. Du schaffst das. Aber jetzt hol bitte frisches Wasser fürs Frühstück, Fremder."

„Und du, Kilawa, weck bitte die Kleinen vorzeitig, es gibt heute für alle genug zu tun. Wir müssen den Wulf weiter verarbeiten, das Fell abschaben, die Zähne rausbrechen und noch vieles mehr." Vikor gab Anweisungen wie eh und je, und seine Verletzung trat für einige Stunden in den Hintergrund. Trotzdem war Mikan klar, dass Vikor es ernst meinte mit dem brutalen Versorgen der Wunde.

Ein knallharter Bursche, auch zu sich selber. Aber die Idee war dumm, dessen war er sich sicher … Dümmer als dumm. Doch, solange er nicht wusste warum, und welche bessere Möglichkeit es gäbe, konnte er diesen Wahnsinn nicht stoppen.

Mikan blieb nach dem Wasserholen mit Fida im Haus und fütterte sie, wie Kilawa es ihn gelehrt hatte. Der Umgang mit Fida versöhnte ihn nach wie vor mit seinem Schicksal. Sie beim Essen und allen anderen Bedürfnissen zu unterstützen, gab ihm das Gefühl, wichtig zu sein. Weil er für sie Verantwortung trug, war er zu ihr eine Bindung eingegangen, die er so zuerst gar nicht hatte haben wollen.

Glücklicherweise schaffte diese Fürsorge außerdem ein wenig Auszeit von der sonst immer körperlich anstrengenden Arbeit. Mikan grummelte, hah, er wäre sonst längst zusammengebrochen! Auch wenn er das vor den Kindern niemals zugegeben hätte. Umso besser, dass es Fida gab.

Den Vormittag über lief alles wie immer. Vielleicht gab es noch ein bisschen mehr Arbeit als sonst und es lag eine ungewohnte Spannung in der Luft. Sie kontrollierten den Außenbereich, verarbeiteten das Sindalon weiter und kochten ein üppiges Mittagessen mit großen Fleischbrocken darin. Nach kurzer Zeit trockneten lange dünne Streifen von Fleisch an Schnüren direkt über der Feuerstelle im spärlichen Rauch.

Mikan wollte sich nützlich machen und bei der Verarbeitung des Sindalons mithelfen. Zum Glück stand ihm Kilawa meist geduldig zur Seite, wenn er neue Aufgaben zu bewältigen hatte, dieses Mal beim Ausbrechen der Zähne des Wulfs. Kein Wunder, dass Vikors Arm so schlimm verletzt war. Mikan schluckte, diese Zähne sahen mörderisch aus.

Kilawa zeigte ihm, was zu tun war, und schaute auch danach ab und zu bei ihm vorbei.

Fida blieb heute mit der Nase immer ganz nah dabei und lief nicht so oft fort, denn Mikans Aufgaben waren interessant genug für sie. Sie spielte mit den ausgebrochenen Zähnen und plapperte vor sich hin.

„Ida", sagte sie ein ums andere Mal.

„Ja, du bist Fida, meine Kleine", lachte Kilawa, die einen kleinen Beutel brachte, in die sie die Zähne legen konnten.

„Ich glaube, sie meint mit 'Ida' das Sindalon. Sie hat einen eigenen Namen für es gefunden", erklärte Mikan.

Er wusste nicht, woher diese Intuition kam, aber Fidas Reaktion gab ihm recht.

„Ida, Ida", knurrte sie und haute mit ihrer Hand in Mikans Richtung.

„Sie ist ein schlaues Mädchen!", fuhr Mikan voller Stolz fort.

Auf allen Vieren kroch Fida über den Boden und knurrte und heulte.

„Ida, Ida, uaaaah."

„Nein, du bist kein Wulf, Fida", lachte Kilawa wieder. „Du bist ein Mensch."

„Ida, komm!", befahl Mikan, und lachte mit. „Ja, ein kleiner Mensch. Aber lebensecht dargestellt hat sie das Sindalon!"

„Ida-Wulf, ich habe eine Aufgabe für dich, zupf die Beeren in den Topf. Brave Ida-Fida", alberte Kilawa mit Fida herum. Es war eine Freude, den beiden zuzusehen.

Lunaro trat hinzu und amüsierte sich ebenfalls über Fidas Tanz um den Wulf. Das kleine Mädchen fing nun knurrend an, Beeren von Rispen abzu-zupfen. Doch nur wenige landeten im Topf, die meisten steckte sie sich eine nach der anderen in den gierigen Mund. Lunaro schlurfte zu Mikan und stellte sich neben ihn.

„Du hast kürzlich angedeutet, du wüsstest wieder etwas mehr über den Glasbau. Irgend so ein Gründings hast du erwähnt."

„Du meinst den Grüngürtel. Ja, ich weiß jetzt wieder, was das ist, zumindest in etwa. Meine Erinnerungen sind irgendwie nicht stabil, sie verschwimmen im Kopf."

„Erzähle es mir. Je mehr wir über den Glasbau wissen, desto besser für uns. Jetzt, wo du hier bist, rechne ich sogar damit, dass wir zum ersten Mal Kontakt mit den Menschen von drinnen bekommen. Ich kenne niemanden, der vorher schon einmal mit jemandem aus dem Glasbau gesprochen hätte. Wahrscheinlich gab es das vor dir noch nie. Deshalb waren wir unsicher, ob da drin überhaupt noch jemand lebt."

„An einen Kontakt glaube ich nicht. Ich kann es mir zumindest nicht vorstellen, solange meine Erinnerungen nicht wirklich wiederkommen. Aber ich will dir über den Grüngürtel erzählen, was mir wieder eingefallen ist. Um den Kern des Glashauses herum gibt es eine Zone, die abgetrennt und unbewohnt ist. Dort gibt es nur Pflanzen und kleines Getier. Mithilfe des Grüngürtels werden Nahrungsmittel für die Bewohner produziert. Irgendwie hatte ich damit zu tun, das war meine Arbeit. Dieser Teil der Erinnerung ist zurückgekommen. Mehr weiß ich nicht."

„Wenn es da nur kleine Tiere gibt, wieso hast du dann dort einen Wulf getroffen?"

„Das verstehe ich auch nicht, das macht eigentlich keinen Sinn."

„Es gibt nichts ohne Sinn", meinte Lunaro. Einen Moment später wankte er vor Erschöpfung und ließ sich neben Mikan und Fida auf dem Boden nieder. „Ein Wulf, wo es ihn nicht geben dürfte, das ist ein Rätsel, das wir vielleicht lösen sollten. Nun gedulden wir uns, bis du dich an mehr erinnerst."

239

„Ich warte jeden Tag darauf, aber da kommt nur wenig, und was sich einstellt, ist seltsam verworren. Es ist zum Verzweifeln! Und hier draußen bin ich ohne Erinnerungen so unglaublich nutzlos."

„Das sehe ich anders. Wer sollte denn sonst auf Fida aufpassen und sie versorgen?"

Und beide sahen eine Weile belustigt dem kleinen Mädchen zu, die wieder mit den Menschenpfoten schlagend Wulf spielte, um sie herum lief und Geräusche produzierte, die man ihr gar nicht zugetraut hätte.

Es war Mittag geworden, sie hatten gegessen, nur Vikor saß immer noch ohne Appetit vor seinem leer gebliebenen Teller. Der Schweiß perlte ihm vom Gesicht und tropfte zu Boden, sein Blick ging ins Leere.

Bei diesem Essen klapperte das Besteck nicht ganz so lustig wie sonst und auch die drei Kleinen mussten nur selten zur Vernunft gerufen werden. Die Situation lastete auf allen.

Als Vikor endlich das Schweigen aufhob, gab es kein lautes Geplapper wie an sonstigen Tagen.

Mikan betrachtete ihn sorgenvoll. Sollte es wirklich zu diesem finsteren Ausbrennen oder Ausschneiden kommen und würde er dabei helfen müssen? Wohl schon, wenn er Vikor genau betrachtete. Er sah, verdammt noch mal, gar nicht gut aus, sein Gesicht war gerötet, seine Augen klein und der Mund zu einem schmalen Strich zusammengepresst. Er hielt sich sichtlich nur mit purer Willenskraft aufrecht und gegessen hatte er auch nichts.

Doch seine Stimme klang noch fest und entschlossen: „Kilawa, bitte koche etwas Wasser auf. Wir brauchen sehr heißes Wasser."

Vikor taumelte beim Aufstehen. Mikan packte Fida etwas fester und wollte schon aufspringen, um ihm unter die Arme zu greifen, ließ es dann aber doch. Das wollte Vikor wahrscheinlich nicht, dazu war er sicher zu stolz.

„Ihr Kleinen legt euch aufs Bett, Lunaro, du auch. Ihr ruht euch aus." Vikors Anweisungen klangen resolut wie immer.

Die vier Genannten verschwanden wortlos in den Nachbarraum, das Mädchen und Kilawa blieben. Mikan brachte Fida ebenfalls nach drüben und legte sie in die Hängematte. Sie war während des Essens in seinen Armen eingeschlafen.

„Vikor, was sollen wir zum Ausbrennen nehmen, den Eisenstock hier?", fragte ihn Kilawa. Vikor betrachtete ihn kritisch. „Nein, der hat zu wenig Fläche."

Mikan wurde schon beim Betrachten des Stockes flau im Magen.

Das Mädchen holte ein kleines Hufeisen aus dem Regal und hielt es Vikor hin, der in Lachen ausbrach.

„Guter Witz, Mädchen! Früher hat man Tiere damit gebrandmarkt."

Trotz seines Lachens wirkte Vikor ungewohnt schwach. Er setzte sich leicht schwankend auf einen Stuhl, den er zum Feuer hingezogen hatte, und machte seinen Oberkörper frei.

In Mikans Hirn raste es mittlerweile. Diese Aktion konnte nicht gut sein, da war er sich sicher. Bei ihm klingelten alle Alarmglocken. Ausbrennen, hundertprozentig ein Survival-Quatsch! Aber was sonst tun? Irgendetwas musste getan werden, und zwar schnell, bevor dieser Wahnsinn hier ein Opfer forderte. Verflixte Kakerlakenkacke, ein leeres Hirn war nicht auszuhalten!

Kilawa wühlte im Regal in einer Box. Schließlich holte sie eine Metallplatte heraus, an der oben ein hölzerner Haken angebracht war. Weiß der Teufel, wofür das früher benutzt worden war, in Mikan weckte es zumindest keine Erinnerung.

Vikor nickte. „Ja, das müsste gehen, das hat die richtige Größe und ihr verbrennt euch nicht selber dabei wegen des Holzgriffs. Mädchen, du hältst mich auf der einen Seite fest, Fremder, du auf der anderen. Ich darf nicht zusammenzucken, sonst wird die Wunde größer als sie sein muss."

Dreimal verseuchte Ekelpampe, wieso ist der Kerl so tapfer?, dachte Mikan zum wiederholten Mal. Als er aber sah, wie Vikor der Schweiß von der Stirn tropfte, und dass die Wunde zusätzlich zur flammenden Rötung an den Rändern eine üble, gelbgrüne Farbe angenommen hatte, wusste er die Antwort. Es ging nicht anders, es war unumgänglich. Vikor würde sterben, wenn sie nicht irgendwas unternahmen.

Ihm wurde übel. Vikor würde jedoch auch sterben, wenn sie die Wunde ausbrannten, das ahnte er. Brandwunden heilten nicht gut, irgendwoher wusste er das ... Und trotz aller Differenzen mit dem Kerl, seinen Tod konnte er nicht akzeptieren. Vikor durfte einfach nicht sterben ...

Mikan trat näher und griff nach Vikors Arm. Er berührte ihn zum ersten Mal. Unter der braunen Haut befanden sich nur Muskeln, kein Fett. Trotzdem waren die Arme dünn, es waren die Arme eines Kindes. Meist vergaß er, dass Vikor eigentlich noch ein Kind war, allerhöchstens ein Jugendlicher. Er verhielt sich nicht so ...

Das Mädchen holte Seile und grinste.

„Sehr witzig, Mädchen!" Vikor lachte wieder. Sogar in ernsthaften Krisensituationen blieb das Mädchen pragmatisch und bewies eine Art dunklen Humors.

Vikor schwankte erneut. „Die Seile sind praktisch, damit falle ich nicht vom Stuhl, wenn ihr mich loslasst. Eine gute Idee. Aber haltet mich zusätzlich fest."

Das Mädchen fesselte ihn straff an die Stuhllehne und Kilawa erhitzte die metallene Platte im Feuer. Das Wasser im Kessel hatte inzwischen zu kochen begonnen.

„Für was brauchst du das heiße Wasser, Vikor?", fragte sie ihn mit einem Stirnrunzeln über ihren dichten, schwarzen Brauen.

Der Geruch des sich erhitzenden Eisens löste Panik in Mikan aus. Das hier war definitiv falsch! Er wusste es. Auch wenn ihm nicht klar war, warum. Egal, was Vikor in den Survivalbüchern gelesen hatte, das hier war nicht richtig, konnte nicht richtig sein! Ihm wurde schon wieder schwindelig und übel, wie immer, wenn er nach seinen Erinnerungen fischte.

Vikor gab weitere Anweisungen. „Lege einen Lappen in das heiße Wasser, Kilawa. Entferne den Verband und wasch bitte die Wunde damit vorher gründlich aus, vor allem an den Rändern. Damit verhindern wir vielleicht eine zweite Entzündung durch den Brand."

Das Wasser! Kochendes Wasser! Keimfrei. Keimfrei durch Hitze, wie beim Ausbrennen ... Keimfrei, desinfizieren … Mikan dachte fieberhaft nach. Desinfektion, auch dieses Wort nistete sich in seinem Kopf ein. Wie stellte man keimfrei her, wie desinfizierte man? Die Worte wirbelten durch seinen Kopf. Kochendes Wasser, Vereisung, Ausbrennen, was gab es da noch?

Was hatte man früher genommen? Salz? Salz wirkte desinfizierend. Aber nein, das war nicht die Lösung für die Wunde ... Und weiter zermarterte er sich das Gehirn, das nur wie ein stotternder Motor zu funktionieren schien. Parallel kämpfte er weiter mit einer immer stärker aufsteigenden Übelkeit.

Kilawa reinigte die Wunde mit dem heißen Wasser und Vikors Gesicht und Körper zeigten sofort deutlich, welche Schmerzen bereits das bei ihm auslöste.

„Schnell, das Eisen, mach schon! Bringen wir es hinter uns!", befahl er keuchend Kilawa.

Sie legte den Lappen zur Seite und nahm nun das glühend heiße Eisen am Holzgriff in die Hand. Es näherte sich bereits Vikors Arm, da schrie Mikan: „Halt! Verdammt noch mal, halt!"

Kilawa hielt inne.

„Alkohol! Reiner Alkohol!", schrie Mikan heraus.

„Soll ich mich jetzt betrinken, Fremder? Denn dazu ist Alkohol doch da, wenn ich den Büchern glauben darf?" fragte Vikor ungläubig, der Schweiß lief ihm in Rinnsalen über das Gesicht und tropfte auf seine nackte Brust. „Ich halte das auch ohne Alkohol aus!"

„Nein, den sollst du nicht trinken. Schon gar nicht reinen Alkohol. Aber ich weiß wieder, wie man früher desinfiziert hat", beeilte sich Mikan zu erklären. „In reinem Alkohol können Bakterien nicht überleben, Vikor! Manche Viren schon, aber Bakterien nicht. Und deine Wunde ist voll mit Bakterien! Dafür reicht ein Lappen mit heißem Wasser nicht und Ausbrennen ist viel zu gefährlich, glaube es mir."

„Haben wir reinen Alkohol, Vikor?", fragte Kilawa.

„Kann sein, schau mal auf dem obersten Regalbrett, da habe ich eine Sammlung von Dingen, die wir noch nie gebraucht haben. Ich glaube, mich auch an Alkohol zu erinnern."

Kilawa stieg auf einen Stuhl und schaute oben am Regal entlang. Sie brauchte lange, denn sie konnte nicht gut lesen. „Ist es das?" Sie reichte eine große Flasche nach unten. „Es fängt mit A an."

„Nein, das ist Aceton."

Immer noch hielt Kilawa in der einen Hand das heiße Eisen, während sie auf Zehenspitzen auf dem Stuhl balancierte.

„Leg endlich dieses verfluchte Eisen da weg", schimpfte Mikan, der höllischen Respekt vor der Hitze hatte, die von dem Ding ausging. Er wollte nicht mal aus Versehen damit in Berührung kommen. Er nahm die Sache lieber selber in die Hand.

„Komm runter, Kilawa! Ich schaue nach dem Alkohol. Ich hab wenig Erinnerungen, aber lesen kann ich besser als du."

Kilawa stieg wieder nach unten und legte das Eisen auf einen Stein nahe dem Feuer, dort konnte es gefahrlos auskühlen.

Das Mädchen zog währenddessen ein skeptisches Gesicht und verschränkte kritisch die Arme vor der Brust. Warum sollte der Fremde mehr wissen als Vikor? Der hatte schließlich so viele Bücher über Medizin gelesen. Warum wusste er das mit dem Alkohol nicht selber?

Doch sie sprach ihre Fragen nicht aus. Sie zeigte nur deutlich, dass ihr Mikans Übernahme der Führung in dieser Sache suspekt war.

Mikan stieg auf den Stuhl, den Kilawa freigemacht hatte. Auf dem obersten Regalbrett fand er tatsächlich eine Flasche mit Alkohol, ganz hinten, versteckt hinter einem Päckchen Kaffeebohnen.

Das Wort Kaffee weckte in ihm Erinnerungen an einen Duft … der sicher nichts gemein hatte mit diesem uralten Päckchen und jetzt überhaupt nichts zur Sache beitrug. Er versuchte, seine wirren Gedanken wieder zu bündeln.

„Wir können nur hoffen, dass der Alkohol hochprozentig genug ist", sagte er. „Super, 96 % steht drauf. Hoffen wir, dass drin ist, was draufsteht." Er stieg wieder vom Stuhl und näherte sich Vikor, der ihn mit wachsamen Augen ansah.

„Wir müssen Vikor trotzdem festhalten, das schmerzt immer noch ganz ordentlich, wenn es in die offene Wunde gelangt."

„Quatsch", meinte Vikor, „das ist kein Vergleich zum heißen Eisen, mit dem Alkohol könnt ihr doch nichts rundherum verletzen. Schmerzen kann ich gut aushalten. Ich erinnere mich übrigens wieder, ja, Alkohol desinfiziert. Er wurde nur lange nicht mehr verwendet, weil es bessere Mittel gab. Also okay, aber macht schnell, damit ich's bald hinter mir habe."

Das Mädchen wickelte grinsend das Seil ein weiteres Mal fest um den Stuhl und Vikor.

„Das macht dir echt Spaß, Mädchen, gell?", grinste Kilawa.

„Sicher ist sicher", grinste auch Mikan. „Mädchen, du hast recht mit dem gründlichen Fesseln, warte, ich helfe dir. Wir wickeln das Seil noch einmal rundherum." Ein gefesselter Vikor gefiel ihm ausnehmend gut.

Gleichzeitig fragte er sich, warum das Wort Alkohol ein so negatives Gefühl bei ihm auslöste? Doch das tat jetzt nichts zur Sache! In dieser Situation war Alkohol auf jeden Fall die richtige Lösung!

Mikan wischte alle in seinem Kopf wild herumwandernden Gedanken rigoros zur Seite und übernahm nun vollends das Kommando.

„Kilawa, den Lappen von vorhin noch mal in das kochende Wasser legen!"

„Ich sehe schon, ihr wollt alle euer Vergnügen haben", kommentierte Vikor mit gepresster Stimme seine verstärkte Fesselung und fügte sich drein, der Schweiß rann weiterhin über sein Gesicht.

Das Mädchen und Mikan grinsten breit.

„So, jetzt mit einem Stock rausholen, Kilawa, nicht mit den Händen berühren", befahl Mikan.

An den Händen gab es Bakterien, besonders viele sogar. Auch das fiel ihm plötzlich wieder ein. Überall waren Bakterien ... Auch an den Pflanzen. Es gab sogar gute Bakterien. Aber das tat jetzt nichts zur Sache. Er musste sich konzentrieren!

Jetzt war keine Zeit für die Erinnerungen, die langsam wiederkamen, aber eher verwirrten als Klarheit schufen. Ganz im Hinterkopf verstaute er die Frage, warum er gerade über dieses Gebiet so viel wusste.

„So, Kilawa, den Lappen mit dem metallenen Stab möglichst gut ausdrücken. Wir reinigen jetzt die Wunde mit dem heißen Lappen mit ein bisschen Alkohol drauf, danach kurz antrocknen lassen, anschließend geben wir puren Alkohol drüber."

Kilawa bereitete alles vor, wie Mikan es verlangte.

„Wenn wir nur einen trockenen Lappen hätten, der ganz sauber ist. Aber so etwas wird es hier draußen nicht geben ..."

Ich frage mich immer wieder, dachte Mikan, wie die Kinder hier überhaupt überleben können, in diesem Meer von Bakterien, diesem Dreck und ...

Kilawa sprang zum Regal und holte einen Stapel Lappen.

„Alle ausgekocht, die habe ich immer auf Vorrat."

Mikan war ein bisschen skeptisch, was die wirkliche Sauberkeit des angebotenen Lappenstapels anging, aber wenn Kilawa sagte, sie hätte sie ausgekocht ...

„Noch besser. Dann lassen wir das mit dem Auswaschen, wir verwenden gleich den Lappen mit purem Alkohol."

„Wir kochen alle Kleidung und Lappen regelmäßig aus", meinte Vikor stöhnend. „Ist besser, gesünder, sagen die Bücher. Es gibt zudem so viele Insekten und ihre Larven, die das Kochen nicht überleben."

Wieder staunte Mikan, was diese Kinder alles hinbekamen ...

„Nur uns selbst können wir nicht kochen", kicherte Kilawa.

Aber vielleicht mal baden, dachte Mikan, doch was er sagte, war:

„Nun aber still, Kinder, redet nicht so viel, der Alkohol muss auf den Lappen und auf die Wunde." Mikan mimte wieder den Chef in dieser Angelegenheit. Er nahm die Flasche mit dem Alkohol, mühte sich ein wenig mit dem verrosteten Verschluss ab und tränkte dann einen der Lappen, bis er tropfnass war.

„Mädchen, Kilawa, festhalten! Ich wasche jetzt die Wunde aus."

Das Mädchen war immer noch leicht misstrauisch, aber beide folgten dem Befehl und hielten Vikor fest. Der kniff die Augen und den Mund fest zusammen und spannte seine Muskeln an. Er zuckte kaum und schrie nicht, als Mikan mit dem nassen Lappen die Wunde auswusch, doch er wurde leichenblass. Schließlich verdrehte er die Augen und verlor das Bewusstsein. Kilawa stützte seinen Kopf mit der Hand, als er zur Seite fiel.

„Ist er jetzt tot?", fragte sie entgeistert.

Mikan zuckte mit den Schultern. „Nein, er atmet, sein Brustkorb bewegt sich noch, also ist er nur bewusstlos. Vikor tötet so schnell nichts. Das ist sogar perfekt, jetzt spürt er nichts mehr, und ich kann die Wunde gut aus- reiben und -waschen."

Mikan war in seinem Element. Er wusste nicht, wieso, aber diese Rolle gefiel ihm. Er reinigte sorgfältig und intensiv die Wunde, insbesondere die Wundränder und tauschte zweimal den Lappen gegen einen sauberen aus.

„Es ist damit noch lange nicht überstanden", stellte er abschließend fest. „Aber seine Chancen dürften deutlich besser stehen. Zur Not wiederholen wir die Aktion."

Das Mädchen kam näher, starrte ihn drohend an und zückte das Messer.

Mikan seufzte. „Wenn er stirbt, stirbst du auch, Fremder. Gell, das willst du sagen, Mädchen", übersetzte er ihre Gestik und sah ihr direkt in die schwarzen Augen. Unheimlich, es lief ihm eiskalt den Rücken hinunter, er musste sofort wieder wegsehen …

Irgendwie sind sie doch Barbaren, Wilde, schoss es ihm durch den Kopf. Er runzelte die Stirn. „Jetzt warte erst mal, ob er überhaupt stirbt. Das Gift ist zwar auch in seinem Körper unterwegs, aber Vikor ist jung und ansons- ten gesund, der wird den Kampf schon gewinnen. Hoffe ich zumindest."

„Er ist ganz heiß, er glüht", berichtete Kilawa, die weiterhin Vikors Kopf stützte und ihm mit einem Lappen den Schweiß vom Gesicht wischte.

Mikan tränkte einen weiteren Lappen mit dem Alkohol und drückte ihn auf die Wunde.

„Ja, Fieber, das ist gut, das hilft, die Krankheit von innen zu besiegen. Die Hitze tötet die Bakterien. Mädchen, den Lappen am Arm jetzt mit einer Schnur festbinden. So, dass es gut hält, aber nicht abschnürt." Er gab der Amazone lieber etwas zu tun, als sie und ihr Messer so bedrohlich direkt neben sich zu wissen.

Vikor blieb bewusstlos und sie trugen ihn gemeinsam zu seinem Lager und legten ihn ab. Mikan breitete gleich zwei Decken über ihm aus. Die drei Kleinen, die das große Bett neben Vikor hatten, folgten mit dunklen, großen Augen dem Geschehen.

Lunaro war bereits eingeschlafen, er war so kraftlos, dass er nicht mehr lange wach bleiben konnte, sogar in dieser angespannten Situation verlangte sein geschwächter Körper seinen Tribut.

„Ist Vikor tot?", fragte Mara besorgt.

„Nein", sagte Mikan, „aber ganz am Leben ist er auch nicht mehr."

„Wie geht das, nicht ganz am Leben sein", fragte Tonn und richtete sich groß auf, um einen besseren Blick auf Vikor zu erhaschen.

„Na, halb tot eben", meinte Kar.

„Wir können nur hoffen, dass er wieder gesund wird", ergänzte Mikan.

„Quatsch! Halb tot! Pah!", schimpfte Tonn. „Kar, du hast ja keine Ahnung! Vikor ist nicht halb tot, er ist halb lebendig!" Und schon stritten sich die Zwillinge wieder.

„Viel tun können wir jetzt nicht mehr, er muss es selber hinbekommen, das Gesundwerden", sagte Mikan mehr zu sich selbst als zu den Kleinen.

„Na, dann ist es einfach", meinte Mara, „Vikor kann alles. Dann kann er auch gesund werden." Beruhigt legte Mara sich wieder aufs Lager und sah ein Buch an, in dem viele Pflanzen und Tiere abgebildet waren, während Tonn und Kar neben ihr auf dem Bett wilde Kämpfe ausfochten.

Nicht lange, dann schnappte sich Kilawa Kar und schleppte ihn zu Lunaros Lager hinüber.

„Du schaukelst jetzt die Hängematte von Fida, und wehe sie fliegt raus!"

Der seines Kampfpartners beraubte Tonn warf noch einen wütenden Blick seinem Bruder hinterher und folgte anschließend Maras Beispiel und vertiefte sich ebenfalls in ein Buch mit vielen Bildern.

Kilawa hatte es wieder mal geschafft, die beiden Streithähne erfolgreich zu trennen. Trotz der Sorge um Vikor: Das Leben ging weiter und was getan werden musste, das tat sie. Etwas anderes konnte sie sich nicht einmal vorstellen.

Kapitel 25: Gevatter Tod

Das Frühstück fand in tiefem Schweigen statt, im schwachen Schein zweier Kerzen, da es heute nicht hell werden wollte. Draußen tobte ein Herbststurm. Es war der erste in diesem Jahr, dem viele weitere folgen würden. Der Wind rüttelte an den Fensterabdeckungen, die noch geschlossen waren, und ließ die Ziegel auf dem Dach klappern; sicher würden sie später ein paar richten müssen.

Kilawa hatte vorsichtshalber gleich am frühen Morgen die Ziege ins Haus geholt und an einem Tischbein festgebunden, wo sie ab und zu meckerte. Die Hühner mussten allein zurechtkommen, aber das würden sie auch. In kleinen Höhlen, die sie sich unter Büschen und großen Steinen gegraben hatten.

Zwar legte sich der Sturm nach dem Frühstück, aber ein heftig prasselnder Regen setzte ein. Da gab das Mädchen den Kleinen ein Zeichen, dass sie heute ausnahmsweise ein Märchen mitten am Tag erzählen würde.

Kilawa band die Ziege los und schickte sie in den Regen hinaus. „Ab, Marsch, such dir was zu fressen. Der schlimmste Sturm ist vorbei." Und zu den drei Kleinen gewandt: „Ab mit euch in den Schlafraum, solange es regnet. Dann kann ich hier in Ruhe arbeiten. Danke, Mädchen."

Mara strahlte vor Begeisterung und zitierte Tonn und Kar sofort aufs gemeinsame Bett.

„Sie erzählt ein Märchen! Los, schnell, bevor der Regen aufhört!"

Das Mädchen lächelte, ließ sich im Schneidersitz auf ihrem Bett nieder und musste nicht lange warten, bis es krabbelkäferstill wurde im Raum. Nur das Trommeln und Prasseln des Regens auf den Fensterläden des Nachbarraums und dem Dach war zu hören.

Ein armer Mann hatte zwölf Kinder und musste Tag und Nacht arbeiten, damit er ihnen wenigstens ein paar getrocknete Fladen geben konnte. Als nun das dreizehnte zur Welt kam, ging er mit dem Kind vor das Haus und wartete, dass jemand vorbeikäme, um ihm Hilfe anzubieten. Nicht lange, da kam der dürrbeinige Tod auf ihn zu geschritten und sprach: „Nimm mich zum Gevatter, ich werde deinem Kinde helfen." Der Mann fragte: „Wer bist du?" - „Ich bin der Tod, der alle gleichmacht." Da sprach der Mann: „Du bist der Rechte, du holst jeden Menschen ohne Unterschied, du sollst der Pate sein." Der Tod antwortete: „Ich will dein Kind reich und berühmt machen", hielt die Hand über das kleine Kind und machte es so zu seinem Patenkind.

Als der Knabe zu Jahren gekommen war, trat der Pate ein und hieß ihn mitgehen. Er führte ihn hinaus in den Wald, zeigte ihm ein Kraut, das da wuchs, und sprach: „Jetzt sollst du dein Patengeschenk empfangen. Ich mache dich zu einem berühmten Heiler. Wenn du zu einem Kranken gerufen wirst, will ich dir jedes Mal erscheinen: Steh ich zum Kopf des Kranken, so gib ihm von diesem Kraut und er wird genesen. Steh ich aber zu Füßen des Kranken, so ist er mein, und du musst sagen: Kein Heiler in der Welt kann ihn retten. Doch hüte dich, dass du das Kraut nicht gegen meinen Willen gebrauchst!"

Wie gebannt saßen die Kleinen auf ihrem Bett und lauschten diesem Märchen, welches das Mädchen noch nie zuvor erzählt hatte. Der leibhaftige Tod kam darin vor. Sie alle kannten ihn, hatten schon oft die Folgen seiner Arbeit gesehen. Und nun war dieser schlimme Geselle Pate eines Kindes geworden?

Es dauerte nicht lange, so war der Jüngling der berühmteste Heiler der ganzen Welt. „Er braucht einen Kranken nur anzusehen, so weiß er schon, ob er wieder gesund wird oder sterben muss", hieß es von ihm, und wegen der Dankbarkeit seiner Patienten hatte er immer genug zu essen. Sogar den besten und kostbarsten Insektenschutz aus reiner Seide bekam er geschenkt.

Nun trug es sich zu, dass der König erkrankte. Wie der Heiler zu dem Bette trat, stand der Tod zu Füßen des Kranken, und da war für ihn kein Kraut mehr gewachsen.

„Wenn ich doch einmal den Tod überlisten könnte", dachte der Heiler, „er wird's freilich übel nehmen, aber da er mein Pate ist, drückt er wohl ein Auge zu. Ich will's wagen." Er legte also den Kranken verkehrt herum, sodass der Tod zum Kopf zu stehen kam. Dann gab er dem König von dem Kraute ein, und er ward wieder gesund.

Der Tod aber kam am Abend zu dem Heiler, machte ein finsteres Gesicht, drohte mit dem dürren Finger und sagte: „Du hast mich hinters Licht geführt. Diesmal will ich dir's nachsehen, weil ich dein Pate bin, aber wagst du das noch einmal, so nehme dich selbst mit fort und das ist dein Ende."

Man sah Tonn an, dass er am liebsten etwas gesagt hätte. Unruhig rutschte er auf seinem Platz hin und her. Wahrscheinlich wollte er den Heiler warnen, schließlich hatte er selbst schon oft die Folgen seiner Eigenwilligkeit bedauert. Doch Tonn hielt sich zurück, das Mädchen duldete keine Unterbrechung.

Bald hernach befiel die Tochter des Königs ein schweres Fieber. Sie war sein einziges Kind, er weinte Tag und Nacht und ließ bekannt machen: Wer sie vom Tode errette, der solle als ihr Gemahl die Krone erben. Der Heiler, als er zu dem Bette der Kranken kam, erblickte den Tod zu ihren Füßen. Er hätte sich der Warnung seines Paten erinnern sollen, aber die große Schönheit der Königstochter und sein Wunsch, Königserbe zu werden, verführten ihn. Er sah nicht, dass der Tod ihm mit der knöchernen Faust drohte; er hob die Kranke auf und legte ihr Haupt dahin, wo die Füße gelegen hatten.

Dann gab er ihr das Kraut ein, und alsbald regte sich das Leben von Neuem in ihr. Der Tod, als er sich zum zweiten Mal um sein Eigentum betrogen sah, ging mit langen Schritten auf den Heiler zu und sprach: „Es ist aus mit dir!" Er packte ihn mit seiner eiskalten Hand und führte ihn in eine unterirdische Höhle.

Da sah der Heiler, wie tausend Lichter in unübersehbaren Reihen brannten, einige groß und andere klein. Jeden Augenblick verloschen einige, und andere brannten wieder auf, sodass die Flämmchen in beständigem Wechsel zu sein schienen.

„Siehst du," sprach der Tod, „das sind die Lebenslichter der Menschen.

„Zeige mir mein Lebenslicht", sagte der Heiler und meinte, es wäre noch recht groß. Der Tod deutete auf ein kleines Endchen, das eben auszugehen drohte, und sagte: „Siehe, da ist es."

Da verlosch das Licht und alsbald sank der Heiler zu Boden und war nun selbst in die Hand des Todes geraten.

Die Kleinen waren stiller als sonst nach den Märchen.

Mara sah mit großen Augen zu dem Mädchen hoch. „War Gevatter Tod auch bei Vikor?"

Das Mädchen nickte und Kilawa rief mit gereizter Stimme aus dem angrenzenden Zimmer: „Er hat bei ihm vorbeigeschaut." Sie ließ den Putzlappen auf den Tisch fallen und kam herüber.

Da stand das Mädchen auf und verließ den Raum. Der Regen war schwächer geworden, es war an der Zeit, nach draußen zu gehen.

„Das Mädchen ist verrückt, euch solche Geschichten zu erzählen! Ob ihr danach heute Nacht schlafen könnt!?" Kilawa schimpfte vor sich hin, als sie zum Bett der Kleinen trat. „Ich habe vom Esstisch aus mitgehört, das ist eine schreckliche Geschichte!"

Kar schüttelte den Kopf. „Nein, sie ist gerecht. Gevatter Tod hat dem Heiler gesagt, was passieren wird. Er hat ihn gewarnt."

Tonn unterstützte seinen Bruder. „Außerdem muss jeder mal sterben."

Mara kullerten ein paar Tränen über die Wange. „Aber nicht Vikor!"

„Alle drei raus aus dem Bett. Aber schnell! Schaut nach den Hühnern, ob ihr ein paar ausgraben müsst, weil ihre Höhle eingebrochen ist. Und sucht auch gleich nach Eiern. Das bringt euch auf andere Gedanken."

Kilawa schimpfte selten, sie war ein Sonnenschein, aber das Märchen des Mädchens hatte sie heute verärgert und verstört. Sie wollte nicht ständig über den Tod nachdenken, der ihnen so oft begegnete.

Aber den Kleinen war es wohl nicht so nahe gegangen, wie sie befürchtet hatte, denn sie suchten nach kurzer Zeit draußen mit viel Geschrei und Gerenne nach den Hühnern unter den Büschen. Die hatten bereits einiges von ihrem Laub verloren, sodass manche von ihnen kahl im Hof standen. Auch einige der Hühner waren nahezu kahl, weil ihnen das Sommerfederkleid ausgefallen und der warme Winterschutz noch nicht nachgewachsen war. Das machte es deutlich einfacher, ein paar der älteren Hühner in den

Suppentopf wandern zu lassen, weil man sich das Rupfen weitgehend sparen konnte.

Das Mädchen war mittlerweile verschwunden, sie war sicher bereits wieder auf einer ihrer Außentouren unterwegs, um weitere Vorräte für den Winter in die Zuflucht zu holen oder ihr Jagdglück zu versuchen. Sie kannte einen Ort, gut drei schnelle Laufstunden entfernt, bei dem es viel Nützliches gab. Der Vorratsschrank, der sich zwischen Haus und Ziegenunterstand befand, war inzwischen gut gefüllt mit Konservenbüchsen. Die Etiketten, sofern noch vorhanden, waren zwar nicht mehr lesbar, aber der Inhalt meist noch zu gebrauchen. Es war jedes Mal eine Überraschung, wenn sie eine Dose öffneten: Was sich wohl darin befand?

Ein bisschen später kamen auch Mikan und Fida auf den Hof. Mikan hatte dem Kind mehrere Lagen Stoff um die Füße gewickelt, da sie keine eigenen Schuhe besaß. Kilawa arbeitete an manchen Abenden, wenn sie die Augen noch offen halten konnte, an ein paar gefütterten Schuhen für die Kleine, die sie im Winter würde tragen können.

„Onn! Onn!" Fidas forderndes Rufen schallte weit über den Hof.

„Wehe, du rennst weg, Fida, dann binde ich dich an mir fest."

Doch entweder konnte Fida mit diesen Worten mangels Erfahrung nichts anfangen oder ihr Ziel, Tonn, war einfach zu anziehend, denn sie rannte zielstrebig zu einer Gruppe von Büschen, um ihren Liebling zu suchen.

„Onn! Onn!"

Der Regen hatte den Boden aufgeweicht und die Lappen an Fidas Füßen nahmen bald eine braune Farbe an. Immerhin war sie mittlerweile sicher auf den Füßen und stürzte nur noch selten, sodass sich der Schmutz größtenteils auf die Füße konzentrierte. Auch brauchte sie tagsüber keine Windeln mehr, sehr zu Mikans Erleichterung.

Mikan schnaubte und lief Fida hinterher. Heute sollte er Wurzeln ausgraben und anderes Gemüse ernten, das dem späten Herbst noch trotzte. Die

Hühner hätten sicher alles gefressen, wäre es nicht durch einen noch höheren Innenhof aus dünneren Holzstämmen vor ihnen gesichert gewesen. Die Stämme liefen oben sehr spitz zu, sodass selbst die Hühner bei einem Flugversuch keine Freude daran hatten, den Zaun zu überwinden.

„Komm her, Fida, wir sollen Gemüse ernten! Fida!"

Fida hatte mittlerweile Tonn gefunden und strahlte. Mit ausgebreiteten Armen lief sie auf ihn zu. „Onn!"

Tonn hielt ein Huhn auf dem Arm, das sich eine Verletzung zugezogen hatte. Vielleicht war dies beim Sturm geschehen, vielleicht hatten es auch seine Kolleginnen in ihrer Panik gehackt. Es blutete an mehreren Stellen auf seiner halb nackten Haut und nur noch Büschel von hellbraunen Federn standen wirr von ihm ab.

„Mittagessen", lachte Tonn und hielt es Fida entgegen. „Hühnersuppe!"

Bevor Fida das Huhn entgegennehmen konnte, hatte Mikan die Kinder erreicht.

„Tonn, lass das! Du bringst ihr Quatsch bei." Er packte Fida, nahm sie auf den Arm und drehte sich wütend um. „Hühnersuppe! Ha!"

„Nam, Nam", schmatzte Fida und schleckte sich über die Lippen. „Nam, Nam."

„Barbaren, ihr alle. Wir gehen jetzt Gemüse ernten. Nam, Nam."

„Gemüse passt gut in die Hühnersuppe!", lachte ihm Tonn hinterher.

Mikan hatte Mühe, seine Ruhe zu bewahren. Was Fida nur immer an diesem wilden kleinen Kerl fand! Er selbst fand ihn nur ätzend.

Während er lief, kam er schnell zur Ruhe. Tonn war nur ein Kind, rief er sich ins Bewusstsein. Ein sehr seltsames zwar, aber eben ein Kind, nur wenige Jahre älter als Fida …

Er öffnete das Tor zur Gemüseinsel, schob Fida hinein und passte auf, dass sich keine Hühner mit hinein mogelten. Umsichtig schloss er es wieder hinter sich.

Der Garten war nicht sonderlich groß, vielleicht acht auf acht Meter, aber jeder Zentimeter wurde genutzt. Hier drinnen gab es noch weniger Insekten als hinter der ersten Palisade. Der zusätzliche Zaun hielt sie gut ab und zudem sammelten sie die gefräßigen Biester täglich von den Pflanzen ab. Mikan liebte diesen Ort. Hier konnte sogar er sein Tuch kurzzeitig abnehmen und hatte ein wenig Ruhe, vor den Kindern, vor den Insekten, vor der bockigen Ziege und den ständigen Kommandos.

Er hatte schnell bemerkt, dass ihm diese Arbeit lag, die ihm Kilawa gezeigt hatte, und er bewies auch einiges Talent in der Pflege des Gemüses. Er konnte schnell Unkraut von Nutzpflanzen unterscheiden und außerdem schimpfte niemand mit ihm, wenn er mal eine Pause zusätzlich einlegte.

Nur Fida musste er beschäftigen, damit sie nichts zerstörte. Ihm war schon bald aufgefallen, dass sie am besten abzulenken war, wenn er ihr Aufgaben gab, seien sie auch noch so klein. Insekten in einen Topf abzusammeln, mochte sie gerne. Dass sie manche davon einfach in den Mund steckte und mit Genuss zu essen schien, hatte ihn anfangs entsetzt. Aber als er merkte, dass sie keinen Schaden davontrug, ließ er sie gewähren.

„Man schmeckt es, welche gut tun und welche nicht. Probier es selbst. Pass nur auf, dass sie keine mit Stacheln isst", hatte Kilawa lachend erläutert, als er es ihr schilderte. „Was meinst du, aus welchen Bestandteilen unsere Fladenbrote hauptsächlich hergestellt werden? Vikor sagt, das ist wunderbar gesund. Proteine nennt er das."

Mikan schüttelte sich, als er sich an diese Information erinnerte. Anfangs mied er danach die Fladen, um sie schließlich doch zu essen, da alle anderen sie ohne Schaden und mit Genuss futterten. Zudem sättigten die Fladen schnell und schmeckten gar nicht mal schlecht, wie er widerwillig zugeben musste.

Nach etwas mehr als einer Stunde Arbeit trat er wieder in den Hof hinaus, er hatte das Haupttor gehört. Es schallte weit, wenn es hastig geschlossen wurde. Das Mädchen war wohl zurückgekommen …

Kilawa, einen großen Becher mit Ziegenmilch in der Hand, kam auf Mikan und Fida zu, auch sie war neugierig geworden. Sie sahen das Mädchen auf sich zurennen, ihr Rückenbeutel prall gefüllt. Ihre Augen waren weit geöffnet, ihr Mund schnappte auf und zu. Die Arme winkten und zeigten nach draußen.

„Du hast etwas draußen gefunden?"

Das Mädchen nickte heftig und hängte den Beutel an den Ast eines starken Busches.

„Und wir sollen mit rauskommen?"

Wieder nickte das Mädchen.

Mikan trat näher. Wenn sie doch nur einmal was sagen würde, dachte er und hielt Fida fest, die sich von der Aufregung anstecken ließ und in seinen Armen herumzappelte.

„Also los, gehen wir mit ihr", forderte er Kilawa auf. „Wenn sie so aufgeregt ist, hat das was zu bedeuten."

„Nun komm schon!", raunzte Mikan, als Kilawa immer noch zögerte. „Wenn wir nicht mit ihr gehen, werden wir nie erfahren, was los ist. Sie sagt ja nichts!"

Endlich stellte Kilawa ihren Becher auf den Boden, legte einen flachen schweren Stein darauf und rannte hinter den beiden her. Das Mädchen hatte bereits das Tor geöffnet, als sie bei ihr ankamen. Sie schloss es wieder hinter ihnen und rannte weiter, dicht am Zaun entlang.

Mikan schleppte Fida mit sich auf dem Arm. Mittlerweile hatte er sich daran gewöhnt, die meisten Wege mit dem Bündel auf dem Arm zu erledigen.

Die Kinder hielten den schützenden Palisadenzaun auch von außen gut einen bis zwei Meter vom Gestrüpp frei. Diese Aktion wurde nur von den Großen durchgeführt und immer vom Mädchen gesichert. Dennoch waren viele Sträucher bereits wieder nachgewachsen und es war schwer, schnell zu rennen. Zudem war der Boden heute nach dem Regen rutschig und nass.

Plötzlich blieb das Mädchen abrupt stehen. An dieser Stelle traten die Büsche etwas weiter zurück vom Zaun und gaben gute Sicht auf eine kleine Lichtung frei. Das Mädchen zeigte auf den Boden vor sich.

Etwa zwei Meter entfernt von ihnen lag ein Mensch auf der Erde, auf der Seite zusammengekrümmt. Es war der erste Erwachsene, den Mikan sah, seit er bei den Kindern lebte. Und er war offensichtlich tot. Die Kleider ähnelten eher Fetzen als einem Schutz vor den Unbilden der Natur, den Insekten und dem Wetter. Seine dunkle Haut war aufgerissen und wies viele große Wunden auf. Er hatte sichtlich keinen leichten Tod gehabt.

„Nicht näher herangehen! Ihr alle!", befahl Mikan. Er ließ Fida herunter.

„Pass auf sie auf", meinte er zu Kilawa, bevor er selber bis auf zwei Schritte an den Toten herantrat. Aus dieser Entfernung konnte er sehen, dass zahlreiche Ameisen und Käfer über ihn krabbelten und das Gesicht mit einem dunkelroten Ausschlag übersät war.

„Er kann noch nicht lange hier liegen, sonst hätten die Tiere und Insekten ihn aufgefressen", kommentierte Kilawa.

Das Mädchen nickte dazu.

„Habt ihr früher schon mal eine Leiche am Zaun gefunden?", fragte Mikan, „Oder überhaupt eine, die so aussah wie diese? Mit einem derartigen Ausschlag im Gesicht?"

„Nein, in der Nähe der Zuflucht haben wir bisher niemanden gefunden. Noch nie, weder tot noch lebend."

Kilawa sah besorgt aus. Sie hielt Fida fest an der Hand, aber diese mach-te sowieso im Moment keine Anstalten weiterzulaufen. Die sorgenvollen Stimmen der Großen hielten sie in Schach.

„Das gefällt mir nicht", murmelte Mikan.

„Aber ich habe einen Ausschlag wie diesen schon einmal gesehen. In der Gruppe, in der ich vorher war." Kilawa zeigt mit ausgestrecktem Finger auf das Gesicht des Toten.

Mikan umrundete die Leiche mit Abstand im Halbkreis.

„Ja, er ist voller Ausschlag, schuppenartig, am ganzen Körper, soweit ich das sehen kann", bestätigte Mikan, als er wieder zurück war.

„Alle Männer in der Gruppe bekamen ihn damals und sind daran gestor-ben", fuhr Kilawa fort und trat einen Schritt näher. „Einige Frauen und die Kinder haben den Ausschlag nicht bekommen."

„Bleib zurück. Wir sollten ihn keinesfalls anfassen, auch du nicht!", be-fahl Mikan. „Aber, was machen wir mit ihm? Direkt hier beim Zaun kann er nicht liegen bleiben, denkt an das Sindalon. Denselben bockkäferigen Fehler mache ich nicht zwei Mal. Auch wenn er außerhalb des Zauns liegt, es ist entschieden zu nah und zieht vielleicht wieder ein Sindalon an."

Das Mädchen wedelte ein paar Handzeichen vor Kilawa auf und ab.

„Das Mädchen sagt, verbrennen", übersetzte Kilawa.

Mikan zog ein nachdenkliches Gesicht. „Ist er weit genug vom Zaun ent-fernt? Wir können nicht riskieren, dass der Zaun Feuer fängt." Er gefiel sich in seiner neu gefundenen Anführerrolle.

Kilawa nickte. „Sehr gefährlich, so nah. Vielleicht können wir ihn ein paar Meter weiter wegschieben?"

„Könnte gehen, wenn wir lange Stangen benutzen. Sehr schwer sieht er ja nicht aus, er scheint schon länger gehungert zu haben. Lauter Haut und Knochen."

Das Mädchen holte aus dem Unterholz zwei lange, schlanke Stämme mit einer Astgabelung am Ende.

„Ja, damit sollte es gehen", entschied Mikan, „also probieren wir, ihn damit wegzuschieben."

Kilawa war beunruhigt, weil Mikan scheinbar sorglos nur wenige Schritte entfernt von dem Toten stand.

„Du bleibst am weitesten fort, Fremder, lass das mich und das Mädchen machen. Vergiss nicht, in unserer Gruppe hat es hauptsächlich die Männer erwischt. Vielleicht hat er es sich auf der Jagd eingefangen. In unserer Gruppe haben nur die Männer gejagt."

In dem Moment, in dem Kilawa nach der zweiten Stange griff, riss sich Fida von ihrer Hand und rannte los. Ihre Neugier hatte nach dem anfänglichen Schrecken ihre Furcht besiegt und sie wollte unbedingt zu Mikan und vor allem zu dem komischen Ding auf dem Boden. In letzter Sekunde packte Mikan sie an der Hose und zerrte sie zu sich.

„Du musst sie wirklich an dir festbinden, wenn du sie mit rausnimmst." Kilawa ließ ein besorgtes Stirnrunzeln sehen.

„Jetzt fängst du auch noch damit an. Tonn sagt das die ganze Zeit."

Kilawa grinste. „Und er hat recht. Tonn ist sicher auch festgebunden worden, als er noch bei seiner Gruppe war. Sonst würde er wohl nicht mehr leben, so quirlig wie er ist."

„Ja, Fida ist ein Wildfang. Ich muss mir wirklich was überlegen", gab Mikan zu.

Festbinden kommt aber nicht infrage, dachte er. Bei Freiheitsberaubungen seid ihr alle hier wahrlich nicht zimperlich, davon kann ich ein Lied singen. Obwohl es bei Fida echt geschickt wäre ...

Das Mädchen hatte mittlerweile begonnen, den Toten mithilfe des schmalen Baumstammes mitten auf die Lichtung zu schieben und als Kilawa ihr half, ging es flott von der Hand. Sie vermieden es, in seine Schleifspur zu treten. Trotz der anstrengenden Arbeit blickten die Augen des Mädchens wachsam umher. Die Sicherung der Gruppe außerhalb des Zauns war ihr in Fleisch und Blut übergegangen. Hier lauerten überall Gefahren.

„So, jetzt Brennholz auf ihn werfen, nicht zu viel und nicht zu wenig. Das Letzte was wir brauchen, ist ein großer Brand hier draußen." Kilawa hatte nun die Führung übernommen. „Fida, hol Kleinholz mit dem Fremden zusammen. Bleib bei ihm!"

„Ja, sag's ihr, auf dich hört sie vielleicht", knurrte Mikan.

„Du passt auf sie auf, Fremder!"

Mikan gab ein dumpfes Geräusch von sich. Natürlich würde er das, seit Wochen war es seine Hauptbeschäftigung. Und egal, was er früher getan hatte, es war mit Sicherheit weniger nervenaufreibend gewesen. Aber dessen war er sich sicher: auch weniger erfüllend.

Zusammen mit Fida, die hinter ihm her wackelte, suchte Mikan nahe der Lichtung Holz, das nicht ganz so feucht war.

Es hatte die letzten Tage viel geregnet, das Laub war nass und glitschig.

Prompt rutschte Fida aus und fiel mit dem Gesicht vorwärts in ein kleines Schlammloch. Mikan fischte sie wieder heraus und lachte. Die kleine Fida war von oben bis unten braun und fing an zu brüllen.

„So gefällst du mir", spottete er, „du bist gut getarnt, da sieht dich keiner mehr, wenn du im Wald herumläufst."

Fida brüllte noch lauter, der offene Mund bildete den einzig hellen Fleck im schlammbraunen Gesicht.

Mikan setzte sie auf einen brusthohen Ast und lachte weiter. „Da bleibst du jetzt hocken, bis ich dich hole."

Fida schrie zwar wie ein Frischling, blieb aber sitzen. Sie klammerte sich so gut sie konnte am Baumstamm fest, damit sie nicht herunterfiel.

Das Mädchen sicherte wieder mit ihrem Bogen und schnell hatten Mikan und Kilawa den Toten mit einer dünnen Schicht Holz bedeckt.

„Es wird zu nass sein." Kilawa zog ein besorgtes Gesicht. „Das brennt so nicht. Vor allem brennt es nicht an."

„Wir müssen etwas von dem trockenen Holz im Lager zum Anzünden besorgen", schlug Mikan vor. „Und Zunder."

Schon war das Mädchen davongerannt, nachdem sie Kilawa ihren Bogen in die Hand gedrückt hatte.

„Ob er alleine war, oder haben ihn andere zurückgelassen?" Kilawa suchte mit ihren Augen den Boden nach Spuren ab. „Ich sehe keine großen Abdrücke, aber das heißt noch nichts. Auf der Jagd sind sie sehr vorsichtig. Seine Wunden sind auch seltsam, so viele."

„Wir sollten auf jeden Fall in nächster Zeit selber vorsichtig sein. Irgendwer wird ihn vermissen."

„Wir haben bisher keine Fremden derart nahe der Zuflucht gehabt außer dir. Es gibt nicht viele Menschen in unserer Welt, die meisten sterben früh."

„Hattet ihr schon mal Kontakt mit anderen Gruppen?"

„Wir kommen aus verschiedenen Gruppen, und jeder erzählt bei uns die gleiche Geschichte: Alle aus ihrer Gruppe sind gestorben und sie blieben allein zurück. Ich habe schon seit langer Zeit niemanden mehr gesehen außer uns."

„Vielleicht sind Kinder widerstandsfähiger gegen die Krankheiten hier draußen", mutmaßte Mikan. „Zäher scheinen sie sowieso zu sein."

Aber nicht alle, korrigierte er sich, als er an Lunaro dachte. Dem ging es gerade verdammt schlecht.

Ausgerechnet ihm.

„Wir wissen nicht, warum wir die Krankheiten nicht bekommen und überlebt haben. Außer Mara und mir hat auch eine Frau in unserer Gruppe die Seuche überstanden. Nur um kurz darauf von einem Wildschwein, das ihre Jungen verteidigte, getötet zu werden. Also sind es nicht nur Kinder, die den Ausschlag überleben." Kilawa zuckte mit den Schultern.

„Manche sind vielleicht immun gegen diese Krankheit", rätselte Mikan.

Woher kannte er das Wort immun? Immer wieder tauchten Worte in seinem Kopf auf, die er nicht richtig einordnen konnte. Und von denen er doch wusste, wie sie zu gebrauchen waren.

„Immun?", fragte Kilawa, bekam aber keine Antwort mehr auf ihre Frage, da das Mädchen wieder auftauchte.

Sie trug einen Beutel voll mit Zunder und kleinen Ästen.

„Hast du alles dabei", fragte Mikan. Eine dumme Frage, auf das Mädchen war Verlass, wie er längst wusste.

Statt einer Antwort warf das Mädchen den Inhalt des Beutels über das Holz, das den Fremden bedeckte, entzündete einen dürren Ast und wenig später brannte der Haufen. Dichter schwarzer Rauch stieg zum Himmel. Das nasse Holz brannte nur zögerlich, doch für ihre Zwecke sollte es genügen.

Weit zu sehen, der Rauch, ging Mikan durch den Kopf, viel zu weit.

„Wir müssen wachsam sein in nächster Zeit", gab nun auch Kilawa zu bedenken und das Mädchen nickte. Alle waren sich der Gefahr bewusst. Lange, stille Minuten schauten sie dem Flackern des Feuers zu.

„Warum habt ihr mich nicht geholt?" Die eisige Stimme Vikors hinter ihnen ließ alle zusammenzucken. „Was brennt unter dem Stapel? Ein weiterer Wulf?"

Vikors Augen waren zu schmalen Schlitzen verengt und blitzten verärgert.

„Wann wolltet ihr mir das mitteilen? Wenn der Brand das Haus erreicht hat?"

„Wir können auch mal selber was entscheiden. Ich habe es entschieden! Nämlich, als das Mädchen zum Tor reinkam und uns informiert hat!", verteidigte sich Mikan, der sich wie immer über den Befehlston von Vikor ärgerte. Kilawa und das Mädchen hielten den Kopf schuldbewusst gesenkt.

Und dann sprudelte es nur so aus Mikan heraus:

„Hier liegt ein Toter. Und er war übersät mit einem seltsamen Ausschlag, der gefährlich aussah und den Kilawa schon von ihrer alten Gruppe her kennt, und der tödlich sein soll für Männer. Also haben wir beschlossen, den Leichnam zu verbrennen. Und weg musste er, damit kein Sindalon angelockt wird. Etwas anderes hättest du auch nicht beschließen können.

Wir haben ihn sogar mit Stangen vom Zaun weggedrückt, damit der nicht Feuer fängt. Wir waren außerdem immer weit vom Toten entfernt!" Mikan hatte sich in Rage geredet. „Warum musst du dich so aufspielen? Wochenlang hatten wir Ruhe vor dir, als du krank im Bett gelegen hast und kaum flüstern konntest, und so gerade eben bist du wieder wackelig auf den Beinen, geht die alte Leier wieder von vorne los. Das kotzt mich gelinde gesagt an und ..."

„Darüber reden wir noch. Kommt zurück!", fiel Vikor ihm ins Wort. Er holte die immer noch schreiende Fida vom Baum und lief auf unsicheren Beinen zum Tor zurück. Drinnen setzte er Fida auf den Boden und befahl dem Fremden, sie sofort im Freien am Bach zu reinigen.

„Ihr anderen kommt herein!"

„Nun kommandier' hier nicht so herum", beschwerte sich Mikan, „sag mir lieber, wie es Lunaro heute geht. Hat er sich etwas erholt?"

Doch Vikor ließ ihn wortlos neben der erneut schreienden Fida stehen und verschwand mit Kilawa und dem Mädchen im Haus.

Jetzt hat er so lange bei Lunaro am Bett gesessen und sagt nicht mal ein Wort zu seinem Zustand. Befehlen, sonst kann er nichts! Ein arroganter Kerl!, dachte Mikan.

Was Vikor mit dem Mädchen und Kilawa beredete, bekam Mikan nicht mit, aber dass es eine Standpauke gewesen sein musste, war Mikan spätestens beim Abendessen klar, denn die beiden saßen schweigsam mit hängendem Kopf da und verschwanden gleich darauf in ihren Betten.

Und dann war er dran.

„Bring Fida ins Bett und komm dann hierher!"

Vikors Gesicht war blass vor Erschöpfung und Anspannung, als Mikan zurückkam. Richtig gesund war er noch nicht, der kurze Ausflug nach draußen hatte ihn bereits alle Kraft gekostet, die er im Moment hatte.

„Setz dich!", befahl er und wies auf den Hocker, auf dem Mikan auch seine Mahlzeiten einnahm.

Zuerst wollte Mikan sich dem widersetzen, doch dann nahm er Platz. Das waren nur Äußerlichkeiten, gleich würde es um den wahren Konflikt gehen.

„Du bist lange genug in der Gruppe, dass du die Regeln kennst!"

„Durch und durch kenne ich sie. Ich muss mir sie ja jeden Morgen anhören! Und auf der doofen Tafel stehen sie auch noch! Sie verbieten uns aber nicht, selber zu denken!"

„Regel drei lautet: Der Lider ist bei einer Krise sofort zu informieren." Vikor verschränkte die Hände vor der Brust, verengte seine Augen zu Schlitzen und sah nun regelrecht bedrohlich aus. „Was sagt dir das?"

„Du bist nicht richtig gesund! Überhaupt nicht gesund, du bist jetzt noch ganz wackelig, du solltest dich setzen. Und außerdem hattest du vorhin Wichtigeres zu tun. Du hast dich um Lunaro gekümmert, der wird immer kränker und der ist wirklich wichtig. Mehr als wir anderen alle zusammen."

„Es gibt einen Grund, warum die Regel drei existiert. Weil wir alle in Gefahr geraten und sterben können, wenn uns ein Fehler unterläuft. Wir alle, nicht nur Lunaro."

„Es war aber nicht gefährlich, das weißt du selber ...."

Vikor ließ Mikan dieses Mal nicht ausreden, ging einen Schritt näher auf ihn zu und sah so grimmig aus, dass Mikan auf seinem Hocker ganz nach hinten rutschte und beinahe das Gleichgewicht verlor.

Trotzdem konnte er den nächsten Satz nicht für sich behalten: „Zudem halte ich gerade diese Regel für völlig überflüssig."

Vikors Stimme war eisig.

„Solche Krankheiten, diese Ausschläge, die du beschreibst, haben ganze Gruppen ausgelöscht. Hunderte sind gestorben, von denen ich weiß, und wahrscheinlich noch viel mehr. Im Vergleich zu diesen Krankheiten sind Wulfe so gefährlich wie frischgeborene, putzige Kaninchen!"

Da Mikan nichts zu entgegnen wusste, zuckte er nur mit den Schultern, was Vikor noch mehr aufzubringen schien.

„Du hast die Gruppe gefährdet, weil du einfach dort hinausgegangen bist. Du hast die Mädchen in Gefahr gebracht, auch Fida."

„Wir sind ja nicht blöd!" verteidigte sich Mikan gereizt, „wir waren extrem vorsichtig, haben nichts angefasst, alle Sicherheitsregeln angewandt. Du hättest dasselbe getan, verfluchte Kakerlakenkacke!" Mikan war jetzt ebenfalls aufgesprungen. Vikor war nur ein Kind, was fiel ihm ein, ihn herumzukommandieren!

Vikor stand Mikan nun direkt gegenüber, kreidebleich und gut einen Kopf kleiner als der Fremde, aber das tat seiner Autorität keinen Abbruch.

„Ich war nur wenige Meter entfernt im Haus, es hätte nicht lange gedauert, mich zu informieren. Ich kenne mich mit Krankheiten am besten aus in der Gruppe, besser als du mit Sicherheit. Denn du hast ja selbst erzählt, dass es wohl keine Krankheiten mehr gibt in eurem Glasbau! Du hättest mich kurz rufen müssen. Du hast die Lage richtig eingeschätzt und vorsichtig gehandelt, aber jetzt habe ich den Ausschlag nicht gesehen und kann ihn nicht eindeutig zuordnen. Wenn ich genau gesehen hätte, um welche Krankheit es sich handelt, wüssten wir jetzt mehr!"

„Oh, danke für die kleinen Blumen unter dem Haufen Unrat, den du auf mich wirfst. Es wird wohl so sein, dass es in meinem vorigen Zuhause keine Krankheiten gab, aber ich weiß nicht wieso. Zudem ist das völlig irrelevant, es geht um diesen Toten, der jetzt verbrannt ist. Und damit inklusive Krankheitserregern erfolgreich unschädlich gemacht wurde."

Vikor blieb ruhig, aber seine Stimme war unnachgiebig.

„Und was, wenn Fida zu ihm gerannt wäre? Hast du daran schon einmal gedacht? Sie rennt dir doch ständig davon!"

Da wurde Mikan ein bisschen unwohl.

„Wer hat dir das erzählt?", fragte er unwillig.

„Niemand hat es mir erzählt. Aber ich kenne Fida und ich kenne dich!"

Kurz ließ Vikor seine strenge Miene fallen und sah besorgt zu Mikan. „Hat sie ihn berührt?"

„Niemand ist näher als zwei Meter an ihn herangekommen, auch Fida nicht. Berührt hat den Toten garantiert keiner. Wir waren alle vorsichtig."

„Fremder, versteh doch endlich! Da lag ein Toter, gestorben an einer Krankheit, die wahrscheinlich hoch ansteckend ist. Wir wissen nicht einmal, ob sie über die Luft übertragen wird. Vielleicht hast du sie schon in dir!"

„Er war aber nun mal da, der Tote, was hätten wir anderes tun sollen? Und wir mussten jetzt wegen deiner Krankheit so lange ohne dich auskommen, dass wir einfach … dich, äääh, wahrscheinlich vergessen hatten", versuchte Mikan eine letzte schwache Verteidigung, aber er fühlte bereits ein Unbehagen in sich.

„Du lernst sehr langsam, Fremder. Was du hättest tun sollen? Die Regeln befolgen! Dein Gehirn einschalten und mich informieren, und zwar sofort. Das hätte nur wenige Minuten länger gedauert. Und ich erwarte, dass du das beim nächsten Mal tust, sonst wirst du aus der Gruppe ausgestoßen! Wir können uns derartige Fehler nicht erlauben."

So viel Autorität konnte Mikan nicht ertragen, sofort stellte er seine innerlichen Stacheln auf.

„Ha! Wenn Lunaro und Fida nicht wären und ich eine Alternative sähe, wäre ich schon längst von hier weg", gab er trotzig zur Antwort.

Doch die hörte Vikor vielleicht schon nicht mehr, denn nach seinen letzten Worten hatte er sich umgedreht und sich auf sein Lager zurückbegeben, wo er sich ausruhte und in einem medizinischen Lexikon blätterte. Wahrscheinlich suchte er ein Bild des von Kilawa beschriebenen Ausschlags.

Mikan blieb nachdenklich zurück und war sich gar nicht so sicher, ob wirklich stimmte, was er da zuletzt gesagt hatte. Und warum ihn so gar nichts zu seiner Heimat, dem Glasbau, hinzog, verstand er sowieso nicht.

Kapitel 26: Memento

Zwischen Mikan und Vikor herrschte in den nächsten Tagen eisiges Schweigen und sie gingen sich so gut wie möglich aus dem Weg. Nach der letzten, intensiven Aussprache brauchten beide eine kleine Auszeit vom Miteinander. Da es mittlerweile jedoch kälter und regnerisch geworden war, erwies sich das zeitweise als nicht gerade einfach, und an Lunaros Lager trafen sie unbeabsichtigt mehrmals direkt aufeinander.

„Hört endlich auf mit euren Revierkämpfen!", jammerte Lunaro, der sich mittlerweile kaum noch vom Lager erheben konnte. Er bekam die Mahlzeiten ans Bett gebracht, und beim Gang auf die Toilette wurde er gestützt begleitet. Er sah erbärmlich aus, kalkweiß und teilweise fleckig, seine Haare fielen aus und er konnte kaum noch die Augen offen halten. Mikan saß an seinem Bett und schaukelte die Hängematte, in der Fida gerade ihren Mittagsschlaf hielt.

„Ha, Lunaro, sag das mal Vikor! Ich kommandiere schließlich niemanden herum. Ich hab es nur satt, dass er ständig zeigen muss, wer hier der Boss ist. Pah!"

„Fremder, bitte, beruhige dich. Ich kann vor eurem schlechten Benehmen schließlich nicht davonlaufen!"

Mikan wollte aufbrausen, hielt sich dann aber zurück. Letztlich gab er Lunaro recht.

„Ist ja wahr, mein Freund. Im Verhältnis zu deiner Krankheit sind meine Unstimmigkeiten mit Vikor ein Fliegenschiss. Und … erzähl es Vikor nicht, aber ich sehe schon ein, dass er ein Stück weit recht gehabt hat", knurrte Mikan. „Nur seine ständige überhebliche Art stört mich wie immer gewaltig."

„He, du entwickelst dich weiter, Fremder!"

Trotz seiner Erschöpfung lächelte Lunaro und zwinkerte Mikan zu. Dem schnitt diese Geste ins Herz.

„Weißt du, Lunaro, deine Krankheit macht mich fertig. Ich kenne so etwas nicht. Ganz sicher. Da kommt nicht einmal der leiseste Erinnerungsfetzen an so eine furchtbare Schwäche auf. Nun ja, eigentlich keinerlei Erinnerung ans Sterben überhaupt. Und das ist nicht logisch. Das müsste es in meiner Welt doch auch gegeben haben. Alles in meinem Kopf dreht sich nur sinnlos im Kreis. Dabei habe ich das drängende Gefühl, meine Erinnerungen könnten irgendwie helfen."

Mikan seufzte und kratzte sich an einem Mückenstich an der Wange.

„Wahrscheinlich denke ich das nur, weil ich unbedingt will, dass ich helfen kann. Der Gedanke an den Tod und insbesondere deinen ist mir unerträglich." Ein Blutstropfen lief seine Wange herunter und Mikan wischte ihn mit dem Handrücken weg.

„Vikor meint, meine Krankheit hat was mit der Schilddrüse zu tun, so genau verstehe ich das nicht. Er sagt, da kann man nichts ausrichten mit den Mitteln, die wir haben."

„Was meint er damit?"

„Er sagt, selbst wenn das Mädchen zufällig ein Heilmittel finden sollte, ist dieses wahrscheinlich längst nicht mehr wirksam, weil es zu alt geworden ist. Außerdem müsste ich es jeden Tag nehmen und so viel wird sie nie finden können, dass es lange reichen würde. Ich verstehe das alles nicht wirklich, aber es ist Fakt, dass meine Krankheit nicht geheilt werden kann. Das sagt Vikor. Und wenn er das meint, stimmt es, denn er kennt sich mit Medizin und Krankheiten echt gut aus."

So lange am Stück hatte Lunaro schon ewig nicht mehr gesprochen, doch um Mikan aufzuklären, brachte er seine letzten Kräfte auf. Schnaufend rang er nach Luft.

„Das Leben ist so grausam!" Mikan war bleich wie ein Laken. Das Dahinsiechen seines neu gewonnenen Freundes ging ihm erheblich an die Nieren.

Lunaro richtete sich ein wenig auf. „Die anderen sind stark. Sie haben schon viele Krankheiten überstanden. Tonn war sogar noch nie krank, seit er bei uns ist. Aber ja, das Leben, das wir führen, ist oft grausam zu uns. Wir kennen das Sterben und den Tod, sie sind unser ständiger Begleiter; wir alle hier haben unsere Familien und Gruppen durch Krankheiten verloren. Es bleiben nur die Starken am Leben. Und ich gehöre eindeutig nicht dazu, ich war noch nie stark und richtig gesund, bei mir stimmt einfach etwas nicht. Ich weiß wirklich nicht, wieso ich überhaupt noch lebe."

Lunaro machte lange Pausen zwischen den Sätzen, doch Mikan hörte geduldig zu. Nun aber begehrte er auf:

„Du bist der Stärkste von uns. Nur eben nicht körperlich!"

Lunaro lächelte schräg mit seinem aufgedunsenen Gesicht. „Immerhin habe ich keinen hässlichen Ausschlag am ganzen Körper wie der tote Fremde." Doch dann wurde sein Blick eindringlich.

„Weißt du, es wäre schön, wenn du Vikor etwas mehr schätzen könntest. Er ist viel intelligenter als ich, er hat es nur nicht so mit den technischen Dingen. Unsere Gruppe ist gut für uns alle, und nicht zuletzt seinetwegen. Wir passen zueinander und ergänzen uns wie ein Satz Zahnräder. Auch du findest langsam in die Gruppe, Fremder, und das freut mich. Du kannst eine große Bereicherung wer..."

Lunaro hustete unvermittelt, legte sich röchelnd flach hin und schnappte nach Luft. Das Gespräch hatte ihn seine letzte Kraft gekostet.

„Wenn ich dir doch nur helfen könnte. Vielleicht ist ja tatsächlich etwas in meinem Kopf, das dir nützen könnte, und nur eine dünne Wand des Nichterinnerns hindert mich daran, es herauszufinden. Das ist ... unerträglich!"

Mikan schlug sich mehrmals mit der Faust an die Schläfe, was sein Schwindelgefühl noch verstärkte. „Wenn ich nur wüsste, wie ich meine Erinnerungen aus mir heraus schütteln könnte ..." Dann verstummte er und entfernte sich leise vom Lager, denn Lunaro war mitten in seinem letzten Satz wieder eingeschlafen. Er blieb nur noch kurze Zeit am Stück wach, schlief fast ununterbrochen.

Noch am selben Abend überwand Mikan seinen Stolz und suchte das Gespräch mit Vikor, nachdem er Fida in die Hängematte bugsiert hatte. Er wollte aus dessen eigenem Mund hören, wie es um Lunaro stand.

„Vikor, hast du einen Moment Zeit?" Mikan war zu Vikors Lagerstatt getreten, was er noch nie zuvor freiwillig getan hatte.

Vikor sah auf. Das Mädchen hatte sich gerade zu den drei Kleinen aufs Bett gesetzt und wartete, dass alles still wurde. Den „Teufel mit den drei goldenen Haaren" hatte sie angekündigt, was mit Spannung von den Zwillingen und Mara erwartet wurde.

Vikor nickte und stand auf.

„Mädchen, erzähle das Märchen bitte leise. Ich möchte kurz mit dem Fremden sprechen."

Sie gingen in den angrenzenden Raum, wo Vikor erneut Mikan seinen Hocker zuwies, im Gegensatz zum letzten Mal jedoch gelassen und mit ruhiger Stimme.

Kaum hatte Mikan sich hingesetzt, da platzte es aus ihm heraus.

„Ich möchte mit dir über Lunaro reden. Stimmt es, dass er sterben wird?"

Vikor, der sich ebenfalls gesetzt hatte, schaute Mikan einen Moment mit hochgezogenen Brauen erstaunt in die Augen, dann nickte er traurig.

„Ja, er wird sterben und es wird nicht mehr lange dauern, bis es soweit ist. Er hat eine Erkrankung der Schilddrüse, weit fortgeschritten. Wir kennen keine Möglichkeit, diese Krankheit zu bekämpfen, besitzen keine Medikamente dagegen. Ich denke, dass Lunaro wahrscheinlich die nächste Woche nicht überstehen wird, er schläft fast die ganze Zeit, ist kaum noch aktiv. Wir können ihm nur die letzten Tage so erträglich wie möglich gestalten."

„Was? So bald schon?" Mikan war entsetzt aufgesprungen, und fühlte in seinem Bauch die nun bereits bekannte mulmige Angst vor dem Tod.

„Es gibt wirklich keine Möglichkeit, ihm zu helfen? Das will mir nicht in den Kopf! Er ist so jung. Und er ist so wichtig für uns alle."

Vikor nickte mit traurigem Blick und fuhr sich mit den Fingern durch seine struppigen Haare.

„Ja, sein Tod wird ein großer Verlust für die Gruppe sein. Seine Erfindungen helfen uns, und nur er kann manche Geräte reparieren. Aber vor allem werden wir ihn als Freund vermissen. Das Warten auf seinen Tod belastet uns alle. Auch die Kleinen wissen Bescheid, mit dem Tod kennen wir alle uns aus."

Mikan hielt es im Raum nicht mehr aus. Wie konnte Vikor ruhig dasitzen und die unerträgliche Situation so sachlich kommentieren? Geräte reparieren! Das überhaupt zu erwähnen! Als ob es darauf in irgendeiner Weise ankäme! Es ging doch um den Menschen Lunaro, nicht seine Funktion in der Gruppe! Er flüchtete nach draußen in die kalte Nacht und ließ Vikor einfach sitzen.

In seinem Kopf drehte sich alles. Er konnte nur noch an Lunaro denken, und wie er ihm vielleicht doch helfen könnte. Dass ein so junger und begabter Mensch einfach sterben sollte, bevor er überhaupt erwachsen geworden war, konnte er nicht begreifen, wollte er nicht akzeptieren.

Nachdem er eine halbe Stunde unruhig innerhalb der Zuflucht herumgelaufen war und ein paar Hühner aus ihrer Abendruhe aufgescheucht hatte, zog es ihn zurück zu Lunaros Lager. Hier setzte er sich am Fußende aufs Bett und betrachtete im Schein seiner kleinen Öllampe dessen in komatösen Schlaf versunkenes Gesicht.

Wie hatte er diese nun vertrauten Züge jemals für hässlich halten können? Selbst die gelbliche Farbe störte ihn nicht mehr. Rund und gelb wie der volle Mond bei klarem Himmel war Lunaros Gesicht, und das erschien ihm jetzt schön. Wenn Lunaro starb, hatte er in der Gruppe niemanden mehr, der ihm richtig nahestand, den er für seinen Freund halten konnte. Und irgendwie fühlte er, dass dieser sterbenskranke Junge der erste Mensch war, mit dem er sich wirklich innerlich verbunden fühlte.

Mikan wachte die ganze Nacht an Lunaros Lager, obwohl er schon in den letzten Tagen vor Sorge kaum geschlafen hatte. Er starrte in die kleine Flamme seines Öllämpchens, bis diese erlosch. Er fand einfach nicht in den Schlaf hinein. Obwohl ihm langsam der Rücken wehtat, konnte er sich nicht hinlegen; seine Gedanken kreisten ohne den Ansatz einer Lösung um

Lunaros Rettung, und gegen Morgen begann er, infolge des Schlafmangels zu halluzinieren.

Die Sorge um seinen Freund und die mittlerweile chronische Müdigkeit überreizten sein Gehirn. In seiner Verzweiflung schlug er die Faust mehrmals so heftig gegen die Wand, dass ein wenig Putz herabrieselte und ihm danach die Hand schmerzte. Lunaro schreckte hoch und schaute ihn im beginnenden Dämmerlicht mit großen, glasigen Augen an. Doch nur einen Moment lang, dann sank er wieder zurück auf die Strohmatratze und schloss die Augen. Mit einem pfeifenden Geräusch atmete er aus und schlief wieder ein.

Mikan dagegen war von einer Sekunde auf die andere hellwach, quasi unter Strom. Es war dieses Pfeifen, das seine Erinnerungen weckte. Sie bahnten sich einen Weg, rauschten über ihn hinweg wie eine Welle. Pfeifen: Das war ein Element der Musik. Die Musik! Das war es: Er liebte die Musik! Lieder und Melodien explodierten in seinem Kopf.

Plötzlich wusste er, was ihm bei Kilawa so bekannt vorkam: Es war ihr Singen, es erinnerte ihn an seine Musikstücke und das Clavier im Refugium, an Bach und Scarlatti. Danach tauchte schlagartig Drain in seinen Erinnerungen auf und Alfo, dort im Refugium sein älterer Freund. Dem hatte er sich dort am meisten verbunden gefühlt und der hatte ihm den Bildband über Michelangelo geschenkt, und im Museum hatte er die Pietà gesehen.

Wie ein Blitz kam sein eigener Name zu ihm zurück: Mikan! Throop! Der Grüngürtel, das Sindalon, seine Arbeit, die Drogen, alle Erinnerungen waren wieder da, überfluteten ihn wie das Wasser einen geborstenen Damm, nahezu greifbar.

Wie elektrisiert sprang er auf. Er war wieder vollständig! Ein Mensch! Mit diesen Erinnerungen hatte sich alles geändert. Mit dem Zugriff auf sie gab es wieder Hoffnung. Für ihn selber und … vielleicht auch für Lunaro …?

Mikan verspürte den unbedingten Drang, sein Wissen mit jemandem zu teilen, doch Lunaro in seiner Agonie kam dafür nicht infrage. Also stürzte er in den Frühstücksraum, es wurde ihm schwindelig auf dem kurzen Weg. Dort saßen die drei Großen schon am Tisch. Schweigend, mit betrübten Gesichtern, denn allen war klar, dass Lunaro im Sterben lag.

„Mikan!", rief er in höchster Aufregung den dreien entgegen. „Mikan! Mikan!"

„Ich heiße immer noch Vikor", runzelte der Lider erstaunt die Stirn und auch die anderen hatten große Fragezeichen im Gesicht.

„Nein, Mikan, das bin ich."

Bei Vikor sprang der Frosch zuerst.

„Du meinst, dein Name ist Mikan?"

„Ja, ich weiß jetzt wieder, wie ich heiße: Mikan!"

„Setz dich, Mikan", forderte ihn Vikor auf.

„Frühstücke mit uns. Schön, dass du deinen Namen wiedergefunden hast", freute sich Kilawa und klatschte begeistert in die Hände.

„Und ich weiß noch viel mehr." Mikan war zu aufgeregt, um sich hinzusetzen.

„Setz dich, Mikan!", befahl Vikor noch einmal. „Wir bekommen sonst krumme Hälse. Du musst ja nichts essen, aber setz dich."

Mikan gehorchte, doch es hielt ihn fast nicht auf dem Stuhl. Am liebsten hätte er seine Aufregung durch Bewegung abreagiert.

Das Mädchen hatte die Hand bereits am Messer und beobachtete die Situation wachsam. Wer wusste, ob der Fremde als Mikan nicht gefährlich wurde. Er war ein erwachsener Mann. Vielleicht konnte er nun, da seine Erinnerungen zu ihm zurückgekommen waren, seine Kraft einsetzen, um böse Absichten zu verfolgen.

„Ich komme wirklich aus der Glaskugel", fuhr Mikan fort und fuchtelte fahrig mit seinen Händen in der Luft herum. „Refugium heißt sie dort. Übersetzt heißt das Zuflucht, wie bei uns. Ist doch ein prima Zufall, oder?"

Er war nun tatsächlich aufgesprungen, doch als Vikor ihn streng ansah, setzte er sich wieder hin.

„Erzähl weiter", Vikor sah ihn neugierig an, er hatte zudem das Wort 'uns' positiv registriert.

„Ich habe keine Ahnung, ob ich wieder alles weiß, aber sehr vieles jedenfalls. Es wirbelt noch ganz schön wild durch meinen Kopf."

Das Mädchen beobachtete Mikan weiterhin aufmerksam. Ob er sich nun verändern würde? Als „Fremder" war er ja irgendwann gut einzuschätzen gewesen. Aber ob ein Mikan auch noch harmlos war? Er war nun auf gewisse Weise erneut ein Fremder für sie geworden. Ein Unbekannter, ein Bewohner der Glaskuppel, des Refugiums ... ein potenzieller Feind.

„Draußen tobt ein Sturm. Wir haben Zeit, erzähl in Ruhe", bat ihn Vikor und goss ihm eine Tasse heißen Tee ein.

Mikan ignorierte die Tasse Tee und es sprudelte weiter aus ihm heraus.

„Dass es hier draußen Menschen wie euch gibt, ich meine, so organisiert und intelligent und ... wie soll ich es sagen ... so lebendig ... mit solchen enormen Fähigkeiten, das habe ich nicht gewusst. Das weiß niemand drinnen im Refugium. Die wissen wohl, dass es noch so was wie Menschen außerhalb der Schutzschirme geben muss, aber das ist auch schon alles. Sie haben nicht die geringste Ahnung, wie sich die Menschen draußen entwickelt haben. Das ist denen außerdem völlig egal, die sind nur mit sich selbst beschäftigt. Bei denen dreht sich alles nur um ihren Spaß."

Da kamen verschlafen die drei Kleinen um die Ecke und Mara trug Fida auf dem Arm. Der Lärm hatte sie alle geweckt. Vor allem Mikans aufgeregte Stimme.

„Setzt euch, Kinder. Der Fremde hat seinen Namen wiedergefunden, er heißt Mikan." Kilawa lachte die drei Kleinen an und Fida krabbelte auf Mikans Schoß. Auch dies beobachtete das Mädchen argwöhnisch. Fida war wehrlos und nun vielleicht in Gefahr; die Kleine wusste ja nicht, dass ihr Betreuer sich gerade verändert hatte. Die Jägerin blieb tief misstrauisch und angespannt; sie konnte die neue Situation nicht endgültig als gefahrlos akzeptieren.

Auch Tonn sah Mikan kritisch an. Vielleicht war er ja nun eine Art Teufel mit goldenen Haaren geworden …

Vikor dagegen saß gelassen und fröhlich da, er schien die neue Konstellation sogar zu genießen.

„Willkommen im Kreise der gesamten Zuflucht, Mikan. Und da wir alle viele Fragen haben, darf ausnahmsweise am Tisch gesprochen werden. Mikan, bitte erzähle uns von deinem alten Zuhause."

„Im Refugium gibt es keine Krankheiten. Stellt euch das mal vor." Mikan unterstrich mit seinen Händen die Bedeutung dieser Tatsache und wischte dabei die Tasse vom Tisch. Das Mädchen verdrehte die Augen und rettete die Tasse im letzten Augenblick knapp über dem Boden, ohne sich am heißen Tee zu verbrühen, der herausschwappte.

Ungeschickt wie vorher war der Fremde namens Mikan jedenfalls geblieben, also stellte er wahrscheinlich keine unmittelbare Gefahr dar, war ihre Schlussfolgerung. Mikan, der von all dem nichts mitbekommen hatte, schaute erwartungsvoll in die Runde. Keine Krankheiten! Er wusste mittlerweile genau, dass diese die Hauptursache eines frühen Todes in der Außenwelt waren. Seine Aussage musste den Kindern wie eines der Märchen des Mädchens vorkommen.

Große Augen ruhten auf Mikan. Als ob er neu bei ihnen angekommen wäre, was er in gewisser Weise ja auch war.

„Keine Krankheiten?", echote es von verschiedenen Seiten.

„Und alle sehen so schön aus und sind so gesund wie du?" Kilawa war auch nach all den Monaten immer noch verwundert über Mikans ebenmäßige Gesichtszüge, seine glänzenden Haare und seine zwar zerstochene, aber dennoch glatte, narbenlose, zarte Haut. „Und sie werden da drinnen alle so alt wie du?"

„Viel älter sogar, dort gehöre ich noch zu den Jungen. Aber was viel wichtiger ist: Dort könnte Lunaro im Handumdrehen geheilt werden. Geheilt!"

Ein mehrstimmiges Aufstöhnen war zu vernehmen, ungläubige Kommentare hallten durch den Raum. Vikors Spannung dagegen wuchs wie seine Aufmerksamkeit. „Lunaro könnte im Glasbau geheilt werden? Du meinst, wir bringen Lunaro in das Refugium und sie heilen ihn dort? Aber werden sie ihn überhaupt reinlassen?"

„Nein, das kannst du vergessen, die lassen niemand rein und heilen keinen von euch", raubte Mikan ihm die Illusion. „Für die seid ihr bestimmt wie Tiere. Im besten Fall Tiere, die wie Menschen aussehen. Sie wissen ja nicht mal im Geringsten, wie ihr hier lebt. Ihr seid ihnen vollkommen egal, wie eigentlich alles außer ihrem Vergnügen."

„Warum Tiere?", fragte Kilawa erschrocken. „Sie kennen uns doch gar nicht."

„Und sie wollen euch auch gar nicht kennenlernen." Zumindest war sich Mikan dessen ziemlich sicher.

Vikors Gesicht zeigte seine strenge Seite. „Tiere also!"

Tonn kletterte flink auf seinen Stuhl und begann, auf ihm auf und ab zu springen. „Ich bin ein Baumhüpfer. Ich bin ein Baumhüpfer." Kar kicherte und wollte ebenfalls auf den Stuhl klettern, ließ es jedoch, als er Vikors strengen Blick bemerkte. Doch Tonn sprang unverdrossen unter lautem Keckern weiter.

Mara boxte ihn auf den Arm. „Setz dich. Du bist ein schlechtes Vorbild für Fida! Außerdem klingst du nicht wie ein Baumhüpfer."

Tonn hatte viel zu viel Spaß an seinem Baumhüpferspiel und sprang munter weiter, unterließ jedoch das Keckern.

„Wenn dort im Refugium jemand auch nur den Anflug einer Krankheit hat, wird er in den Medirob gesteckt und kommt gesund wieder heraus", erklärte Mikan weiter.

„Nicht, dass ich diese Menschen unbedingt kennenlernen möchte", knurrte Vikor, „aber ihre Medizin will ich haben. Können wir den Medirob zu uns holen? Aus der Kuppel?"

„Oh ja. Wir gehen rein und holen ihn uns", strahlte Kilawa und das Mädchen nickte. Ihre Hand lag nicht mehr am Messer, sie hatte sich entspannt. Dem Fremden namens Mikan konnte man anscheinend vertrauen.

„Holen? Nein, das geht auf keinen Fall. Das Ding ist viel zu groß und schwer zum Transport, zudem fehlt uns hier die nötige Energieversorgung. Und wie willst du ins Refugium reinkommen? Ausgeschlossen. Die lassen niemanden rein. Noch nie ist jemand von außerhalb reingelassen worden, solange ich denken kann."

Mikan schüttelte demonstrativ den Kopf, sodass seine langen Haare durch die Luft wirbelten, worüber Fida auf seinem Schoß begeistert krähte. Ihr gefiel es, wenn alle zusammen waren und sie sich an Mikan kuscheln konnte. Die Anspannung, die förmlich zu greifen war, berührte sie kein bisschen. Sie war fröhlich, wie fast immer.

Vikors Gesicht wurde düster. „Du meinst, in dem Glasbau namens Refugium gibt es Hilfe für Lunaro, an die wir nicht herankommen?" Er schlug mit der Faust auf den Tisch, dass die Becher und Teller tanzten. „Das kann ich nicht akzeptieren. Nach dem Essen schmieden wir einen Plan. Die Großen. Die Kleinen lesen oder spielen auf dem Bett!"

Die Vorstellung, dass Lunaro theoretisch mit nur wenigen Minuten Behandlungszeit gerettet werden könnte und diese Möglichkeit trotz der räumlichen Nähe doch praktisch unmöglich schien, machte Mikan ganz krank. Aber so ging es wohl jedem im Raum, der die Tragweite des Gesagten verstanden hatte.

„Ich will auch Pläne schmieden. Nur weil die Jungs so dumm sind, heißt das nicht, dass ich keine Pläne schmieden kann", schmollte Mara, obwohl sie gar nicht wusste, was das bedeutete, Pläne schmieden. „Ich will auch Lunaro helfen."

„Gut, wer länger als ein Frühstück lang still sitzen kann, darf bleiben. Alle anderen verschwinden aufs Bett." Kilawa hatte ein Machtwort gesprochen.

Tonn unterbrach nun tatsächlich sein Baumhüpfer-Spiel und setzte sich blitzschnell so ruhig auf seinen Stuhl, wie er es vermochte.

Mikan grübelte: „Was wäre, wenn ich mich im Refugium für Lunaro einsetze, als Vermittler?" Er schüttelte gleich darauf energisch den Kopf und winkte seiner eigenen Idee ab. „Aber nein, das wird bestimmt nicht funktionieren, der Ältestenrat würde solch einem Präzedenzfall niemals zustimmen. Außerdem mögen die mich nicht besonders."

Er ging in Gedanken weitere Möglichkeiten durch. „Zudem bin ich für die sicher längst tot. Hm, das hat allerdings auch Vorteile ... Ja, das ist gar nicht mal so schlecht ..."

„Ich kann auch lange still sitzen", sagte Tonn herablassend zu seiner Nebensitzerin, die fast einen Kopf kleiner war als er, sich jedoch von ihm überhaupt nicht beeindrucken ließ.

„Wir werden sehen", sagte Mara mit einem wissenden Lächeln. „Wir werden sehen."

„Still, ihr Kleinen. Lasst Mikan laut nachdenken." Vikor hob beide Hände, das Zeichen für Stille, und Mikan sprach weiter.

„Ich sehe nur eine einzige Möglichkeit. Lunaro muss heimlich zum Medirob ins Refugium, ohne dass die drinnen das mitbekommen." Seine Augen leuchteten auf. „Ja, das ist es! Heimlich! Ohne ihr Wissen! Warum
sollte ich sie um Erlaubnis fragen?!" Gleich darauf verdunkelte sich sein
Gesicht wieder und er senkte sein Kinn. „Nur habe ich keine Idee, wie das
funktionieren soll."

Kar schaufelte mittlerweile Essen in sich hinein und schien nicht viel
mitzubekommen. Er war der etwas ruhigere Zwillingsbruder und aß für
sein Leben gern, ohne dadurch zuzunehmen. Alle anderen hingen weiterhin
an Mikans Lippen und verfolgten seine munter wechselnde Mimik.

Mikan schaute in die Runde.

„Ihr kennt ja die Grenze zum Glasbau, wisst, dass sie undurchdringlich
ist."

Sie nickten. Ja, sie hatten es selbst gesehen oder es war ihnen erzählt
worden.

„Eigentlich ist sie auch von innen her nicht zu durchqueren. Und dennoch bin ich mit dem MoFa herausgefahren. Dass ich hindurch konnte,
muss ein Sabotageakt gewesen sein, da wollte mich jemand loswerden. Ich
war wohl bei einigen da drinnen nicht so sehr beliebt."

Er ignorierte ein wenig irritiert die ironischen Kommentare von Kilawa
und Vikor und das lauthalse Kichern des Mädchens. Die drei fanden diese
Information offenbar ungemein lustig.

„Aber Tatsache ist: Ich bin raus gekommen, also kommen wir vielleicht
auch rein. Nur wie …?"

Es herrschte eine Weile grüblerische Stille am Tisch. Tonn rutschte
leicht unruhig, doch lautlos auf seinem Stuhl herum, unter ständiger schar-
fer Beobachtung von Mara.

„Kann man vielleicht einen Tunnel graben, unter der Grenze hindurch?",
überlegte Kilawa.

„Nein, das nützt nichts, die Strahlung reicht tief unter die Erde", nahm Mikan ihr die Hoffnung. „Damit wilde Tiere, die graben, nicht eindringen können."

„Oder wir Draußenmenschen, wir sind ja auch nur Tiere für die", grummelte Vikor mit zusammengezogenen Augenbrauen. „Aber darum geht es ja im Moment nicht", beruhigte er sich gleich selbst.

„Damals, als das konstruiert wurde, hatte man eine Abwehr der Menschen von außerhalb sicher auch auf dem Schirm. Heute denkt niemand mehr an die Draußenmenschen, zumindest nicht als eine Gefahr." Mikan zuckte bei diesen Worten entschuldigend mit den Schultern.

„Es gibt ja auch kaum noch Menschen hier draußen ...", entgegnete Vikor, „zumindest glauben wir das. Wenn doch nur Lunaro selbst helfen könnte, etwas erfinden etwa. Er würde vielleicht einen Helm oder so entwickeln. Sodass einem nicht schlecht wird, weil er vor der Strahlung schützt."

Mikan kratzte sich nachdenklich an einem seiner vielen Mückenstiche.

„Die Abwehr findet überwiegend über die Reizung von Nervenzellen statt, aber ich bin mir sicher, dass es da noch andere Komponenten gibt. Irgendwas Elektromagnetisches ist jedenfalls dabei. Ich weiß leider darüber nicht genug Bescheid", erklärte er, „damit hatte ich nichts zu tun".

„Wir können uns von den Bäumen abseilen, direkt von oben in den Glasbau", schlug Tonn vor, sprang wieder auf seinen Stuhl und deutete mit lebhaften Gesten an, wie er sich das vorstellte.

Mikan schüttelte den Kopf und schmunzelte. „Eine tolle Idee, Kar. Aber leider gibt es keine Bäume in der Nähe der Glasbauten."

„Onn! Onn!", fiepte Fida auf Mikans Schoß und heimste trotz der allgemeinen Anspannung einen Lacherfolg ein, weil sie die Verwechslung ihres Ziehvaters erkannt hatte.

„Der Wulf, den du drinnen gesehen hast, ist der dort zu Hause oder kam der irgendwie herein?"

Kilawa hatte diese Frage gestellt und Mikan schaute sie entgeistert an.

„Der Wulf? Das Sindalon? Ja, verrotteter Wurmfortsatz! Wunderbar: das Sindalon! An das habe ich gar nicht mehr gedacht. Das habe ich drinnen im Grüngürtel gesehen und es ist absolut widersinnig, dass es dort war. Darüber habe ich früher schon gegrübelt, aber keine Lösung für das Rätsel gefunden. Natürlich hätte es dort nicht sein dürfen, also ist es irgendwie von draußen reingekommen, so unmöglich das auch erscheint."

Die kleine Mara beugte sich vor. „Das Wulf?"

„Der Wulf!", berichtigte Kar, der aus seinen Träumen zurück fand und seinen sauber geleckten Löffel neben den blitzblanken Teller legte. „Es heißt der Wulf."

„Egal!", bestimmte Mara. „Der Wulf hat einen Tunnel gegraben, wie bei uns! Wenn der Wulf reinkommt, dann können wir das auch. Wir graben einen Tunnel wie der Wulf!"

Vikor stimmte zu. „Mara, ich glaube, du hast recht. Wulfe können sehr gut graben."

Mikan nickte aufgeregt. „Das ist die Lösung. Es muss irgendwo ein Tunnel in den Grüngürtel hinein existieren. Aber das ist ganz sicher nicht irgendein Tunnel. Er muss an einer bestimmten Stelle sein, wo der Schutzmechanismus kaputt ist, ohne dass es im Refugium bekannt ist. Warum und wie auch immer das so sein kann."

„Der Wulf muss auf jeden Fall irgendwie reingekommen sein in den Glasbau. An einer Stelle, an der der Schutzschirm nicht wirkt, und der Wulf hat das mit seinen feinen Sinnen bemerkt", fasste Vikor zusammen. „Und wo ein Wulf oder Sindalon durchpasst, da können auch wir rein."

„So sehe ich das auch. Wir müssen nur herausfinden, wo genau das ist", bestätigte Mikan.

„Wir laufen um dein Refigum herum und suchen die Stelle", strahlte Tonn.

„Gute Idee, außer, dass ihr Kleinen hier bleiben werdet", lachte Kilawa.

Mikans Augen leuchteten vor Begeisterung. „Wir brauchen nicht das ganze Refugium zu umrunden. Ich weiß in etwa, wo es hereingekommen sein muss. Der Grüngürtel ist in vier getrennte Sektoren unterteilt, und das Sindalon kann sich nur in einem davon frei bewegen. Nämlich dem, in dem ich es gesehen habe. Und das ist genau der Sektor, durch den ich mit dem MoFa herausgefahren bin."

„Außer es hat noch mehr Tunnel gegraben. In alle Settoren vom Refuugum." Die kleine Mara war vom Tunnel grabenden Sindalon begeistert.

„Sektoren heißt es, und Refugium", berichtigte Kar erneut. Er war fasziniert von all den neuen, schön klingenden Worten.

Mikan genoss die Situation, seine Hoffnung hatte einen Anker gefunden. Es gab eine Vision, die Aussicht auf einen Plan, der umgesetzt werden konnte. „Es reicht, diesen einen Tunnel zu finden. Er muss in etwa in der Verlängerung der Richtung sein, in der ihr mich gefunden habt."

„Das ist immer noch eine ganz schön lange Strecke, die wir absuchen müssen. Ein Sektor umfasst ja nach deinen Worten ein Viertel des ganzen Kreises", grübelte Vikor. „Das müssen viele Kilometer sein. So lange können wir Lunaro nicht durch die Gegend tragen. Es wird Tage dauern, das Loch zu finden. Aber wir haben wahrscheinlich keine Tage mehr Zeit."

„Das Sindalon könnte irgendwelche Spuren hinterlassen haben", meldete sich Kilawa zu Wort. „Fellabwürfe oder Markierungen, meine ich."

Mikan nickte. Sie waren so weit gekommen, es musste gelingen. Ein Scheitern konnte er als Möglichkeit nicht mehr akzeptieren.

„Ja. Wir können auch nach dem Sindalon selbst Ausschau halten. Ich bin ziemlich sicher, dass es manchmal nach draußen geht. Um größere Tiere zu jagen, die es im Grüngürtel nicht gibt."

„Na prima!", bemerkte Kilawa. „Einen Wulf suchen mit einem Kranken, der sich nicht bewegen kann. Ein Wulf ist auch so schon gefährlich."

„Das ist sicher nicht ungefährlich für uns, Kilawa, aber wir müssen es einfach tun. Am besten suchen wir ohne Lunaro. Erst wenn das Loch gefunden ist und der Plan steht, beginnen wir mit der Aktion 'Medirob'. Dann kann und muss es schnell gehen." Mikans fahrige Bewegungen zeugten von seiner Anspannung.

„Ob Lunaro noch so lange durchhält?" Kilawa war skeptisch. „Wir brauchen mindestens einen halben Tageslauf zu der Glaswelt von dir. Dann wieder zurück und am nächsten Tag mit Lunaro erneut los. Mit ihm werden wir noch länger unterwegs sein."

„Kilawa hat recht, wir müssen Lunaro gleich zum Glasbau mitnehmen", überlegte Vikor. „Wir verlieren sonst zu viel Zeit. Einer macht immer Pause bei Lunaro und bewacht ihn dort. Die anderen suchen solange. Wir werden morgen in aller Frühe aufbrechen, um den ganzen Tag nutzen zu können. Heute bereiten wir alles vor."

„Wir kommen mit suchen!" Tonn gab nicht so schnell auf. „Wir Kleinen können gut suchen."

„Und ihr seid perfektes Wulf-Futter. Nein, auf keinen Fall!" Kilawa schüttelte energisch den Kopf.

Das Mädchen deutete mit ihren Händen etwas Langes an. „Ja, Mädchen, du kümmerst dich um die Tragevorrichtung für Lunaro. Er ist ja zum Glück federleicht."

Mikan strahlte. Es ging voran, es bestand Hoffnung. Er konnte wieder klar sehen und vor allem klar denken. Es war, als ob jemand das Licht in ihm angeknipst hätte.

„Gut, Vikor und ich überlegen schon mal, wie es drinnen im Refugium weitergehen soll. Das wird eine knifflige Angelegenheit, sobald wir im Grüngürtel sind. Da rein zu kommen ist ja nur der erste Schritt, dann müssen wir noch zum Medirob. Und wir müssen auf jeden Fall nachts ins Innere des Refugiums eindringen, das steht schon mal fest."

„Warum in der Nacht, Mikan?"

„Weil wir auf keinen Fall gesehen werden dürfen. Und weil nachts der Medirob normalerweise nicht benutzt wird, uns dort also niemand entdecken kann."

Vikor runzelte nachdenklich die Stirn. „In dem Grüngürtel, wie du es nennst, sind auch Menschen? Die uns sehen könnten?"

„Nein, dort bin immer nur ich, da will sonst keiner rein", grinste Mikan, „Die Kuppel verlässt sich ganz auf den Strahlenschutz, deshalb wird die Wachsamkeit, was die Außengrenze des Grüngürtels angeht, vollkommen vernachlässigt. Die Menschen im Refugium fühlen sich zu sicher.

Nun, es ist ja auch wahrscheinlich ein paar Hundert Jahre lang nichts passiert. Im Grüngürtel entdeckt uns keiner, aber der Medirob für den Heilprozess steht im Refugium selbst. Das Refugium ist praktisch der Innenteil des Glasbaus."

Vikor nickte nachdenklich. „Also könnten wir bereits tagsüber in den Grüngürtel. Das würde vieles erleichtern."

„Ja, das sollte gehen, nur das Eindringen ins eigentliche Refugium muss nachts erfolgen. Dabei dürfen wir auf keinen Fall gesehen werden."

Die Kleinen hatten den Spaß an der Aktion verloren, als sie merkten, dass sie niemanden von den Großen überzeugen konnten, sie mitzunehmen. Sie verzogen sich auf ihr Bett und spielten wilde Spiele, die vor allem Hüpfen und Schreien beinhalteten. Da dies zum Alltag gehörte und alles im Nachbarraum geschah, störte es die Großen wenig.

Vikor stand auf und holte aus einer Holzkiste Papier. Es war fleckig und hatte Löcher, aber es war Papier. „Wir zeichnen unseren Plan exakt auf. Wer wann was tut."

Der winzige Stift war der letzte Rest, der jetzt geopfert wurde.

Kapitel 27: Fische

Der restliche Tag verlief mit Planungen und emsigen Vorbereitungen. Eine Schlepptrage wurde für Lunaro hergerichtet, gepolstert mit Fellen und Decken. Die Werkzeug- und Waffengürtel wurden beladen und die Wasser- und Proviantbeutel gefüllt und Kleidung geflickt.

Nach einem kurzen, schnellen Mittagessen wollten die Kleinen schon ins Freie stürmen, da rief Vikor sie zurück.

„Stopp! Schule!"

Die weit aufgerissenen Augen der drei Kleinen verrieten ihre Empörung.

„Schule?"

„Soll das ein Witz sein?"

„Heute Schule? Nicht dein Ernst!"

Ungläubig schauten die drei Vikor an und schüttelten unisono ihre Köpfe.

Mikan staunte über diesen Disziplinierungsversuch Vikors. An einem solchen Tag voller Aufregung und Emotionen wollte er die Kleinen wie an gewöhnlichen Tagen zum Lernen verpflichten!? Das konnte vergnüglich werden.

Er selbst hatte Fida gerade zum Schlafen gelegt und genoss die kurze Pause bis zur nächsten Arbeit, Vikor hatte ihn noch nicht eingeteilt, zum Glück. Genüsslich ließ er sich auf seinem Hocker nieder und wippte ein bisschen Auf und Ab, obwohl es bedenklich knarzte und Vikor genau das den Kleinen schon mehrmals verboten hatte. Mikan schaute gespannt auf die kleine Gruppe vor sich, dieses spannende Schauspiel wollte er sich auf keinen Fall entgehen lassen.

Vikor stand gelassen da, die Arme vor seinem stämmigen, jugendlichen Körper verschränkt.

„Jeden Dreitag ist Unterricht nach dem Mittagessen. Das wisst ihr alle."

„Aber heute auf keinen Fall!" Tonn verschränkte die Arme in einer gelungenen Kopie von Vikor, ihm fehlte nur noch ein Tick Gelassenheit.

Wie ein Echo kam von Mara und Kar ein „Nicht heute!"

Genau so hatte Mikan sich das vorgestellt und er grinste innerlich. Prima, wenn es mal nicht er selber war, der sich mit den Kleinen herumschlagen musste. Und doppelt prima, wenn sich ein anderer als er selbst dem Ober-Lider Vikor entgegenstellte. Ob sich Vikor wirklich gegen den Quälgeist Tonn behaupten konnte?

Der eisige Blick in Vikors Augen nahm das Duell mit den Kleinen auf.

„Jetzt! Sofort!" Seine Stimme ließ keinen Zweifel an seiner Unnachgiebigkeit zu, jedes Wort war ein Befehl. Ansonsten stand er einfach nur da wie ein fest verwurzelter Baum.

Es dauerte nicht lange, da schlugen die drei Kleinen die Augen nieder, und mit hängenden Schultern schlurften sie wortlos zurück zum abgeräumten Esstisch.

Heilige Stinkmorchel, wie schafft er das nur immer wieder, fragte sich Mikan neidisch. Es sah so einfach aus. Sein letzter Versuch, Tonn zu etwas zu bewegen ...

Vikor holte zwei Tafeln aus dem Regalfach und das Kistchen mit malenden Steinen. Er legte beides auf den Tisch und drehte sich lächelnd zu Mikan um.

„Mikan, wie schön, dass du da bist und fein, dass du dein Gedächtnis wiedergefunden hast. Heute wirst du die Schulstunde übernehmen."

„Wer, ich?" Mit ähnlich weit aufgerissenen Augen wie gerade eben noch die Kinder stoppte Mikan abrupt sein Schaukeln, wobei er fast vom Stuhl gefallen wäre, und schaute ungläubig zu Vikor hin.

Dieser ignorierte den kurz aufflammenden Protest der Kleinen am Tisch und nickte Mikan bestätigend zu.

„Wer außer dir hatte sein Gedächtnis verloren? Fida macht ein Mittagsschläfchen und du sitzt ohne Arbeit, aber dafür mit reichlich viel Wissen im Kopf herum. Es ist der perfekte Zeitpunkt, den Kleinen etwas mehr von den Grundkenntnissen in Rechnen und Schreiben zu vermitteln."

Vikor verkniff sich ein Lächeln, als er Mikans Reaktion sah. Steif und starr saß dieser auf seinem Hocker, festgefroren, geschockt.

„Aber, aber ... das kannst du nicht von mir verlangen! Nicht die Kleinen! Nicht Tonn!" Mikans Gesichtsausdruck war köstlich, in dem offenen Mund hätten sich Fliegen verirren können, wären gerade welche da gewesen.

Tonn starrte den neuen Lehrer giftig an, und Vikor erklärte dem entsetzten Mikan die Lage ausführlicher.

„Die Kinder müssen unbedingt Lesen, Schreiben und Rechnen lernen. In diesem Alter eignen sie sich Wissen am schnellsten an. Willst du, dass Fida einmal nichts lernt? Du darfst heute schon mal mit den drei Kleinen üben. In wenigen Jahren kannst du Fida zusätzlich unterweisen und hast dann bereits perfekte Erfahrung im Unterrichten außerhalb deines Glasbaus."

„Zweifelsohne müssen sie das alles lernen. Aber doch nicht von mir?! Mara, ja, mit der kann ich was üben, wenn es unbedingt sein muss, aber Kar ... und Tonn?"

In Tonns Augen funkelten Teufelchen, als Mikan seinen Namen zum wiederholten Mal so abfällig nannte.

Vikor klopfte Mikan aufmunternd auf die Schulter. „Unsere Fida ist keinen Deut anders als Tonn und Kar, du brauchst alle Übung, die du kriegen kannst. Fang an, sie dir zu holen, die Übung, jetzt!"

Dann drehte er sich zu Tonn, Kar und Mara um. „Und die gute Nachricht für euch: Es gibt jetzt vier Mal die Woche Schulunterricht, sobald Lunaro gesund zurück ist. Nun habt ihr ja noch einen dritten Lehrer zu Lunaro und mir dazubekommen. Der Unterricht beim Mädchen an den Waffen bleibt wie gehabt, und Kilawas Allerleistunden lassen wir auch unverändert."

Na, das kann ja nur eine komplette Katastrophe werden, dachte Mikan resigniert. Er fühlte sich, als hätte man ihn einem Sindalon zum Fraß vorgeworfen, gefesselt an Händen und Füßen.

Die wilden Proteste der drei Kleinen über das Aufstocken ihrer Schulstunden bekam natürlich er ab, da Vikor mit einem breiten Grinsen im Gesicht schnell verschwunden war.

„Ist nicht euer Ernst! Vier Mal die Woche Lesen, Schreiben und Rechnen?" Tonn schrie fast vor Empörung. "Drei Mal war schon viel zu viel! Lieber soll das Mädchen mehr unterrichten. Was sie uns beibringt, kann man wenigstens brauchen."

„Viel zu viel!", echote sein Bruder und auch Mara sah nicht gerade glücklich aus.

„Und dich als Lehrer wollen wir schon gar nicht!", warf ihm Tonn noch voller Verachtung vor die Füße, bevor er Mikan demonstrativ den Rücken zuwandte.

Dieser war vollkommen ratlos, wie er nun vorgehen sollte. Er hatte dem bisherigen Unterricht Vikors höchstens mit halbem Ohr gelauscht, war selten dabei gewesen. Wie machten Lehrer das, unterrichten?

Seine Erinnerungen waren zwar zurückgekommen, aber ein Unterricht im Refugium war in keiner Weise mit dieser Situation zu vergleichen und zudem lag seine eigene Erfahrung Jahrzehnte zurück. Diese Aktion hier hatte von vornherein keine Chance auf Erfolg, insbesondere bei einer derart lernunwilligen Truppe, und ausgerechnet an diesem ganz speziellen Tag und mit ihm als Lehrer. Da hatte ihn Vikor ganz schön reingeritten. Nun, er wollte es wenigstens probieren.

Zuerst einmal stand er von seinem Hocker auf, mit ein bisschen Größe war er ihnen zumindest in dieser Hinsicht überlegen.

Er schaute die drei Kleinen forschend an. „Also Kinder, was habt ihr zuletzt durchgenommen?", versuchte er, einen Einstieg zu finden. Doch die waren noch immer mit der unerhörten Neuerung beschäftigt.

„Vier Mal die Woche! Das sind acht Stunden Unterricht in der Woche!", maulte nun auch Kar, dem Rechnen am leichtesten fiel. „Acht Stunden! Eine einzige Stunde ist schon so schrecklich lang."

Mara brabbelte ihm nach. „Vier Mal die Woche! Acht Stunden!"

Mikan fand, dass acht Stunden die Woche nicht wirklich viel waren, gemessen an der Gesamtzahl der existierenden Wochenstunden. Jedoch: Ob die Kinder überhaupt ein Zahlen- und Mengenverständnis hatten? Ein guter Einstieg wäre das, fiel ihm auf.

„Vier mal zwei ist acht, jawoll. Na, wenn ihr es so mit den Zahlen habt, werden wir heute rechnen, egal, was ihr zuletzt gemacht habt. Und außerdem sind acht Stunden Unterricht in der Woche viel zu wenig. Wenn ihr und Fida mal was werden wollt, dann müsst ihr deutlich mehr und länger lernen. Mindestens vier mal vier Stunden. Wisst ihr, wie viele das zusammen sind? Vier mal vier?"

„Ich will aber gar nichts werden! Ich bin schon was. Deine Fida kann ja mehr lernen, wenn sie will, aber warum wir? Wir können schon alles, was wichtig ist! Besser als du jedenfalls." Tonn war der geborene Rebell. Mit in die Seite gestützten Armen funkelte er Mikan böse an. „Ich kann Holz hacken und aufstapeln, ich kann Beeren finden und essen, mit der Schleuder schießen und Fische fangen und …"

„Na, du Oberschlau, dann sag mir doch mal, wie viele Fische du gefangen hast, wenn du morgens zehn und nachmittags fünfzehn Fische geangelt hast?" So leicht ließ sich Mikan nicht von seinem einmal gefassten Ziel ablenken.

„Genug Fische, um sie einzupökeln für den Winter!", fauchte ihn Tonn böse an.

„Ich mag Fische", kommentierte Mara und strahlte in die Runde.

„Gut, Tonn, du selbst ernanntes Pökelass: Wie viel Pökelsalz brauchst du dann? Für jeden Fisch nimmst du zehn Gramm Salz, los, sag's mir." Mikan ließ nicht locker.

Kar nickte Mara mit ernstem Gesicht zu. „Ich mag auch Fische. Hm, Fische sind lecker."

„Hast du Fische?", wollte Mara von Mikan wissen und schaute ihn mit großen Augen an.

Tonn blieb diesem mittlerweile die Antwort nicht schuldig: „Eine ganze Menge Pökelsalz brauche ich. Mehr als wir haben. So viel haben wir nicht für so viele Fische."

„Aber wir können ja ein paar gleich essen, dann müssen wir die schon mal nicht einpökeln. Ich mag sowieso lieber frische Fische", unterbreitete Kar einen praktischen Vorschlag und freute sich über den gelungenen Reim. „Frische Fische!", wiederholte er genüsslich.

„Ich mag alle Fische am liebsten", nickte Mara ernst, ihre Augen weit geöffnet vor Staunen und Freude über so viele Fische.

„Gut, wenn also jeder von euch einen Fisch sofort isst: Wie viele bleiben übrig zum Einpökeln?", versuchte Mikan zum Wesentlichen zurückzukommen, wobei er selbst schon den Überblick über seine ursprüngliche Fragestellung verloren hatte.

Die drei Kleinen sprangen von ihren Stühlen auf und Tonn lief ihnen voran zum kleinen Pökelfass. „Guck mal, Fremder … äh, Mikan, hier ist das Salz. Es ist schon halb leer. Das reicht nicht mehr für so viele Fische."

„Nein! Setzt euch wieder hin!" Mikan rollte genervt mit den Augen. Diese Kinder waren wie Flöhe, Eintagsfliegen und Grashüpfer auf einmal. „Setzt euch und rechnet!"

„Ich mag Fische so sehr!" Mit offenem Mund sah Mara erst ins Pökelfass und danach zu Mikan: „Da ist nur Salz drin. Wo sind denn deine Fische?"

Sie fing an, die Fische im Pökelfass und dann in den Töpfen im Regal zu suchen. Kar kam ihr zu Hilfe und fand einen Rest Fladenbrot; verträumt am Regal lehnend, schaute er Mara bei ihrer weiteren Suche zu und knabberte genüsslich an seinem Fund. Nur Tonn hatte sich bereits wieder gesetzt und spielte mit den Malfarben im Kistchen.

„Tonn, du nimmst jetzt die Tafel und malst für jeden Fisch einen Strich auf die Tafel. Zuerst waren es zehn am Morgen, also bitte schon mal zehn Striche zeichnen", versuchte Mikan verzweifelt, dem Chaos zu begegnen und irgendwie den Schlenker zum Unterricht zurück zu finden.

Mara ließ einen kleinen verzweifelten Schrei los: „Ich finde keine Fische. Es gibt hier keine Fische!" Sie hatte Tränen in den Augen. „Wieso soll Tonn Striche malen? Es gibt ja gar keine Fische." Nun liefen ihre Tränen unaufhaltsam und sie schniefte herzerweichend.

Kilawa kam herein und ging sofort mit blitzenden Augen auf Mikan los. „Was hast du getan? Warum weint Mara?"

„Er hat überhaupt keine Fische! Ich mag Fische so arg", schluchzte Mara.

„Mara, bitte, keine Tränen. Die Fische fangen wir, sobald Lunaro wieder gesund ist, dann gehen wir alle zusammen angeln", versuchte Mikan die verfahrene Situation noch irgendwie unter Kontrolle zu bringen.

Doch Kilawa schüttelte den Kopf. „Aber Mikan! Sie liebt Fische, es ist ihr Lieblingsessen. Du solltest vor Mara nicht von Fischen reden, wenn wir keine haben."

In Mikan brodelte es, doch er versuchte verzweifelt, sich zu beherrschen. Ruhig zu bleiben. Das hier waren Kinder, kleine Kinder ... Und er war ihr Lehrer, trichterte er sich selbst ein.

„Kilawa, bitte halte dich raus. Wir sind mitten im Unterricht! Mara und Kar, setzt euch! Tonn, bitte fang jetzt mit den Strichen an. Male zehn Stück. Sofort!"

Tonn funkelte Mikan wütend an, schmiss seine Tafel, die er gerade aufgenommen hatte, zu der anderen, unbenutzten auf den Tisch und rannte heftig kopfschüttelnd zur Tür hinaus.

„Halt, hiergeblieben!", schrie Mikan ihm hinterher, doch der Junge war schon weg.

„Oh, dieser Tonn!", schimpfte Kilawa, „Wir haben nur diese beiden kleinen Tafeln, und der Wildling schmeißt sie einfach so auf den Tisch. Zum Glück ist sie heil geblieben. Du musst unbedingt mehr auf die Disziplin achten, Mikan!"

Mikan stöhnte nur genervt und fasste sich mit zehn Fingern an den Kopf. Doch Kar setzte sich, packte die Tafel, die Tonn beinahe zerschmettert hatte, und fing an, Fische darauf zu malen. Wunderbare bunte Fische, alle verschieden, jeder einzigartig. Mara hörte auf zu schluchzen, stellte sich neben ihn und schaute ihm fasziniert eine Weile zu.

„Das sind schöne Fische! Ich male auch Fische."

Sie setzte sich, zog die zweite Tafel zu sich heran und malte ebenfalls Fische, die man immerhin als solche erkennen konnte. Sie verwendeten Steine, die in den verschiedensten Farben malen konnten, gesammelt in einem kleinen Kistchen für ihre Schulstunden.

„Prima, Kar, male zehn Stück, dann hörst du erst mal auf", lobte Mikan den Zwilling.

Kilawa lobte die Fische ebenfalls. „So schöne Fische, Kar." Bestätigend nickte sie Mikan zu. „Malen ist wichtig. Gut, dass du ihnen zeigst, wie man Fische malt."

Doch Mikan hatte anderes im Kopf, hörte ihr gar nicht richtig zu. Ihm fehlte ein Schüler.

„Kilawa, kannst du bitte Tonn wieder einfangen?! Der verflixte Bengel braucht eine Tracht Prügel!"

Kilawa lachte unvermittelt los. „Ich bin doch heute nicht der Lehrer, und Prügel gibt es bei uns sowieso nicht." Und weg war sie.

„Also gut, Mara und Kar. Malt Fische, so viele ihr wollt. Ich kümmere mich um diesen unmöglichen Tonn," resignierte Mikan, band sich ein Mundtuch um und machte sich auf die Suche.

Eine halbe Stunde später saß Mikan völlig erledigt allein am Tisch, denn auch Kar und Mara waren inzwischen zum Spielen nach draußen verschwunden. Tonn hatte er nirgends finden können, er war ein Meister im Klettern und Verstecken spielen. Er konnte sich quasi unsichtbar machen, und die Zuflucht bot mit ihren kleinen Bäumen, Büschen und Schuppen eine vielfältige Bühne für diese Begabung.

Er hatte Fida inzwischen mit dieser Leidenschaft angesteckt, die „Decke Biele" als ihr Lieblingsspiel auserkoren hatte und Mikan damit das Leben noch schwerer machte.

„Unterrichten ist ja schlimmer, als einem Tausendfüßler klassisches Ballett beizubringen", stöhnte er, „ich brauche jetzt unbedingt eine kurze, kinderlose Pause."

Vikor kam herein und schaute ihn mit lächelndem Gesicht an. „Schulstunde zu Ende?"

„Ich glaube, ich eigne mich besser zum Lebensretter für Lunaro als zum Lehrer für die Kleinen", versuchte Mikan mit schiefer Miene seine Leistung zu beschönigen.

„Wieso? Du hast das doch prima gemacht. Mara und Kar sind begeistert von deinem Unterricht. Sie erzählen ständig von deinen Fischen. Und dass du mit ihnen angeln gehen willst. Mit Tonn musst du noch ein bisschen üben. Der ist empört über die Fische. Er spuckt die Zwetschgenkerne meterweit vor lauter Wut."

„Vikor, mal ehrlich, kannst du mich nicht zum Holzhacken einteilen? Oder zum Sindalonjagen ohne Waffen und Kleider? Alles ist besser als Unterricht", resümierte Mikan. „Tonn ist eine Katastrophe, ein ausgewachsener Zyklon ist ein harmloses Lüftchen gegen ihn."

In diesem Moment wachte Fida auf und schrie lauthals los.

Vikor grinste. „Fida schreit nach dir, deine Pause ist zu Ende."

Mühsam erhob sich Mikan, ein geschlagener Mann. „Ich gehe Fida holen." Er musste seinerseits brüllen, um noch gehört zu werden.

„Das wird schön, wenn du bald auch Fida das Lesen, Schreiben und Rechnen beibringen kannst."

„Fida wird ein Honigschlecken sein gegen diesen Tonn."

Das laute Lachen verkniff sich Vikor, bis er wieder an der Tür nach draußen war, dann aber konnte er nicht mehr an sich halten und prustete los. Als Kilawa ihm mit fragendem Gesichtsausdruck entgegen kam, grinste er: „Ich freue mich, dass ich nicht mehr so oft Unterricht halten muss."

Er drehte sich noch einmal am Ausgang um, und sprach Mikan an, der mit Fida auf dem Arm im Essraum auftauchte. „Und Tonn hat mir voller Empörung erzählt, dass du die wöchentlichen Schulzeiten erhöhen willst. Das, finde ich, ist die beste Idee von allen."

Vikor brach fast zusammen vor unbändigem Lachen, als er nach draußen ging. Mikans entgeisterter Gesichtsausdruck war unbeschreiblich.

Kapitel 28: Nachtwache

Es war früher Morgen. Die Dämmerung war eher zu ahnen als wirklich zu sehen, als Vikor und das Mädchen aufbruchbereit am Tor standen. Nur Mikan fehlte noch. Er war ein paar Meter zurückgeblieben, um Fida wieder in die Arme von Kilawa zu geben, weil sie schon wieder hinter ihm hergelaufen war.

„Tschüss, Fida, ich bin bald wieder da. Bleib bei Kilawa, lauf nicht fort."

„Binde sie fest, Kilawa", gab Tonn dieser den Ratschlag, der bei Mikan noch nie Gefallen gefunden hatte. Alle waren im Dunkeln aus ihren Lagern gekrochen, um die Aufbrechenden zu verabschieden, und standen nun müde, aber aufgeregt, im Halbkreis um sie herum.

„Klar binde ich sie an mir fest", lachte Kilawa „Wie will ich sonst etwas arbeiten?"

Mikan sparte sich eine Antwort, drehte sich um und nahm Ziel auf das Tor und die anderen. Er war fast bei ihnen angekommen, sie öffneten bereits das Tor, als er wie angewurzelt stehen blieb und laut „Halt!" schrie und ein „Oh nein!" folgen ließ. Vikor und das Mädchen hielten inne und drehten sich verwundert in seine Richtung. Mikan tanzte wie ein Sufi auf der Stelle und raufte sich vor Verzweiflung die Haare.

„Himmelschreiendes Unkraut! Er fehlt! Wo habt ihr den hühnerverdreckten Autodongel? Den muss ich bei mir gehabt haben, als ihr mich neben dem MoFa gefunden habt. Ohne ihn brauchen wir gar nicht erst aufzubrechen. Wir würden schon am Ernteroboter scheitern. Für jeden Kakerlakenpups im Refugium muss man autorisiert sein, und dafür brauche ich das verkackte Ding."

Nicht nur an seiner Ausdrucksweise war abzulesen, wie emotional aufgeladen Mikan in diesem Moment war. Auch seine Gestik und Mimik ließen keinen Zweifel daran, dass es ihm um etwas elementar Wichtiges ging.

„Was ist der Autodongel für ein Ding? Wie sieht er aus?", wollte Vikor mit missbilligendem Ton wissen. Weder die Unterbrechung noch die Sprache Mikans gefielen ihm.

„Er sieht aus wie ein kleines, flaches, metallisch glänzendes Ei. Mistiger Eimer, ich habe ihn immer an einem blauen Band um den Hals getragen. Da er bei meinem Aufwachen nicht an Ort und Stelle war, muss er irgendwo im MoFa gewesen sein." Ihm kam ein Verdacht und er drehte sich abrupt um.

„Tonn?! Hast du ihn?"

Tonn kreischte wegen dieser ungerechtfertigten Beschuldigung empört auf und wurde sofort von Vikor um Ruhe gebeten.

„Im MoFa war er garantiert nicht", flüsterte Lunaro, der im MoFa halb liegend, mit Fellen und Decken abgestützt, saß. „Ich habe anfangs, als ich noch die Kraft dazu hatte, jeden Winkel darin abgesucht und inspiziert. Mehrfach."

Statt einer Schlepptrage hatten sie sich kurz vor dem Aufbruch für das MoFa als Transportmittel für Lunaro entschieden. Nicht nur das Vorwärtskommen war damit wahrscheinlich einfacher, Lunaro war darin deutlich besser geschützt.

„Dann muss er schon bei deinem Sturz aus dem MoFa verloren gegangen sein. Als du im Busch hingst, hattest du eine kleine Reise durch die Luft hinter dir, wahrscheinlich ist er dabei abhandengekommen, und wir haben ihn damals nicht gesehen, als wir dich gefunden haben. Wir wussten ja nichts von dem Ding. Vielleicht ist er irgendwo im Gestrüpp hängen geblieben", zog Vikor den einzig noch möglichen Schluss.

Er sah Mikan skeptisch an.

„Du brauchst das Ding unbedingt?"

„Ja, sag ich doch, hörst du denn nicht zu? Elender Milbendreck! Das Ding verschafft mir Zutritt zu allem, auch dem Medirob."

Wenn der Autodongel nicht schon deaktiviert wurde, als ich verschwunden bin, dachte Mikan, aber diese eventuelle Komplikation behielt er lieber für sich. Man konnte sich zum Glück auf die Trägheit der Bürokratie im Refugium recht gut verlassen.

Vikor seufzte leise. „Gut, dann ist es so, dass wir ihn brauchen. Mädchen, du läufst voraus und suchst ihn an der Unfallstelle. Zum Glück liegt die auf dem Weg. Brich sofort auf, Mikan und ich kommen mit Lunaro nach. Wenn du das glänzende Ei am blauen Band gefunden hast, wartest du dort auf uns. Du weißt noch genau die Stelle, an der wir Mikan und das MoFa gefunden haben?"

Das Mädchen nickte lächelnd zu dieser überflüssigen Frage und machte sich sofort auf den Weg. Natürlich wusste sie die Stelle, die Gegend in weitem Umkreis war ihr ebenso vertraut wie ihr Köcher und die selbst gefertigten Pfeile.

Die Zurückbleibenden riefen ihnen alles Gute nach, als Vikor und Mikan das MoFa anschoben. Sie würden ohne die Hilfe des Mädchens beim Schieben und Sichern erheblich länger brauchen ... Und hoffentlich war der kostbare und unverzichtbare Autodongel überhaupt auffindbar. Doch wenn ihn nach so langer Zeit überhaupt noch jemand finden konnte, dann das Mädchen.

Sie kamen nur mühsam vorwärts. Zwar kannte Vikor in der Nähe der Zuflucht alle Wege und sie benutzten diejenigen, auf denen das MoFa nicht so leicht hängen bleiben konnte, doch je weiter sie sich von dem bekannten Terrain entfernten, desto schwieriger wurde das Vorwärtskommen. Die Räder blieben in morastigen Stellen stecken oder das Gestrüpp wurde derart undurchdringlich dicht, dass sie des Öfteren umdrehen mussten, um einen anderen Weg zu suchen. Manchmal schnitten sie sogar mit ihren Messern den vor ihnen liegenden Pfad frei, was viel Zeit und Kraft kostete.

Immer wieder legte Vikor eine kurze Pause ein, um mit Augen und Ohren die Umgebung aufmerksam nach möglichen Feinden zu erkunden, eine Aufgabe, die sonst das Mädchen auf gemeinsamen Touren übernahm. Trotzdem konnte Mikan schon nach knapp zwei Stunden keinen Schritt mehr laufen und sie setzten sich erschöpft auf einen großen Felsbrocken, um zu rasten.

Die Sonne war gerade aufgegangen, die ersten Taginsekten erwachten. Mikan entfernte sein Mundtuch und schnaufte einmal tief durch.

„Wir werden eine Ewigkeit brauchen", stellte er fest. „Und bis dahin haben mich die gigantomanischen Mücken aufgefres..." Er unterbrach sich mit Würgen und Keuchen und hustete ein paar der Biester aus seinem Hals. Schnell band er sich das Mundtuch wieder um und schlug wild mit seinen umwickelten Händen nach den stechenden und beißenden Insekten, die sich sofort gierig auf ihn gestürzt hatten und ihn wie üblich quälten.

Vikor fuhr sich mit der Hand durch die struppigen Haare. „Wir werden leichter vorwärtskommen, sobald wir in der Nähe deiner Unfallstelle und damit näher am Glasbau sind. Danach gibt es deutlich weniger Bäume, das Gestrüpp ist niedriger und es wird weniger Insekten geben. Außerdem sind wir dann hoffentlich wieder zu dritt. Aber ich muss zugeben, ich finde es gar nicht schlecht, dass du mal am eigenen Leib erfährst, welche Mühe das Mädchen und ich auf uns genommen haben, um dich zu retten. Du hältst dich außerdem ganz gut!"

Er bemühte sich seit geraumer Zeit, Mikan nicht zu entmutigen, wenngleich auch er ihre Langsamkeit mit Sorge wahrnahm. Zeit war genau das, was sie nicht hatten. Obwohl Lunaro in dem MoFa hin- und hergeschaukelt wurde, war er kein einziges Mal aus seinem tiefen, komatösen Schlaf erwacht, in den er kurz nach dem Aufbruch gefallen war. Er atmete zwar noch, aber nur flach.

„Weniger Bewuchs: Stimmt, mir fällt es wieder ein", erinnerte sich Mikan. „Das mit dem Niedrigbewuchs haben wir in der Schule gelernt. Der
Strahlungsschirm rund um das Refugium behindert das Wachstum der Bäume und Büsche, wenngleich er sie nicht ganz verhindert. Etwa zehn Kilometer bei den Pflanzen, genau, das war's, deshalb gibt es keine Bäume im
Grüngürtel drinnen und in seiner direkten Nähe außen.

Und etwa zehn Meter innen und außen ist die absolute Grenze der Annä-
herung für Menschen und Tiere vom Schirm aus gemessen - an der Oberfläche. Für den Untergrund gelten extra Regeln, an die ich mich nicht mehr
genau erinnere. Was ich aber noch ganz sicher weiß: Er ist anfälliger für
Schäden und Störungen wegen der Mineralien und Wasseradern. Geniale
Schutzlösungen hatte das Refugium in seiner Anfangszeit erfunden! Dass
ich das alles vergessen hatte ...“

Er stand auf, streckte sich ein bisschen und strahlte plötzlich. „Der Defekt muss im Boden sein! Ja, es kann gar nicht anders sein. Wulfe können
besonders gut graben, habt ihr gesagt, das passt perfekt zu der größeren unterirdischen Störanfälligkeit. Wir brauchen also höchstwahrscheinlich nur
ein Loch im Boden zu suchen, in relativer Nähe zum Schirm.“

Es kam wieder Energie in ihn und er löste erneut das Mundtuch, um besser sprechen zu können.

„Irgendwas muss an irgendeiner Stelle den unterirdischen Strahlenschutz
beschädigt haben, und das Sindalon hat dieses Defizit instinktiv gespürt
oder zufällig entdeckt. Und die Stelle werden wir ganz sicher finden. Ein
Loch, durch das ein Sindalon passt, ist bestimmt nicht so leicht zu übersehen.“

Mikan hätte sicher vor lauter Begeisterung noch mehr erzählt, aber ein
erneuter von Insekten ausgelöster Hustenanfall stoppte ihn. Schnell schützte er sich wieder.

Vikor lachte. „Schieb jetzt weiter und rede nicht so viel, dann fliegen weniger Flugmonster in deinen Mund."

Mikan verschluckte eine böse Antwort, zu froh war er wegen der neuen Erkenntnis.

Schon auf halbem Weg zu Mikans Unfallstelle kam ihnen das Mädchen entgegen und ließ mit breitem Grinsen das Band mit dem flachen Ei um den Finger kreisen.

„Oh gottverdammmichheilige Hornisse, sie hat ihn gefunden!" Mikan rannte dem Mädchen entgegen und nahm das kostbare Allzweckinstrument an sich. „Mädchen, du bist die Beste!", lobte er die Finderin und zum ersten Mal herrschte zwischen den beiden eine Einigkeit, die über einen grimmigen Waffenstillstand hinausging.

Zu dritt kamen sie deutlich schneller voran, da Mikan seine Energie jetzt für sich selbst verwenden konnte, um mit den beiden, die stetig das MoFa vor sich herschoben, Schritt zu halten. Sie waren nun bereits in sehr viel leichterem Gelände unterwegs, und am späten Nachmittag sahen sie den riesigen Schirm vor sich auftauchen, der sich surreal über mehrere Kilometer wie ein schillerndes Fliegenauge inmitten der grünen Umgebung spannte.

Die tief stehende Sonne spiegelte sich in seinen Facetten und es schillerte wie ein Regenbogen. Erst zum zweiten Mal sah Mikan den Schutzschirm von außen, und er staunte über die gigantischen Ausmaße seines ehemaligen Zuhauses.

Vikor beeindruckte der Glasbau kaum, er hatte ihn bereits zu oft gesehen. „Bis zum Einbruch der Nacht bleiben uns gut zwei Stunden für die Suche, die werden das Mädchen und ich nutzen. Du bleibst bei Lunaro und ruhst dich aus. Wenn wider Erwarten wilde Tiere kommen, dann rufe laut, wir werden in der Nähe sein und sofort herbei eilen."

Mikan war nicht wohl bei der Sache, aber er blieb still. Er hatte sowieso keine Kraft mehr für überflüssige Bewegungen irgendwelcher Art, selbst sprechen fiel ihm schwer. Er setzte sich neben das MoFa, in dem Lunaro immer noch apathisch schlief und schaute sich alle paar Sekunden nervös in jede Richtung um.

Ausruhen stellte er sich eigentlich anders vor, selbst den Kopf zu heben, strengte ihn an, aber immerhin musste er nicht mehr laufen, und nahm außerdem positiv wahr: Es gab herrlich wenig Insekten in diesem Bereich nahe des Schutzschirms. Ja, so ließ es sich aushalten, sogar seinen Mundschutz konnte er lockern.

Es kam ihm dennoch deutlich länger als zwei Stunden vor, bis die beiden Kinder nach erfolgloser Suche zurückkamen, die Nacht war bereits angebrochen.

Sie aßen gemeinsam getrockneten Proviant und tranken lauwarmes Wasser aus einem Beutel, das so grauenhaft abgestanden und nach Leder schmeckte, dass Mikan es beinahe würgend erbrach. Lunaro? Was ist eigentlich mit Lunaro?, kam ihm in den Sinn. Brauchte der nicht auch zu Trinken und zu Essen?

Doch als er nach ihm sah, schlief dieser immer noch, selbst wenn sein Atem manchmal stockte und er sich im Schlaf danach leicht aufrichtete. Ob er lange genug durchhalten würde? Sie machten sich alle drei Sorgen darum.

„Vielleicht sollten wir ihn aufwecken und ihm zu essen und trinken geben", schlug Mikan vor, doch nach längerer Diskussion, bei der das Mädchen wild gestikulierte, kamen sie überein, Schlaf wäre im Moment das Beste für ihn und ließen ihn ungestört im MoFa liegen.

„Stinkender Mikrobenmist ...", wollte Mikan gerade seiner Sorge erneut Ausdruck verleihen, aber Vikors eisiger Blick ließ ihn schweigen. Mikan lenkte einsichtig seine Gedanken auf etwas anderes.

„Ich habe übrigens kein einziges Tier außer ein paar wenige Insekten gesehen, als ihr fort wart, weder Maus noch Vogel. Nicht einmal das Rascheln eines Tiers habe ich gehört. Ich glaube, die mögen die Strahlung
nicht. Ich spüre in dieser Entfernung zwar nichts davon, aber Tiere sind
wohl empfindlicher."

Vikor nickte. „Das kann sein, wir haben ebenfalls keinerlei Tierspuren
gesehen. Das Sindalon muss schlau sein, dass es sich über seinen Instinkt
hinweggesetzt hat und näher an das Refugium herangegangen ist. Vielleicht hat ihn aber auch genau dieser überragende Instinkt an die Stelle deiner mutmaßlichen Störung geführt."

Das Mädchen gab Vikor ihren Bogen, legte sich hin, zog eine dünne Decke über sich und schien im nächsten Moment eingeschlafen zu sein.

Vikor streckte sich und gähnte.

„Wir halten trotzdem abwechselnd Wache, Mikan, dein Sindalon oder
ein anderes könnte in der Nähe sein. Alle anderthalb Stunden ist Wechsel,
du hältst die erste Wache, das ist die sicherste. Danach weckst du mich."

„Woher, zur Schmeißfliege, soll ich wissen, wann anderthalb Stunden
um sind?"

Vikor grinste, als er den Bogen an Mikan weitergab.

„Zähl die Sekunden!" Er legte sich hin und wickelte einen großen Fetzen
um sich, der wohl mal in besseren Zeiten eine Decke gewesen war. „Ach
ja, Mikan: Halt den Bogen immer in der Hand, einen Pfeil griffbereit. Die
Wahrscheinlichkeit ist klein, dass du ihn brauchst, aber man weiß ja nie."

Mikan fluchte leise vor sich hin. Das Lachen in Vikors Stimme reizte ihn
bis aufs Blut. Dieser arrogante Besserwisser, der ihm nie etwas erklärte und
ihn ständig herumkommandierte.

Ob das Leben hier draußen wirklich besser war als drinnen, mit diesem
verfluchten Kerl vor der Nase, der ihm nur bis zur Schulter reichte und außerdem noch nicht einmal eindrucksvoll aussah. Ein bisschen stämmig und

so schmutzig mit zotteligen Haaren, dass er einem Tier eher glich als einem Menschen. Ein Kind, maximal ein Jugendlicher, verdammt, warum ließ er sich das überhaupt von diesem Knilch gefallen?

Nun ja, er wusste es allerdings: Der Kerl besiegte einfach mal ein Sindalon, obwohl er dabei fast draufgegangen wäre, hackte Holz wie ein Berserker und alle in der Gruppe hörten auf ihn. Vikors Autorität war mit Händen zu greifen. Mikan kam nicht an ihn heran, wie sehr er sich auch abmühte, musste er zähneknirschend feststellen. Vikor entzog sich zudem seinen Versuchen, sich ebenfalls eine Stellung in der Gruppe aufzubauen; er redete nicht einmal viel, bot wenig Angriffsfläche ...

Die Nacht fiel über die fast vegetationslose Ebene, am Himmel zogen Sterne auf und nach einer Weile sogar der Mond, fast rund. Mikans Augen gewöhnten sich an die Dunkelheit und er konnte nun alles im Mondlicht scharf wahrnehmen. Selbst sein Gehör und sein Geruchssinn schienen viel wacher zu sein als früher. Er hörte das Schnarchen Lunaros aus dem MoFa und das entfernte Rufen eines Nachttiers.

Ein unbekannter starker Geruch stieg ihm zeitweise in die Nase. Es waren ereignislose Minuten. Endlich fand er Zeit, seine Situation in Ruhe zu überdenken. Seine ehemalige Heimat lag direkt vor seinen Augen, das Refugium. Nun, da seine Erinnerung zurückgekommen war, konnte er das Leben im Refugium direkt mit den Herausforderungen in der Zuflucht vergleichen.

Er schüttelte sofort den Kopf, man konnte es kurz zusammenfassen: stinklangweilige Sicherheit und eine strikte Zweiklassengesellschaft gegen ein gefahrvolles Leben, Verantwortung für Fida, die Freundschaft mit Lunaro und frustrierende Erfahrungen mit der eigenen Unzulänglichkeit. Er schmunzelte. Die Entscheidung fiel nicht wirklich schwer, auch wenn sie seiner Eitelkeit bittere Zugeständnisse abverlangte. Die selbstgewählte Einsamkeit im Refugium war jedenfalls zu Ende, und der trauerte er keinen Augenblick lang hinterher.

Ein Nachtfalter flatterte gegen seine Backe und riss ihn aus seinem Gedankenfluss. Auf die Viecher könnte er allerdings wirklich verzichten. Auf Nachtwachen auch! Er war müde und zudem war es anstrengend, ständig Bogen und Pfeil in der Hand zu halten, seine Schultern verspannten sich schmerzhaft. Bei der verzickten Zikadenzicke, wie viel Zeit war jetzt schon vergangen? Sollte er wirklich Sekunden zählen?!

Eine innere Unruhe ließ ihn nicht los. Er fluchte, zählte Sekunden, addierte sie zu Minuten, vergaß zwischendurch, wie weit er gekommen war, wendete seine Augen links, rechts und drehte sich immer wieder im Kreis.

Grillenkot und Krötenfurz, jetzt wecke ich den aufgeblasenen kleinen Dreckspatz, soll der doch mit der Nachtwache weitermachen! Er weiß sicher auch nicht, ob das genau anderthalb Stunden waren!

Er rüttelte unsanft an Vikors Schulter, der mit einer geschmeidigen Bewegung innerhalb einer Sekunde auf den Beinen stand und ihm ruhig Bogen und Pfeil aus der Hand nahm. Mikan wich erschrocken zurück.

„Wie um des schillernden Prachtkäfers willen kannst du so schnell aufstehen?"

„Übung." Vikor sah zu den Sternen hoch. „Danke, das waren mindestens zwei Stunden. Hat mir gut getan, der Schlaf. Jetzt leg dich hin, wir werden dich aus der restlichen Nachtwache raus halten, damit du morgen durchhältst."

Grummelnd zog Mikan die Decke aus seinem Rückenbeutel und machte es sich bequem, so gut es eben ging. Mit mäßigem Erfolg. Elender Rattendreck, wie konnten die Kinder so schlafen? Auf der nackten Erde, kalt und ungemütlich und nur die zerlumpte Decke als Schutz. Wie sollte er da einschlafen?

Er drehte sich auf den Rücken und sah zu den Sternen empor. Zeit lesen aus den Sternen, er hatte in einem Buch im Museum davon gelesen. Er würde das gerne lernen. Er konnte überhaupt so viel lernen von den Kindern. Wenn er nur nicht immer so ärgerlich auf Vikor wäre ...

Er musste eingeschlafen sein, denn das Nächste, das er sah, als er aufwachte, war ein verblassender Sternenhimmel, der einem milchigen Morgen wich.

„Verkorkste Spinnmilbe ... Sorry, Vikor, ich meine, mir tut alles weh, ich kann mich kaum rühren, bin steif wie ein Stock. Keine Chance auf Aufstehen in einer Sekunde."

Vikor grinste, als er sah, wie Mikan sich mühsam aus der Decke schälte und langsam in Sitzposition quälte. „Zu lange geschlafen, alter Mann!"

Da hatte er sich beim Einschlafen vorgenommen, Vikor mit günstigeren Augen zu betrachten und schon wieder provozierte ihn der.

„Hah, alter Mann. Ich bin kein alter Mann ..."

„Okay, du bewegst dich nur wie ein alter Mann, du mittelalter Mann."

Das Mädchen lachte. Sie mochte schwarze Scherze.

Mikan beugte sich, mit einer Hand in den Rücken gestützt, über das MoFa, doch Lunaro war immer noch nicht erwacht. Dass er lebte, verriet nur das kaum wahrnehmbare Heben und Senken seines Brustkorbs. Sogar das Schnarchen war leiser geworden, lange würde er wohl nicht mehr durchhalten.

Mikan richtete sich auf und meinte ein Knacken in seinem Rücken zu hören. Er streckte die Arme in alle Richtungen. „Lassen wir die Witze auf meine Kosten. Wir müssen das Loch suchen."

Und das taten sie. Sie machten sich dieses Mal gleich alle drei auf die Suche. Sie konnten Lunaro nun unbesorgt alleine auf der Lichtung zurücklassen, da augenscheinlich keine Tiere unterwegs waren und Lunaro im

MoFa ausreichend sicher schien. Als einzige Gefahr blieb das Sindalon übrig ...

Die kaputte Glasscheibe hatten sie mit ein paar Fellen geflickt, so war Lunaro auch vor den wenigen bissigen Fluginsekten geschützt, die sich doch in den Strahlenraum wagten. Nach einer Stunde zogen sie das MoFa mit Lunaro zu einer anderen Stelle und setzten sich zu einer kurzen Essenspause und Strategierunde nieder.

„Hier gibt es einige Tierpfade. Vielleicht ist in der Nähe die Stelle, an der der Strahlenschirm nicht völlig intakt ist." Vikor deutete auf einige vereinzelte Spuren, während sie ein paar getrocknete Streifen Fleisch aßen. Mikan sah aufmerksam auf den Boden und nickte. Die Abdrücke sahen vielversprechend aus, groß genug für Sindalonpfoten.

Vikor packte das restliche Essen wieder in den Beutel und trank den letzten Rest aus seinem Wasserbeutel.

„Wir teilen uns jetzt auf. Jeder von uns folgt einer Spur, und wenn wir etwas finden, rufen wir einander. Wir bleiben in Sicht- und Hörweite, damit wir Lunaro und uns gegenseitig schützen können."

„Wie soll das Mädchen uns denn rufen? Sie spricht doch nicht." Mikan schaute Vikor fragend an.

„Sie kann Tierstimmen nachahmen, wenn du einen Rabenvogel dreimal krähen hörst, ist sie es."

Die Büsche in diesem Bereich hatten sich stärker ausgebreitet, es war gar nicht so einfach, an dieser Stelle die Gegend abzusuchen. Ja, hier in der Nähe musste der Defekt im Schutzschirm sein, die Vegetation sah wilder und urtümlicher aus.

Die Sonne stand schon so hoch am Himmel, dass der Tau von ihr geschluckt wurde, als Mikan wie ein wild gewordener Irrwisch auf und ab tanzte. „Ich hab's, ich hab's!" Um seinen Hals baumelte wild der Autodongel. Das ehemals blaue Band hatte sich an den Rändern schmutzig braun verfärbt, doch der Dongel glänzte wie eh und je und spiegelte blitzend die Sonne wider.

„Vikor, Mädchen, kommt, ich glaube, ich hab das Loch gefunden!"

Schnell war das Mädchen und gleich darauf auch Vikor an Mikans Seite gelaufen.

„Schaut mal, hier hängen überall Sindalonhaare an den Büschen, als ob es sich den Sommerpelz vom Leib gerieben hätte."

Vikor betrachtete sich die Haare genauer. „Ja, das sieht nach Wulf aus und riecht auch so. Jetzt Vorsicht, er könnte in der Nähe lauern und ihr wisst, wie schnell und tödlich er ist."

Sie machten sich auf die Suche nach dem Loch und fanden es schnell. Es war noch nicht einmal durch stärkeren Bewuchs verborgen.

„Durch das Loch des Wulfs wird das MoFa wahrscheinlich nicht durchpassen", hatte Vikor schon in der Zuflucht überlegt und das Mädchen angewiesen, Felle, Decken und Seile mitzunehmen, um eine Tragevorrichtung vor Ort bauen zu können. Stangen hatten sie bereits von den letzten kleinen Bäumchen hergestellt, an denen sie vorbeigelaufen waren.

„Es ist groß genug, dass wir krabbelnd hindurchpassen. Es sind etwa zehn Meter bis zur Strahlengrenze, sagst du, unterirdisch vielleicht sogar weniger. Wir müssten also schnell durchkommen, wenn der Tunnel nicht zwischendurch zu klein wird oder sogar eingestürzt ist. Die größte Gefahr wird sein, dass uns der Wulf gerade in dem Moment entgegenkommt. Mikan, du und ich holen Lunaro. Mädchen, du erkundest die ersten zwei oder drei Meter des Lochs und kommst dann sofort zurück."

Das MoFa mit Lunaro war schnell zum Einstieg gezogen, an dem ein dreckverschmiertes Mädchen sie erwartete.

„Du bist durchgekommen, fein!"

Das Mädchen nickte. Vikor runzelte die Stirn. „Keine Strahlung gespürt? Keine Übelkeit?"

Dieses Mal schüttelte das Mädchen den Kopf.

„Dort ist wirklich keinerlei Abwehrstrahlung." Mikan war aufgeregt vor Freude. „Dann wird auf jeden Fall bis zur Grenze und drüber hinaus keine zu spüren sein. Das ist garantiert das Loch des Sindalons. Das Vieh ist eher größer als wir, wenn wir uns bücken; da passen wir locker durch. Der Tunnel ist perfekt für uns."

Vikor strahlte. „Mir ist auch weder übel, noch habe ich Kopfschmerzen, wie in den anderen Bereichen so nah am Schirm. Auch durch dieses Ausprobieren hätten wir die Stelle finden können, aber das wäre deutlich schmerzhafter und langwieriger gewesen, als den Wulfspuren zu folgen."

Vikor ging optimistisch geworden ein paar Meter weiter auf die gläsern schimmernde Grenze zu. Er krümmte sich nach wenigen Schritten vor Schmerzen und kam schnell zurück. „Schade. Die Strahlung ist hier über der Erde zwar schwächer, aber wenn man näher rangeht, leider immer noch unüberwindlich. Also verwenden wir wirklich den Tunnel."

Er nickte dem Mädchen zu. „Du krabbelst voran und sicherst dann von innen. Mikan und ich folgen mit Lunaro. Holen wir ihn aus dem MoFa!"

Mikan beugte sich über das MoFa, öffnete das gläserne Verdeck und erschrak über das totenblasse Aussehen Lunaros. „Donnerversteifte Ka ... Sorry, Vikor. Gestern Morgen ging's ihm doch so viel besser."

Lunaro öffnete zwar nun kurz die Augen, hatte aber keine Kraft, sich zu artikulieren. Mikan sah ihn aufmunternd an und flößte ihm etwas Wasser ein. „Lunaro, du hältst durch, lass dir das gesagt sein! Jetzt nicht schlappmachen! Drinnen hole ich dir einen Muntermacher, klar?"

Lunaro schien unter seinem Schutztuch leicht die Lippen in ein schiefes Grinsen zu verziehen, als er aber fest auf die Stangen und Decken gebunden wurde, fielen ihm die Augen wieder zu. Ein leises Röcheln zeigte an, dass er bereits wieder in seinen Erschöpfungsschlaf gefallen war.

„Mikan, du schiebst von hinten die Stangen an, ich ziehe von vorne. Zu zweit geht es schneller, der Tunnel scheint nur kurz zu sein, kaum ein paar Meter, wie es aussieht. Wahrscheinlich nicht einmal fünfzehn insgesamt. So, los, rein mit dir, Mädchen! Wir warten, bis wir dich drinnen sehen."

Das Mädchen kniete sich nieder und kroch mit dem gezückten Messer in der Hand in das Loch. Es dauerte nur eine Minute, da war sie innerhalb des gläsernen Schirms verschwommen sichtbar. Sie musste ein paar Meter entfernt vom Strahlenschirm sein, da sie deutlich kleiner aussah, gerade so, als ob der Schirm eine Krümmung verursachte.

Vikor kroch voran und zog Lunaro hinterher, Mikan begab sich ebenfalls in das Loch und schob an den Stangen. Manchmal mussten sie sich auf den Bauch legen, da der Tunnel etwas niedriger wurde, aber sie kamen trotz ihrer Last zügig voran, auch wenn sie schwitzten und keuchten und ihnen immer wieder Erde auf den Kopf regnete. Doch der Tunnel hielt, es gab keinen Erdrutsch und sie erreichten ihr Ziel in kürzester Zeit.

Kapitel 29: Hoffnung

Sie richteten sich drinnen auf. Endlich waren sie im Grüngürtel angelangt, hatten den ersten Schritt geschafft. Lunaros Rettung lag so nahe, dass die Spannung in der Luft fast greifbar schien. Das Mädchen und Vikor klopften sich die Erdklumpen von der Kleidung und aus dem Haar. Danach schüttelten sie sich selbst einmal kräftig durch, sodass der Dreck in alle Richtungen stob.

Vikor sah nach Lunaro, der auf dem Weg durch den Tunnel kein einziges Mal aufgewacht war, und wischte dem immer noch Schlafenden ein paar Erdkrümel aus dem Gesicht.

Mikan schüttelte sich ebenfalls kurz und sah seine schmutzigen Hände an. „Heiliger Spinnenschiss ... Desculpe, Vikor. Sehe ich etwa aus wie ihr? Ich hoffe nicht. Ihr gebt ein absolut grauenhaftes Bild ab."

Das Mädchen boxte Mikan auf den Arm, sodass dieser laut aufschrie.

„Was soll das? Ich habe nichts gesagt. Ich habe maximal laut gedacht! Halt, Stopp, nicht weiter hauen, ich habe nicht einmal irgendwas gedacht!"

Das Mädchen lächelte und nickte. Es war ein fieses, leicht bedrohliches Lächeln, das eine weitere Auseinandersetzung nicht ausschloss.

Vikor ging sofort dazwischen.

„Lasst den Quatsch! Beide! Mikan, Schmutzfink, klopf dir die Dreck-klumpen aus dem Haar. Setzen wir uns. Wir sollten jetzt lieber darüber nachdenken, was als Nächstes zu tun ist."

Sie ließen sich in einer frisch abgeernteten Schneise nieder, auf der laut Mikan so schnell kein Ernteroboter mehr vorbeifahren würde. Das Mäd-chen stand jedoch gleich wieder auf, ihre stete Wachsamkeit ließ sie nicht zur Ruhe kommen. Aufmerksam ließ sie ihren Blick rundum schweifen.

Vikor nickte ihr zu. „Ja, Mädchen, der Wulf bleibt gefährlich, danke. Mikan: Bitte verrate uns, was nun zu tun ist."

Mikan zuckte die Schultern.

„Jetzt müssen wir warten, bis es Nacht wird. Vorher können wir das In-nere des Refugiums nicht betreten."

„Gut, dann nutzen wir die Zeit möglichst sinnvoll. Erzähle uns bitte mehr über die Refugien, wie du sie nennst. Vor allem: Warum gibt es sie? Schade, dass Lunaro schläft, das würde ihn auch interessieren."

„Die Idee mit den Refugien war damals, als sie erbaut wurden, nicht neu, sie hatte schon ein paar Jahrzehnte auf dem Buckel", begann Mikan und pulte nebenher Dreck unter seinen Fingernägeln hervor.

„Es gab schon lange vor der großen Katastrophe Bestrebungen, Men-schen in selbsterhaltenden geschlossenen Systemen überleben zu lassen.

Nur dachte man beim Verwendungszweck eher an den Mond oder andere Planeten als an eine Anwendung auf der Erde. Ich habe mich mal ausgiebig mit der Thematik beschäftigt und herausgefunden, dass die elementaren Kriterien für den Bau von funktionsfähigen Rückzugsorten schon lange vor der Errichtung der heutigen Refugien aus der Theorie bekannt waren, das Wichtigste dazu habe ich noch im Kopf:

Erste Bedingung: Das System bildet zu jeder Zeit ein räumlich zusammenhängendes Gebilde. Deshalb sind die Refugien von einer Kuppel umgeben, die diese räumliche Integrität gewährleistet.

Zweite Bedingung: Das System bildet einen von ihm selbst erzeugten Rand, der jedoch nicht unabhängig von ihm existieren kann.

Deshalb gibt es um jedes Refugium einen mit ihm verbundenen Grüngürtel, der zum Beispiel für die Ernährung sorgt und zu Beginn auch hauptsächlicher Lieferant von sauberer Atemluft war.

Dritte Bedingung: Es gibt eine Umwelt, aus der das System Energie, Sauerstoff und Materie aufnimmt.

Für das Refugium liefern Erdwärme und Sonne die Energie, auch wenn das in den ersten Jahrzehnten nach der Katastrophe für Engpässe sorgte. Tiere werden je nach Eignung in die Grünzonen aufgenommen und integriert, dasselbe wird mit Pflanzen gemacht. Für diesen Materieaustausch mit draußen werden die Schutzschirme manchmal gezielt für kurze Zeit ausgeschaltet. Selbstverständlich streng überwacht."

Vikor unterbrach Mikan. „Systeme, Ränder, Energie, Materie, geht's auch ein bisschen verständlicher? Das sind doch nur viele Worte, die wenig über den Grund ihrer Existenz aussagen. Erzähle mehr von den Refugien selbst, über ihre Funktion, ihren Nutzen und lass die Theorie erst mal weg."

„Tu ich doch, du Ignorant. Frühere Versuche, ein semiautarkes Refugium zu schaffen, waren immer gescheitert, weil sie zu klein dimensioniert waren. Die Systeme sind nach wenigen Monaten gekippt und ein Überleben darin war nicht mehr möglich. Es gab aber damals noch keinen zwingenden Grund, Hunderte von Milliarden in diese Forschungen zu pumpen. Das änderte sich, als es mit Yellowstone und der Katastrophe losging."

„Du meinst also, die theoretischen Grundlagen waren schon lange vorhanden, es haperte nur am Geld für einen groß angelegten Versuch?" Vikor schaute Mikan fragend an.

„Ja, du hast es erfasst. So ganz dumm bist du also gar nicht." Mikan grinste und ließ diese Worte nachhallen, als er sich einen kleinen Dreckklumpen von der ehemals glänzenden und mittlerweile vollends zerschlissenen Hose schabte. Doch Vikor ignorierte die Provokation und wartete ruhig ab.

Mikan merkte, dass er bei der reichlich erfolglosen Reinigungsaktion seiner Hose wieder Dreck unter die Fingernägel bekommen hatte, und betrachtete diese ziemlich genervt, als er schließlich fortfuhr.

„Als es immer wahrscheinlicher wurde, dass zumindest die USA eine verheerende Naturkatastrophe treffen würde, machten die reichsten Menschen der Vereinigten Staaten die Gelder locker, um das erste Refugium zu bauen. In Nevada, nahe am Summit Mountain, einer absolut abgelegenen Gegend, wurde das gigantische Test-Refugium errichtet. Geld spielte plötzlich keine Rolle mehr und so dauerte es nur knapp zwei Jahre, bis das Refugium, nach etlichen erfolgreichen kurzen Erprobungen, für einen Langzeit-Test zur Aufnahme von Menschen bereitstand."

Lunaro richtete sich ein bisschen auf, fiel aber gleich wieder zurück auf seine Decken. „Wer waren diese reichen Menschen?"

„Guten Tag, Lunaro. Willkommen im Glasbau", lächelte Vikor und legte Lunaro einen Rucksack unter den Kopf, sodass dieser etwas aufrechter lag. „Schön, dass du jetzt auch etwas mitbekommst von deiner langen Reise."

Das Mädchen nickte lächelnd in Lunaros Richtung, ihre Hauptaufmerksamkeit galt jedoch weiterhin der Sondierung der Umgebung.

Mikan strahlte. „Lunaro, ein paar Stunden noch, dann ist es soweit und wir zwei ziehen los. Wo war ich stehen geblieben, ach ja, bei den reichen Menschen: Es waren zum Teil solche, die ihren Reichtum schufen, weil sie mit ihren Ideen die Menschheit revolutioniert hatten. Aber auch Despoten, die von der Ausbeutung ihrer Mitmenschen lebten.

Eines aber hatten sie alle gemeinsam: Geld war in ausreichendem Maß vorhanden, Kredite, ihr erinnert euch. Außerdem waren sie alle Machtmenschen, willig, Großes zu erreichen. Und das Refugium fiel unter die Kategorie 'Extra groß'."

Vikor gab Lunaro etwas zu trinken, das angebotene Essen nahm dieser jedoch nicht an. Sein Gesicht war kreideweiß und die Augen traten fast aus den Höhlen, vor lauter Anstrengung, sie offen zu halten. Er atmete keuchend, fand keine Kraft zu sprechen.

„Die Kredite sagen mir schon etwas und über Macht habe ich einiges gelesen. Ein zweischneidiges Schwert ..." Vikors Stirn runzelte sich nachdenklich. „Ohne Macht geht nicht viel, aber zu viel Macht in einer Hand taugt auch nichts."

Mikan nickte.

„Noch bevor es dazu kam, geeignete Freiwillige für eine auf ein ganzes Jahr angelegte Testphase im Refugium zu finden, eskalierte plötzlich die Situation und die große Katastrophe nahm in rasendem Tempo ihren Lauf. Ihr wisst schon, Yellowstone, die Viren und so weiter.

Die Geldgeber selbst wollten nun sofort in den Schutzraum, ihre eigene Haut retten, und ergriffen die erforderlichen Maßnahmen dazu. Und sie bestimmten, wer mit hineinkommen und überleben durfte. Parallel dazu wurden in Windeseile weitere Refugien nach dem Vorbild in Nevada auf der ganzen Welt gebaut, denn es gab auch anderswo Superreiche und die waren gut miteinander vernetzt, tauschten ihre Forschungsergebnisse untereinander aus. So wurde – erstaunlicherweise fast unbemerkt von der Öffentlichkeit – blitzschnell eine Überlebensstrategie entwickelt; dabei war die Gefahr für die breite Masse noch gar nicht als generell lebensbedrohlich zu erkennen.

Der Öffentlichkeit inklusive der Presse wurde suggeriert, dass es sich bei den Experimenten um Versuchsbiosphären für eine zukünftige Marsbesiedlung handeln würde. Mit genügend Geld konnte man damals jede falsche Nachricht verbreiten. Die wirkliche Gefahr dagegen wurde konsequent verharmlost, bis es zu spät war."

„Deshalb finde ich darüber nichts in den Büchern, die ich habe."

„Ganz genau, Vikor. Das alles lief im Geheimen ab. Kaum jemand wusste davon."

„Aber ob die Refugien nun als autarke oder semiautarke Systeme funktionieren würden, war doch gar nicht sicher. Du hast eben gesagt, es gab bis dahin keine anhaltenden Erfolge, keine längere Testphase."

Mikan schaute Vikor erstaunt an. Dass dieser Kerl so eigenständig richtige Schlüsse zog, imponierte ihm wider Willen.

„Ja, da hast du recht. Deshalb bemühten sich die Geldgeber darum, als eine Art Versicherung für zukünftige Notfälle, auch die besten Ingenieure, sowie Naturwissenschaftler und Ärzte mit auf die Inseln der Glückseligkeit zu nehmen. Ja, Inseln der Glückseligkeit: So wurden die Refugien von ihren Entwicklern genannt. Pah! Glückseligkeit!" Mikan kratzte sich am Kopf, sodass sich ein Erdwasserfall aus winzigen Krümeln vor seinem Gesicht ergoss. Er verzog das Gesicht.

„Verstehe. Sie brauchten Erfinder und schlaue Leute in den Glasbauten, um für alle eventuell anfallenden Probleme bestens gerüstet zu sein", brachte Lunaro sich mit schwacher, kaum hörbarer Stimme ein.

„So ist es. Und um sich selbst, sowie die unersetzlichen Ingenieure und Wissenschaftler von profanen Tätigkeiten frei zu halten, wurden als weitere Maßnahme ebenso viele Arbeitssklaven – so wurden sie in einem später bekannt gewordenen internen Papier genannt – in die Refugien verfrachtet.

Bei deren Auswahl waren die Qualifikation als Arbeiter sowie ein Geschlechterproporz alleiniges Entscheidungskriterium, denn inzwischen war die Lage außer Kontrolle geraten, das Große Chaos hatte längst begonnen. Es war mittlerweile das große Los, wenn man überhaupt in die Refugien Einlass erhielt, selbst als Arbeitssklave. Vor den Toren der Refugien gab es schließlich ein Gemetzel ohnegleichen, als sich nämlich herauskristallisierte, dass es nur dort drinnen eine nennenswerte Überlebenschance gab.

Menschen ohne Berechtigung zum Eintritt wurden einfach vom Sicherheitsdienst bei der kleinsten Unregelmäßigkeit erschossen, die Leichen stapelten sich rund um die Refugien. Sogar weltberühmte, unverzichtbare Wissenschaftler, die eigentlich eine Einladung ins Refugium besaßen, fanden den Tod, weil der Mob sie auf dem Weg zum Refugium umbrachte."

Mikan schüttelte angewidert den Kopf, was zur Folge hatte, dass kleine Erdklumpen nach allen Seiten davonflogen.

„Wegen der komplexen Technik stand der Schutzschirm etwas verspätet bereit. Als er schließlich eingeschaltet wurde, hielt er ab diesem Zeitpunkt für alle Refugien statt des Sicherheitsdienstes die Menschen auf Abstand. Nur kam jetzt gar niemand mehr rein, die Menschen brandeten regelrecht gegen das Refugium, habe ich gelesen, weil sie in der Panik vom Mob in den tödlich wirkenden Schutzraum hineingeschoben wurden und dort elend verstarben. Wir sitzen wahrscheinlich gerade nicht weit entfernt von einem regelrechten, jahrhundertealten Massenfriedhof."

„Wahnsinn. Total verrückt!", kommentierte Vikor, und auch das Mädchen schüttelte angewidert den Kopf. Lunaro stellte die nächste Frage.

„Wie funktioniert dieser Schutzschirm gegen Tiere und Menschen? Er wirkt auch gegen die freigesetzte Radioaktivität der Katastrophe, von der du beim letzten Mal erzählt hast?"

„Du hast aber gut aufgepasst", grinste Mikan. Wenn Lunaro seine Intelligenz bewies, war er viel eher bereit, dies zu honorieren, als bei Vikor.

Aber er zuckte gleich darauf seine Schultern.

„Leider weiß ich darüber nicht so genau Bescheid. Ich bin Biologe, nicht Physiker. Tatsache ist, dass neben den Viren auch die Radioaktivität durch den Schutzschirm abgehalten wurde, zumindest zum größten Teil. Außerdem war Radioaktivität in gefährlicher Stärke doch eher regional begrenzt …

So konnte sich nach dem Zusammenbruch des weltweiten Ökosystems innerhalb der Refugien eine von der Außenwelt unabhängige Gesellschaft entwickeln, in der die Ernährungslage zwar beklagenswert, aber keineswegs tödlich war. Gleichzeitig löste sich draußen die bis dato bekannte Menschheit auf und ging größtenteils zugrunde."

„Und wir sind die Nachfahren der paar wenigen Menschen, die draußen überlebt haben."

Es war eine Feststellung, die Lunaro traf, keine Frage.

„Ja. Und ich wusste nicht, dass ihr so … stark und weit entwickelt seid."

Mikan hatte gegen seinen Willen das verlauten lassen, was er seit Wochen immer wieder dachte. Ja, sogar noch öfter, seit sein Erinnerungsvermögen zurückgekehrt war. Die Bewohner der Zuflucht waren so stark und überlebensfähig.

Diese Kinder hatten etwas geschafft, was man im Refugium für unmöglich hielt. Sie hatten nicht nur überlebt, sondern im kleinen Rahmen eine Gesellschaft etabliert, die in soziologischer Hinsicht der des Refugiums sogar bei Weitem überlegen war. Niemand, absolut niemand würde ihm glauben, sollte er diese Überlegungen etwa vor dem Ältestenrat ausbreiten, und dennoch verhielt es sich so. Davon war Mikan inzwischen fest überzeugt, obwohl er weiterhin nicht gut mit der Autorität Vikors zurechtkam und einige Annehmlichkeiten des Refugiums bitter vermisste.

Vikor packte etwas Proviant aus. „Vielleicht sind wir stark, aber wir leben nicht lange. Lasst uns alle etwas essen, wer weiß, wann wir wieder dazu kommen. Lunaro, du isst bitte wenigstens eine Kleinigkeit. Mädchen, ich löse dich bei der Wache ab." Vikor nahm den Bogen des Mädchens und aß im Stehen.

Auch hier im Grüngürtel erfolgte die karge Mahlzeit schweigend. Die Pause tat gut, die Worte wirkten nach und brachten neue Fragen mit sich.

Nach dem Essen gab Vikor sein gewohntes Auflösezeichen.

„Das Essen ist vorbei, ihr könnt sprechen. Mikan, eine Frage: Hast du inzwischen eine Erklärung für die Lücke im Schutzschirm, durch die der Wulf und auch wir eindringen konnten? Ist dir da noch etwas eingefallen?"

Vikor faszinierte es immer noch, dass sie es tatsächlich geschafft hatten, in den nach bisherigen Erfahrungen vollkommen abgeschotteten Glasbau zu gelangen.

„Ja, ich habe eine weitere Idee, aber sie ist immer noch vage."

„Ich würde sie gerne trotzdem hören, bitte erzähl sie uns", forderte ihn Vikor auf.

„Ich habe irgendwann mal gelesen, dass bei der Errichtung des Schutzschirms die Gegend nach magnetischen Anomalien abgesucht wurde. Weil diese nämlich die Wirkung des Schutzschirms unter der Erde beeinträchtigen könnten. Möglich wäre also eine nachträglich entstandene, lokale magnetische Anomalie."

„Und wie kommt so was zustande?", fragte Lunaro, seine Stimme war inzwischen so schwach, dass man ihn zwischen seinem röchelnden Atem kaum verstehen konnte.

„Mir fallen da als halber Laie nur zwei mögliche Ursachen ein. Entweder ein Erdbeben oder ein Meteoriteneinschlag. Da es ein Erdbeben in den letzten Jahren meines Wissens nicht gab, kommt nur ein kleinerer Meteorit infrage, der unmittelbar neben dem Schutzschirm eingeschlagen ist. So etwas passiert nur extrem selten, ist also eigentlich ein reines Wunder. Aber letztlich ist das egal, denn der Tunnel ist eine Tatsache und dadurch sitzen wir nun im Grüngürtel."

Vikor gab den Bogen zurück an das Mädchen und setzte sich wieder auf den Boden.

„Erzähl mir bitte noch etwas über die Gesundheit der Menschen hier drinnen. Wie alt werden sie? Gibt es weiterhin Krankheiten, und wenn ja: Wie werden sie geheilt? Alle durch den – wie heißt er noch gleich – Medirob, von dem du uns erzählt hast?" Vikor schaut Mikan eindringlich an.

„Klar, als Medizinfan interessiert dich das", grinste Mikan. „Du wirst es kaum glauben: Im Refugium werden die Menschen um die 150 bis 200 Jahre alt. Krankheiten gibt es so gut wie keine, die Hygiene ist allumfassend, es gibt keine Umweltgifte und Viren wie draußen, keine wilden Tiere ..."

„Was soll das denn sein: Hygine?" Lunaro, der aus seinem Halbdämmerschlaf wieder erwacht war, schaute ratlos.

„Hygiene heißt es. Man kann es ungefähr mit Sauberkeit umschreiben. So ziemlich das Gegenteil von dem Zustand in eurer Zuflucht und eurer Kleidung. Ich gebe euch mal ein Beispiel: Ich habe versucht, mich nach dem Tunnel gründlich zu säubern und ihr hockt da, als ob euch der Dreck überhaupt nichts ausmacht." Er zeigte ihnen seine Hände. „Ich habe versucht, meine Fingernägel zu reinigen, wie ihr seht: Das ist Hygiene." Mikans Gesichtsausdruck zeigte eine interessante Mischung aus Abfälligkeit, Ekel und Belustigung.

Letzteres bekam er sogleich zurück. „Schade, dass ich keine Spiegelscherbe mitgebracht habe, Mikan. Du hast den Dreck höchstens verteilt!", lachte Vikor und schlug sich auf die Oberschenkel. Das Mädchen lachte lauthals mit.

„Und schau mal deine Fingernägel etwas näher an. Sie sind genauso dreckig wie unsere. Wenn das Hygiene ist: nutzlos!" Vikor rubbelte sich durch seine Haare, sodass ein paar übrig gebliebene kleine Erdklümpchen nach allen Seiten davonflogen. „Hygiene ausgeführt! Aber Scherz beiseite: wenn nun doch mal jemand ernsthaft krank wird? So krank wie Lunaro etwa."

Mikans genervter Gesichtsausdruck wich, als er an Lunaro dachte.

„Dann gibt es den Medirob, den Apparat, zu dem wir unterwegs sind. Er wurde schon in den ersten Jahren, als die Refugien neu waren, entwickelt. Damals gab es noch eine Vielzahl von klugen und findigen Köpfen unter den Wissenschaftlern.

In den darauffolgenden Jahrzehnten wurde der Medirob ständig verbessert und erweitert, ein Meisterwerk der Ärzte und Techniker. Insbesondere durch die konsequente Anwendung einer systemisch orientierten Medizin wurden bahnbrechende Erfolge erzielt. Dabei werden die Menschen als ein komplexes, sich selbst regulierendes biologisches System behandelt und ein digitaler Zwilling … aber, was rede ich, davon versteht ihr ja sowieso nichts."

„Und wie funktioniert er nun, dieser Medirob?" Der Erfinder Lunaro interessierte sich natürlich für das Wie. Der sanfte, warme Regen, der inzwischen auf sie herabrieselte, hatte seine Lebensgeister ein wenig geweckt.

„Da kann ich nur wenig Auskunft geben. Aber er funktioniert und das ist es, was wir für dich und deine Krankheit brauchen. Es ist eine längliche

Box. Man legt sich nackt hinein, die Box schließt sich und als Erstes gibt es eine Diagnostik. Es wird also geschaut, was dem Körper fehlt."

„Merkt der Medirob nicht, dass Lunaro nicht aus dem Refugium stammt, wenn er den Körper untersucht?"

Mikan zerstreute sofort Vikors Besorgnis. „Es kann durchaus vorkommen, dass ein Besuch aus einem anderen Refugium zum ersten Mal beim Medirob auftaucht, es also bisher keine Unterlagen gibt. In diesem Fall wird einfach eine neue Krankenakte angelegt. Der Autodongel wird als Zutrittsschlüssel für praktisch alles im Refugium verwendet, die Krankenakte selber wird unabhängig davon mithilfe der DNA katalogisiert.

Ein Glück, du hast recht, sonst könnte es zu Komplikationen kommen. Die Untersuchung kann bis zu einer Stunde dauern. In der zweiten Phase werden Medikamente und Impfungen verabreicht. Und sollte operiert werden müssen, wird der Patient betäubt und einfache Operationen werden sofort durchgeführt."

„Ich frag dich jetzt mal nicht, was DNA ist. Aber was passiert bei einer Operation?"

„Da können Organe ausgetauscht werden, etwa Herz oder Leber. Knochen können zusammengefügt werden, krankes Körpergewebe wird herausgeschnitten."

„Und woran sterben die Leute dann im Refugium? Das klingt doch nach ewigem Leben."

„Irgendwann verlangsamt sich die Zellteilung so sehr, dass auch ein Austausch von Organen nichts mehr nützt. Altersschwäche nannte man das früher, und im Grunde ist es genau das. Nur hat man mittels Drogen, die die Zellteilung beeinflussen, den Zeitpunkt nach hinten verschoben. Diese Drogen nimmt man täglich über das Trinkwasser zu sich."

„Ich denke, das reicht für jetzt, Mikan. Das war sehr informativ, danke."

Zum ersten Mal reichte Vikor Mikan die Hand. Durch diese Geste überrumpelt, streckte auch Mikan die Hand hin und Vikor schüttelte sie. Anschließend stand er auf.

„Die Sonne sinkt, Mikan. Ich glaube, es wird bald Zeit."

„Ja, mittlerweile ist es dunkel genug. Also auf zu großen Taten. Ich rufe jetzt den nächstgelegenen Ernteroboter herbei."

„Mit dem Autodongel, dem glänzenden Ei?"

„Jep. Ich habe ihn schon aktiviert, das Fahrzeug wird jeden Moment hier auftauchen. Erschreckt nicht, das Ding hat enorme Ausmaße."

Schon wenige Minuten später hörte man das näherkommende Gefährt und Mikan fiel ein Stein vom Herzen: Seine Autorisierungen waren noch gültig, die ineffiziente Bürokratie hatte wieder einmal lahmend gesiegt.

„Kannst du deinen Plan bitte kurz beschreiben?", wollte Vikor wissen, als der hocherfreute Mikan sich bereits umdrehte, um sich auf den Weg zu machen.

„Ich muss ein Aufputschmittel für Lunaro besorgen, darüber haben wir ja schon gestern gesprochen, sonst hält er nicht durch. In etwa einer Stunde sollte ich zurück sein. Wie ich dabei genau vorgehen werde, weiß ich nicht, da werde ich improvisieren müssen.

Sollte ich in zwei Stunden nicht zurück sein, verschwindet von hier. Dann ist irgendetwas schief gegangen. Ich werde euch in diesem Fall wahrscheinlich nicht mehr kontaktieren können."

„Wir wünschen dir Erfolg, Mikan."

Es bedurfte keiner weiteren Worte.

Wie begeistert war ich früher vom Grüngürtel, dachte Mikan, während er sich dem kaum einhundert Meter entfernten Ernteroboter näherte. Dabei ist er langweilig, wenn man die Welt außerhalb kennt. Kein Baum, kein Bach, nur harmlose Tiere, gleichförmig und ... langweilig eben.

Das Einzige, was ihm positiv auffiel, war die Abwesenheit kampflustiger Insekten. Auf die hätte er draußen auch gerne verzichtet. Die Insekten im Grüngürtel waren friedlich, keine Killermaschinen. Viele hübsche Schmetterlinge und Käfer in allerlei Farben und das Wichtigste: deutlich kleiner und wahrscheinlich nicht mal ein Hundertstel der Menge von draußen.

Mikan drückte den einzigen Knopf an dem Dongel und dachte dabei intensiv an eine geöffnete Tür. Die Betätigung des Knopfes aktivierte die Interpretationsroutine für seine Gehirnwellen, die viele einfache Sachverhalte zuverlässig erkennen konnte. Aufgrund der ebenfalls erfolgenden Berechtigungsprüfung öffnete das Gefährt die Tür; er konnte einsteigen.

Seit gut einem halben Jahr war es das erste Mal, dass er sich innerhalb eines Ernteroboters befand, doch sofort war ihm alles vertraut, als hätte er erst gestern einen verlassen. Nichts hatte sich seit seinem Verschwinden verändert, wer wohl die Roboter für ihn betreut hatte?

Nun, da Mikan alleine war, zum ersten Mal seit vielen Monaten, kamen ihm seltsame Gedanken in den Kopf. Wie würde es ihm ergehen, sollte er sich für eine Rückkehr ins Refugium entscheiden, fragte er sich. Das Leben wäre so viel einfacher. Keine Krankheiten, keine Schmerzen, keine gefährlichen Biester, keine Knappheit an irgendwas. Außer an wirklichem Leben, berichtigte er sich sogleich und schüttelte den Kopf. Keine Option!

Es dauerte nur wenige Minuten, bis die Entladestation erreicht war und Mikan wieder ausstieg. In der Station selbst gab es keinen Drogomaten, dafür musste er zu dem Freizeitpark, der jeder Schleuse angegliedert war.

Dort konnten sich die Refugiumbewohner in einem sauber abgegrenzten Bereich einbilden, in der wahren Natur zu sein. Man konnte die schönsten aller Schmetterlinge sehen, Kaninchen hinter Gittern beobachten und über echtes, gepflegtes, kurzes Gras laufen. Alles Dinge, die es im Inneren des Refugiums nicht gab. Und weil hierbei das Vergnügen im Vordergrund stand, gab es natürlich auch einen Drogomaten. Der durfte nirgendwo fehlen, wo man sich amüsieren wollte.

Und trotzdem war die Zahl der Besucher seit vielen Jahren rückläufig. Natur war kein positiv besetzter Begriff mehr, jeder, der sich dafür interessierte, galt als Spinner und Freak. Und an der einsamen Spitze dieser wunderlichen Kauze befand sich Mikan.

Um zu diesem Freizeitpark zu kommen, in dem es ebenfalls leicht regnete, musste Mikan nicht direkt bei den Schleusenwächtern vorbei, was ein enormer Vorteil war. Wenn er später mit Lunaro ins Innere des Refugiums wollte, blieb ihnen das nicht erspart. Darüber musste er sich noch Gedanken machen. Aber das hatte keine Priorität, jetzt galt es erst mal, dem Drogomaten das Erwünschte abzuluchsen.

Noch nie zuvor hatte Mikan sich gefreut, dass fast überall ein solcher Automat angebracht war, diesmal unterstützte dessen Anwesenheit ihren Plan.

Mikan hielt seinen Autodongel an die vorgesehene Stelle und gab über ein Tastenfeld das Wort: 'Aufputschmittel' ein. Sofort erschien eine lange Liste von möglichen Kandidaten. Mikan kannte sich nicht aus und verbrauchte wertvolle Minuten damit, sich die genaue Wirkung der einzelnen Drogen erklären zu lassen.

Endlich wurde er fündig und ließ sich die Maximalmenge von „Überwinder" ausgeben. Die Beschreibung der Wirkung ließ ihn vermuten, dass Lunaro damit einige Stunden durchhalten konnte, ohne dass sein Organismus gleich vollkommen ausgelaugt wurde. Erfreut darüber, dass sein Autodongel offensichtlich nicht einmal für die Drogenausgabe gesperrt worden war, steckte er die Tabletten ein und machte sich auf den Rückweg zur Entladestation.

Wenn die Sorgfaltspflicht im Refugium noch irgendeine Bedeutung hätte, wäre mein Autodongel längst gesperrt worden! Er freute sich einmal mehr, dass man sich um derlei Sicherheitsmaßnahmen schon lange nicht mehr ausreichend kümmerte.

Genauso wenig wie um die Aufzeichnungen, die zwar ständig und überall bis ins feinste Detail gemacht wurden, bei jedem, der arbeitete, an jeder Schleuse und an jedem Drogomaten. Aber das waren nur noch Datenfriedhöfe, die niemanden mehr interessierten und auch nicht mehr ausgewertet wurden. Die dafür Verantwortlichen zogen das süße Nichtstun der wirklichen Arbeit vor. Eigentlich taten das fast alle Refugium-Bewohner. Das Leben funktionierte ja auch so. Nur wie lange noch?, fragte sich Mikan. Kein menschengemachtes System lief ohne Steuerung ewig fehlerlos weiter.

An der Entladestation musste Mikan lediglich kurz warten, bis ein leerer Ernteroboter wieder auf Tour ging. Mittels seines Autodongels betrat er den Roboter und gab die Zielkoordinaten ein. Wie gut, dass er dazu autorisiert war, nur wenige Menschen im Refugium hatten diese Berechtigung. In diesem Augenblick kam sich Mikan wichtig vor. Nicht wie früher, weil er sich um die Ernährung des Refugiums verdient machte, sondern weil er mit seinem Wissen und Können in der Lage war, Lunaro zu helfen.

Egal, wie oft alle in der Gruppe ihr Leben Vikor schon verdankt hatten, diesmal war er es, der den Lebensretter darstellte. Und das war ein erhebendes Gefühl.

Mikan war kaum mehr als eine halbe Stunde unterwegs gewesen. Schon von Weitem sah er den Wache haltenden Vikor, der aufmerksam in seine Richtung blickte, er hatte wohl die Geräusche des Ernteroboters vernommen.

Sicher war er misstrauisch, denn er hatte solch ein monströses Gerät ja erst ein einziges Mal gesehen. So brachte Mikan den Ernteroboter in etwas größerer Entfernung zum Stehen, gab einen Code ein, der die riesige Maschine an der Stelle verharren ließ, und stieg aus. Die Tür schloss sich von selbst und Mikan lief auf seine drei Gefährten zu. Pünktlich auf die Minute hörte in diesem Moment der Regen auf, der die Kinder mittlerweile völlig durchnässt hatte.

„Diese Ernteroboter sind wirklich Riesengeräte", staunte Vikor, doch dann interessierte er sich mehr für Mikans Mission. „Und, warst du erfolgreich?"

„Natürlich!" Mikan grinste von einem Ohr zum anderen. „Ich habe fünf Tabletten dabei, die dürften reichen. Am besten nimmt Lunaro jetzt sofort eine, denn wir sollten uns beeilen. Außerhalb des Grüngürtels ist die Sonne bereits untergegangen. Wir müssen zurück sein, bevor es hell wird."

Mikan ging die letzten Meter zu der flachen Senke, in der das Mädchen und Lunaro warteten. Letzterer war völlig weggetreten; sein Kopf lag auf dem Schoß des Mädchens, die mit einer Hand sanft sein Haar streichelte, mit der anderen Hand ihr Messer umklammerte.

„Wir lösen die Tablette in Wasser auf und flößen es ihm ein", schlug Mikan vor. Vikor füllte einen Lederbecher halb voll und Mikan gab die Tablette hinzu. Zum Glück zerfiel sie unter etwas Schütteln sogleich und Vikor übernahm die Aufgabe, Lunaro den Inhalt schlückchenweise einzuflößen. Mikan schaute gebannt zu und wartete auf eine Reaktion.

Zuerst war keine Änderung festzustellen und Mikan war besorgt, dass er zu spät gekommen sei, doch plötzlich atmete Lunaro tief ein und schlug die Augen auf.

„Sind wir schon da?", fragte er und erntete ein fröhliches Gelächter.

„Ja, du Schnarchzapfen, wir sind da. Wie fühlst du dich?", fragte Mikan.

„Wie ein Wulf, der sich von einer Betäubung nach einem Schlag mit einer Keule erholt", grinste Lunaro. Seine Begleiter atmeten froh auf. Wenn Lunaro seinen Humor wiederhatte, ging es ihm wirklich gut, auch wenn es nur geliehene Kräfte waren, die ihn belebten.

„Gut, dann brechen wir sofort auf." Mikan wandte sich an die beiden, die zurückbleiben würden. „Sollten wir in fünf Stunden nicht wieder da sein, haut ihr ab. Selbst wenn wir erwischt werden, wird einige Zeit vergehen, bevor sie euch an der richtigen Stelle suchen werden, so könnt ihr entkommen. Ich habe keine Ahnung, wie es dann weitergehen kann, aber darüber denken wir nach, wenn es wirklich schiefgehen sollte."

„Fünf Stunden werden uns lang vorkommen, doch sie sind nur ein Bruchteil dessen, was wir schon auf Lunaros Rettung gewartet haben!" Vikor sagte es und das Nicken des Mädchens signalisierte ihre Zustimmung.

„Keine Sorge, wir werden viel schneller zurück sein. Es wird klappen. Lunaro bekommt jede Stunde eine Tablette, dann wird er fit sein wie die Zwillinge beim Streiten."

Lunaro war inzwischen von seinem Lager aufgestanden und dehnte seine Glieder. „An mir soll es nicht liegen", meinte er lächelnd, wenngleich er noch etwas wackelig auf seinen Beinen stand und öfters einen ungewollten Ausgleichsschritt machen musste.

Vikor umarmte ihn und packte ihn kurz fest an seinen Oberarmen. „Komm gesund wieder, Lunaro!"

Dann umarmte er auch Mikan, was er niemals zuvor getan hatte, und sprach ernsthaft: „Du schaffst das!"

Mikan wusste, dass es für ihn kein größeres Lob geben konnte. Und keine größere Verpflichtung.

Auch das Mädchen verneigte sich leicht vor beiden und Mikan sah zum ersten Mal, dass diesem ansonsten so starken Kind eine Spur von Tränen in den Augen stand, die sie jedoch nicht weiter beachtete.

Mikan fühlte sich dagegen zielorientiert wie noch nie in seinem Leben. Jetzt kam es ganz auf ihn an. Endlich hatte er eine Chance, seine Intelligenz und sein Wissen hilfreich einzusetzen. Das erste Mal auch für einen Freund.

„Komm! Mission 'Lunaro wird geheilt' beginnt!", forderte er Lunaro auf und ging voraus zu dem Ernteroboter. Er drückte die entsprechende Taste und stieg ein. „Willkommen an Bord!", begrüßte er den ebenfalls einsteigenden Lunaro, reichte ihm die Hand, zog ihn hoch und schloss die Tür.

Bevor sie losfuhren, schaltete Mikan die Monitore ein, auf denen die gesamte Umgebung zu sehen war.

„Rundumsicht. Siehst du, da, Vikor und das Mädchen, sie schauen uns nach", zeigte er Lunaro die beiden auf dem Bildschirm.

Lunaro schaute sich begeistert das Bild an: Das Mädchen sicherte mit ihrem Bogen und Vikor setzte sich gerade hin. Plötzlich schrie Lunaro laut auf.

„Da, hinter ihnen, da schleicht sich ein Wulf an! Eine Wulfsmutter, sie hat zwei Kleine dabei, oh nein! Dann sind sie besonders gefährlich. Lass uns sofort wieder aussteigen!"

„Wir haben keine Zeit dazu", entgegnete Mikan entschlossen, „zudem wären wir zwei nicht wirklich eine große Hilfe in einem Kampf, meinst du nicht? Aber ich werde Vikor und das Mädchen warnen."

Mikan drückte einen Knopf und ein lautes Tuten ertönte. Sofort sprang Vikor auf, griff nach seinen Waffen und stellte sich Rücken an Rücken mit dem Mädchen.

Mikan lachte. „Ach, ich liebe das: Wulfe und Sindalons erschrecken! Mehr können wir nicht für die beiden tun, ohne deine Heilung aufs Spiel zu setzen. Lunaro, keine Sorge, sie schaffen das. Es sind schließlich Vikor und das Mädchen! Wir dagegen müssen jetzt schleunigst los."

Noch einmal tutete er und setzte dann den Ernteroboter in Bewegung. Beide versuchten noch lange, auf den Monitoren zu ergründen, was hinter ihnen geschah. Doch schon bald verloren sie den Blickkontakt, und Sorge und Hoffnung befanden sich gleichermaßen mit an Bord.

ÜBER DIE AUTOREN

Marcel Porta: Ich bin 1954 im Saarland geboren, Mathematiker von Beruf, verheiratet, Vater zweier erwachsener Söhne und inzwischen hauptberuflich Opa. Seit vielen Jahren lebe ich in Baden-Württemberg und schreibe Kurzgeschichten, in denen ich die Skurrilität und auch die Tragik des Lebens in all ihren Facetten einzufangen versuche. Die besten sind in den Büchern M. I. Santhrop, Picknick am See und Jaqueline oder K139 erschienen. Um die Herausforderung eines Romans und gar einer Trilogie anzunehmen, bedurfte ich der tatkräftigen Unterstützung einer lieben Freundin und Co-Autorin.

Mona Lida: Ich bin eine Dame unbestimmten Alters, die schon mit etwa 12 Jahren anfing, ihre ausbordende Phantasie in Geschichten, Gedichten und Theaterstücken zu fixieren. Da Schülerinnen zu wenig Freizeit zur Verfügung steht, erfolgte dies größtenteils während der Schulzeit dank damaliger Multitasking-Fähigkeit. Die Vernunft brachte die Einsicht mit sich, dass man von diesem Beruf kaum leben kann, doch die Leidenschaft und die Phantasie blieben erhalten. So entstanden in meiner kargen Freizeit unter verschiedenen Namen – es lebe das Pseudonym! - eine Vielzahl von Werken, die manche Menschen als humorvoll und spannend bezeichnen. Die Idee zu dieser Dystopie wirbelte eines Tages wild in Gedankenfetzen durch meinen Kopf und ich wusste: Diese will mich mit meinem lieben Freund Marcel Porta entwickeln und schreiben, denn ich bin der Meinung, dass wir zusammen so richtig gut schreiben :-)

Printed in Poland
by Amazon Fulfillment
Poland Sp. z o.o., Wrocław

14860623R00186